더블린 사람들

이 도서의 국립중앙도서관 출판예정도서목록(CIP)은 서지정보유통지원시스템 홈페이지(http://seoji.nl.go.kr)와
국가자료공동목록시스템(http://www.nl.go.kr/kolisnet)에서 이용하실 수 있습니다.
(CIP제어번호: CIP2010002621)

세계문학전집
043

James Joyce : Dubliners

더블린 사람들

제임스 조이스 지음

진선주 옮김

문학동네

차례 ▐

자매

이번에는 그에게 가망이 없었다. 세번째 졸도였기 때문이다. 매일 밤 나는 그 집 앞을 지나다니면서 (때가 방학 때였다) 촛불이 밝혀진 정방형의 창문을 살펴보았다. 아니나 다를까, 밤이면 밤마다 나는 그 창문에 한결같이 희미하면서도 골고루 촛불이 밝혀진 것을 볼 수 있었다. 그가 만일 죽는다면 어둠에 싸인 블라인드에 촛불이 비치는 것을 보게 되리라, 나는 전에 무심코 그런 생각을 해본 적은 있었다. 시신의 머리맡에는 두 개의 촛불을 켜놓아야 한다는 것쯤은 나도 알고 있기 때문이었다. 그는 가끔 나에게 나는 오래 살지 못할까 보다라고 말했다. 나는 그런 말을 들을 때마다 부질없는 소리려니 생각하고 흘려들었다. 그런데 이제 와서 보니 그 말이 적중하고 만 것이다. 매일 밤 나는 창문을 응시하면서 마비*라는 말을 나직하게 중얼거려보았다.

그럴 때마다 그 말은 언제나 내 귀에는 유클리드 기하학에 나오는 경절형**이라는 말과 교리문답서에 나오는 성직 매매죄***라는 말처럼 생소하게만 들렸다. 그러던 것이 이제는 나에게 그 말이 어떤 나쁜 짓을 일삼는 죄받을 존재의 이름처럼 들리기 시작했다. 그 말에 나는 순간적으로 공포감에 사로잡혔으나 이내 그 말에 오히려 보다 더 가까이 다가가서 그것이 저지르는 끔찍한 소행을 눈여겨보고 싶은 생각이 굴뚝같아졌다.

내가 저녁을 먹으러 아래층으로 내려갔을 때 코터 노인이 담배를 피우면서 난롯가에 앉아 있었다. 아주머니가 내가 먹을 오트밀 죽을 국자로 퍼담고 있을 때 그는 전에 무슨 말을 하다가 그만둔 말을 다시 계속이라도 하는 듯한 투로 말했다.

— 아니에요, 그 양반이 딱 부러지게 그랬다는 건 아니에요 ...... 하지만 어딘지 모르게 이상한 기색이 있었다 이 말이지요 ..... 그 양반에게는 딱 꼬집어서 말할 수는 없는 괴기한 그 무엇이 있더라, 이겁니다. 내 견해를 말씀드리자면. ...

코터 노인은 틀림없이 마음속으로 자기의 견해를 정리하는 듯한 모양을 하고, 담배 파이프를 빨기 시작했다. 지겨운 바보 같은 영감태기 같으니라고! 우리가 처음으로 그를 알게 되었을 때 그는 불순 하급 주

---

* 마비는 졸중의 발작이나 매독과 같은 병 때문에 생긴다고 함. 이 말은 작품 전체의 주제 중 하나를 대변하는 주요한 구실을 함.

** 평행사변형의 한 모퉁이에서 그것과 닮은꼴의 평행사변형을 떼어낸 나머지 부분. 이 불완전한 도형은 이 책에서 불완전성의 상징 역할을 함.

*** 세속적인 이득을 위해 성물을 팔고 사는 행위. 「사도행전」 8장 18~24절 참조. 이 작품에선 아일랜드 가톨릭의 무능이나 부정, 부패의 상징 역할을 함.

정이 어떻고 증류기의 나선 관이 어떻고를 이야기해주어 상당히 재미 있는 노인으로 보였다. 그러나 나는 얼마 가지 않아 그와 그의 끝을 모르는 양조장 이야기에 곧 싫증이 나고 말았다.

— 그 점에 대해서는 내 나름대로의 이론이 있답니다. 그가 말했다. 그것은 그러한 ... 특수한 경우 가운데 하나였다고 생각하는데요. ... 하지만 무어라고 꼬집어서 말하기는 어렵고. ...

그는 우리에게 자신의 이론이 무엇인지 밝히지는 않고 다시 파이프 를 빨기 시작했다. 우리 아저씨는 내가 자기를 빤히 쳐다보는 것을 알 고는 나에게 말을 걸었다.

— 글쎄올시다, 네 오랜 친구가 세상을 떠났다는구나, 네가 들으면 섭섭하겠군.

— 누가요? 내가 물었다.

— 플린 신부님 말이다.

— 그분이 돌아가셨어요?

— 여기 계신 코터 영감님이 방금 그러시네. 그 집 앞을 지나오셨 단다.

나는 내가 주시의 대상이 되어 있음을 알고도 그 소식에는 하등의 관심이 없는 듯이 계속 먹기만 했다. 우리 아저씨가 코터 노인에게 자 세히 설명해주었다.

— 이 아이하고 그분하고는 엄청나게 친한 사이였지요. 그 노인 양 반이 애한테 가르쳐준 것만 하더라도 이만저만이 아니었어요, 아시겠 어요. 그 양반이 애한테 건 기대가 얼마나 대단했는지 모르는 사람이 거의 없었으니까요.

— 하느님, 그분의 영혼에 자비를 베푸소서, 아주머니가 경건하게 말했다.

코터 노인은 잠시 나를 쳐다보았다. 나는 그가 반짝이는 새까만 뱁 새눈으로 나를 째려보고 있음을 알고 있었으나 내가 접시에서 얼굴을 들어 시선이 마주치면 그가 흐뭇해할 것이 분명했으므로 그렇게 해주 고 싶은 생각은 없었다. 그는 다시 파이프를 빨아대기 시작하더니 마 침내 난로의 받침쇠에 거칠게 침을 뱉었다.

— 나 같으면 우리 애들이, 그가 말했다, 그런 양반하고 그렇게 너 무 가까이 지냈다면 그대로 두지는 않을 거예요.

— 거 무슨 말씀이시죠, 코터 영감님? 아주머니가 물었다.

— 무슨 말씀인가 하면, 코터 노인이 말했다, 아이들에게는 좋지 않 다, 이겁니다. 내 생각을 말씀드린다면, 어린애는 자기 또래의 개구쟁 이들하고 어울려 뛰놀게 해야지 그렇지 않으면. ... 내 말이 맞아요, 잭?

— 그게 바로 제 원칙이기도 해요, 아저씨가 말했다. 자기 몸은 자 기 스스로 지키게 해야 한다 이겁니다. 저기 저 장미십자회원*에게 귀 에 못이 박히도록 하는 소리가 바로 그거죠, 제발 운동 좀 하라고. 글 쎄요, 내가 꼬마였을 때는 춘하추동 하루도 거르지 않고 아침마다 냉 수욕을 했지요. 내가 지금까지 이렇게 버티는 것도 다 그 덕이랍니다. 길들이기란 이만저만 중요한 것이 아니에요, 그 효과란 정말 기가 막 히니까요. .... 코터 영감님께 양고기 다리 한 점 드리시지, 그래요, 아

---

* 이 스토리의 화자인 '나'를 가리킴. 15세기에 유럽에서 결성된 종교적 비밀 결사인 장미 십자회의 회원은 세속적인 문제에는 초연, 몽상적인 신비주의만 추구했기에 아저씨는 신 부와 친한 조카를 몽상가라는 뜻으로 이렇게 비꼬아 부름.

저씨가 아주머니한테 덧붙였다.

— 아니에요, 아니에요, 난 됐어요, 코터 노인이 말했다.

아주머니가 찬장에서 접시를 꺼내어 식탁 위에 올려놓았다.

— 하지만 그게 아이들한테 좋지 못하다고 생각하시는 이유가 무엇인가요, 코터 영감님? 그녀가 물었다.

— 아이들한테 좋지 못한 이유는, 코터 노인이 말했다, 아이들의 마음이란 감수성이 몹시 예민하기 때문이지요. 아이들이 그런 것을 보면, 아시다시피, 영향을 받기 마련이랍니다. ......

나는 울화통이 터질 것 같아 오트밀 죽을 억지로 입 안으로 잔뜩 떠넣었다. 지겨운 천치 같은 딸기코 영감쟁이 같으니!

내가 잠이 든 것은 밤이 이슥해서였다. 코터 노인이 나를 어린애라고 불러 부아가 나긴 했지만 나는 그의 미완성 문장에서 의미를 끌어내느라고 더 골머리를 앓았다. 캄캄한 내 방에서 나는 마비된 그 신부의 근심에 잠긴 침울한 얼굴을 다시 대하는 듯한 상상에 빠져들었다. 그래서 나는 담요를 머리끝까지 뒤집어쓰고 크리스마스만 생각하려고 애를 썼다. 그러나 그 침울한 얼굴은 자꾸만 나를 따라왔다. 그 얼굴은 뭐라고 중얼거리기도 하여 나는 그가 무언가에 대해 고해를 하고 싶어한다는 것을 알았다. 순간 나는 내 영혼이 어떤 환락적이고도 방종한 영역으로 몸을 피한 듯한 느낌이 들었는데 거기서도 그 얼굴이 역시 나를 기다리고 있음을 알게 되었다. 그는 중얼거리는 듯한 목소리로 나에게 고해를 하기 시작했다. 나는 그가 왜 계속 미소를 짓는지, 또 그의 입술은 왜 침으로 젖어 있는지, 그런 것이 몹시 궁금했다. 하지만 바로 그때 그는 마비로 죽었다는 생각이 퍼뜩 되살아나면서 나도 그 성직 매매자의 죄를 용서해주기라도 하듯이 가냘프게 미소를 짓고 있음이 느껴졌다.*

다음 날 아침, 아침을 먹은 뒤에 나는 그레이트브리튼 가(街)로 내려가서 그 작은 집을 둘러보았다. 그 집은 그저 막연하게 포목상이라고 된 간판이 달린 보잘것없는 가게였다. 포목상이래야 주로 어린애들 부츠와 우산을 파는 것이 고작이었고, 평일에는 우산 고칩니다라는 쪽지가 유리창에 나붙곤 했다. 지금은 셔터를 올려 닫아놨기 때문에 쪽지 같은 것은 보이지 않았다. 출입문 노커**에는 크레이프 천으로 된 조화가 리본과 함께 묶여 있었다. 초라한 두 여인과 전보배달 소년이 그 크레이프 조화에 꽂혀 있는 카드를 읽고 있었다. 나도 다가가서 읽었다.

1895년 7월 1일

제임스 플린 신부님

(미스 가 소재 성 캐서린 성당 전前 사제)

향년 65세.

삼가 고인의 명복을 빕니다.

카드를 읽고 나서야 나는 그가 죽었다는 사실을 비로소 실감할 수 있었다. 따라서 나는 어떡해야 좋을지를 몰라 마음이 뒤숭숭했다. 그가 만일 죽지 않았더라면 나는 가게 뒤의 그 작은 컴컴한 방으로 가서

---

* 신부가 저지른 성직 매매죄는 주교나 다른 고위 성직자만이 그 죄를 용서할 수 있다. 그러나 여기서는 소년이 비록 상상이긴 하지만 고해사제가 되어 신부의 고해를 들어줌.
** 현관문에 달린, 문 두드리는 쇠고리.

두꺼운 외투에 짓눌려 거의 질식할 듯이 난롯가 안락의자에 앉아 있는 그를 만날 수 있었으리라. 어쩌면 우리 아주머니는 신부님에게 갖다드리라고 나에게 하이 토스트* 한 갑을 주었으리라. 이 선물이 그를 그의 멍청한 졸음에서 깨어나게 했으리라. 담배 봉지를 뜯어 그의 새까만 코담배 케이스에 옮겨 담는 것은 언제나 내 몫이었다. 그는 손을 하도 많이 떨어 코담배의 절반 정도는 마룻바닥에 흘리지 않고는 그렇게 할 수 없었기 때문이다. 그가 덜덜 떨리는 커다란 손을 코에까지 들어올릴 때마저 코담배 가루가 작은 구름처럼 손가락 사이로 흘러내려 그의 두꺼운 외투 앞자락을 뒤덮기 일쑤였다. 그의 낡아빠진 사제복이 빛바랜 초록색으로 보이는 것도 아마도 이러한 끊임없는 코담배의 소나기 때문이었으리라. 왜냐하면 그의 빨간 손수건은 언제나 그렇듯이 일주일 치 정도의 코담배 진을 터는 것만으로도 시꺼메지기 마련이어서 그런 손수건으로 흘러내린 담배 가루를 말끔히 털어낸다는 것은 어림없는 일이었기 때문이다.

나는 집 안으로 들어가서 그를 만나보고 싶었다. 그러나 문을 두드릴 용기가 나지 않았다. 나는 쇼윈도에 나붙은 극장 광고라곤 하나도 빼지 않고 다 읽으면서 거리의 햇빛이 드는 쪽을 따라 천천히 걸어 올라갔다. 나도 그렇고 날씨 또한 애도의 분위기와는 거리가 먼 것같이 느껴져 이상한 생각이 들 지경이었다. 그가 죽음으로써 내가 무언가로부터 풀려난 듯한 해방감 같은 것을 느끼는 내 자신을 발견하고 적이 언짢기까지 했다. 내가 이런 기분을 느끼다니, 참으로 이상한 일이

---

* 코담배 상표.

아닐 수 없었다. 전날 밤에 우리 아저씨가 말씀하셨듯이 그는 나에게 엄청나게 많은 것을 가르쳐주었기 때문이다. 그는 로마의 아일랜드 대학*에서 공부를 했을 뿐만 아니라 나에게 라틴어**를 정확하게 발음하는 방법을 가르쳐주었다. 그는 카타콤***이며 나폴레옹 보나파르트****에 대한 이야기를 해주기도 하고, 미사의 각기 다른 의식의 의미와 사제가 입는 각기 다른 제의(祭衣)의 의미를 설명해주기도 했다. 때로는 내가 대답하기 어려운 질문을 던져놓고는 혼자 고소해하기도 했다. 예를 들면, 이러저러한 경우에는 어떻게 해야 옳은가, 아니면 이러이러한 죄는 대죄(大罪)인가, 소죄(小罪)인가, 그렇지 않으면 단순한 잘못에 지나지 않은가, 하는 그런 것들이었다. 그가 던지는 질문은 내가 항상 지극히 단순한 규정 정도로만 알고 있던 교회의 제도들이 경우에 따라서는 얼마나 복잡하고 불가사의한 것인지를 충분히 깨닫게 해주었다. 성찬식에 대한 사제의 책무와 고해소의 비밀에 대한 사제의 책무*****는 나에게는 어쩌면 그렇게도 막중하게 보였던지 뉘라서 감히 그런 일을 하겠다고 나설 수 있겠는가 의심쩍을 지경이었다. 그래서인지 교회의 교부(敎父)들이 우체국 발행 인명부만큼

---

* 성직자 양성을 위해 아일랜드에서 1628년에 로마에 세운 신학교. 플린 신부가 이 학교에 유학한 것은 그가 장래가 촉망되는 젊은이였음을 암시함.
** 당시 가톨릭교회에서 미사를 비롯한 각종 의식을 진행할 때 사제가 사용하는 공용어는 라틴어였음.
*** 초기 기독교인들이 박해를 피해 비밀 예배를 본 로마의 지하묘지.
**** 프랑스 황제(1769~1821). 그가 1798년에 로마의 아일랜드 대학을 폐쇄한 적이 있기 때문에 플린 신부가 들먹이는 듯.
***** 사제에게는 고해소에서 들은 죄를 용서해줄 능력이 있다. 그러나 이때 들은 말을 발설하면 파문됨.

이나 두껍고, 신문에 나오는 법률공고만큼이나 깨알 같은 글자로 인쇄된 책들을 써서 이렇게 얽히고설킨 모든 문제를 명쾌하게 밝혀놓았다는 그의 설명을 들었을 때 나는 조금도 놀라지 않았다. 가끔 이런 생각을 하게 되면 나는 대답을 하지 못하거나 기껏 대답한다는 것이 아주 바보스럽거나 더듬거리기 마련이었는데 그럴 때마다 그는 싱긋이 웃으면서 머리를 두세 번 끄덕이곤 했다. 이따금 그는 나에게 외우라고 한 미사의 응답을 정말 외우는지 곧잘 시험하기도 했다. 이때 내가 일사천리로 외워대면 그는 생각에 잠긴 표정으로 빙그레 웃고는, 이따금 커다랗게 다진 코담배를 한 움큼씩 콧구멍에 번갈아 밀어넣으면서 고개를 끄덕였다. 그가 미소를 지을 때는 변색된 커다란 치아를 드러내면서 아랫입술 위에 혀를 곧잘 올려놓곤 했는데—그의 이런 버릇은 내가 그를 잘 알기 전 우리가 갓 사귀기 시작했을 무렵 나를 거북하게 만들곤 하던 바로 그 버릇이었다.

나는 해가 비치는 쪽을 따라 거리를 걸어 올라가면서 코터 노인이 한 말을 머리에 떠올리며 꿈속에서 뒤에 어떤 일이 벌어졌던가를 기억해내려고 애를 썼다. 축 늘어진 벨벳 커튼이랑 고풍스러운 흔들 램프를 본 것까지는 기억이 났다. 나는 아주 머나먼 곳에, 풍속이 전혀 다른 어떤 나라에, 내 생각으로는. …… 페르시아* 같은 곳에 있다는 느낌이었다. 그러나 그 꿈의 끝은 기억이 나지 않았다.

저녁에 아주머니는 나를 데리고 상가를 방문했다. 해가 진 뒤였다. 그러나 서향집들의 유리창에는 거대한 구름 봉우리의 짙은 황금빛이

---

* 오늘날의 이란(1935년 개칭). 당시 동양은 관능미와 풍요가 넘치는 이국적이요 낭만적인 곳으로 간주되었음.

되비치고 있었다. 내니 노파가 현관에서 우리를 맞아들였다. 아주머니는 그녀에게 소리를 지르는 것은* 볼썽사나운 짓이다 싶어 그녀와 악수만 하는 것으로 조문 인사를 대신했다. 노파는 무엇을 물어보는 듯한 표정을 하고 위쪽을 가리켰다. 아주머니가 고개를 끄떡이자 그녀는 앞장서서 좁다란 층계를 뒤뚱거리며 올라가기 시작했다. 그녀의 수그린 고개의 높이는 난간기둥의 높이보다 약간 더 높을까 말까 했다. 첫 층계참에서 그녀는 걸음을 멈추고 열려 있는 빈소 문을 향해 우리에게 재촉하듯이 손짓을 했다. 아주머니가 먼저 들어갔다. 노파는 내가 들어가기를 주저하는 것을 보고는 되풀이해서 다시 나에게 손짓하기 시작했다.

나는 발끝으로 조심스레 안으로 들어갔다. 빈소에는 블라인드의 레이스 끝을 통해 들어오는 황혼녘의 황금빛 햇빛이 가득 차 있어서 거기에 켜져 있는 촛불은 가냘프고도 파리한 불빛으로만 보였다. 그는 입관되어 있었다. 내니 노파가 선도하는 가운데 우리 셋은 침대 발치에 꿇어앉았다. 나는 기도를 하는 척했지만 노파의 중얼대는 소리 때문에 정신이 산만해져서 생각을 집중할 수가 없었다. 그런데도 그녀의 스커트 뒤쪽에는 참으로 볼썽사납게 후크가 채워져 있고, 또 그녀가 신고 있는 헝겊신 뒤축은 온통 한쪽으로만 닳아빠진 것이 눈에 띄었다. 그 늙은 사제도 관 속에 드러누워 있으면서 미소를 짓고 있으리라는 엉뚱한 생각이 들기도 했다.

그러나 그게 아니었다. 우리가 자리에서 일어나 침대 머리맡으로

---

* 그녀는 귀가 먹었음.

갔을 때 나는 그가 미소짓고 있지 않음을 발견했다.[*] 그는 커다란 두 손으로 느슨하게 성작[**]을 안고 제대(祭臺)에서 미사를 올릴 때와 같은 복장을 하고 엄숙하고도 풍성한 모습으로 거기에 누워 있었다. 그의 얼굴은 콧구멍이 시커먼 동굴 모양을 한 데다 그 주위에는 드문드문 흰 수염이 나 있어 몹시 사납고 침울하면서 육중하게 보였다. 빈소 안에는 짙은 향기가 진동했다. 꽃 향기였다.

우리는 성호를 긋고 밖으로 나왔다. 아래층의 작은 방에는 일라이저가 신부가 쓰던 안락의자에 의젓하게 앉아 있었다. 나는 발로 더듬어 방 모퉁이에 있는 내가 늘 앉던 의자 쪽으로 갔다. 그러는 동안 내니는 찬장으로 가서 셰리 주 병과 포도주 잔 몇 개를 꺼내왔다. 그녀는 그것들을 탁자 위에 올려놓고 우리에게 포도주 잔을 하나씩 잡으라고 권했다. 그러고 나서 그녀는 언니가 시키는 대로 셰리 주를 잔마다 잔뜩 따라 우리에게 돌렸다. 그녀는 나한테 짭짤한 크래커도 좀 먹어보라고 졸라댔지만 나는 거절했다. 그걸 먹으라고 너무 시끄러운 소리를 낼 것 같아서였다. 그녀는 나의 거절에 약간 실망한 듯이 보이더니 사뿐히 소파 있는 데로 다가가 자기 언니 뒤에 앉았다. 입을 떼는 사람은 아무도 없었다. 우리는 모두 텅 빈 벽난로만 지켜보고 있었다.

우리 아주머니가 일라이저가 한숨을 다 쉴 때까지 기다리다가 입을 열었다.

— 아, 글쎄요, 신부님은 더 좋은 세상으로 떠나신 거죠.

---

[*] 입관을 해도 조문객이 문상을 할 수 있도록 관 뚜껑을 덮지 않는다. 이는 우리나라 장제와는 다른 문화적인 차이 가운데 하나임.
[**] 미사 때 성혈(포도주)을 담는 의례적인 잔.

일라이저는 다시 한숨을 쉬더니 동의의 표시로 고개를 끄덕거렸다. 아주머니는 포도주 잔 굽을 손가락으로 만지작거리다가 한 모금 홀짝 마셨다.

— 신부님은 편히 .....? 그녀가 물었다.

— 그럼요, 아주 편히 가셨고말고요, 부인, 일라이저가 말했다. 숨이 언제 끊어졌는지조차 모를 지경이었으니까요. 아주 선종이었지요. 하느님 찬미받으소서.

— 그리고 모든 것은 ....?

— 오루크 신부님이 지난 화요일에 오셔서 오라버님에게 종부성사를 해드리고 다른 준비도 말끔히 해주셨지요.

— 그분은 그때 알고 계셨던가요?

— 그분은 아주 체념하고 계셨지요.

— 아까 제 눈에도 그분은 아주 체념하신 것처럼 보이더군요, 아주머니가 말했다.

— 우리가 부른 염(殮)하는 아낙네*의 말도 바로 그거였어요. 그분은 마치 주무시고 계신 듯이 보이더라고 하더군요, 그렇게 평온하고 만사를 체념한 듯이 보일 수가 없더라고 하면서요. 그분이 그렇게 선종하실 줄은 아무도 몰랐을 거예요.

— 맞았어요, 옳으신 말씀이에요, 아주머니가 말했다.

그녀는 포도주 잔에서 한 모금 더 홀짝이고는 말했다.

— 글쎄요, 플린 여사님, 어쨌거나 두 분께서는 다 신부님을 위해

---

* 지금은 염습을 장의사에서 주로 해주지만 당시에는 가정 부인들에게 맡겨 하는 것이 보통이었음.

있는 정성을 다하셨으니 조금도 여한이 없을 거예요. 정말이지, 두 분 다 그분에게 엄청나게 잘해드렸으니까요.

일라이저가 무릎 위로 드레스를 매만졌다.

— 오, 불쌍한 제임스 오라버님! 그녀가 말했다. 우리는 비록 가난하긴 하지만 우리가 할 수 있는 일은 최선을 다한 걸 하느님도 알고 계실 거예요. 오라버님이 살아 계시는 동안 무엇 하나 아쉬움을 느끼게 해서는 안 된다는 것이 우리의 마음가짐이었으니까요.

소파 베개에 머리를 기대고 있던 내니는 막 잠이 들려는 것 같아 보였다.

— 내니가 가엾어요, 일라이저가 그녀를 쳐다보며 말했다. 아주 녹초가 되는군요. 모든 일을 우리가 다 했으니까요, 내니하고 나하고 말이에요. 염을 할 아낙네를 불러오는 일에서부터 염할 준비를 하고 입관 준비에다 성당에서 드릴 미사 채비에 이르기까지 말입니다. 그런데 오루크 신부님이 계시지 않았더라면 우리가 무엇 하나 제대로 할 수 있는 일은 없었을 거예요. 그분이 우리에게 그 모든 조화랑 성당에서 두 개의 촛대를 갖다주시고, 〈프리먼스 제너럴〉* 신문에 낼 부고를 써주시고, 또 묘지와 가엾은 오라버님의 보험에 필요한 모든 서류를 도맡아 처리해주셨거든요.

— 훌륭한 분이라 아니할 수 없군요? 아주머니가 말했다.

일라이저는 두 눈을 지그시 감고 천천히 고개를 끄덕였다.

---

* 〈프리먼스 저널〉의 잘못된 발음. 더블린에서 발행되는 조간지인 이 신문의 완전한 이름은 〈프리먼스 저널과 내셔널 프레스〉였다. 아일랜드의 자치를 지지하는 중산층 가톨릭과 민족주의자의 대변지로 보수적인 성향이 강했음.

— 아, 옛말에도 포도주와 친구는 묵을수록 좋다는 말이 있잖아요, 그녀가 말했다. 뭐니 뭐니 해도 마지막에 가서 믿을 수 있는 사람은 묵은 친구밖에 없으니까요.

— 정말이에요, 거참 옳으신 말씀이에요, 아주머니가 말했다. 그런데 그분은 이제 영원한 보상(報償)의 나라로 가셨으니 여사님과 여사님 자매가 그분에게 쏟으신 모든 정성을 결코 잊지 않으시리라 굳게 믿어요.

— 아, 가엾은 제임스 오라버님! 일라이저가 말했다. 오라버님은 우리에게 큰 짐이 되지는 않았어요. 살아 계실 때도 지금이나 마찬가지로 집 안에서 그분의 인기척이라곤 좀체 느낄 수 없었으니까요. 그런데 바로 이 순간에야 그분이 머나먼 나라로 영영 떠나셨다는 생각이 드는군요. ....

— 세상일이란 죄다 끝난 뒤라야 그리워지는 법이죠, 아주머니가 말했다.

— 하긴 그래요, 일라이저가 말했다. 이제는 오라버님께 더 이상 쇠고기 수프를 갖다드릴 필요가 없어졌어요, 부인께서 그분에게 코담배를 보내실 필요가 없어졌듯이 말이에요. 아, 불쌍한 제임스 오라버님!

그녀는 지난날의 회상에 잠긴 것처럼 잠시 말을 멈췄다가 약빠르게 말을 계속했다.

— 그런데 말이에요, 나는 근자에 오라버님에게 무언가 이상한 일이 벌어지고 있다는 걸 눈치챘지요. 쇠고기 수프를 갖다드리러 갈 때마다 오라버님은 성무일도서(聖務日禱書)가 마룻바닥에 떨어진 줄도 모르고, 입을 허 벌린 채 안락의자에 등을 기대고 번듯이 드러누워 계

시지 않겠어요.

그녀는 손가락을 코에 갖다대고* 이마를 찌푸렸다. 그러다가 말을 계속했다.

— 하지만 그렇게 지내면서도 오라버님은 입버릇처럼 늘 말씀하셨지요. 여름이 가기 전에 날씨 좋은 날을 하루 골라 아이리시타운에 내려가서 우리 셋이 모두 태어난 그 옛 집을 다시 둘러보러 드라이브를 꼭 한번 하러 가고 싶다고. 나도 내니도 같이 가야 하는 건 말할 것도 없고요. 오루크 신부님이 오라버님에게 얘기해준 적이 있는 소음을 내지 않는 최신식 마차, 류머티즘에 걸린** 타이어가 달린 그런 최신식 마차를 저 길 건너편의 조니 러시 마차 대여점에서 하루 싸게 빌려 우리 삼남매가 어느 일요일 저녁때에 한 차에 같이 타고 드라이브를 하러 가고 싶다고 말씀하셨지요. 오라버님은 꼭 그러시리라 벼르고 계셨는데. … 불쌍한 제임스 오라버님!

— 주님, 그분의 영혼에 자비를 베푸소서! 아주머니가 말했다.

일라이저는 손수건을 꺼내 눈물을 닦았다. 그런 다음 그것을 주머니에 다시 집어넣고는 한동안 말없이 텅 빈 벽난로만 지켜보았다.

— 오라버님은 언제나 지나치게 꼼꼼하셨어요, 그녀가 말했다. 사제란 직책이 오라버님에게는 너무 과중했나 봐요. 그리하여 오라버님의 인생은 망가져버렸다고나 할까요.

---

* 소년 앞에서는 말을 조심하라는 뜻의 신체 언어.
** 일라이저는 'pneumatic'('공기가 빵빵한' 또는 '압축 공기를 채운'이라는 뜻)이라고 말하고 싶으나 이를 모르거나 생각이 나지 않아 그와 발음이 비슷한 'rheumatic'이라고 잘못 말함.

― 그렇습니다, 아주머니가 말했다, 신부님은 불우한 분이셨어요. 한번 보면 대번에 알 수 있잖아요.

그 작은 방에는 무거운 침묵이 흘렀다. 나는 그 침묵을 틈타 탁자 있는 데로 다가가 내 몫으로 따라놓은 셰리 주를 맛보고는 방 한쪽 구석에 있는 내 의자로 조용히 되돌아갔다. 일라이저는 깊은 명상에 잠긴 듯이 보였다. 우리는 그녀가 침묵을 깨뜨릴 때까지 정중하게 기다렸다. 오랜 침묵 끝에 그녀가 천천히 입을 열었다.

― 오라버님이 그 성작을 깨뜨렸지요. ... 그게 비운의 발단이 되었답니다. 물론 주위에서는 아무 염려할 필요가 없다고들 했지요, 그 안에 든 것은 아무것도 없었으니까 하면서 말이에요.* 하지만 그래도 오라버님은 .... 주위에선 다들 복사(服事)**의 잘못일 뿐이라고 했지요. 하지만 가엾은 제임스 오라버님은 너무나 소심해서서, 하느님 그분에게 자비를 베푸소서!

― 그래서 그렇게 되었어요? 아주머니가 말했다. 저도 무언가 들은 게 있어서. ....

일라이저가 고개를 끄덕였다.

― 그 일로 오라버님은 정신에 큰 타격을 받았답니다, 그녀가 말했다. 그런 일이 있은 후로 오라버님은 혼자서만 의기소침하게 지내기 시작했어요, 누구에게도 말을 건네지도 않고, 혼자서만 배회하면서 말이에요. 그러던 어느 날 밤 방문을 같이 가자고 사람들이 찾았으나

---

* 만일 성작 속에 이미 그리스도의 살로 변화된 성체가 들어 있다면 이를 흘리는 것은 일종의 신성모독이 될 수 있음.
** 가톨릭 미사 때 사제를 도와 시중드는 사람.

어디에서고 오라버님을 찾을 수가 없었어요. 건물 꼭대기도 지하실 바닥도 샅샅이 뒤져봤지만 어디에서고 오라버님의 모습을 발견할 수 없었답니다. 그래서 그때 마침 교구 사무장이 성당 안을 뒤져보자는 제안을 했지요. 그래서 사람들이 열쇠를 가져와 성당 문을 열고, 사무장과 오루크 신부님과 또 거기 있던 다른 신부님이 등불을 가져와 오라버님을 찾기 시작했지요. .... 그런데 오라버님께서는 두 눈을 부릅뜨고 혼자서 조용하게 웃는 듯한 모습을 하고 컴컴한 자기 고해소에 혼자 꼿꼿하게 앉아 있더라지 뭡니까?

그녀는 무언가에 귀를 기울이듯 갑자기 말을 멈추었다. 나도 덩달아 귀를 기울였다. 그러나 집 안에서는 아무 소리도 들리지 않았다. 나는 다만 우리가 얼마 전에 보았던 대로 나이 많은 신부가 가슴에는 텅 빈 성작을 안고 죽어서 엄숙하고도 험상궂은 표정을 하고 관 속에 말없이 누워 있다는 것만 알고 있을 뿐이었다.

일라이저가 다시 말을 시작했다.

— 두 눈을 부릅뜨고 혼자서 나직하게 웃는 듯한 모습을 하고. ... 그래서 그때 물론 그런 모습을 발견한 사람들마다 오라버님에게 무언가 잘못된 일이 벌어졌다고 생각하게 되었지요. ....

뜻밖의 만남

우리에게 미국 서부극을 소개한 것은 조 딜런이었다. 그에게는 『유니언 잭』 『용감한 사나이』와 『빈털터리의 모험』*의 과월호로 구성된 약간의 장서가 있었다. 저녁마다 학교가 파하면 우리는 그의 집 뒤뜰에서 만나 인디언 전투놀이를 했다. 그와 그의 게으름뱅이 동생인 뚱뚱보 리오가 마구간의 건초 다락을 지키고 있으면 우리는 기습전을 통해 거기를 점령하려 하거나 아니면 풀밭에서 정규전을 펼쳤다. 그러나 제아무리 악착같이 싸워도 포위전에서도 전투에서도 우리는 이겨본 적이 없었다. 우리의 모든 승부는 조 딜런의 일방적인 승전무로 끝나기 마련이었다. 그의 부모님은 매일 아침 가디너 가**의 여덟시

* 1890년대에 영국에서 나오기 시작한 흥미 위주의 소년 잡지들. 여기엔 모험담이 주로 실렸음.

미사에 참석했고, 그의 집 현관에는 딜런 부인의 화장품 냄새가 늘 은은하게 풍겼다. 그러나 그는 자기보다 나이도 어리고 겁도 훨씬 많은 우리한테 너무 거칠게 굴었다. 그가 낡은 찻병 덮개를 머리에 쓰고 주먹으로 깡통을 두들기며

— 야! 야카, 야카, 야카!***

하고 고함을 지르면서 정원 주변을 깡충깡충 뛰어다니면 진짜 인디언을 그대로 빼닮은 것처럼 보였다.

그런 그가 사제가 되라는 하느님의 부르심을 받았다는 소문이 퍼졌을 때 아무도 이를 곧이 믿으려 하지 않았다. 그러나 그것은 사실이었다.

우리 사이에는 일종의 자유분방한 정신이 팽배해 있었다. 그리하여 우리는 거기에 힘입어 교양과 체격의 차이 같은 것은 전혀 문제시하지 않았다. 우리는 함께 떼를 지어 돌아다녔다. 어떤 애는 간이 커서, 어떤 애는 장난으로, 또 어떤 애는 주로 겁이 많아서였다. 그런데 이 맨 나중 부류에는 공부벌레로 보이는 것이 두렵거나 배짱 없어 보이는 것이 두려워서 마지못해 인디언이 된 아이들이 대부분이었는데 나도 그런 아이 중 하나였다. 서부 개척 소설과 관련된 모험담들은 기질상으로 나와는 거리가 멀었다. 하지만 그것들이 최소한 탈출의 문을 열어준 것만은 분명했다. 나는 때때로 너절한 차림새에 성격은 거칠지만 얼굴만은 예쁘장한 여자들이 출몰하는 미국의 탐정소설류를 더

** 더블린 북동부에 있는 상부 가디너 가. 이 거리에 상류층 신자들이 많이 가는 예수회의 성 프란치스코 하비에르 성당이 있음.
*** 인디언들이 종교 의식에서 외치는 소리의 흉내.

좋아했다. 이런 소설류에는 문제될 내용도 없는 데다 그 의도도 때로는 문학적인 격조가 높은 것도 있었지만 학교에서는 이상하게도 비밀리에 회람되어야 했다. 어느 날 버틀러 신부가 네 쪽에 걸친 로마사 번역 숙제를 검사하고 있을 때 눈치 없는 리오 딜런이 『빈털터리의 모험』을 갖고 있다가 적발되었다.

— 이 페이지야, 이 페이지야? 이 페이지라고? 자, 딜런, 일어서! 날이 밝자 …. 계속 읽어봐! 날이 어떻게 되었다고? 날이 밝자마자*……예습해왔어? 자네 호주머니에 든 게 뭔가?

리오 딜런이 그 잡지를 넘겨줄 때 가슴이 두근거리지 않은 학생이 없었지만 모두들 용케도 태연한 표정을 지었다. 버틀러 신부가 잔뜩 이마를 찌푸리며 책장을 넘겼다.

— 무슨 이따위 쓰레기가 있어? 그가 말했다. 『아파치 추장』이라! 하라는 로마사 공부는 하지 않고 기껏 읽는다는 것이 이따위 쓰레기야? 다시 이따위 몹쓸 것이 이런 학교**에서 내 눈에 띄었다가는 가만두지 않는다. 이따위 것을 쓴 인간은 모르긴 몰라도 술 한 모금 때문에 이런 글 나부랭이를 갈겨대는 형편없는 3류 문사일 거야. 자네들처럼 교양 있는 학생들이 쓰레기 같은 이따위 것을 읽다니, 기가 찰 노릇이구나! 자네들이 혹시 …… 국립학교*** 학생이라면 어느 정도 이해는 할 수 있는 일이긴 하지만 말이야. 자, 딜런, 내 신신 당부하기

---

* 카이사르의 『갈리아 전기』에 나오는 상투적인 도입부.
** 예수회에서 운영하는 더블린 시내의 명문 사학 벨비디어 칼리지인 듯함.
*** 국비로 실용적인 직업 교육을 시키는 초등학교 과정의 공립학교. 주로 빈민층 자제들이 다녔음.

니와 제발 한눈팔지 말고 열심히 공부해 그렇지 않으면 .....

엄숙한 학교 수업 시간 중에 들은 이러한 꾸지람 바람에 내게 있어 미국 서부의 영광에 대한 많은 부분은 빛이 바랬고, 또 리오 딜런의 그 어리둥절하면서도 부어오른 얼굴을 보았을 때는 한 가닥 양심의 가책이 느껴졌다. 그러나 학교의 구속력이 평상시와 같이 저만큼 사라지자 나는 걷잡을 수 없는 감정, 다시 말해, 이러한 무질서의 연대기들만이 나에게 제공할 수 있을 것으로 보이는 도피를 다시 갈망하기 시작했다. 저녁때의 모의전도 아침나절의 판에 박은 학교생활과 마찬가지로 마침내 나에게는 지겨워지고 말았다. 그 이유는 진짜 모험이 나 자신에게 일어나기를 갈망했기 때문이다. 그러나 진짜 모험이란 집에만 머물러 있는 사람에게는 결코 일어나지 않는다. 그런 모험은 반드시 밖에 나가 찾아야 한다고 나는 생각했다.

여름방학이 가까워오자 나는 최소한 하루만이라도 학교생활의 지겨움에서 벗어나보기로 결심했다. 리오 딜런과 마호니라는 아이와 나는 학교를 하루 빼먹기로 계획했다. 우리는 각자 6펜스씩 모으기로 했다. 그리하여 우리는 커널 브리지에서 다음 날 아침 열시에 만나기로 약속했다. 마호니의 큰누나는 그를 위해 결석계를 써주기로 했고, 리오 딜런은 자기 형에게 아프다고 말해달라고 부탁하기로 했다. 우리는 워프 로(路)를 따라 걸어 내려가다가 배들이 정박한 곳에 이르면 거기서 나룻배를 타고 리피 강을 건너, 다시 걸어 내려가 피전 하우스*를 구경하기로 일정을 짰다. 리오 딜런이 버틀러 신부나 학교 관계자를 혹시 만나면 어떡하나 걱정했다. 그러나 마호니가 아주 재치있게 되물었다. 버틀러 신부가 무슨 할 일이 없어 그 시간에 피전 하우스에 나타나겠느냐고. 그 말에 우리는 마음이 놓였다. 나는 다른 두 친구에게서 6펜스씩 걸고 동시에 내 몫 6펜스는 그들에게 보여줌으로써 거사의 첫 단계에 종지부를 찍었다. 거사 전날 밤 최종 점검을 하고 있을 때 우리는 어딘지 모르게 흥분을 감출 수 없었다. 우리는 웃으면서 악수를 했다. 마호니가 말했다.

— 내일 만나자, 친구들!

그날 밤 나는 잠을 설쳤다. 아침에 커널 브리지에 맨 먼저 도착한 사람은 나였다. 내가 가장 가까운 곳에 살았기 때문이다. 나는 아무도 가본 적이 없는 정원 끝의 잿구멍 근처에 있는 잡초가 무성한 풀밭에 책을 숨겨놓고, 운하의 둑을 따라 서둘러 약속 장소로 달려간 것이었다. 6월의 첫째 주, 온화하고도 청명한 아침이었다. 나는 다리의 갓돌 위에 걸터앉아 밤새도록 내가 열심히 깨끗이 닦은 내 부드러운 운동화에 스스로 감탄하기도 하고, 유순한 말들이 장사꾼들을 잔뜩 태운 운반차를 끌고 언덕 위로 올라가는 광경을 지켜보기도 했다. 산책로**
양쪽으로 늘어선 거수(巨樹)들의 잔가지는 어린 연초록빛 잎사귀들로 하나같이 경쾌해 보였고, 햇빛은 그 잎사귀들 사이를 뚫고 비스듬히 물 위에 비치고 있었다. 다리(橋梁)의 화강암이 뜨뜻해지기 시작했다. 그러자 나는 내 머릿속에 떠오르는 가락에 맞추어 두 손으로 그것을 가볍게 두드리기 시작했다. 나는 무척 행복했다.

---

* 더블린 만 입구의 방파제에 위치한 전기를 공급하는 발전소. 1897년 발전소로 쓰이기 전까지는 군사적 요새였으므로 소년들이 여기에 가려는 것은 그 일대 요새의 유적을 둘러보고 싶어서인 듯함.
** 소년들의 약속 장소인 로열 커널의 남쪽에 있는 찰르빌 산책로.

내가 5분 내지 10분가량 거기에 앉아 있노라니 회색 교복을 입은 마호니가 다가오는 것이 보였다. 그는 미소를 지은 채 언덕을 올라와 다리 위의 내 옆자리에 기어올랐다. 우리가 기다리고 있는 사이에 그는 불룩한 안주머니에서 새총을 꺼내어 자신이 직접 개조한 몇몇 군데를 자세히 설명했다. 내가 왜 그것을 가져왔느냐고 물었더니 그는 새들을 좀 골탕 먹이고 싶어서 가져왔노라고 했다. 마호니는 거침없이 은어를 썼다. 그는 버틀러 신부를 분젠 버너*라고도 했다. 우리는 15분이 넘도록 더 기다렸으나 리오 딜런이 나타날 조짐은 여전히 보이지 않았다. 마호니가 마침내 다리에서 뛰어내리면서 말했다.

— 우리끼리만 가자. 뚱보 그 녀석 겁먹고 꽁무니 뺄 줄 알았어.

— 그럼 그 녀석의 6펜스는 …? 내가 말했다.

— 그야 몰수지 뭐, 마호니가 말했다. 그럴수록 우리에겐 더 좋은 것 아냐—1실링이 아니라 1실링하고도 6펜스라니, 그게 어디냐.

우리는 노스 스트랜드 로를 따라 걸어 내려와 황산염 공장에 이르렀다. 거기서 오른쪽으로 꺾어 워프 로를 따라 계속 걸었다. 마호니는 우리가 사람들의 시야에서 벗어나기 무섭게 인디언 놀이를 하기 시작했다. 그는 장전되지 않은 새총을 휘두르며 누더기 차림의 소녀들 무리를 쫓아갔다. 이때 역시 누더기 차림의 두 소년이 의협심에서 우리를 향해 돌멩이를 던지기 시작하자 그는 그들을 공격하자고 제안했다. 그러나 나는 소년들이 너무 어리다고 반대했다. 그래서 우리가 그냥 걸어가고 있노라니 누더기 부대**는 마호니의 얼굴색이 까무잡잡

---

* 글자 그대로는 독일 과학자 R. W. 분젠이 발명한, 화학 실험실에서 쓰는 가스버너이나 여기서는 두운법을 이용한 말장난이거나 버틀러 신부의 폭발적인 성격을 빗댄 듯함.

한 데다*** 모자에는 크리켓 클럽의 은 배지가 달려 있어**** 우리를 개신교 신자로 잘못 알고 우리 등 뒤에 대고 **포대기에 싸인 자들! 포대기에 싸인 자들!***** 하고 고함을 질러댔다. 우리가 스무딩 아이언 수영장 입구에 이르렀을 때 우리는 포위전을 시도했다. 그러나 그것은 실패로 끝났다. 포위전을 제대로 하려면 적어도 셋은 있어야 하기 때문이다. 우리는 리오 딜런이 형편없는 겁쟁이라고 흉을 보고, 또 오후 세시에 라이언 선생님에게 몇 대나 매를 맞을지****** 추측하는 것으로 그에게 분풀이를 했다.

그러는 사이에 우리는 강 근처에 도착했다. 우리는 한쪽에 높다란 돌벽이 있는 소란한 거리를 어슬렁거리기도 하고, 크레인과 발동기의 활약상을 구경하기도 하고, 때로는 과적한 짐차 운전사들이 선뜻 비키지 않는다고 우리에게 내지르는 고함소리를 듣기도 하면서 많은 시간을 보냈다. 우리가 부두에 도착했을 때는 한낮이었다. 인부들이 모두 점심을 먹고 있는 것 같아 우리도 커다란 건포도 롤빵을 두 개 사서 강가의 무슨 금속 파이프에 올라 앉아 먹기 시작했다. 우리는 더블

***

** "누더기 차림의 소녀들" "두 소년" "부대"는 가톨릭과 개신교에서 빈민층 자녀를 위해 각각 운영하는 '누더기 학교'의 아동들을 일컫는 듯. 이 학교는 빈민층 자녀들에게 무상 교육은 물론 무료 급식과 피복을 제공하는 자선 기관임.
*** 아일랜드 가톨릭교도들은 개신교 신자를 검은 피부색과 결부하여 경멸적으로 부르는 경향이 있다. 조이스의 희곡 「추방인들」에도 이런 표현이 나옴.
**** 크리켓은 영국의 구기로 영국에서 들어왔기 때문에 주로 개신교인들만이 즐기는 게임으로 생각하기 쉬움.
***** 아일랜드의 가톨릭교도들이 개신교인을 경멸적으로 부르는 속어. 「루카 복음서」 2장 7절에 아기 예수가 포대기에 싸여 구유에 누워 있는 것으로 묘사된 데 그 어원이 있는 듯.
****** 벨비디어에서 체벌을 하는 시간은 오후 세시로 정해져 있었다. 체벌은 가죽 끈으로 손바닥을 치는 것이 전부였음.

린 항구에서 벌어지는 교역 현장을 지켜보노라니 흐뭇하기 그지없었다—양털처럼 꼬불꼬불한 연기로 멀리서도 쉽게 알아볼 수 있는 화물 운반선, 링센드 너머에서 조업하는 갈색 어선단, 맞은편 부두에서 하역 중인 흰 돛을 단 대형 범선들, 어느 것 하나 장관 아닌 것이 없었다. 마호니는 저런 대형 선박을 하나 집어타고 바다로 도망친다면 얼마나 신나겠느냐고 했고, 나도 또한 그 높은 돛대를 쳐다보면서 여태까지 학교에서 건성으로 접한 지리가 점점 구체적인 형상을 띠고 눈앞에 다가오는 것을 보거나 상상할 수 있었다. 학교와 집이 우리로부터 멀어지는 것같이 보이면서 우리에 대한 그런 것들의 구속력도 쇠퇴하고 마는 것 같았다.

우리는 노동자 두 명과 가방을 든 키 작은 유대인 한 명과 함께 통행료를 내고 나룻배로 리피 강을 건넜다. 우리는 엄숙감이 감돌 정도로 진지했다. 그러나 그 짧은 도강(渡江) 사이에 우리의 눈이 서로 마주치자 우리는 곧 웃음을 터뜨리고 말았다. 나룻배에서 내렸을 때 우리는 아까 건너편 부두에서 지켜본 바 있는 돛대가 셋 달린 그 멋진 범선에서 하역 작업하는 광경을 가까이에서 다시 지켜보았다.[*] 어떤 구경꾼이 그 배는 노르웨이 선박이라고 했다. 나는 그 배의 고물 쪽으로 가서 거기에 달린 간판을 해독해보려고 애를 썼다. 그러나 그것이 제대로 되지 않자 되돌아와서 외국인 선원들 중에 혹시 초록빛 눈을 가진 사람은 없나 하고 그들을 눈여겨보기도 했다. 왜냐하면 나는 나도 잘 알 수 없는 다소 혼란스러운 생각을 하고 있었기 때문이다

---

[*] 범선은 당시 화물을 운송하는 주요 수단이었음.

.........* 선원들은 눈이 푸른 사람도 있고, 회색인 사람도 있고 심지어 새까만 사람도 있었다. 눈이 초록빛이라고 할 만한 선원은 널판때기가 바닥에 떨어질 때마다

— 좋아요! 좋아!

라고 유쾌한 목소리로 소리를 질러 부둣가의 구경꾼들을 즐겁게 해주는 키 큰 사내 한 명뿐이었다.

이런 구경에도 싫증이 나서 우리는 링센드 쪽으로 어슬렁어슬렁 내려가기 시작했다. 날씨가 무더워졌다. 식료품 가게의 진열장에는 빛바랜 과자들이 곰팡내를 풍기며 진열되어 있었다. 우리는 과자와 초콜릿을 좀 사서 어부 가족들이 모여 사는 지저분한 거리를 어슬렁거리면서 부지런히 먹어댔다. 우유가게가 보이지 않아 행상인의 가게로 가서 우리는 라즈베리 레모네이드를 한 병씩 샀다. 이것을 마시고 기운을 차린 마호니는 고양이를 쫓아 골목길을 달렸다. 그러나 그 고양이는 넓은 들판으로 도망가고 말았다. 우리는 둘 다 좀 피곤했다. 그래서 우리는 들판에 도착하자 당장 경사진 강둑으로 향했다. 그 등성이 너머로는 도더 강이 내려다보이는 곳이었다.

때가 너무 늦은 데다 피곤하기도 해서 우리는 피전 하우스를 구경하려던 계획을 실천에 옮길 수가 없었다. 우리의 모험이 발각되지 않으려면 세상없어도 네시 전까지는 집에 가야 했다. 마호니는 아쉬운 표정으로 새총을 쳐다보았고, 나는 기차를 타고 집으로 가자고 제안했다. 그랬더니 그는 활기를 조금 되찾는 것 같았다. 해가 구름 뒤로

---

* 호메로스의 오디세우스는 녹색 눈을 가졌다는 중세 전설의 암시일 수도 있음. 여기의 생략부호는 녹색 눈의 의미가 모호함을 뜻함.

숨어버리자 우리에게 남은 건 지겹다는 생각과 먹을 것 부스러기뿐이었다.

들판에는 우리 말고는 아무도 없었다. 우리가 얼마 동안 말없이 강둑 위에 누워 있을 때 들판 맨 끝에서 어떤 사내가 다가오는 것이 눈에 띄었다. 나는 처녀들이 점을 친다는 초록색 풀줄기를 씹으면서 한가한 눈길로 그를 지켜보았다. 그는 강둑을 따라 천천히 다가왔다. 그는 한 손을 엉덩이에 대고 걸어왔다. 그는 다른 한 손에는 지팡이를 들고 있었는데 그것으로 잔디밭을 가볍게 두드리면서 걸었다. 그는 꾀죄죄한 차림새로 푸른빛이 도는 거무죽죽한 양복에 우리가 흔히 중절모라고 부르는 춤이 높다란 모자를 쓰고 있었다. 그는 콧수염이 온통 흰색이어서 아주 나이 들어 보였다. 우리 발치를 지날 때 그는 우리를 흘끗 쳐다보고는 가던 길을 계속 갔다. 우리는 눈길로 그를 좇다가 그가 아마 50보가량 걸어갔을 때 몸을 돌려 가던 길을 되돌아오기 시작하는 것을 보았다. 그는 줄곧 지팡이로 땅을 두드리며 우리를 향해 매우 천천히 걸어왔다. 어찌나 천천히 걷던지 그가 풀밭에서 무엇을 찾고 있지 않나 하는 생각마저 들었다.

우리 옆에 바짝 다가왔을 때 그는 걸음을 멈추더니 우리에게 안녕하냐면서 인사를 걸었다. 우리가 대꾸를 하자 그는 우리 옆 비탈에 천천히 그리고 매우 조심스럽게 앉았다. 그는 날씨 얘기부터 꺼내기 시작했다. 금년 여름은 굉장히 무더운 여름이 될 것 같다느니, 계절이 그의 꼬마 시절보다, 그러니까 오래전보다 엄청나게 변했다고 덧붙이기도 하면서. 그는 사람의 일생에서 가장 행복한 시절은 두말할 나위도 없이 학창 시절이라면서 다시 젊어질 수만 있다면 모든 것을 기꺼

이 다 바치겠노라고 했다. 그가 이러한 감정을 쏟아냈을 때 우리는 약
간 따분해져서 침묵을 지켰다. 그러자 그는 학교와 책 얘기를 하기 시
작했다. 그는 우리에게 토머스 무어*의 시나 월터 스콧 경(卿)**과 리
턴 경***의 작품을 읽어보았느냐고 물었다. 내가 그가 들먹이는 책을
모두 다 읽은 척했더니 그는 마침내 이렇게 말했다.

— 아, 자네는 알고 보니 나처럼 책벌레로군. 그런데 그는 눈을 휘
둥그레 뜨고 우리를 응시하는 마호니를 가리키면서 덧붙였다, 저 친
구는 달라. 저 친구는 노는 데는 도사일 것 같아.

그는 월터 스콧 경의 모든 작품과 리턴 경의 모든 작품을 자기 집에
다 갖고 있다면서 그것을 다 읽는 데 싫증을 느껴본 적이 없다고 했
다. 물론, 리턴 경의 작품에는 소년들이 읽어서는 안 될 것도 더러 있
다고 말하기도 했다. 마호니는 소년들이 그런 것을 읽어서는 안 되는
이유는 뭐냐고 물었다. 마호니의 그 질문은 나를 불안하고 고통스럽
게 했다. 왜냐하면 그 사내가 나를 마호니와 다름없는 멍청이로 볼 것
같은 염려 때문이었다. 그러나 사내는 빙그레 웃을 뿐이었다. 그의 입
안의 누런 이빨 사이에는 크게 벌어진 틈이 보였다. 그러다가 그는 우
리에게 누가 더 여자 친구가 많으냐고 물었다. 마호니는 여자 친구가
셋이라고 가볍게 대답했다. 그 사내는 나에게 몇 명이나 있느냐고 물
었다. 나는 하나도 없다고 대답했다. 그랬더니 그는 내 말을 믿으려

* 아일랜드의 국민적인 서정시인(1779~1852). 대표작에 『아일랜드 선율』이 있음.
** 스코틀랜드의 시인이자 소설가(1771~1832). 대표작에 역사소설 『아이반호』가 있음.
*** 본명은 에드워드 조지 E. 불워-리턴(1803~1873). 영국의 소설가, 시인이자 극작가.
대표작에 『폼페이 최후의 날』이 있음. 이들 세 작가는 낭만적인 작풍으로 유명함.

하지 않고 틀림없이 하나는 있을 거라고 우겼다. 나는 침묵을 지켰다.

— 그럼, 마호니가 그 사내에게 당돌하게 물었다, 아저씨는 몇이나 돼요?

사내는 아까처럼 빙그레 웃고는 자기 나이가 우리만 했을 때는 여자 친구가 많았다고 했다. 소년이라면 누구나, 그는 말했다, 꼬마 애인이 하나쯤은 있기 마련이지.

이런 문제에 대한 그의 태도로 미루어 보아 그 정도 나이의 노인치고는 믿기지 않을 정도로 자유분방하다는 인상을 확 풍겼다. 나는 마음속으로 그가 소년과 여자 친구들에 관해 하는 말이 그럴듯하다는 생각이 들었다. 그러나 그런 말이 그런 사람 입에서 나오는 것이 싫었다. 그리고 그가 무엇이 무서운 듯이 아니면 급작스레 한기를 느끼듯이 한두 번 몸을 떠는 것을 보고 왜 그러는지 이유가 궁금하기도 했다. 그가 계속해서 하는 말을 들어보니 그의 억양은 교양 있는 말씨임을 알 수 있었다. 그는 우리에게 소녀들의 머리카락은 참으로 멋지고 부드럽다느니, 그들의 두 손은 참으로 보드랍다느니, 또 모든 소녀란 일단 알고 나면 처음 보기와는 달리 다 썩 좋은 것은 아니라느니, 하면서 여자애들 이야기를 하기 시작했다. 깜찍한 어린 소녀를 쳐다보는 것, 그녀의 예쁘고 하얀 손과 아름답고 보드라운 머리칼을 쳐다보는 것보다 더 좋아하는 것은 이 세상에 없다고도 했다. 나는 그가 이미 외워둔 그 무엇을 되풀이하고 있거나, 아니면 그의 마음이 자기 말씨 중 어떤 낱말의 매력에 홀려 같은 궤도를 자꾸만 천천히 빙빙 돌고 있구나, 하는 인상을 받았다. 때로는 그는 누구나 다 아는 어떤 사실을 단순히 언급할 뿐이라는 투로 말하는가 하면, 때로는 목소리를 낮추어 다른 사람들이 엿들어서는 안 될 모종의 비밀이라도 얘기해주듯이 신비스러운 어조로 말하기도 했다. 그는 자신의 말투에 변화를 가하면서, 단조로운 목소리로 에워싸기도 하면서 같은 말을 몇 번이고 되풀이했다. 나는 그의 그런 말에 귀를 기울이는 한편, 비탈의 기슭 쪽을 계속 응시했다.

한참이 지나서야 그의 독백이 멈췄다. 그는 일 분가량, 아니 몇 분가량 어딜 좀 다녀와야 하겠다면서 천천히 일어섰다. 그래서 나는 시선의 방향을 바꾸지 않고 그가 우리 곁을 떠나 들판 끝 근처를 향해 천천히 걸어가는 것을 지켜보았다. 그가 떠나고 나서도 우리는 여전히 말이 없었다. 몇 분의 침묵이 흐른 뒤에 나는 마호니가 외치는 소리를 들었다.

— 이것 봐! 저 양반 하는 짓 좀 봐!

내가 대답을 하지도 않고 눈도 들지를 않자 마호니가 다시 외쳤다.

— 이것 봐 ..... 저 망측한 영감쟁이 같으니!

— 저 양반이 우리에게 이름을 묻거든, 내가 말했다, 넌 머피라고 해, 난 스미스라고 할 테니까.

우리는 더 이상 서로 말이 없었다. 내가 떠날까 말까 여전히 망설이고 있을 때 그 사내가 되돌아와서 우리 옆에 다시 앉았다. 그가 앉자마자 마호니는 아까 도망친 그 고양이를 발견하고 벌떡 자리에서 일어나 그것을 쫓아 들판을 가로질러 달렸다. 사내와 나는 그 추격전을 지켜보았다. 고양이가 또다시 도망을 치자 마호니는 고양이가 기어오른 벽을 향해 돌멩이를 던지기 시작했다. 그러다가 그는 그러기를 그만두고 들판 맨 끝에서 정처 없이 어슬렁거리기 시작했다.

잠시 뒤에 그 사내가 내게 말을 걸었다. 그는 내 친구가 매우 버르장머리 없는 아이라면서 학교에서 자주 매를 맞느냐고 물었다. 나는 우리가 그의 말대로 매나 맞는 국립학교 학생으로 보이느냐면서 화난 목소리로 쏘아주고 싶었다. 그러나 나는 계속 입을 다문 채 잠자코 있었다. 그는 아이들 체벌 문제에 관해 말하기 시작했다. 그의 마음은 자기 말씨의 매력에 다시 홀린 듯 새로운 중심의 주위를 천천히 빙빙 도는 것 같았다. 그는 아이들이 저 지경이 되면 저런 아이들은 매를 맞아야 싸다, 그것도 얼얼하게 맞아야 싸다고 했다. 아이가 버르장이가 없고 제멋대로인 경우 화끈한 매 뜸질보다 더 효과 있는 것은 없다는 것이었다. 손바닥을 치거나 귀싸대기를 갈기는 것으로는 기별이 가지 않는다, 그런 아이에게 필요한 것은 얼얼한 매 뜸질뿐이라는 것이었다. 나는 이런 말에 깜짝 놀라 나도 모르게 그의 얼굴을 힐끗 쳐다보았다. 그러자 나는 그의 진 초록빛 두 눈과 시선이 마주쳤다. 그때 그는 그런 시선으로 이마를 실룩거리면서 나를 물끄러미 바라보고 있었다. 나는 다시 눈길을 돌려버렸다.

사내는 독백을 계속했다. 그는 얼마 전에 보여준 자유분방한 생각을 까맣게 잊어버린 듯했다. 그는 만일 어떤 아이가 여자애들한테 말을 걸거나 여자애 애인이 있는 것을 알게 된다면 그 녀석을 매질해서 반쯤 죽여놓겠다고 했다. 그러는 것이 여자애한테 다시는 말을 못 붙이게 하는 단방약이라는 것이었다. 그리고 어느 아이가 여자 애인이 있으면서도 이를 숨겼다는 것을 알게 된다면 이런 경우에는 이 세상의 어느 아이도 여태껏 맞아보지 못했을 정도의 매질을 퍼부을 것이라고 호언했다. 그는 그것이야말로 자신이 이 세상에서 가장 하고 싶은 일이라고 했다. 그는 그런 애를 매질하는 방법을 무슨 정교한 비결이라도 털어놓는 것처럼 내게 설명했다. 그는 이 세상에서 다른 어떤 일보다 그 일을 더 많이 했으면 좋겠다고도 했다. 나에게 매질하는 비결을 중언부언 단조롭게 늘어놓는 그의 목소리는 점점 다정하게 들리는 듯하면서, 나더러 자기를 좀 이해해달라고 애원하는 것 같기도 했다.

나는 그의 독백이 다시 멎을 때까지 기다렸다. 그러다가 나는 벌떡 일어섰다. 나는 내 마음의 동요를 그가 눈치채지 못하도록 신발 끈을 제대로 묶는 척하면서 몇 분을 끌다가 꼭 가야 할 데가 있다며 그에게 작별인사를 했다. 나는 차분하게 비탈길을 올라가긴 했지만 그가 내 발목을 잡을지도 모른다는 두려움 때문에 가슴이 요란하게 쿵쾅거렸다. 비탈 꼭대기에 도착하자 나는 오던 쪽으로 몸을 돌려 그를 쳐다보지도 않고 들판에 대고 큰 소리로 외쳤다.

— 머피!

내 목소리에는 억지로 용감한 척하는 어투가 풍겼다. 그래서 내 약은 잔꾀가 부끄러워졌다. 나는 그의 이름을 다시 부르지 않을 수 없었다. 그제야 마호니는 나를 알아보고 큰 소리로 대답했다. 그가 들판을 가로질러 나를 향해 뛰어올 때 내 가슴은 얼마나 뛰었던지! 그는 마치 나를 구조라도 하려는 듯이 뛰어왔다. 그래서 나는 뉘우쳤다. 왜냐하면 마음속으로 나는 그를 항상 좀 깔봐왔기에.

애러비

노스 리치먼드 가는 막다른 골목이라서 크리스천 브러더스 학교[*]
에서 아이들을 집에 보내는 시간을 제외하고는 언제나 조용한 거리였
다. 이 막다른 골목 끝에 사람이 살지 않는 2층짜리 집 한 채가 네모
반듯한 대지 위에 이웃집들과 동떨어져 자리 잡고 있었다. 이 거리의
다른 집들은 저마다의 품위 있는 살림살이를 의식해서인지 갈색의 냉
담한 표정을 하고^{**} 서로를 응시하는 것 같았다.

우리 집에 전에 세 들어 살던 사람은 사제였는데 그는 뒤쪽 응접실

---

* 가난한 소년들을 위해 가톨릭의 평수사회에서 운영하는 초등학교 과정의 주간학교
(1802년 설립). 교양 교육보다는 직업 교육에 치중했음.
** 갈색 벽돌집이라는 뜻. 조이스는 그의 『스티븐 히어로』에서 이 '갈색 벽돌집'을 "아일
랜드 마비의 화신"이라고 한 바 있음.

에서 세상을 떠났다. 방문이라곤 모두 다 오랫동안 닫혀 있어서 곰팡내 나는 공기가 방마다 가득했고, 부엌 뒤쪽의 창고방은 낡고 쓸모없는 폐지로 어질러져 있었다. 나는 이 폐지들 사이에서 낱장이 말려 올라가고 습기가 찬 몇 권의 페이퍼백을 찾아냈는데 월터 스콧의 『수도원장』 『경건한 성체 배령자』 그리고 『비도크의 회상록』이 그것이었다. 나는 그중에서도 맨 나중 것이 제일 마음에 들었는데 그 이유는 책장이 노래서였다. 집 뒤의 잡초가 무성한 정원 복판에는 사과나무 한 그루와 몇 그루의 관목이 우거져 있었는데 그 관목 가운데 어느 한 그루 밑에서 나는 세상을 떠난 임차인의 녹슨 자전거펌프를 발견했다. 그는 매우 자비로운 사제였다. 그는 유언을 통해 그의 돈 전액은 자선기관에 기증하고 집의 가구는 모두 여동생에게 물려주었다.

해가 짧은 겨울이 되면 우리가 채 저녁을 다 먹기도 전에 땅거미가 찾아왔다. 우리가 거리에 하나둘 모일 때쯤이면 집들은 벌써 침침하게 보였다. 우리 위의 드넓은 하늘은 시시각각 변하는 보랏빛이었고, 거리의 가로등들은 그러한 하늘을 향해 희미한 등잔불을 쳐들고 있는 것 같았다. 차가운 공기가 우리를 매섭게 찔렀지만 우리는 몸이 후끈거릴 때까지 신나게 놀았다. 우리가 내지르는 고함소리가 조용한 거리에 메아리쳤다. 우리가 전속(全速)을 다해 놀게 되면 우리는 코티지스*의 난폭한 패거리로부터 호된 공격을 받아야 하는 집들 뒤의 컴컴하고도 진흙투성이인 골목길을 지나 잿구멍에서 악취가 솟아오르는 어둡고 질척거리는 정원의 뒷문에 이르기도 하고, 때로는 마부가

---

* 리치먼드 가에서 약간 떨어져 있는 리치먼드 코티지스라는 좁은 거리. 여기에는 아이를 많이 둔 빈민들이 많이 살았음.

말을 쓰다듬으면서 빗질을 해주거나 아니면 쬠쇠로 쮠 마구를 흔들어 듣기 좋은 소리를 내는 그 컴컴하고도 악취 분분한 마구간에 이르기도 했다. 우리가 거리 쪽으로 되돌아 나오면 부엌 창문에서 새어나온 불빛이 지하실 출입구를 환히 비추고 있었다. 우리 아저씨가 거리 모퉁이를 도는 것이 보이면 우리는 컴컴한 데 숨어서 그가 집 안으로 쏙 들어갈 때까지 지켜보았다. 그렇지 않으면 망간의 누나가 저녁을 먹으러 오라고 자기 동생을 부르러 현관 앞 층계에 나오면 우리는 역시 어두운 데서 그녀가 거리 아래위를 살펴보는 모습을 지켜보았다. 우리는 그녀가 그냥 그대로 머물러 있는지 아니면 안으로 들어가 버리는지를 알기 위해 기다려야만 했다. 그러다가 그녀가 그대로 머물러 있으면 우리는 어둠 속에서 나와 체념을 하고 망간네 집 층계를 향해 걸어갔다. 그녀는 반쯤 열린 문으로 새어나오는 불빛에 몸의 윤곽을 드러낸 채 우리를 기다리고 있었다. 그녀의 동생은 항상 누나를 골려주지 않고는 말을 듣는 법이 없었다. 나는 그녀를 쳐다보면서 난간 옆에 섰다. 그녀의 드레스는 그녀가 몸을 움직이자 흔들리고, 그녀의 부드러운 머리 타래도 덩달아 이리저리 살랑거렸다.

매일 아침 나는 앞쪽 거실 바닥에 누워 그녀의 집 문을 지켜보았다. 블라인드를 창틀에서 3센티미터 정도까지 내려 쳤기 때문에 내가 보일 리가 없었다. 그녀가 현관 앞 층계에 모습을 드러내면 나는 가슴이 뛰었다. 나는 현관으로 달려가서 책들을 집어들고 그녀 뒤를 따라 나섰다. 나는 내 시야에서 갈색 옷을 입은 그녀의 모습을 항상 놓치지 않으려 애썼다. 그러다가 우리의 길이 갈리는 지점에 가까워지면 나는 걸음을 재촉하여 그녀를 앞질렀다. 이런 일이 아침마다 반복되었다. 나는 무심결에 한 몇 마디 말 말고는 그녀에게 말을 걸어본 적이 없었다. 그러나 그녀의 이름은 나의 어리석은 모든 피를 불러 모으는 일종의 소환장 같았다.

그녀의 모습은 로맨스와는 하등의 관계가 없는 곳까지 나를 따라다녔다. 토요일 저녁 아주머니가 장을 보러 가면 나는 따라가서 짐 꾸러미를 들어줘야 했다. 우리는 술에 취한 사내들과 흥정하는 아낙네들과 부딪히며 불빛이 번쩍이는 거리를 헤치고 걸어야 했다. 노동자들의 욕지거리, 돼지 볼살 절임 통을 지키고 선 점원이 쉴 새 없이 질러대는 날카로운 외침소리, 오도너번 로사*에 관한 **모두 다 오라****나 아니면 우리 조국의 수난에 관한 민요를 불러대는 길거리 가수들의 코맹맹이 노랫소리들 사이로 말이다. 이러한 소음들이 삶에 대한 하나의 감각이 되어 나에게로 다가왔다. 나는 원수의 무리 사이로 나의 성작을 안전하게 안고 가고 있다는 느낌이 들었다. 그리고 그녀의 이름이 나 자신도 이해할 수 없는 이상한 기도와 찬양이 되어 때때로 내 입술에서 튀어나왔다. 나의 두 눈에는 가끔 눈물이 흥건했고(나는 그 이유를 알 수 없었다) 때로는 심장에서 범람한 홍수가 내 가슴속으로 쏟아져 들어가는 것 같기도 했다. 나는 앞으로의 일은 거의 생각할 겨를이 없었다. 나는 그녀에게 앞으로 말을 걸 수 있을지조차 알지 못했고, 내가 만일 그녀에게 말을 건다면 나의 착잡한 연모의 정을 어떻게

---

* '다이너마이트 로사'로 더 잘 알려진 아일랜드의 급진적인 독립투사 제러마이어 오도너번(1831~1915)의 별명.
** 민요나 속요를 부르기 전에 관심을 끌기 위해 "모두 다 오라, 아일랜드의 멋쟁이들아, 그리하여 내 노래를 들어라"라는 가사로 시작하는 것이 보통이었음.

표현해야 좋을지는 더욱 몰랐다. 그러나 나의 몸은 하프와 같았고 그녀의 말과 몸짓은 그 현(絃)을 켜는 손가락과 같았다.

어느 날 저녁 나는 사제가 숨을 거둔 뒤쪽 응접실에 들어가보았다. 비가 내리는 어두컴컴한 저녁인 데다 집 안은 아무런 소리 없이 고요했다. 깨진 창유리를 통해 비가 땅에 부딪히는 소리만 들렸다. 그것은 끊임없이 내리는 가는 바늘 같은 빗줄기가 물에 잠긴 화단에서 뛰노는 것 같은 소리였다. 내 아래쪽으로는 멀리서 가물거리는 등불이나 불이 밝혀진 창문이 희미하게 비치고 있을 뿐이었다. 그리하여 나는 내 눈에 보이는 것이 거의 없다는 생각에 오히려 고마운 생각마저 들었다. 내 모든 감각은 그런 감각 자체를 숨겨버리기를 갈망하는 것 같았다. 그런데 그러한 감각에서 벗어나야겠다는 느낌이 들어 양 손바닥이 부들부들 떨릴 때까지 마주 움켜잡고는 오 사랑! 오 사랑!을 수없이 중얼거렸다.

마침내 그녀가 나에게 말을 걸었다. 그녀가 내게 첫마디를 건넸을 때 나는 너무 당황한 나머지 뭐라고 대답해야 좋을지 몰랐다. 그녀는 나에게 애러비*에 갈 거냐고 물었다. 나는 간다고 했는지 안 간다고 했는지 기억이 나지 않았다. 그건 굉장한 바자일 거라고 그녀는 말했다. 그러면서 그녀는 꼭 가봤으면 좋겠는데라고 했다.

― 그런데 왜 못 가니? 내가 물었다.

---

* 저비스 가 병원 건립 모금을 위해 1894년 5월 14~19일 사이에 더블린 남쪽 볼스브리지에서 열린 자선 바자 이름. '동양의 대축제'라는 기치를 내걸고 동양의 진품을 팔았다. 이 바자는 실제로는 이 스토리의 내용보다 훨씬 규모가 크고 흥청거렸다고 함. 애러비는 아라비아의 시적인 이름.

그녀는 말을 하는 동안 은팔찌를 손목 주위로 뱅글뱅글 돌렸다. 그녀가 갈 수 없는 이유는 바로 그 주일에 그녀가 다니는 수녀원 학교에서 피정(避靜)을 하기로 되어 있어서라는 것이었다. 그녀의 남동생과 다른 두 사내아이는 모자 때문에 서로 싸우고 있었고 나만 혼자 난간에 기대 서 있었다. 그녀는 나를 향해 고개를 숙이고 창살 끝을 움켜잡고 있었다. 우리 집 맞은편 가로등에서 나온 불빛이 그녀 목의 하얀 곡선을 비추는가 하면 그 목을 덮은 그녀의 머리카락을 환히 밝혀주기도 하고 또 더 밑으로 내려가 난간을 쥔 그녀의 손을 밝혀주기도 했다. 그 불빛은 그녀 드레스의 한쪽 편으로 타고 내려와 그녀가 편안한 자세로 서면 보일락 말락 한 속치마의 그 흰 가장자리를 비춰주기도 했다.

— 넌 좋겠다, 그녀가 말했다.

— 내가 가면, 나는 말했다, 뭣 좀 사다줄게.

그날 저녁 이후 얼마나 헤아릴 수 없이 많은 어리석은 공상이 자나 깨나 나의 생각을 짓밟아버렸던지! 나는 중간에 끼여 있는 그 지겨운 나날을 없애버리고 싶었다. 나는 학교 공부에도 짜증이 났다. 밤이면 침실에서, 낮이면 교실에서 그녀의 모습이 나와 내가 읽으려는 책장 사이에 나타났다. 애러비라는 낱말의 음절이 내 영혼이 탐닉해 있던 침묵으로부터 내게로 불려와 어떤 동방의 마법을 나에게 거는 것 같았다. 나는 토요일 밤에 바자에 갈 수 있도록 허락해달라고 졸랐다. 아주머니는 깜짝 놀라면서 그 바자가 제발 프리메이슨*과 관련된 행사가 아니기를 바랐다. 나는 교실에서 질문에도 제대로 답을 하지 못했다. 나는 선생님의 얼굴이 온화한 모습에서 엄격한 표정으로 변하는 것을 지켜보았다. 그는 내가 태만의 길로 들어서는 것이 아닌가 걱정했다. 나는 갈팡질팡하는 생각을 추스를 수가 없었다. 나는 진지해야 할 일상적인 학교 공부도 견디기가 힘들어졌다. 그것이 나와 나의 욕망 사이를 가로막고 있어 내게는 어린애 장난, 그것도 꼴사납고 단조로운 어린애 장난으로만 보였기 때문이다.

토요일 아침 나는 아저씨에게 저녁에는 꼭 바자에 가고 싶다고 상기시켰다. 그는 옷걸이에서 모자 솔을 찾느라고 부산을 떨다가 퉁명스럽게 답했다.

— 그래, 알고 있다.

그가 여전히 현관에 있었기 때문에 나는 앞쪽 응접실로 가서 창가에 벌렁 드러누울 수도 없었다. 나는 언짢은 기분으로 집을 나와 느릿느릿 학교를 향해 걸어갔다. 대기는 엄청나게 쌀쌀했다. 나는 못 가게 될지도 몰라 벌써부터 걱정이 되었다.

내가 저녁때가 되어 집에 왔을 때 아저씨는 아직 돌아오지 않았다. 그에게는 아직도 이른 시간이었다. 나는 얼마 동안 벽시계를 쳐다보며 앉아 있다가 째깍거리는 시계 소리에 짜증이 나기 시작하여 방에서 나왔다. 나는 층계를 올라가 2층에 다다랐다. 천장이 높고 춥고 우울해 보이는 텅 빈 방들은 나에게 해방감을 안겨주었다. 나는 노래를 부르며 이 방 저 방 돌아다녔다. 앞쪽 창문 사이로 친구들이 거리에서 놀고 있는 것이 내려다보였다. 그들의 고함소리는 점점 약해지면서

* 상부상조와 우애를 목적으로 중세의 숙련 석공들이 조직한 국제적인 비밀결사. 이들은 여기서처럼 자선 바자를 주최하기도 하지만 가톨릭 신자들은 이들을 주로 무신론자나 개신교인이라는 이유로 적대시했음.

희미하게 들려왔다. 나는 차가운 유리창에 이마를 기대고 그녀가 사는 컴컴한 집을 건너다보았다. 나는 오직 그녀의 곡선형 목, 난간을 쥔 손 그리고 속치마 가장자리를 가로등 불빛이 조심스럽게 비추고 있는, 내 상상력이 빚어내는 그 갈색 옷을 입은 모습만을 바라보면서 아마도 한 시간은 좋이 거기에 서 있었으리라.

내가 다시 아래층으로 내려왔을 때 머서 부인이 난롯가에 앉아 있었다. 그녀는 전당포를 하던 남편과 사별한 미망인으로 어떤 종교적인 목적으로 헌 우표를 수집하는* 수다스러운 노파였다. 나는 그녀가 차를 마시며 나누는 잡담을 참고 들어줘야 했다. 저녁 식사 시간이 한 시간이 넘었지만 그래도 아저씨는 돌아오지 않았다. 머서 부인은 가야겠다면서 자리에서 일어났다. 그녀는 더 이상 기다릴 수 없어 미안하다고 하면서 시간이 여덟시가 넘은 데다 밤공기는 자기에게 좋지 않기 때문에 밤늦게 외출하는 것을 좋아하지 않는다고 했다. 그녀가 가고 나자 나는 주먹을 불끈 쥐고 방 안을 이리저리 걷기 시작했다. 아주머니가 말했다.

— 오늘밤 바자회 가는 건 연기해야 할까 보다.

아홉시에 아저씨가 열쇠로 현관문 따는 소리가 들렸다. 그가 혼자서 중얼거리는 소리가 들리더니,** 또 곧 옷걸이가 오버코트의 무게를 받아 흔들거리는 소리가 들렸다. 나는 이러한 신호들을 해석할 수가 있었다. 아저씨가 한참 저녁 식사를 하고 있을 때 나는 그에게 바

---

* 가톨릭교회에서는 해외 선교 사업을 지원하기 위해 헌 우표를 수집하여 우표 수집상에게 파는 일이 흔히 있었음.
** 그는 술에 취한 듯함.

자에 갈 수 있도록 돈 좀 달라고 했다. 그는 까맣게 잊고 있었다.

— 잠자리에 든 사람들이 모두 첫 단잠을 자고 깼을 시간인데, 그가 말했다.

나는 웃지 않았다. 아주머니가 그에게 강력하게 말했다.

— 돈 줘서 보내지 그러세요? 이렇게 늦도록 붙들어놓을 만큼 붙들 어났잖아요.

아저씨는 깜빡 잊어버려서 대단히 미안하다고 했다. 그러면서 그는 일만 하고 놀지 않으면 아이가 바보가 되고 만다라는 속담의 신봉자라고도 했다. 그는 나에게 어디를 가느냐고 물었다. 그래서 내가 두번째로 얘기를 했더니 그는 「아랍인이 애마(愛馬)에게 고하는 작별인사」*라는 시를 아느냐고 물었다. 내가 부엌에서 나오려고 할 때 그는 아주머니에게 그 시의 첫 연을 막 낭송하려는 참이었다.

나는 2실링짜리 은화 한 닢을 손에 불끈 쥐고 기차역을 향해 버킹엄 가를 쏜살같이 걸어 내려갔다. 쇼핑하는 사람들로 북적거리고 가스등이 환히 밝혀진 거리의 광경을 보자 내 나들이의 목적이 무엇인지 머리에 떠올랐다. 나는 텅 빈 기차의 삼등객차에 몸을 실었다. 견디기 어려울 정도로 늑장을 부리던 기차가 서서히 역을 빠져나가기 시작했다. 기차는 황폐한 집들 사이로 그리고 불빛이 반짝이는 강물 위로 기어가듯 갔다. 웨스트랜드 로 역에 이르자 승객들이 떼를 지어 객차 문으로 몰려왔다. 그러나 역무원들이 이 열차는 바자행 특별열차라면서 그들을 밀어내어버렸다. 나는 그 텅 빈 객차에 내내 혼자였

---

* 아일랜드 시인 캐럴라인 노턴(1808~1877)이 애마를 팔고 난 뒤의 슬픔을 상상하여 쓴 감상적인 내용의 시. 여기서는 '애러비'와 '아랍인'의 발음이 서로 비슷해서 들먹이는 듯함.

다. 몇 분 뒤에 기차는 임시로 만든 목조 플랫폼 옆에 정거했다. 나는 한길 쪽으로 나가 시계의 조명 문자판을 보고 열시 10분 전임을 알 수 있었다. 내 앞에는 그 마법적인 이름*을 과시하는 커다란 건물이 버티고 있었다.

나는 입장료가 6펜스인 입구를 찾을 수가 없었다. 그래서 바자가 폐장될까 봐 겁이 나서 피로해 보이는 문지기에게 1실링을 건네고는 회전문을 통해 재빨리 들어갔다. 나는 높이의 반쯤 되는 부분이 회랑으로 둘러싸인 거대한 홀 안에 들어가 있었다. 거의 모든 매장은 문이 닫혔고, 홀의 대부분은 어둠에 잠겨 있었다. 예배가 끝난 뒤에 성당 안에 감도는 것 같은 그런 정적이 느껴졌다. 나는 조심조심 바자의 한복판으로 걸어 들어갔다. 아직도 열려 있는 매장 주변에는 몇 안 되는 사람들이 모여 있었다. 카페 샹탕**이라는 말이 착색전구로 쓰여 있는 휘장 앞에서 두 사내가 쟁반에 담긴 돈을 세고 있었다. 나는 동전이 떨어지면서 내는 소리에 귀를 기울였다.

나는 내가 왜 여기에 왔는가를 간신히 상기하고 어느 한 매장으로 가서 도자기 꽃병과 꽃무늬가 있는 찻잔 세트를 살펴보았다. 매장 입구에서 젊은 여자 하나가 두 젊은 신사와 얘기를 나누며 웃어대고 있었다. 나는 그들의 영국식 억양을 알아차리고 그들의 대화에 무심결에 귀를 기울였다.***

---

* '애러비.'
** 노래와 춤을 즐길 수 있는 프랑스식 카페. '노래하는 카페'라는 뜻의 프랑스어.
*** 이 매장의 젊은이들은 아일랜드인들이 아니라 영국인들인 듯. 대화로 보아 한 젊은 여성이 두 남성과 시시덕거리고 있는 듯함.

— 어머, 난 그런 말을 한 적이 없는데요!

— 오, 그래 놓고서도!

— 어머, 정말 하지 않았다니까요!

— 그녀가 그랬잖아요?

— 맞아요. 나도 들었어요.

— 오, 그건 … 거짓말!

그 젊은 여자는 나를 보더니 나에게로 다가와서 사고 싶은 것이 있느냐고 물었다. 그녀의 목소리는 사라고 권하는 어조가 아니었다. 그녀는 일종의 의무감에서 나에게 말을 건 것 같아 보였다. 나는 매장의 컴컴한 입구 양쪽에 동방의 보초처럼 서 있는 거대한 항아리를 겸허한 태도로 쳐다보면서 들릴락 말락 하게 말했다.

— 아뇨, 됐어요.

젊은 여자는 꽃병의 위치를 하나 바꿔놓고는 두 젊은 신사가 있는 곳으로 되돌아갔다. 그들은 같은 얘기를 다시 하기 시작했다. 그 젊은 여자는 어깨 너머로 한두 번 나를 흘깃 쳐다보았다.

머뭇거려봐야 아무 소용이 없는 줄 알면서도 나는 그녀의 도자기에 대한 나의 관심을 더욱 절실하게 보이게 하려고 그녀의 매장 앞에서 어정거렸다. 그러다가 나는 천천히 몸을 돌려 바자회의 한복판으로 걸어 내려갔다. 나는 포켓 속에서 1페니짜리 동전 두 개를 6펜스짜리 동전*에 떨어뜨리면서 쨍그랑거렸다. 회랑의 한쪽 끝에서 불을 끈다

---

* 2실링(24펜스)을 받아 집을 나온 소년은 1실링은 입장료로 쓰고 현재 남은 돈은 8펜스 뿐이다. 귀가할 기차비 4펜스 정도를 제외하면 남는 돈 4펜스로 선물을 사려면 어느 것 하나 사기 어려울 정도로 부족한 액수인 듯함.

고 외치는 소리가 들렸다. 그러더니 홀의 윗부분은 완전히 어둠에 잠겨버렸다.

　나는 그 어둠 속을 응시하면서 내 자신이 허영에 내몰리며 조롱당한 녀석임을 발견했다. 그리하여 내 두 눈은 괴로움과 분노로 불타는 것 같았다.

이블린

그녀는 저녁이 거리로 쳐들어가는 것을 지켜보면서 창가에 앉아 있었다. 그녀는 머리를 창문 커튼에 기대고 있었기에 그녀의 코에는 먼지투성이 크레톤 천 냄새가 진동했다. 그녀는 피곤했다.

거리에는 지나다니는 사람이 거의 없었다. 마지막 집에서 나온 남자가 자기 집으로 가느라고 지나가는 것이 보일 뿐이었다. 그녀에게는 그가 콘크리트 포장도로를 따라 뚜벅뚜벅 걷다가 새로 지은 빨간 벽돌집 앞의 석탄재가 깔린 보도에 이르러서는 저벅저벅 걷는 소리가 들렸다. 한때는 거기에 공터가 있어서 그들은 저녁마다 다른 집 아이들과 어울려 뛰놀곤 했다. 그러던 것이 벨파스트에서 온 어느 남자가 그 공터를 사서 거기에 주택들을 지었다. 그들이 사는 초라한 갈색 주택 같은 것이 아니라 지붕이 번쩍거리는 밝은색 벽돌집들이었다. 그거리에 살던 아이들은 전에는 그 공터에서 함께 뛰놀곤 했다. 드바인 네 아이들, 워터네 아이들, 던네 아이들, 절름발이 꼬마 키오, 그녀와 그녀의 남동생, 여동생들이 어울려 말이다. 그러나 어니스트는 한 번도 같이 놀지 않았다. 그는 너무 컸기 때문이다. 그녀의 아버지는 곧 잘 인목 작대기를 들고 그들을 찾으러 공터로 나오곤 했지만, 꼬마 키오가 맡아놓고 망을 보고 있다가 그녀의 아버지가 나타나는 것이 보이면 곧 큰 소리를 질렀다. 그래도 그때가 그들에게는 오히려 행복했던 시절 같았다. 그녀의 아버지만 하더라도 그때는 지금처럼 고약하지는 않았다. 그리고 더욱이 그녀의 어머니도 살아 있지 않았던가. 그건 참 오래전 일이었다. 그사이 그녀와 그녀의 남동생들도 여동생들도 모두 장성했고, 그녀의 어머니도 세상을 떠나버렸다. 티지 던도 죽고 없고, 워터네도 영국으로 돌아가고 없었다. 만사가 변한다. 이제는 그녀도 다른 사람들과 마찬가지로 어디론가 떠날 작정이었다. 살던 집을 버리고 말이다.

집! 그녀는 도대체 이 모든 먼지가 어디서 나올까를 궁금해하면서 그토록 오랜 세월 동안 일주일에 한 번씩은 먼지를 턴 그 친숙한 물건들을 빠짐없이 훑어보며 방 안을 빙 둘러보았다. 그녀가 헤어지리라고는 꿈에도 생각지 못했던 그 친숙한 물건들을 다시는 보지 못할 일이 벌어질 수도 있으리라. 그렇지만 그 기나긴 세월 동안 그녀는 부서진 풍금 위의 벽에 걸린 노랗게 변색된 사진의 주인공인 사제의 이름은 알아내지 못했다. 그 사진은 복자(福者) 마르가리타 마리아 알라코크에게 한 약속*이 적힌 착색 판화 옆에 걸려 있었다. 그는 그녀 아버지의 학창 시절 친구였다. 그녀 아버지는 그 사진을 손님에게 보여

줄 때마다 지나가는 말로 한마디 하곤 했다.

— 그 친구 지금 멜버른**에 있어요.

그녀는 집을 버리고 훌쩍 떠나기로 승낙해놓았다. 그것이 현명한 판단이었을까? 그녀는 그 문제의 양면성을 저울질해보려 애썼다. 집에 그대로 있으면 어쨌거나 잘 곳과 먹을 것은 걱정이 없었다. 주변에는 평생을 알고 지낸 사람들도 있었다. 물론 그녀는 집에서도 직장에서도 열심히 일을 해야 했다. 그녀가 어떤 사내 녀석과 눈이 맞아 달아났다는 것을 직장에서 알게 되면 그들이 그녀를 두고 뭐라고 수군거릴까? 아마 바보라 그러겠지. 그리고 그녀의 일자리도 광고로 이내 채워지겠지. 거번 양이 좋아하겠지. 그녀는 항상 잘난 척하고 으스댔으니까, 특히 옆에 들어줄 사람들이 있을 때는 더 그랬으니까.

— 힐 양, 이 숙녀들이 기다리고 계신 게 안 보여?

— 좀 빨랑빨랑 해, 힐 양, 제발.

그녀는 가게를 떠나더라도 그다지 서운할 것이 없었다.

그러나 미지의 머나먼 나라에서 꾸릴 새 보금자리에서는 그와 같은 일은 있을 수 없으리라. 그곳에 가면 그녀 이블린은 버젓이 결혼을 하게 될 테니까. 그렇게 되면 사람들은 존경심을 가지고 그녀를 대해주리라. 그녀는 그녀 어머니가 받았던 그런 대접은 결코 받지 않으리라.

---

* 극기심이 강하기로 이름난 프랑스 수녀 알라코크(1647∼1690)에게 예수가 나타나 했다는 열두 가지 약속. 당시 아일랜드의 가톨릭 가정에는 예수가 알라코크에게 한 약속이 적힌 액자가 걸려 있지 않은 집이 거의 없었다고 함.

** 오스트레일리아 동남부의 항구도시로, 대기근(1845∼1848) 직후에 아일랜드 이민자들이 많이 가는 목적지 중 하나였다. 당시 많은 아일랜드 출신 성직자들이 그곳에서 활약하고 있었음.

그녀는 나이가 열아홉이 넘었지만 지금도 아버지한테 종종 폭력의 위협을 직접 느끼는 터였다. 그녀에게 가슴 울렁증이 있는 것도 다 그래서임을 잘 알고 있었다. 그들이 한창 자랄 때만 하더라도 아버지는 해리와 어니스트에게 늘 그랬던 것과는 달리 자기에게는 한 번도 거칠게 군 적이 없었다. 그녀가 딸이기 때문이었다. 그러나 최근에 와서는 그는 으름장을 놓으면서 그녀의 돌아가신 어머니만 아니라면 어떻게 하겠는데 하고 떠들기 시작했다. 기실 현재의 그녀에게는 보호해줄 사람이 아무도 없었다. 어니스트는 죽고 없고, 성당 장식업에 종사하는 해리는 일 년의 대부분을 시골 어딘가에 내려가 지냈다. 더구나, 토요일 밤이면 돈을 둘러싸고 어김없이 말다툼이 벌어져 이것이 이루 말할 수 없을 정도로 그녀를 지긋지긋하게 만들기 시작했다. 그녀는 항상 자신의 봉급 전액—7실링—을 내놓았고, 해리도 항상 있는 힘껏 부쳐왔다. 그러나 문제는 아버지에게서 돈을 타내는 데 있었다. 그는 평소에 그녀가 돈 낭비를 밥 먹듯이 한다느니, 머리가 텅 비어 있다느니, 그가 애써 번 돈을 길거리에 뿌리라고 그녀에게 줄 수 없다는 등의 말을 닥치는 대로 해댔다. 더욱이 골치 아픈 것은 그가 토요일 밤이면 항상 만취하여 싸우려 드는 데 있었다. 이렇게 애를 먹이다가 막판에 가서는 그녀에게 돈을 주면서 일요일 저녁거리를 사올 생각이 있느냐고 다그쳤다. 그러면 그녀는 전력을 다해 재빨리 밖으로 나가 손에는 검은 가죽 지갑을 불끈 움켜쥐고 북적대는 사람들 사이를 헤치고 다니면서 장을 보아 먹을거리를 한 짐 잔뜩 들고 밤늦게 귀가하지 않을 수 없었다. 그녀는 살림을 살아야 하고 그녀에게 떠맡겨진 어린 두 아이가 제시간에 학교에 가고, 또 제시간에 식사를 하는가를 챙겨야 하기 때문에 고된 삶을 살고 있었다. 그것은 고된 일이요, 고된 삶이 분명했다. 그러나 그녀가 막상 그런 생활과 결별하려 하니 그런 생활이 전적으로 불행한 것만은 아니라는 생각이 들었다.

그녀는 프랭크와 함께 곧 새로운 삶을 개척하기로 되어 있었다. 프랭크는 매우 친절하고 사내답고 솔직한 사람이었다. 그녀는 그와 함께 부에노스아이레스*로 가서 그와 결혼하여 같이 살기 위해 밤배** 로 집을 떠날 예정이었다. 그는 거기에 그녀를 기다리는 집을 갖고 있었다. 그녀가 처음으로 그를 만난 때가 기억에 생생했다. 그는 대로변의 어느 집에 하숙을 하고 있었는데 그녀는 그 집을 뻔질나게 들락거렸다. 몇 주 전쯤의 일인 것 같았다. 그는 앞챙이 달린 모자를 머리 뒤로 젖혀 쓰고, 헝클어진 머리칼이 구릿빛 얼굴 위로 드리워진 모습을 하고 대문 앞에 서 있었다. 그때 그들은 서로 알게 되었다. 그는 매일 저녁 가게 밖에서 그녀를 만나 집까지 바래다주었다. 그는 그녀를 데리고 가서 〈보헤미아의 처녀〉***를 구경시켜 주기도 했다. 그녀는 생전 처음 앉아보는 극장 좌석에 그와 나란히 앉자 기분이 우쭐해졌다. 그는 음악을 엄청나게 좋아했고 노래도 좀 하는 편이었다. 그들이 연

---

* 아르헨티나의 수도. 대기근 후에 아일랜드 이민자들이 많이 찾는 목적지 가운데 하나. 여기엔 주로 농업 이민이 많았음.
** 여객은 물론 우편물과 화물을 싣고 밤에 더블린을 출발하는 선박이나 페리. 이러한 배는 대부분 리버풀에 기항했는데 외국으로 가려는 여객들은 거기서 항로에 따라 다른 배로 바꿔 타야 했음.
*** 아일랜드 음악가 마이클 발프(1808~1870) 작곡의 오페라. 귀족 출신의 처녀가 집시에게 납치되었다가 우여곡절 끝에 집으로 돌아온다는 낭만적인 내용으로 당시 큰 인기가 있었음.

애를 한다는 소문이 널리 퍼졌다. 그가 뱃사람을 사랑하는 처녀*에 대한 노래를 부를 때마다 그녀는 항상 유쾌하면서도 어리둥절한 기분이 들었다. 그는 농으로 곧잘 그녀를 귀염둥이라고 불렀다. 무엇보다 먼저 그녀에게는 남자를 사귄다는 것이 가슴 벅찬 일이었다. 그러다가 그녀는 그를 좋아하기 시작한 것이었다. 그는 먼 나라들에 대한 이야기를 많이 해주었다. 그는 캐나다를 운항하는 앨런 기선회사의 한 선박에서 월 1파운드를 받는 갑판 청소원으로 해상 생활을 시작했다. 그는 그녀에게 그가 지금까지 탄 배 이름과 그가 수행한 잡다한 직책 이름을 얘기해주었다. 그는 마젤란 해협을 항해한 적이 있다고도 했고, 그 무시무시한 파타고니아 원주민** 이야기를 들려주기도 했다. 그는 말하기를, 운 좋게도 부에노스아이레스에서 한 밑천 잡아 정착하여 살던 중에 이번에 그저 휴가 삼아 잠시 고국에 다니러 왔다는 것이었다. 물론 그녀의 아버지는 사태를 간파하고 그녀에게 그와는 말도 하지 못하도록 금지령을 내렸다.

— 뱃놈들 속을 내가 다 꿰뚫고 있지, 그가 말했다.

어느 날 아버지는 프랭크와 말다툼을 했다. 그런 일이 있은 후로 그녀는 애인을 남몰래 만나야만 했다.

저녁이 거리에 깊이 내려앉았다. 그녀의 무릎 위에 놓인 두 통의 하얀 편지가 부옇게 흐려져 보였다. 한 통은 해리에게, 다른 한 통은 아버지에게 보내는 편지였다. 어니스트는 그녀의 마음에 드는 동생이었

---

* 영국 극작가이자 작사가인 찰스 딥딘(1745~1815)의 대중가요.
** 아르헨티나 남단에 산다는 원시적인 유목민족. 세계에서 제일 키가 크고 괴물같이 생겼다고 함.

지만 해리도 역시 좋아했다. 그녀의 아버지가 최근 들어 부쩍 늙어버린 것이 눈에 보이는 듯했다. 아버지는 그녀를 그리워하리라. 이따금 그는 그렇게 다정할 수가 없었지. 며칠 전만 하더라도 그녀가 하루 몸 져누워 있을 때 그는 그녀에게 큰 소리로 유령 이야기를 읽어주기도 하고 난로에서 토스트를 만들어주기도 했다. 또 언젠가는 어머니가 살아 있을 때였는데 가족들이 모두 호우스 동산*으로 나들이를 간 적이 있었다. 그때 그녀의 아버지가 어머니의 보닛**을 쓰고 아이들을 웃기려고 하던 일이 아직도 기억에 생생했다.

시간은 자꾸만 가고 있었다. 그러나 그녀는 창문 커튼에 머리를 기댄 채 먼지투성이 크레톤 천 냄새를 들이마시며 창가에 계속 앉아 있었다. 멀리 떨어진 거리 아래쪽에서 손풍금 타는 소리가 들려왔다. 그녀의 귀에 익은 곡조였다. 그 곡조가 하필이면 바로 그날 저녁에 들려와 그녀가 어머니에게 한 약속, 즉 가능한 한 끝까지 집안을 지키겠다던 약속을 상기시키다니, 참으로 묘한 일이 아닐 수 없었다. 그녀는 어머니가 병으로 신음하던 마지막 밤이 생각났다. 그녀는 그때 현관 맞은편의 그 침침하고 갑갑한 병실에 다시 들어가 있었는데 밖에서 손풍금으로 타는 이탈리아의 우울한 곡조가 들려왔다. 바로 그때 손풍금 연주자에게 썩 물러가라는 불호령이 떨어졌다. 6펜스의 팁과 함께. 그녀는 아버지가 점잔빼는 걸음걸이로 병실 안으로 다시 들어오면서 이런 말을 하던 장면이 눈에 선했다.

---

* 더블린 도심에서 동북쪽으로 약 14킬로미터 지점의 해변 유원지. 『율리시스』의 주인공 블룸 부부가 연애 시절 처음 사랑을 나눈 곳이기도 함.
** 끈이나 리본을 턱 밑에 매는 여성용 모자.

— 빌어먹을 이탈리아 놈들 같으니! 여길 다 오다니!

그녀가 생각에 잠겨 있노라니 그녀 어머니가 살아온 한평생의 그 애처로운 모습이 그녀의 존재의 급소에 마술을 거는 것 같았다. 종국에는 실성으로 마감하는 그 흔해 빠진 희생으로 점철된 한평생이 말이다. 그녀는 바보스러울 정도로 집요하게 끊임없이 떠드는 어머니의 목소리가 다시 들리는 것 같아서 몸이 부들부들 떨렸다.

— 데레본 세론! 데레본 세론!*

그녀는 갑자기 공포에 질려 자리에서 벌떡 일어났다. 도망쳐야지! 도망쳐야 해! 프랭크가 그녀를 구해주리라. 그가 그녀에게 삶다운 삶을 주리라, 아마 사랑도 같이. 그러나 그녀는 사는 것답게 살고 싶었다. 불행하게 살란 법이 어딨는가? 그녀에겐 행복할 권리가 있었다. 프랭크가 그녀를 두 팔로 붙잡고, 그의 품에 껴안아주리라. 그가 그녀를 구해주리라.

* * *

그녀는 노스 월 부두의 역에서 웅성대는 인파 속에 서 있었다. 그는 그녀의 손을 잡고 있었고, 그녀는 그가 항해에 대한 무슨 말을 몇 번이나 되풀이하면서 그녀에게 말을 건네고 있다는 것을 알고 있었다. 역은 갈색 배낭을 멘 병사들로 입추의 여지가 없었다. 부두 차고(車

---

* 'Derevaun Seraun'이라는 말은 음성학상으로는 아일랜드어 같으나 정확한 의미는 아직 알려져 있지 않다. 여러 학자들이 많은 추측을 했으나 아직까지 합의된 정설은 없다. 단순히 실성한 사람이 내지르는 무의미한 헛소리로 보면 좋을 듯함.

庫)로 들어가는 널따란 출입문을 통해 현창(舷窓)에 불을 밝힌 무슨 시꺼먼 덩어리 같은 여객선이 부두의 방파제 옆에 정박해 있는 것이 얼핏 그녀 눈에 띄었다. 그녀는 아무런 대꾸도 하지 않았다. 그녀는 볼에 핏기가 가시면서 차가워지는 느낌이 들었다. 그녀는 고뇌로 어찌할 바를 몰라 하느님에게 갈 길을 가리켜달라고, 무엇이 그녀의 도리인가를 보여달라고 기도했다. 여객선은 밤안개 속으로 목이 멘 소리로 기적을 길게 울렸다. 만일 그녀가 지금 떠난다면, 내일이면 부에노스아이레스를 향해 배를 타고 가느라고 프랭크와 함께 바다 위에 떠 있으리라. 그들은 배표를 이미 끊어놓았다. 그가 그녀를 위해 해놓은 이 모든 일을 지금 와서 모르는 척할 수 있을까? 그녀는 고뇌 때문에 몸에서 구토가 날 지경이었다. 그래서 그녀는 쉴 새 없이 입술을 달싹거리며 소리 없이 열렬하게 기도를 올렸다.

종소리가 그녀 가슴에 땡그랑하고 울렸다. 그녀는 그가 그녀 손을 잡는 것이 느껴졌다.

— 가자!

세상의 모든 파도가 갑자기 그녀 가슴을 덮치는 것 같았다. 그가 그녀를 바닷속으로 끌고 들어갔다. 그가 그녀를 물에 빠뜨리리라. 그녀는 양손으로 쇠 난간을 움켜잡았다

— 가자!

안 돼! 안 돼! 안 돼! 있을 수 없는 일이야. 그녀는 두 손으로 미친 듯이 쇠 난간을 꽉 붙잡았다. 그러고는 바다를 향해 고통스러운 비명을 내질렀다.

— 이블린! 이비!

그는 돌진하듯이 개찰구를 뛰어넘어 그녀에게 어서 따라오라고 소리를 질렀다. 길을 막지 말라고 사람들이 고함을 쳐댔지만 그는 들은 척도 하지 않고 여전히 그녀만 불러댔다. 그녀는 넋을 잃은 짐승처럼 무기력하게 하얗게 질린 얼굴을 그에게로 향했다. 그녀의 두 눈에는 사랑이나 작별인사나 아니면 알아들었다는 어떠한 기미도 보이지 않았다.

경기가 끝난 뒤

네이스 도로의 팬 차도를 따라 일정한 속도로 작은 총알처럼 달려 온 자동차들이 더블린 시내를 향해 계속 질주하고 있었다. 인치코어 의 언덕길 꼭대기에는 최종 목적지를 향해 전속으로 달리는 자동차를 구경하기 위해 관람객이 무리를 지어 모여 있었고, 이 빈곤과 무기력 의 수로(水路)를 향해 유럽 대륙은 그 풍요와 근면성을 유감없이 과 시했다. 이 구경꾼들 무리는 때때로 짓눌려 살아 싼 사람들답게 환호 성을 질러댔다. 그러나 그들의 성원은 푸른색 자동차에 쏠려 있었다. 그들의 친구인 프랑스인들의 자동차에 말이다.

　더구나 프랑스인들은 자동차 경기의 실질적인 승리자였다. 그들 팀 은 전 코스를 끝까지 주파했을 뿐만 아니라 2등과 3등을 차지했기 때 문이다. 우승을 차지한 독일 차를 몬 선수는 벨기에인으로 알려졌다.

그러므로 푸른색 차들이 언덕길 꼭대기에 나타날 때마다 환영의 갈채를 곱빼기로 받았고, 환영의 갈채를 받을 때마다 차에 탄 사람들은 미소와 함께 고개를 끄덕여 고마움을 표시했다. 물 찬 제비같이 산뜻한 모양새의 차들 중 하나에는 네 명의 젊은이가 타고 있었는데 그들의 기분은 현재 성공적인 프랑스인에게서 기대할 수 있는 활기의 수준을 상회하고도 남음이 있어 보였다. 실은 이들 네 젊은이는 기쁨에 넘쳐 어쩔 줄 몰라했다. 그들은 자동차 소유자인 샤를 세구엥, 캐나다 출신의 젊은 전기 기사 앙드레 리비에르, 빌로나라는 몸집이 거대한 헝가리인, 그리고 도일이라는 말쑥한 차림새의 젊은이였다. 세구엥이 기분이 좋은 것은 뜻밖에도 주문을 미리 좀 받았기 때문이고(그는 파리에서 자동차 회사를 시작할 참이었다), 또 리비에르가 기분이 좋은 것은 그가 바로 그 회사의 지배인으로 곧 임명될 터였기 때문이다. 이들 두 젊은이(그들은 사촌지간이었다)가 역시 기분이 좋은 것은 프랑스 자동차의 성공 때문이었다. 빌로나가 기분이 좋은 것은 지극히 만족스러운 오찬을 든 데다 천성이 또한 낙천적이었기 때문이다. 그러나 이들 중 네번째 젊은이인 도일은 너무 흥분한 나머지 행복이고 자시고 할 겨를이 없었다.

그는 나이가 스물여섯 살가량으로, 옅은 갈색의 부드러운 콧수염에 눈은 다소 순진하게 보이는 회색빛을 띠고 있었다. 그의 아버지는 열렬한 민족주의자*로 인생을 시작했지만 일찌거니 인생관을 수정했다. 그는 킹스타운**에서 도축업을 시작하여 돈을 벌었다. 그러다가 더블

---

* 영국 통치로부터 아일랜드의 독립을 주장하는 아일랜드 의회당 당원.
** 더블린 동남쪽 약 10킬로미터 지점의 아름다운 항구도시. 아일랜드 독립 전까지는 친

린 시내와 근교에 정육점을 열어 돈을 수십 배가 넘도록 벌었다. 그는 또한 몇 건의 경찰 납품 계약***을 너끈히 따낼 정도로 재운도 있어 마침내는 더블린 언론계로부터 호상(豪商)이라 불릴 정도로 부자가 된 것이었다. 그는 아들을 영국에 보내어 어느 큰 가톨릭 계통의 학교에서 교육을 받도록 했다가 뒤에는 더블린 대학****에 보내어 법률을 공부하게 했다. 지미는 공부도 아주 열심히 하지 않은 데다 한때는 탈선을 하기도 했다. 그는 돈도 있고 인기도 있었다. 그는 자기의 시간을 음악 동아리 활동과 자동차 동아리 활동 두 쪽으로 용하게 쪼개어 보냈다. 그러다가 그는 세상 물정을 좀 알도록 케임브리지에 보내져서 거기서 한 학기를 보냈다. 그의 아버지는 아들의 무절제한 행실을 꾸짖으면서도 내심으로는 그것이 은근히 자랑스러워서 외상값을 모두 갚아준 뒤에 그를 집으로 불러들였다. 그가 세구엥을 만난 것은 케임브리지에서였다. 그들은 아직까지는 그저 알고 지내는 정도에 지나지 않았으나 지미는 그토록 세상 물정에 밝고 또 프랑스에서 가장 큰 호텔을 몇 개나 소유한 것으로 알려진 사람과 어울려 지낸다는 것이 여간 큰 기쁨이 아닐 수 없었다. 이러한 인물은 (그의 아버지가 동의하다시피) 비록 그 자신이 그에 걸맞은 매력적인 친구는 아니라 하더라도 알고 지낼 가치는 있고도 남음이 있었다. 빌로나도 역시 재미있

___

영 색채가 짙은 개신교인 강세지역이었다. 웨일스의 홀리헤드로 가는 우편선이 여기서 출발했다. 지금은 던 레어리라고 불림.

*** 경찰 양성 기관과 교도소에 고기를 납품하는 계약. 이는 이문이 많아 경쟁이 치열했다고 함.

**** 더블린에 있는 대학, 즉 1591년에 엘리자베스 1세가 세운 개신교 계통의 명문 트리니티 대학.

는 친구이자 훌륭한 피아니스트였다. 그러나 불행히도 그는 매우 가난했다.

자동차는 환희에 넘치는 젊은이들을 태우고 유쾌하게 달렸다. 두 사촌은 앞자리에 앉고 지미와 그의 헝가리인 친구는 그 뒤에 앉았다. 기분이 월등하게 좋은 사람은 단연 빌로나였다. 그는 수킬로미터에 걸친 도로를 달려오는 동안 굵직한 저음의 콧노래를 쉬지 않고 불렀다. 프랑스인들은 너털웃음과 농담을 어깨 너머로 거침없이 뿌려댔다. 그들 뒷자리에 앉은 지미는 그들이 빨리 떠들어대는 말을 알아듣기 위해 자주 몸을 앞으로 구부려야 했다. 그로서는 이것이 전적으로 즐거운 일만은 아니었다. 그도 그럴 것이 그는 거의 항상 그 말의 의미를 능숙하게 추측해서 세찬 바람이 불어오는 앞을 향해 적절한 응답을 되 외쳐주어야 했기 때문이다. 게다가 빌로나의 콧노래로부터도 자유로울 수가 없었다. 자동차의 소음은 말할 것도 없고.

쾌속으로 공간을 누비는 것은 사람의 기분을 우쭐하게 만드는 법. 유명세를 타도 그렇고 돈이 많아도 그렇다. 이것이 바로 지미가 들뜬 세 가지 분명한 이유였다. 그날 그가 이 대륙인들과 동승한 것이 그의 많은 친구들에게 목격되었다. 서행 구역에서 세구엥이 그에게 프랑스인 선수 하나를 소개해준 바 있었다. 그래서 그가 엉겁결에 인사랍시고 뭐라고 중얼거린 데 대한 답례로 햇볕에 얼굴이 그을린 그 선수는 희디흰 치열을 드러내며 반짝 웃었다. 그런 영광스러운 일을 겪은 후에, 팔꿈치로 옆구리를 찌르며 의미심장한 표정을 짓고 있는 세속적인 구경꾼들 사이로 되돌아오는 것은 여간 자랑스러운 일이 아니었다. 그리고 돈으로 말하더라도 그는 수중에 주무르는 돈이 엄청난 액수에 달했다. 세구엥은 모르긴 몰라도 그 정도의 액수를 거액으로 치지 않겠지만, 지미는 일시적인 과오에도 불구하고 본심만은 올곧은 천성을 물려받았기에 그 정도의 돈을 모으는 데 얼마나 많은 피땀을 흘렸을지를 잘 알고 있었다. 그는 그토록 잘 알고 있었으니, 전에 돈을 다소 무절제하게 쓰는 것처럼 보였어도 알고 보면 합리적인 한계를 벗어난 적은 없었다. 그러므로 단순히 일시적인 충동에 좌우되는 문제의 경우라 하더라도 돈을 벌려면 얼마나 많은 피땀을 흘려야 하는가를 절감했거늘, 바야흐로 그의 재산 대부분을 걸려고 하는 지금 이 순간에야 오죽 더 하겠는가! 그것은 그에게는 심각한 문제가 아닐 수 없었다.

물론 그 투자는 전망이 좋았다. 세구엥은 몇 푼 안 되는 아일랜드 자금을 그 회사의 자본으로 받아주는 것은 오직 친구로서의 호의 때문이라는 인상을 애써 풍겼다. 지미는 사업 문제에 관한 한 그의 아버지의 용의주도성을 존경했다. 이번 경우에도 투자를 먼저 제안한 사람은 바로 그의 아버지였다. 자동차 사업으로 돈을 버는 거야, 그것도 거금을 말이야, 하면서. 더군다나 세구엥은 누가 봐도 부티가 났다. 지미는 현재 그가 탄 으리으리한 자동차도 아주 당연지사로 보기 시작했다. 그 차가 얼마나 미끈하게 달리던가! 그들은 얼마나 멋들어지게 시골 도로를 질주해왔던가! 자동차 주행은 마법의 손가락으로 인생이라는 맥박을 정확하게 짚어내고, 또 인간의 중추 기관은 그 신속하게 질주하는 푸른 동물*이 달리는 코스에 당당하게 화답하려고 분

---

* 프랑스인들의 푸른색 자동차.

투하는 것 같았다.

그들은 차를 몰고 데임 가로 내려갔다. 거리는 자동차 경기 구경을 나온 엄청난 인파로 북적거렸고, 자동차 경적과 성급한 전차 운전사가 마구 흔들어대는 종소리로 소란했다. 은행* 근처에서 세구엥이 차를 세우자 지미와 그의 친구가 뛰어내렸다. 그러자 그 부르릉거리는 자동차에 경의를 표하기 위해 적잖은 구경꾼들이 인도에 몰려들기도 했다. 그들은 그날 저녁 세구엥이 투숙하는 호텔에서 만찬을 하기로 되어 있었다. 그사이를 이용하여 지미와 그의 집에 묵고 있는 그의 친구는 집에 가서 옷을 차려입고 나올 예정이었다. 이 두 젊은이가 구경꾼들 사이를 뚫고 앞으로 나아갈 때 자동차는 서서히 그래프턴 가를 향해 빠져나갔다. 그들은 차에서 내려 걷는 것에 대해 어딘지 모르게 아쉬움을 느끼면서 북쪽을 향해 걸어갔다. 도심에는 여름 초저녁의 흐릿한 대기 속에 창백한 가로등이 그들 위를 비추고 있었다.

지미의 집에서는 이날 저녁의 만찬은 하나의 축제로 선포되었다. 그의 부모님은 짜릿한 전율과 함께 일종의 자부심 같은 것을 느꼈다. 다시 말해, 뭐라고 꼬집어 말하기 어려운 일종의 설렘 같은 것이었다. 외국의 대도시 이름만 들어도 하여튼 이런 기분을 자아내는 그런 설렘 말이다. 지미 역시 정장을 차려입으니 매우 말쑥하게 보였다. 그의 아버지가 현관에 서서 그의 양복 넥타이 매듭이 가지런하도록 마지막 손질을 해주고 있을 때 그는 자기 아들이 돈 주고도 쉽게 살 수 없는 품위를 확보한 데 대해 심지어 타산적인 만족감을 느꼈을지도 모를

---

* 트리니티 대학을 마주 보며 데임 가와 그래프턴 가의 교차점에 있는 아일랜드 은행.

일이었다. 그러기에 그의 아버지는 빌로나에게 엄청나게 친절하게 대했다. 그의 태도에는 외국인의 업적에 대한 진정한 존경심이 묻어났다. 그러나 집주인의 이러한 세심한 배려도 그 헝가리 사람에게는 곧 자취를 감추고 말았으리라. 왜냐하면 그는 만찬에 굶주린 사람 같아 보이기 시작했기 때문이다.*

만찬은 훌륭하고 멋이 넘쳤다. 지미의 판단에 따르면 세구엥은 참으로 세련된 미각의 소유자였다. 만찬회에는 지미가 세구엥과 함께 케임브리지에서 만난 적이 있는 라우스라는 젊은 영국인도 참가했다. 젊은이들은 촛불 모양의 전등이 켜진** 아늑한 방에서 만찬을 들었다. 그들은 청산유수로 거침없이 대화를 나누었다. 상상력에 불이 댕긴 지미는 프랑스인들의 발랄한 활기가 영국인 매너의 단단한 뼈대와 절묘하게 조화를 이룬다고 생각했다. 그는 자신의 우아한 이미지도 생각해보았는데 그러한 이미지는 그럴 만한 충분한 근거가 있는 것이었다. 그는 만찬의 주최자인 세구엥이 대화를 이끌어가는 솜씨에 감탄을 금치 못했다. 다섯 젊은이들은 취미가 다 제각각인 데다 저마다 말의 봇물까지 터졌다. 빌로나는 약간 놀란 듯이 보이는 영국인 라우스에게 옛날 악기들이 사라진 것을 개탄하면서*** 대단한 존경심을 품고 영국 마드리갈****의 아름다움을 최근에야 알기 시작했다고 털

---

* 헝가리 사람이라는 말은 영어로 '굶주리다'와 철자나 발음이 비슷하다. 이 두 말 사이의 묘미를 놓치지 말 것.
** 대부분 가스등을 쓰던 당시에 전등을 컨다는 것은 이 만찬 장소가 몹시 현대적이면서 설비가 잘된 고급 호텔임을 의미함.
*** 류트와 같은 16세기의 악기는 당시 복제품 말고는 구경조차 하기 어려웠음.
**** 대위법에 의한 무반주 합창곡. 주로 짤막한 서정적 가요로 엘리자베스 여왕 시대에

어놓았다. 리비에르는 다소 허풍을 떨며 지미에게 프랑스 기술자들의 우수성을 설명해주겠다고 나섰다. 헝가리인이 그 낭랑한 목소리로 낭만파 화가들의 엉터리 류트* 그림을 조롱하는 데 막 열을 올리려는 찰나 세구엥이 좌중의 화제를 정치 쪽으로 몰고 갔다. 이거야말로 만인 공통의 장(場)이었다. 거나하게 취한 지미는 아버지의 숨은 열정이 자기 내부에서 되살아나는 것을 느꼈다. 그는 마침내 그 굼뜬 라우스를 발끈하게 했다. 실내는 이중으로 뜨거워지고 세구엥의 역할 역시 시시각각으로 더욱 어려워졌다. 개인적인 원한이 폭발 직전의 위험 수위까지 도달했다. 기민한 주최자는 때를 놓치지 않고 전 인류를 위해 건배를 하자고 제의했다. 건배가 끝나자 그는 의미심장하게 창문을 활짝 열어젖혔다.

그날 밤 도시는 수도의 가면을 썼다.** 다섯 젊은이들은 향기로운 연기가 자욱한 스티븐 공원을 이리저리 돌아다녔다. 그들은 웃통을 벗어 어깨에 걸치고 걸으면서 큰 소리로 유쾌하게 떠들어댔다. 사람들은 그들에게 길을 비켜주기도 했다. 그래프턴 가 모퉁이에서 땅딸막한 어떤 사내가 또 다른 뚱뚱한 사내가 모는 마차에 멋쟁이 두 숙녀를 태우고 있었다. 숙녀들을 태운 마차가 떠나고 난 뒤에 그들을 태워준 그 땅딸막한 사내가 일행을 보았다

— 앙드레 아닌가!

크게 유행했음.
* 기타 비슷한 15~17세기의 현악기.
** 당시 더블린은 아일랜드의 합법적인 수도가 아니었다. 1800년 영란 합방법으로 아일랜드가 영국의 식민지가 된 이래 1921년 자치령으로 독립할 때까지 아일랜드의 공식적인 수도는 런던이었다. 따라서 더블린은 일시적으로 수도의 분위기를 풍겼다는 뜻.

— 팔리로군!

이런 말이 오가기 무섭게 말의 폭포가 쏟아졌다. 팔리는 미국인이었다. 그들이 무슨 얘기를 나누는지 알아듣는 사람은 아무도 없었다. 분명한 것은 가장 요란하게 떠드는 사람은 빌로나와 리비에르요, 들떠 있지 않은 사람은 아무도 없었다는 사실뿐이었다. 그들은 지나가는 마차를 불러 타고 왁자하게 웃음을 터뜨리는 가운데 기름을 짜듯 서로 몸을 비비면서 간신히 자리를 잡았다. 그들은 이제는 희미한 색조에 뒤섞여 어우러져 보이는 인파 사이로 즐거운 종소리에 맞추어 달려갔다. 그들은 마차에서 내려 웨스트랜드 로 역에서 기차를 탔다. 그리하여 지미의 느낌대로라면 눈 깜짝할 사이에 그들은 벌써 킹스타운 역에서 걸어 나오고 있었다. 역무원이 지미에게 경례를 했다. 그는 노인네였다.

— 안녕히 가세요!

고요한 여름밤이었다. 킹스타운 항구가 거무스름한 거울처럼 그들의 발아래 펼쳐져 있었다. 그들은 서로 팔짱을 끼고 〈카데 루셀〉*을 합창하며, 후렴 때마다 발을 구르면서 항구를 향해 나아갔다.

— 헤이! 헤이! 헤이! 건 정말이야!

그들은 조선대(造船臺)에서 보트를 타고 미국인 소유의 요트를 향해 노를 저어갔다. 거기에는 야식과 음악과 카드놀이가 준비되어 있었다. 빌로나는 확신에 찬 목소리로 외쳤다.

— 기분 정말 근사하다!

* 18세기 말부터 유행하기 시작한 프랑스 행진곡. 가사는 상황에 따라 고쳐 부르나 후렴 "헤이, 헤이, 헤이, 건 정말이야. 카데 루셀은 마음씨 착해"는 고정적임.

선실에는 요트용 피아노가 있었다. 빌로나는 팔리와 리비에르를 위해 왈츠를 한 곡 쳤다. 이때 팔리는 리드를 하는 멋쟁이 기사 역을 맡고 리비에르는 따라가는 숙녀 역을 맡았다. 그 뒤를 이어 남자들이 모두 기발한 모습을 하고 즉흥 스퀘어 댄스* 판을 벌였다. 그 얼마나 즐거운가! 지미는 진지한 자세로 여기에 임했다. 이게 바로 최소한 세상 물정 익히는 찬스라고 보았기 때문이다. 그러다가 팔리가 숨이 차서 그만! 하고 외쳤다. 어떤 사내가 가벼운 야찬(夜餐)을 차려 들어오자 젊은이들은 그것을 가운데 놓고 격식을 갖추어 둘러앉았다. 그런데 거기에는 술이 빠질 수가 없었다. 술 마시는 스타일만은 그야말로 자유분방했다. 그들은 아일랜드, 잉글랜드, 프랑스, 헝가리, 아메리카 미합중국, 이 모든 나라의 번영을 위해 축배를 들었다. 지미는 연설을, 그것도 꽤 긴 연설을 했는데 연설이 중단될 때마다 빌로나는 옳소! 옳소!를 연발했다. 그가 자리에 앉자 박수소리가 요란하게 터져나왔다. 훌륭한 연설임이 분명했다. 팔리가 그의 등을 치면서 박장대소했다. 얼마나 유쾌한 친구들인가! 얼마나 훌륭한 동료들인가!

카드놀이야! 카드놀이! 탁자가 정리되었다. 빌로나는 슬그머니 피아노 있는 데로 되돌아가서 그들을 위해 즉흥 자작곡을 쳤다. 다른 사내들은 대담하게 모험에다 자신을 내맡기고 돈 따기 카드놀이에 열중했다. 그들은 하트 여왕의 건강과 다이아몬드 여왕의 건강을 위해 건배했다. 지미는 어딘지 모르게 응원자가 별로 없다는 느낌이 들었다. 기지를 번득여야 했다. 놀이가 고조에 달하자 어음이 오고 가기 시작

---

* 남녀가 짝을 지어 네 쌍이 서로 마주 보고 추는 춤.

했다. 지미는 누가 돈을 따는지는 정확하게 몰랐지만, 자기가 잃고 있다는 것만은 알았다. 그러나 그것은 자신의 잘못이었다. 왜냐하면 그는 카드를 번번이 잘못 보아 다른 사람들이 그의 차용증을 대신 계산해주도록 했기 때문이다. 그들은 승부욕이 대단한 친구들이었다. 그러나 그는 판을 그만두었으면 싶었다. 밤이 깊어갔기 때문이다. 누군가가 요트 뉴포트의 여왕*을 위해 축배를 들자 다른 누군가가 덩달아서 끝마무리로 한판 크게 벌이자고 제안했다.

피아노 소리는 더 이상 들리지 않았다. 빌로나는 갑판 위에 나가 있음이 분명했다. 마지막 게임은 끔직한 게임이었다. 그들은 게임이 완전히 끝나기 직전에야 잠깐 놀이를 멈추고 행운을 위해 한 모금 했을 뿐이다. 지미가 보기에는 그 마지막 판은 라우스와 세구엥 간의 혈전이었다. 이 얼마나 흥분된 일인가! 지미 역시 흥분되지 않을 수 없었다. 그는 물론 돈을 잃으리라. 그는 얼마나 많은 차용증을 남발했던가? 사내들은 마지막 한판의 판돈을 거머잡기 위해 자리에서 벌떡 일어나 떠들어대기도 하고 몸짓을 해대기도 했다. 결국 라우스가 땄다. 선실은 젊은이들의 환성으로 떠나갈 듯했다. 카드를 곧 다발로 한데 묶었다. 그런 다음 그들은 각자가 딴 것을 거둬들이기 시작했다. 팔리와 지미가 가장 많은 돈을 잃었다.

그는 날이 밝으면 후회하리라는 것을 알고 있었다. 그러나 지금 당장은 휴식을 취하는 것이 기뻤고, 자신의 우매한 소행을 덮어주는 그 몽롱한 혼수상태가 기뻤다. 그는 탁자 위에 팔꿈치를 괴고 두 손으론

---

* 부유층의 요트 유원지로 유명한 미국 로드 아일랜드의 뉴포트에서 따온 이름.

머리를 받치고는 관자놀이의 맥박을 세어보았다. 선실 문이 활짝 열려 쳐다보니 헝가리 사람이 어슴푸레한 한 줄기 빛살을 받으며 서 있는 것이 보였다.

— 자 여러분, 날이 밝았어요!

두 멋쟁이

어스레하면서도 후텁지근한 8월의 저녁이 도심에 내려앉아 있었고 거리에는 여름의 기억을 간직한 듯한 부드럽고 무더운 공기가 감돌고 있었다. 일요일 안식을 위해 셔터를 친 거리는 화사하게 차려입은 인파로 북적거렸다. 가로등은 조명 장치를 한 진주처럼 그 높다란 전주 꼭대기에서 그 아래의 살아 움직이는 직물(織物) 같은 울긋불긋하게 차려입은 인파를 내리비추고 있었다. 그 직물 같은 인파는 끊임없이 모양과 색깔을 달리하면서 쉬지 않고 변함없이 웅성거리는 소리를 그 후텁지근하고도 어스레한 저녁 공기 속으로 내뿜고 있었다.

두 젊은이가 러틀랜드 광장의 언덕길을 따라 내려왔다. 그중 한 젊은이는 독점하다시피 한 장황한 이야기를 바야흐로 끝내려 하고 있었고, 인도 가장자리를 따라 걷던 다른 한 젊은이는 친구의 거친 걸음걸이 때문에 수시로 차도로 밀려났지만 그래도 듣는 게 재미있어 경청하는 표정을 잃지 않고 있었다. 그는 땅딸막하면서도 혈색이 좋았다. 그는 요트 모자를 이마 뒤로 한껏 젖혀 썼고, 그가 경청하는 이야기 때문에 끊임없는 표정의 물결이 그의 코와 눈 그리고 입 가장자리에서 얼굴 전체로 쉴 새 없이 퍼져나갔다. 그의 들썩거리는 몸통에서 너털웃음 소리가 떠들썩하게 꼬리를 물고 터져나왔다. 재미있어하는 눈빛이 역력한 두 눈으로 그는 끊임없이 동행자의 얼굴을 힐끔거렸다. 그는 투우사처럼 한쪽 어깨 위에 벗어 걸친 가벼운 우의를 한두 번 고쳐 멨다. 그의 바지, 하얀 러버슈즈*, 그리고 멋들어지게 걸친 우의는 그를 젊어 보이게 하고도 남음이 있었다. 하지만 그의 몸매로 말하면 허리께가 절구통 같고, 머리칼은 숱이 적은 데다 희끗희끗한가 하면 그의 얼굴은 그 풍부한 표정의 물결이 사라지자 초췌한 모습이 사정없이 드러났다.

그는 동행자의 이야기가 끝난 것이 분명하다는 생각이 들자 꼬박 30초가량이나 소리를 죽이고 웃어댔다. 그러다가 그는 말했다.

— 그래! ... 그것 정말 끝내주는 얘기로군!

그의 목소리엔 원기가 부족해 보였다. 그래서 그의 말에 원기를 불어넣기 위해 그는 익살을 섞어 덧붙였다.

— 거 정말 전무후무하게 끝내주는 얘기로군, 적절한 표현일지는 모르나 희한하기 그지없는 **신통방통한** 얘기란 말이야!

그는 이 말을 마치고는 심각해지면서 더 이상 말을 하지 않았다. 그

---

* 고무로 만든 비신.

의 혀는 지칠 대로 지쳐 있었다. 그는 도싯 가의 어느 술집에서부터 오후 내내 입을 열어놓고 지냈기 때문이다. 대부분의 사람들은 레너헌을 일종의 거머리로 보았지만, 그러한 평판에도 불구하고 그의 재치와 말솜씨 때문에 그의 친구들은 항상 섣불리 그에 대해 이렇다 할 부정적인 단정을 내리지 못했다. 그는 술집에 가면 거기에 모인 술꾼들 무리에게 넉살좋게 다가가 그 무리의 가장자리에서 약삭빠르게 어기죽거리다가 마침내는 술판에 슬쩍 끼어드는 습관이 있었다. 그는 이야기며 5행 속요*며 수수께끼의 재고량이 무궁무진한 놀기 좋아하는 건달이었다. 그는 온갖 무례라는 무례에는 다 둔감했다. 그가 호구지책이라는 그 엄숙한 과제를 어떻게 수행하는지는 아무도 몰랐지만, 그의 이름은 막연하게나마 경마 정보지와 연관이 있는 것으로 전해졌다.**

— 그런데 그 여잔 어디서 낚았지, 콜리? 그가 물었다.

콜리는 혓바닥으로 재빠르게 윗입술을 축였다.

— 어느 날 밤이었지, 이 사람아, 그가 말했다, 데임 가를 어슬렁어슬렁 걸어가는데 워터하우스 벽시계*** 밑에서 반반하게 생긴 계집애 하나가 눈에 띄지 않겠나. 내가 안녕하시오 하고 먼저 인사를 건넸지. 그래서 우리는 운하를 끼고 산보를 시작했지 뭐야. 그녀 말이 자기는 배곳 가의 어느 집에 하녀로 있다는 거야. 그날 밤 나는 팔로 그녀의 허리를 감고 꼭 좀 껴안아줬지. 그러고 나서, 다음 일요일에는 말이

---

* 약약강격의 5행 희시(戲詩).
** 경마와 관련된 일로 먹고사는 듯하다는 뜻.
*** 금은 보석상 워터하우스를 선전하는 벽시계.

야, 우리는 약속을 해서 만났지. 우리는 그때 도니브룩까지 갔어. 나는 거기서 그녀를 들판으로 데리고 갔지. 우유배달부하고 전에 자주 다닌 데라나. … 호박이 덩굴째 굴러들어온 격이지, 뭐야. 이 사람아. 매일 밤 담배 갖다주겠다, 왕복 전차 요금 다 내겠다, 여기서 더 바랄 게 뭔가. 그런데 어느 날 밤에는 경을 치게 근사한 시가를 두 대나 갖다주지 않겠나—아, 그녀의 주인 꼰대가 즐겨 피우던. … 그 진짜배기 최상품을 말이야, 알아들어, 그런 식으로 나가다간 임신이라도 하면 어떡하나, 겁이 더럭 나지 않겠나, 이 사람아. 하지만 그녀는 피하는 길을 빠끔하게 알고 있더군.

— 아마 자네가 결혼해줄 거라고 생각한 모양이지, 레너헌이 말했다.

— 난 실업자라고 그랬어, 콜리가 말했다. 전에는 핌스*에 근무한 적이 있노라고 말했을 뿐이야. 걔는 내 이름도 몰라. 나도 약아서 이름은 밝히지 않았지. 하지만 걔는 내가 제법 그럴듯한 자질의 소유자라고 생각하고 있을 거야.

레너헌이 소리를 죽이고 다시 웃었다.

— 내가 여태까지 들은 쓸 만한 얘기 중에서, 그가 말했다, 자네 얘기가 단연 최고 걸작이야.

콜리의 활보는 그의 아부성 인사에 대한 답례 같아 보였다. 그가 우람한 체구를 마구 뒤흔드는 바람에 그의 친구는 인도에서 차도로 몇 발자국 가볍게 떠밀렸다가 다시 제자리로 되돌아가지 않으면 안 되었다. 콜리는 경찰 간부의 아들로, 자기 아버지의 체구와 걸음걸이를 그

---

* 더블린의 남부 그레이트 조지 가에 있는 신용 있기로 유명한 대형 백화점. 현재는 철거되고 없음.

대로 물려받았다. 그는 두 손은 옆구리에 갖다 붙이고 몸은 꼿꼿하게 바로 세우고 고개는 이리저리 흔들어대며 걸었다. 그의 두상(頭上)은 크고 둥근 데다 기름이 번지르르하고, 게다가 날씨에 관계없이 땀이 많이 났다. 그리고 그의 두상에 비스듬히 걸쳐 있는 크고 둥근 모자는 별도의 구경(球莖)에서 자라난 하나의 구경 같아 보였다. 그가 걸을 때는 열병식 때처럼 항상 전방을 응시했고, 거리에서 누군가를 쳐다보고 싶을 때는 엉덩이부터 온몸을 움직여야 했다. 그는 현재 일정한 직업 없는 건달이었다. 일자리가 나기만 하면 어느 한 친구가 그에게 믿을 만한 정보를 제공하기로 되어 있었다. 그가 자주 사복 차림의 경찰관과 열심히 뭐라고 얘기를 주고받으며 함께 걸어가는 것이 사람들 눈에 더러 띄었다.* 그는 온갖 사건의 내막을 꿰뚫고 있는 데다 최종적인 판단 내리기를 좋아했다. 그는 동료들의 말에는 귀를 기울이는 법 없이 혼자만 잘 떠들었다. 그의 화제는 주로 자기 자신에 관한 것이었다. 그가 아무개에게 뭐라고 했고, 또 아무개는 그에게 뭐라고 했고 그래서 사태를 해결하기 위해 그는 무슨 말을 했노라 하는 식이었다. 그가 이런 대화를 전달할 때는 자기 이름의 첫 자에 피렌체 사람들 식으로 기음(氣音)을 넣어 호올리라고 발음했다.**

레너헌은 그의 친구에게 담배를 한 대 권했다. 두 젊은이가 인파를 뚫고 걸어갈 때, 콜리는 이따금 몸을 돌려 지나가는 처녀들에게 미소

---

* 그는 경찰 앞잡이인 듯함.
** 이탈리아의 피렌체인들이 'casa'를 'c' 대신 기음 'h'를 추가하여 'hasa'로 발음하듯이 콜리도 자기 이름 'Corley'에다 'H'를 넣어 호올리로 발음한다. 그의 이런 발음은 하녀에게 품위를 뽐냄은 물론 단테와 베아트리체와의 관계와 대비시키려는 의도도 있어 보임. 베아트리체는 피렌체인이었음.

를 던졌지만 이중의 달무리에 둘러싸인 희미한 보름달에 고정된 레너헌의 시선은 움직일 줄을 몰랐다. 그는 뿌연 거미줄 같은 미광이 달의 표면을 가로질러 가는 것을 뚫어지게 지켜보았다. 마침내 그가 말했다.

— 글쎄, … 말이야, 콜리, 자넨 너끈하게 잘해낼 자신이 있어 보이는데, 어때?

콜리는 한쪽 눈을 찡끗해 보이는 것으로 대답을 대신했다.

— 여자가 마음이 내켜 적극적으로 나오는가? 레너헌이 미심쩍은 듯 물었다. 여자란 다 알 수 없는 거야.

— 걘 아무 문제가 없어, 콜리가 말했다. 그런 애 주무르는 건 누워서 떡 먹기네. 이 사람아. 걘 나한테 홀딱 반해 있다고 보면 틀림없어.

— 자네야말로 이른바 로사리오*와 같은 바람둥이로구나, 레너헌이 말했다. 그것도 로사리오를 그대로 빼닮은 난봉쟁이란 말이야, 정말!

약간 빈정대는 말투가 그의 태도상의 비굴함을 덜어주었다. 그는 자존심을 지키기 위해 자신의 아부성 발언이 조롱으로도 해석될 수 있는 여지를 남겨놓는 버릇이 있었다. 그러나 콜리는 그것을 감지할 만한 섬세한 위인은 아니었다.

— 반반한 하녀 하나쯤 손아귀에 넣는 거야 식은 죽 먹기나 다름없어, 그가 단언했다. 어디, 내가 하라는 대로만 해봐.

— 산전수전 다 겪은 사람의 말투로군, 레너헌이 말했다.

— 처음엔 말이야 나도 계집애들하고 자주 어울렸지, 콜리는 흥금

---

* 영국 극작가 니컬러스 로(1674~1718)의 「아름다운 회개자」의 주인공 이름. 그는 젊은 귀족으로 난봉꾼이었음.

을 털어놓으면서 말했다, 남부 순환로*에 저녁 산책 나온 계집애들과 말이야. 나는 고것들을 전차에 태우고 여기저기로 끌고 다녔지. 차비는 물론 내가 내고. 아니면 악단이나 극장의 연극을 구경시켜주기도 하고 초콜릿이나 사탕이나 뭐 그런 것 따위를 열심히 사주기도 했지. 걔네들한테 나도 어지간히 돈을 쓸 만큼 썼지, 그는 자신의 말이 불신당하고 있음을 잘 알고 있기라도 하듯 단호한 어조로 덧붙였다.

그러나 레너헌은 그 말을 곧이곧대로 믿었다. 그는 심각한 표정을 하고 고개를 끄덕였다.

— 그따위 수작은 나도 알고 있어, 그가 말했다, 그런 건 다 얼간이나 하는 짓거리거든.

— 내가 골 빈 사람이냐, 그따위 실속 없는 짓이나 하게, 콜리가 말했다.

— 나도 마찬가지라니까, 레너헌이 말했다.

— 그 많은 계집애들 중에 딱 하나가 좀 다른 것이 있었지, 콜리가 말했다.

그는 혀를 휘둘러 윗입술을 적셨다. 그는 초롱초롱한 두 눈으로 잠시 회상에 잠겼다. 그도 역시 이제는 거의 구름에 가려져버린 희미한 달의 표면을 응시하면서 생각에 잠긴 듯이 보였다.

— 걔는 … 어느 모로 보나 좀 괜찮은 편이었는데, 그는 아쉬운 듯이 말했다.

그는 다시 입을 다물었다. 그러다가 덧붙여 말했다.

---

* 더블린 남쪽 시계(市界)가 되는 도로로, 연인 없는 처녀들이 젊은 남자를 만나 데이트 코스로 즐겨 이용하던 곳.

— 걔는 이제 화류계로 빠져버렸지. 어느 날 밤에 두 사내와 이륜마차를 같이 타고 얼 가로 내려가는 걸 내 눈으로 똑똑히 보았으니까.

— 아마도 자네 때문에 그리 된 게 아닌가 싶은데, 레너헌이 말했다.

— 나 말고도 고년 꽁무니를 따라다니는 놈팡이들이 한둘이 아니었어, 콜리가 차분하게 말했다.

이번에는 레너헌이 믿기지 않는 표정이었다. 그는 머리를 가로저으면서 빙그레 웃었다.

— 자네 설마 나를 놀리는 건 아니겠지, 콜리, 그가 말했다.

— 내가 미쳤다고 거짓말을 하겠나, 하느님이 다 내려다보시는데! 콜리가 말했다. 죄다 개가 직접 나한테 해준 말이라니까?

레너헌은 비참한 표정을 지었다.

— 야비한 배신자 같으니! 그가 말했다.

그들이 트리니티 대학의 쇠 울타리*를 따라 지나갈 때 레너헌은 차도로 펄쩍 뛰어나가 벽시계를 자세히 칩떠보았다.

— 20분 지났군.** 그가 말했다.

— 시간 충분해, 콜리가 말했다. 그 계집앤 틀림없이 거기에 와 있을 거야. 난 항상 개를 좀 기다리게 하는 편이거든.

레너헌이 조용하게 웃었다.

— 보통이 아닌데, 콜리, 여자들 다루는 법을 제대로 아는구먼, 그가 말했다.

— 여자들의 잔꾀쯤이야 내가 꼭대기에 앉아 있지, 콜리가 자인했다.

---

* 이 대학의 높은 쇠 울타리가 캠퍼스와 거리를 구분하는 경계 역할을 함.
** 7시 20분인 듯. 때가 8월 말경이므로 해는 보통 일곱시쯤 진다.

— 하지만 말이야, 레너헌이 다시 말했다, 자네 오늘 매끈하게 잘해낼 자신 있나? 자네도 알다시피 이런 일이란 여간 주의를 요하는 일이 아니란 말이야. 여자들이란 원래 그런 문제에는 여간 빡빡하지 않거든. 알 만해? … 어떤가?

그는 반짝이는 작은 두 눈으로 다짐이라도 받으려는 듯 친구의 얼굴을 살폈다. 콜리는 끈덕지게 달라붙는 파리라도 쫓아버리려는 듯 고개를 이리저리 흔들었다. 그러다가 이맛살을 찌푸리며 말했다.

— 잘해낼 자신 있어, 두고 봐, 그가 말했다. 내 걱정은 마, 알겠지?

레너헌은 그 이상 더 말하지 않았다. 그는 괜히 친구의 성미를 건드려 썩 꺼지라느니 그따위 설교는 집어치워라느니 따위의 말은 듣고 싶지 않았기 때문이다. 말하자면 약간의 전술적인 후퇴가 필요했던 것이다. 그러나 콜리의 찌푸린 이맛살은 이내 다시 펴졌다. 그의 생각은 다른 데 가 있었던 것이다.

— 갠 정말 괜찮은 계집애야, 그는 진가를 평가하듯이 말했다, 그게 내가 본 개의 사람됨이야.

그들은 나소 가를 걸어가다가 킬데어 가로 접어들었다. 클럽*의 현관에서 멀지 않은 곳에 하프 연주자 하나가 빙 둘러선 몇 안 되는 청중을 상대로 차도 변에 서서 연주를 하고 있었다. 그는 새 청중이 올 때마다 얼굴을 이따금씩 재빨리 힐끔거리기도 하고, 먼 하늘을 역시 지겨운 표정으로 이따금씩 힐끗거리기도 하면서 주의산만하게 줄을 뜯었다. 덮개가 그 무릎 근처까지 흘러내린 줄도 모르는 그의 하프**

---

* 나소 가와 킬데어 가의 모퉁이에 있는 '킬데어 가 클럽'. 부유한 개신교인을 비롯한 친영파 인사들의 고급 사교장.

역시 손님의 눈에도, 주인의 손에도 다 같이 지겹게만 보였다. 한 손으로는 저음부로 오 모일 해(海)여, 잔잔하여라***의 가락을 연주하고, 다른 한 손으로는 고음부로 선율의 각 음절에 따라 재빠르게 연주했다. 노래의 선율이 그윽하고 충만하게 울려퍼졌다.

두 젊은이는 등 뒤로 들려오는 구슬픈 음악을 들으며 말없이 거리를 걸어 올라갔다. 그들은 스티븐 공원 입구에 도착하자 횡단보도를 건넜다. 여기서 그들은 전차의 소음, 가로등의 불빛, 그리고 인파 때문에 계속 침묵을 지키려야 지킬 수가 없었다.

— 저기 있네, 걔가! 콜리가 말했다.

흄 가 모퉁이에 젊은 여자가 하나 서 있었다. 하늘색 드레스에 하얀 밀짚모자를 쓰고 있었다. 그녀는 손에 든 양산을 흔들면서 보도의 연석(緣石) 위에 서 있었다. 레너헌은 갑자기 생기가 돌았다.

— 어디 한번 보자, 콜리, 그가 말했다.

콜리는 친구에게 흘끔 곁눈질을 했다. 순간 그의 얼굴에는 불쾌한 표시의 웃음이 맺혔다.

— 자네, 남의 일에 재를 뿌릴 작정인가? 그가 물었다.

— 빌어먹을 소리 하고 자빠졌네! 레너헌이 거침없이 말했다, 소개 따윈 바라지도 않아. 내가 바라는 건 그저 얼굴 한번 보자는 것뿐이야. 잡아먹지 않을 테니 걱정 마.

** 아일랜드의 영광스러운 과거의 전통적인 상징. 여기서는 건달에게 농락당하는 아일랜드 여성의 모습 또는 영국 통치에 신음하는 아일랜드의 피폐상의 상징.
*** 아일랜드의 국민 시인 토머스 무어의 시집 『아일랜드 선율』에 나오는 「피오누알라의 노래」의 첫 행의 일부. 모일 해는 아일랜드 해를 말함.

— 그래 ... 그저 한번 보기만 한다고? 콜리가 한층 누그러진 어조로 말했다. 그렇다면. ... 내가 요령을 일러주지. 내가 다가가서 걔에게 말을 걸 테니까 자네는 옆을 지나는 척하면서 보면 돼.

— 좋았어! 레너헌이 말했다.

콜리가 벌써 한쪽 발을 쇠사슬* 너머로 내디뎠을 때 레너헌이 큰 소리로 외쳤다.

— 그러고 난 뒤엔? 어디서 만나?

— 열시 반에, 콜리는 다른 한쪽 발을 마저 내디디며 대답했다.

— 어디서?

— 메리언 가 모퉁이에서. 같이 돌아올 거야.

— 자, 잘해야 한다, 레너헌이 작별인사 삼아 말했다.

콜리는 아무런 대꾸도 하지 않았다. 그는 머리를 이리저리 흔들면서 길을 건너 어슬렁어슬렁 걸어갔다. 그의 우람한 몸집, 태평스러운 걸음걸이, 그리고 장화를 내딛으며 내는 육중한 소리가 어딘지 모르게 정복자의 그 무엇을 연상케 했다. 그는 그 젊은 여자에게 다가가서 인사도 없이 단도직입적으로 곧 이야기를 나누기 시작했다. 그녀는 양산을 더욱 빨리 돌리면서 발뒤꿈치로 몸을 반쯤 그에게로 틀었다. 한두 번 그가 그녀에게 바짝 달라붙어 말을 걸자 그녀는 깔깔 웃어대더니 곧 고개를 떨어뜨렸다.

레너헌은 몇 분 동안 그들을 유심히 지켜보았다. 그러다가 그는 쇠사슬 옆을 따라 어느 지점까지 빠른 속도로 걸어가다가 비스듬히 대

---

* 공원과 한길의 경계가 되도록 낮게 친 쇠사슬.

로를 가로질러 건넜다. 흄 가 모퉁이에 다가가자 향수 냄새가 물씬 풍겼다. 그는 잽싸고도 호기심 가득한 눈초리로 그 젊은 여자의 외모를 샅샅이 살펴보았다. 그녀는 일요일에만 입는 나들이옷 차림이었다. 그녀가 입은 하늘색 서지 스커트엔 허리께에 검은 가죽 벨트가 매여 있었다. 그런데 그 벨트에 달린 커다란 은제 버클이 그녀의 하얀 블라우스의 보드라운 천을 클립으로 조인 듯이 바짝 죄고 있어 그녀 몸 중심부를 짓누르는 것 같았다. 그녀는 자개단추가 달린 짧은 검은색 재킷에 깔쭉깔쭉한 긴 검은색 털목도리를 두르고 있었다. 튈이라는 명주 망사로 만들어 붙인 칼라의 끄트머리는 일부러 흩트려놓았고, 가슴에는 커다란 붉은 꽃묶음이 꽃대가 위로 향하도록 꽂혀 있었다. 레너헌은 두 눈으로 됐다 싶을 때까지 그녀의 땅딸막한 강건한 몸집을 주시했다. 그녀의 얼굴이며, 불그스레한 살찐 볼이며, 부끄럼을 모르는 듯한 푸른 두 눈에는 꾸밈없는 원색적인 건강미가 넘쳐흘렀다. 그녀의 이목구비는 투박했다. 콧구멍은 널따랗고, 입은 볼품없이 퍼져 있었는데 만족스러운 웃음이라도 웃을라치면 그 입이 헤 벌어져서 앞니의 두 뻐드렁니가 드러나 보였다. 그 옆을 지나가면서 레너헌이 모자를 벗어 아는 척을 하자 약 10초쯤 뒤에 콜리가 허공을 향해 건성으로 답례를 했다. 그 답례란 막연하게 손을 쳐들고서 무슨 의미나 있는 듯이 쓰고 있는 모자의 각도를 바꿔놓는 그런 동작에 지나지 않았다.

레너헌은 셸번 호텔까지 걸어 올라가 거기서 걸음을 멈추고 기다렸다. 얼마쯤 기다리고 있노라니 그들이 자기 쪽으로 오는 것이 보였다. 그들이 오른쪽으로 돌자 그는 하얀 신발을 경쾌하게 내디디면서 메리언 광장 한쪽을 따라 그들 뒤를 따라갔다. 그는 자신의 보폭을 그들의 보폭에 맞추어 천천히 걸어가면서 콜리의 머리가 젊은 여인의 얼굴을 향해 축을 중심으로 회전하는 커다란 공처럼 끊임없이 돌아가는 것을 지켜보았다. 그는 눈을 떼지 않고 그들을 주시하다가 마침내 그들이 도니브룩행(行) 전차 계단을 밟는 것을 보았다. 그제야 그는 몸을 돌려 온 길로 되돌아가기 시작했다.

외톨박이가 되자 그의 얼굴은 훨씬 나이 들어 보였다. 지금까지의 활기는 어디론지 사라져버린 것 같았다. 그는 듀크스 론의 철책 울타리를 따라 걸으면서 한 손으로 심심파적으로 그 쇠 울타리를 훑으며 지나갔다. 하프 연주자가 얼마 전에 연주한 곡조가 그의 동작을 지배하기 시작했다. 그의 느릿느릿 내딛는 그 부드러운 발걸음은 하프의 멜로디를 연주하는 것 같고, 그의 손가락은 철책 울타리를 한가하게 쓸고 있어 각 선율의 음절에 따라 변주곡의 음계를 쳐대는 것 같았다.

그는 마지못해 스티븐 공원 주변을 돌아다니다가 그래프턴 가로 들어섰다. 그는 두 눈으로 지나가는 인파의 수많은 특징을 주의 깊게 살피긴 했지만, 그저 시무룩한 마음으로 그랬을 뿐이었다. 그는 한때 자신의 관심을 끌 만한 가치가 있다고 본 모든 일이 죄다 시시하게만 보여 큰맘 먹고 도전해보라고 유혹하는 듯한 시선에도 이제는 아무런 반응을 보이지 않았다. 그는 말을 많이 지껄여야 하고 없는 얘기도 꾸며내어 남을 재미있게 해줘야 한다는 것을 잘 알고 있었지만 그렇게 하기에는 그의 머리와 목구멍이 너무 메말라 있었다. 콜리를 다시 만날 때까지 시간을 어떻게 보낼 것인가 하는 문제가 그를 다소 괴롭히기 시작했다. 그러나 그는 줄곧 걷는 것밖에 시간을 보낼 다른 방법이 생각나지 않았다. 러틀랜드 광장 모퉁이에 이르렀을 때 그는 왼쪽으로 꺾었다. 그 어둡고 조용한 거리에 오니 한결 마음이 편안해졌다. 그 거리의 음산한 분위기가 그의 기분에 딱 들어맞았기 때문이다. 그는 마침내 하얀 글씨로 간이식당이라는 말이 쓰인 초라한 가게의 진열장 앞에서 걸음을 멈추었다. 진열장의 유리에는 **진저비어와 진저에일*** 이라는 흘려 쓴 광고 두 개가 붙어 있었다. 커다란 하늘색 접시에는 햄 한 조각이 진열되어 있고, 그 옆에 놓인 접시에는 아주 작은 건포도 푸딩 한 조각이 담겨 있었다. 그는 이 음식을 얼마 동안 진지하게 들여다보다가 거리 아래위를 조심스레 살핀 뒤에 재빨리 가게 안으로 들어갔다.

그는 시장했다. 달가워하지 않는 두 바텐더에게 간청을 해서야 겨우 얻어먹은 몇 개의 비스킷 말고는 아침밥 때부터 여태껏 먹은 것이라곤 없었기 때문이다. 그는 두 여공(女工)과 한 남자 기계공을 마주하고 식탁보도 씌우지 않은 나무 식탁에 가서 앉았다. 칠칠치 못하게 보이는 소녀가 주문을 받으러 왔다.

— 콩 한 접시에 얼마지? 그가 물었다.

— 1페니 반이에요, 손님, 소녀가 말했다.

— 콩 한 접시 갖다줘, 그가 말했다, 진저비어 하나하고.

그가 식당 안으로 들어서는 순간 그들의 대화가 뚝 끊겼기 때문에 그는 점잖아 보이는 외양과는 무관한 사람임을 보여주기 위해 일부러 말을 거칠게 했다. 순간 그의 얼굴이 화끈 달아올랐다. 그는 태연하게 보이도록 모자를 머리 뒤로 젖혀 쓰고 두 팔꿈치는 식탁 위에 괴었다.

---

* 둘 다 생강이 든 청량음료. 이 둘을 나란히 써 붙인 것은 제품 이름이 다르거나 아니면 전자가 후자보다 맛이 순하면서 색이 진한 차이가 있어서인 듯함.

기계공과 두 여공은 그를 하나하나 뜯어보고 나서야 가라앉은 목소리로 대화를 다시 나누기 시작했다. 소녀는 후추와 식초를 친 따끈따끈한 콩 한 접시와 포크. 그리고 진저비어 한 병을 가져왔다. 그는 음식을 게걸스럽게 먹고, 그 맛이 어찌나 좋았던지 가게의 이름을 머리에 새겨두었다. 그는 콩을 다 먹은 뒤에 진저비어를 홀짝거렸다, 그러면서 그는 콜리의 데이트를 생각하며 한동안 앉아 있었다. 한 쌍의 연인들이 어떤 컴컴한 길을 따라 걸어가는 것을 보는 듯한 상상 속에서 그는 콜리의 굵고 힘찬 멋쟁이 목소리가 들리는 것 같기도 하고 젊은 여인의 그 쭉 퍼진 입 언저리에 감도는 웃음기를 다시 보는 것 같기도 했다. 바로 이런 환상 때문에 그는 자신의 지갑과 기백의 궁핍성이 절실하게 느껴졌다. 그는 이제 건달 짓 하기에도, 끼니때가 무서울 정도로 쪼들리게 살아가기에도, 잔머리 굴리며 약은 수작 부리기에도 모두 지쳐버렸다. 그는 11월이면 서른한 살이 되리라. 그때까지 좋은 일자리 하나 잡아보지 못할까? 자기 자신의 가정도 꾸며보지 못할까? 그는 옆에 두고 앉을 뜨뜻한 난로와 둘러앉아 먹을 맛있는 저녁 식사가 있다면 얼마나 좋을까를 생각해보았다. 그는 여태까지 친구들이며 여자들이랑 어울려 거리를 쏘다닐 만큼 쏘다녔다. 그는 그런 친구들은 아무 소용이 없음을 잘 알고 있었다. 여자들도 마찬가지임을 잘 알고 있었다. 세파에 시달린 경험이 그의 가슴속에 세상에 대한 반감을 불러일으킨 것이었다. 그러나 모든 희망이 다 사라진 것은 아니었다. 식사를 하고 나자 식사를 하기 전보다 기분이 한결 좋아졌다. 사는 것도 덜 지겹고 기백도 덜 꺾이는 느낌이었다. 그가 만일 약간의 현금을 가진 마음씨 곱고 순박한 어떤 처녀를 만날 수만 있다면 어느 아늑한 변두리에 자리를 잡고 행복하게 살 수 있을지도 모르는 일이었다.

그는 칠칠치 못해 보이는 소녀에게 2페니 반을 지불하고 식당을 나와 다시 어슬렁거리기 시작했다. 그는 케이플 가를 걸어가다가 시청 쪽을 향해 걸어갔다. 그러다가 데임 가로 발길을 돌렸다. 조지 가의 모퉁이에서 그는 두 친구를 만나 걸음을 멈추고 그들과 대화를 나누었다. 그는 걷기만 하다가 잠시 휴식을 취할 수 있어 기뻤다. 그의 친구들은 그에게 콜리를 만난 적이 있는지, 있다면 가장 최근에 만난 것은 언제인가를 물었다. 그는 하루 종일 콜리와 지냈노라고 대답했다. 그의 친구들은 별로 말이 없었다. 그들은 인파 속에서 눈에 띄는 어떤 모습들을 멍하니 바라보면서 간혹 촌평을 가하기도 했다. 한 친구가 한 시간 전에 웨스트모얼랜드 가에서 맥을 본 적이 있다고 말했다. 이 말에 레너헌은 자기는 전날 밤에 이건 술집*에서 맥과 자리를 같이 했노라고 말했다. 웨스트모얼랜드 가에서 맥을 보았다던 그 젊은이는 맥이 당구 시합에서 돈을 좀 땄다는데 그게 사실이냐고 물었다. 그것은 레너헌은 모르는 일이었다. 그래서 그는 이건 술집에서 그들이 마신 술값을 모두 낸 사람은 홀로헌이었다고 말했다.

그는 10시 15분 전에 친구들과 작별하고 조지 가를 따라 걸어 올라갔다. 그는 시티 마켓**에서 왼쪽으로 꺾어 그래프턴 가를 계속 걸어 올라갔다. 여인들과 젊은 남성들의 인파는 다소 뜸해졌다. 거리를 따라 올라가노라니 많은 무리들과 쌍쌍들이 서로 작별인사를 나누는 소리가 들렸다. 그는 의과대학 벽시계***까지 갔다. 시계는 막 열시를 치

---

* 리피 강 북쪽 애비 가에 있는 '오벌' 술집. 이 술집 주인 이름이 존 이건이었음.
** 사우스 그레이트 조지 가에 있는 시장 아케이드. 더블린 남부 시장이라고도 함.

고 있었다. 그는 콜리가 너무 일찍 돌아올까 봐 걱정이 되어 서둘러 스티븐 공원 북쪽을 따라 걸음을 재촉했다. 메리언 가 모퉁이에 도착했을 때 그는 가로등 그림자 속에 자리 잡고 서서 아껴두었던 담배 한 개비를 꺼내 불을 붙였다. 그는 가로등 기둥에 몸을 기대고 콜리와 그 젊은 여자가 돌아오는 것이 보이리라 예상되는 지점에 시선을 고정했다.

그의 마음속엔 온갖 생각이 다 다시 고개를 들기 시작했다. 그는 콜리가 성공적으로 잘해냈을지 궁금했다. 그는 콜리가 그녀에게 몸을 허락해달라고 이미 요청했는지 아니면 마지막 순간까지 그대로 내버려둘 작정인지, 그것이 궁금했다. 그는 친구의 처지가 안고 있는 모든 고통과 전율이 바로 자기 자신의 처지가 안고 있는 것들과 조금도 다를 바 없다고 생각했다. 그러나 콜리가 천천히 머리를 돌리던 모습이 떠오르자 다소 마음이 가라앉았다. 그는 콜리가 딱 소리 나게 잘해냈으리라 확신했다. 그러다가 느닷없이 콜리가 혹시 그녀를 다른 길로 집에 바래다주고는 자기를 따돌리고 달아나버렸을지도 모른다는 생각이 퍼뜩 들기도 했다. 그는 두 눈으로 거리를 샅샅이 훑었다. 그들이 오는 기척은 전혀 없었다. 하지만 그가 의과대학의 벽시계를 본 지도 반시간이 좋이 지나지 않았는가. 콜리가 그따위 짓을 해? 그는 마지막 담배에 불을 붙이고 신경질적으로 빨기 시작했다. 그는 전차가 광장 저편 모퉁이에 정거할 때마다 미간을 찌푸렸다. 그들은 다른 길로 집에 가버린 것이 분명했다. 담배를 만 종이가 터지자 그는 욕을 하면서 차도에 내팽개쳐버렸다.

***서부 스티븐 공원에 있는 왕립 의과대학 건물 정면에 있는 벽시계.

갑자기 그들이 자기 쪽으로 오는 것이 보였다. 그는 너무 기뻐 몸이 오싹했다. 그는 가로등 기둥에 바싹 붙어 서서 그들의 걸음새를 통해 결과를 판단하려고 애를 썼다. 그들은 둘 다 빨리 걷고 있었다. 그 젊은 여인은 빠른 총총걸음으로 걷고 있었고, 콜리는 그녀 옆에서 성큼성큼 걷고 있었다. 그들은 서로 말을 나누는 것 같지는 않았다. 결과에 대한 예감이 날카로운 송곳 끝처럼 그의 마음을 찔렀다. 콜리는 실패했으리라, 모든 일이 수포로 돌아가고 말았으리라, 그는 그렇게 알았다.

그들은 배곳 가로 접어들었다. 그래서 그는 당장 맞은편 보도를 따라 그들을 뒤따랐다. 그들이 걸음을 멈추자 그도 따라 멈추었다. 그들은 잠시 얘기를 나누더니 젊은 여인은 어느 집 지하실 입구로 통하는 계단을 밟고 내려갔다. 그때 콜리는 전면 계단에서 약간 떨어져 보도의 가장자리에 그대로 서 있었다. 몇 분이 지났다. 그러더니 그 집의 현관문이 서서히 그리고 조심스럽게 열렸다. 어떤 여인이 하나 전면 계단으로 뛰어 내려와 기침을 했다. 그러자 콜리가 몸을 돌려 그녀 쪽으로 갔다. 그의 우람한 몸집에 가려 그녀의 모습이 몇 초 동안 보이지 않더니 이내 다시 모습을 드러내어 계단을 뛰어 올라가는 것이 눈에 띄었다. 여자가 모습을 감추자 현관문이 닫혔다. 콜리는 스티븐 공원을 향해 재빨리 걷기 시작했다.

레너헌도 같은 방향으로 걸음을 재촉했다. 가랑비가 몇 방울 떨어졌다. 그는 그 비를 일종의 경고로 생각하고, 혹시 자기가 남의 눈에 뜨이지 않았는가 걱정이 되어 그 젊은 여인이 들어가버린 그 집 쪽을 흘끗 뒤돌아보면서 부리나케 차도를 가로질러 달려갔다. 마음이 불안한 데다 빨리 달리기까지 해서 숨이 찼다. 그는 큰 소리로 불렀다.

— 어이, 콜리!

콜리는 자기를 부른 사람이 누군지 알기 위해 잠시 고개를 돌리더니 아까처럼 계속 걸어갔다. 레너헌은 한 손으로 어깨에 걸친 우의를 바로잡으면서 그를 바짝 따라 달려갔다.

— 어이, 콜리! 그는 다시 외쳤다.

그는 친구와 나란히 되자 친구의 얼굴을 뚫어지게 쳐다보았다. 특별한 표정이라곤 전혀 없었다.

— 그래서? 그는 말했다. 잘됐어?

그들은 엘리 골목의 모퉁이에 이르렀다. 여전히 아무런 대꾸도 없이 콜리는 왼쪽으로 꺾어 골목길로 올라가기만 했다. 그의 표정은 엄숙하면서도 담담해 보였다. 레너헌은 숨을 헐떡거리면서 친구를 바짝 따라 붙었다. 그는 좌절감을 이길 수 없어 협박 투의 목소리로 말하지 않을 수 없었다.

— 말 좀 못 해? 그는 말했다. 그 여잘 어떻게 했느냔 말이야?

콜리는 첫번째 가로등 밑에서 걸음을 멈추고 무서운 표정으로 앞쪽을 응시했다. 그러다가 그는 엄숙한 몸짓을 하면서 불빛을 향해 한쪽 손을 불쑥 내밀더니 미소를 머금은 채 자기 제자의 눈앞에 그 손을 천천히 펼쳐 보였다. 손바닥에선 작은 금화 한 닢*이 반짝 빛났다.

---

* 20실링짜리 금화. 이블린이 점원으로 받는 주급이 7실링임을 감안하면 하녀의 돈으로는 거액이다. 그녀의 급료로는 6~7주 분쯤 될 듯함.

하숙집

무니 부인은 푸주한의 딸이었다. 그녀는 매사를 혼자 힘으로 능히 처리할 수 있는 여인이었다. 한마디로 과단성이 있는 여자였다. 그녀는 아버지가 데리고 있던 십장과 결혼하여 스프링 가든스 근처에 정육점을 하나 차렸다. 그러나 그의 장인이 세상을 떠나자마자 무니 씨는 망조(亡兆)가 들기 시작했다. 그는 폭음을 일삼고, 돈궤를 뒤지고, 마침내는 빚더미에 올라앉았다. 그에게 금주 맹세를 시켜보았으나 아무런 소용이 없었다. 며칠이 못 가 다시 깨뜨려버릴 것이 불을 보듯 뻔했다. 툭하면 손님들 앞에서 아내와 싸우고 질 나쁜 고기 사들이기를 예사로 하여 그는 장사를 망쳐버렸다. 어느 날 밤엔 그가 식칼을 들고 아내에게 덤벼들어 그녀는 이웃집에 가서 잘 수밖에 없었다.

그런 일이 있은 후 그들은 별거했다. 그녀는 신부에게 가서 자녀 양육을 책임진다는 조건으로 그에게 별거 허락을 받았다. 그녀는 남편에게 돈도 식사도 거처도 어느 것 하나 주려 하지 않았다. 그래서 그는 어쩔 도리 없이 집달리 신세가 되고 말았다. 그는 허리가 꾸부정하고 초라하게 생긴 왜소한 체구의 주정뱅이로, 얼굴도 콧수염도 눈썹도 모두 흰색이었다. 그런데 그의 흰 눈썹은 뱁새눈 위쪽에 연필로 그린 것 같았고, 그의 뱁새눈은 흐릿한 데다 핏발마저 서 있었다. 그의 일과는 하루 종일 집달리실에 앉아서 일감이 떨어지기를 기다리는 것이었다. 정육점 사업을 정리하고 남은 돈을 밑천으로 하드윅 가에 하숙집을 낸 무니 부인은 몸집이 크고 위풍당당한 여인이었다. 그녀의 하숙집에는 리버풀과 맨 섬에서 온 관광객들과 때로는 흥행장에 드나드는 연예인들*로 구성된 뜨내기손님이 많았다. 고정 손님은 시내에 근무하는 회사원들이었다. 그녀는 하숙집을 능란하고도 엄격하게 운영했고, 외상을 주어야 할 때, 엄하게 굴어야 할 때, 그리고 모르는 척 눈감아 주어야 할 때를 귀신같이 알고 있었다. 한솥밥을 먹는 그 집의 모든 젊은이들은 그녀를 **마담****이라고 불렀다.

무니 부인의 젊은 하숙생들은 식비와 방세로 일주일에 15실링을 냈다(저녁 식사 때의 맥주나 흑맥주는 제외하고). 그들은 취미와 직업에 공통점이 많았고 바로 이런 이유로 서로 매우 친밀하게 지냈다. 그들은 경마에서 인기 있는 말과 승산 없는 말의 승률을 두고 서로 토론하기도 했다. 마담의 아들인 잭 무니는 플리트 가의 어느 위탁 판매점의 점원이었는데, 불량자라는 소문이 항상 따라다녔다. 그는 군인

---

* 흥행업에 종사하는 배우, 가수 또는 무희들. 이들은 성적으로 문란하다는 평이 있었음.
** 매춘굴의 안주인 또는 포주를 뜻하기도 함.

들의 음담패설을 즐겨 늘어놓았고, 꼭두새벽이 되어서야 귀가하는 것이 보통이었다. 그는 친구들을 만나면 그들에게 들려줄 걸쩍지근한 농담거리가 항상 준비되어 있었고, 게다가 무슨 흥미로운 화제에 대해서는 예를 들면, 우승 가능한 말이나 인기 있는 연예인에 관해서는 항상 모르는 것이 없었다. 그는 주먹질에도 능했고 우스꽝스러운 노래도 곧잘 불렀다. 일요일 밤이면 무니 부인네 앞쪽 응접실에서 친목회가 자주 열렸다. 그럴 때면 흥행장에 나가는 연예인들이 기꺼이 응해주었다. 그리고 셰리든은 왈츠와 폴카를 연주하고 즉석 반주를 하기도 했다. 마담의 딸 폴리 무니도 노래를 부르곤 했다. 그녀의 노래는 이러했다.

나는야 …. 개구쟁이 처녀.
시치미 떼지 마세요,
잘 아시면서 뭘 그러세요.

폴리는 열아홉 살의 몸매가 호리호리한 처녀였다. 머리칼은 가벼우면서도 부드럽고, 입은 작으면서도 동그스름했다. 그녀의 눈은 회색 바탕에 녹색 그림자가 드리워진 모양을 하고 있었는데, 그녀는 그런 눈으로 다른 사람과 이야기할 때는 위쪽으로 치뜨는 버릇이 있었기 때문에 다른 사람들 눈에는 다소 심술궂은 성모 마리아처럼 보였다. 무니 부인은 처음에는 딸을 어느 곡물상 사무실에 타자수로 내보냈으나, 볼썽사나운 집달리가 이틀이 멀다 하고 사무실로 찾아와 딸과 말 좀 하게 해달라고 졸라대는 바람에 다시 딸을 집으로 불러들여 집안

일을 하게 시켰다. 그러나 그녀의 속내는 폴리가 성격이 몹시 활달하기 때문에 그녀에게 쓸 만한 젊은이들을 꼬일 수 있는 기회를 주려는 데 있었다. 더욱이 젊은이들이란 그다지 멀지 않은 곳에 젊은 여자가 있다고 느끼기를 좋아하는 법이었다. 물론 폴리는 젊은이들과 허물없이 지냈다. 그러나 워낙 판단력이 예리한 무니 부인이라 젊은이들이 단지 심심풀이로 그럴 뿐이라는 것을 간파했다. 진실성이 있는 녀석은 하나도 없었다. 사태는 그런 식으로 오랫동안 지속되었다. 그래서 무니 부인이 폴리를 다시 타자수로 내보낼까 하고 생각하기 시작하던 차에, 폴리와 어떤 젊은이 사이에 무슨 일이 벌어지고 있음을 눈치챘다. 그녀는 그 둘을 예의 주시하면서 입을 굳게 다물었다.

폴리는 자신이 감시의 대상이 되어 있음을 알고 있었다. 그렇다고 해서 어머니의 끈질긴 침묵의 의미를 모르는 바도 아니었다. 어머니와 딸 사이에 어떤 노골적인 공모는 없었다. 이를테면 솔직한 의사소통 같은 것은 있을 리가 없었다. 그러나 하숙생들이 그 일에 대해 숙덕거리기 시작해도 무니 부인은 여전히 개입하지 않았다. 폴리의 태도가 약간 이상한 기척을 보이기 시작하자 그 젊은이도 불안한 내색을 보이는 것이 분명했다. 마침내 그녀가 바로 이때라고 판단했을 때 무니 부인이 비로소 개입하기 시작했다. 그녀는 식칼로 고기를 다루듯이 도덕적인 문제를 다루었다. 그런데 이번 경우에는 진작부터 단호하게 결심을 해둔 터였다.

초여름의 어느 쾌청한 일요일 아침이었다. 한낮이면 무더울 것 같은 날씨였지만 현재는 시원한 산들바람이 불고 있었다. 하숙집의 창문은 모두 열려 있었고, 밀어올린 창틀 아래로 레이스 커튼이 거리 쪽으로 하늘하늘 나부끼고 있었다. 조지 교회의 종탑에서는 끊임없이 종소리가 울려퍼지고, 신자들은 장갑 낀 손에 들린 성경과 기도서 못지않게 신중한 태도로도 자신들의 목적을 잘 드러내 보이면서 혼자서 또는 무리를 지어 교회 앞의 작은 광장을 가로질러 갔다. 하숙집에서는 아침 식사가 끝났다. 아침 식사를 마친 식당의 식탁은 베이컨 비계와 베이컨 껍질 조각에 달걀노른자 자국이 얼룩진 접시들로 뒤덮여 있었다. 무니 부인은 밀짚 안락의자에 앉아 하녀 메리가 아침상 설거지하는 것을 지켜보았다. 그녀는 메리에게 화요일에 빵 푸딩을 만드는 데 쓸 수 있도록 빵 껍질과 부서진 빵 부스러기를 모아놓게 시켰다. 식탁이 말끔히 치워지고 빵 부스러기도 다 모아지고 설탕과 버터 보관용 찬장도 안전하게 자물쇠를 채워놓은 다음 그녀는 간밤에 폴리와 가졌던 면담을 돌이켜보기 시작했다. 사태는 그녀가 예측한 그대로였다. 그녀의 질문은 솔직했고, 폴리의 답변 또한 솔직했다. 물론 둘 다 다소 어색한 점이 전혀 없는 것은 아니었다. 그녀는 그러한 소식을 너무 대범하게 받아들였거나, 아니면 알고도 모르는 척해왔음을 드러내 보이고 싶지 않았기 때문에 어색했고, 폴리는 폴리대로 그런 유의 남녀관계에 대한 언급은 언제나 그녀를 어색하게 하기 마련일 뿐만 아니라, 순진하면서도 알 건 다 아는 그녀가 어머니의 관용 이면에 도사린 의도를 이미 알아채고 있었다는 것을 어머니가 제발 생각하지 말아주기를 바랐기 때문에 어색했다.

무니 부인은 깊은 생각에 잠겼다가 조지 교회의 타종 소리가 그친 것을 의식하기 바쁘게 본능적으로 벽난로 위의 작은 금박 시계를 쳐다보았다. 11시 17분이었다. 그녀는 도런 씨와 볼일을 보고 말버러

가에서 있을 일요일 정오의 약식 미사 시간에 대어 가더라도 시간이 넉넉했다. 그녀는 이길 자신이 있었다. 우선 사회적 여론이 그녀 편이었다. 그녀는 억울한 일을 당한 어머니였기 때문이다. 그녀는 그를 신의를 지킬 줄 아는 사람으로 믿고 한지붕 밑에 같이 살도록 허락했는데, 그는 그녀의 그러한 호의를 무참히도 짓밟아버린 것이었다. 그는 나이가 서른넷인가 서른다섯인가 되어 젊다는 것이 핑계가 될 수 없었다. 몰라서 그랬다는 것은 더더욱 핑계가 될 수 없었다. 그는 세상 물정을 알 만큼 아는 사람이었기 때문이다. 그는 한마디로 폴리의 어리고 미숙함을 악용했을 뿐이었다. 그게 분명했다. 문제는 그가 보속(補贖)을 어떻게 하느냐에 있었다.

이러한 경우 보속이 반드시 있어야 한다. 남자의 경우라면 하등 문제 될 것이 없다. 순간적인 재미를 보고도 아무런 일도 없었던 것처럼 시치미를 떼기만 하면 아무런 문제가 되지 않는다. 그러나 여자는 신랄한 공격을 피할 길이 없다. 어떤 엄마들은 이런 일을 몇 푼의 돈을 받고 땜질해버리는 것으로 만족해하리라. 그녀도 그런 경우를 더러 알고 있었다. 하지만 그녀는 결코 그러지 않으리라. 그녀에게는 오직 한 가지 보속만이 딸의 손상된 명예를 벌충할 수 있었다. 그것은 바로 결혼이었다.

그녀는 메리를 도런 씨의 2층 방으로 올려 보내 그에게 하고 싶은 얘기가 있다고 전하라고 하기에 앞서 다시 손익을 죄다 따져보았다. 그녀는 이기리라는 확신이 생겼다. 그는 진국 같은 젊은이였다. 다른 녀석들처럼 난봉기가 있거나 떠들썩하지도 않았다. 만일 상대가 셰리든 씨나 미드 씨나 아니면 밴텀 라이언스였더라면 일처리가 훨씬 어려워졌을 것이다. 그녀는 그가 소문이 퍼져도 태연한 척하리라고 보지 않았다. 그 집의 하숙생들은 그 일을 대강 모르는 사람이 없게 되었다. 세세한 부분은 몇몇 사람들이 만들어 붙이기도 하고 해서. 더구나 그는 어떤 가톨릭 신자의 대형 포도주 상점에서 13년간이나 근무해왔기 때문에 그런 소문이 아마도 그에게는 실직을 의미할 수도 있었다. 반면에 만일 그가 동의만 한다면 그것으로 모든 것이 끝날 수도 있었다. 그녀는 첫째 그가 봉급을 많이 받는 줄 알고 있기 때문에 그에겐 저축해둔 돈이 좀 있지 않나 싶었다.

거의 열한시 반이 되어가는구나! 그녀는 자리에서 일어나 체경에 비친 자신의 모습을 살펴보았다. 그녀는 혈색 좋은 커다란 얼굴에 나타난 과단성 넘치는 표정에 만족감을 금할 수 없었다. 동시에 그녀가 알고 지내는 사람 가운데서 딸을 치우지 못해 애를 태우는 몇몇 엄마들을 생각했다.

도런 씨는 이 일요일 아침에 그야말로 진짜 초조했다. 그는 면도를 두 번이나 시도했으나 손이 너무 떨려 포기할 수밖에 없었다. 사흘이나 깎지 못한 불그스름한 턱수염이 턱 가장자리를 텁수룩하게 뒤덮고 있었고 2, 3분마다 안경에 김이 서려 그는 안경을 벗어 들고 손수건으로 닦지 않으면 안 되었다. 전날 밤에 자기가 한 고해성사를 돌이켜보니 엄청난 고통의 빌미가 되었다. 사제는 이번 사건의 온갖 우스꽝스러운 세목까지 꼬치꼬치 캐물으면서 결국에는 그의 죄를 하도 침소봉대하는 바람에 그는 보속이라는 빠져나갈 구멍이 있는 것만으로도 감지덕지해야 할 지경이었다. 일은 저질러 놓았겠다. 그녀와 결혼을 하든지 아니면 도망치는 길 이외에 무슨 다른 뾰족한 수가 있겠는가?

철면피 같은 짓은 할 수 없었다. 그 일은 소문이 날 것이 분명하고 그렇게 되면 그의 사장도 그 소문을 듣게 될 것이 뻔했다. 더블린은 너무나 좁은 도시다. 사람들이 다른 사람들의 일을 자기 손바닥 들여다보듯 다 알고 지내는 곳이다. 그는 들뜬 상상 속에서 연세가 지긋한 레너드 씨가 꺼칠한 목소리로 **도런 군 좀 이리 보내** 하고 부르는 소리가 들리는 듯하자 심장이 목구멍까지 뜨겁게 뛰어오를 것만 같았다.

그의 오랜 직장생활이 허사가 되고 말다니! 그의 모든 근면 성실성이 하루아침에 물거품이 되고 말다니! 물론 그도 한창 젊은 시절에는 방종한 생활을 하기도 했다. 그는 술집에서 동료들에게 자신의 자유사상을 떠벌리면서 신의 존재를 부정하기도 했으니까. 그러나 그것은 모두 지난 일이요, 거의 …. 관계가 끊긴 일이었다. 그는 아직도 〈레이놀즈 신문〉*을 매주 한 부씩 사서 보긴 하지만 종교적인 의무에는 소홀한 점이 없고 일 년의 10분의 9는 정상적인 생활을 했다. 그에게는 살림을 차릴 만한 충분한 돈도 있었다. 문제는 그것이 아니었다. 문제는 그의 가족들이 그녀를 깔보리라는 데 있었다. 무엇보다 먼저 그녀에겐 평판 나쁜 아버지가 있는 데다 어머니마저 하숙집을 한다는 좋지 못한 소문이 퍼지기 시작했다. 그는 잘못 걸렸다는 생각이 들었다. 그는 친구들이 이 일을 수군거리며 웃어댈 것을 얼마든지 상상할 수 있었다. 그녀가 다소 천박한 것은 사실이었다. 예를 들면, **나는 보았다**와 **만일 내가 알았더라면**과 같은 쉬운 표현을 어법에 맞도록 제대로 표현하지 못하는 것이 그것이었다. 그러나 그가 진정으로 사랑하기만

---

* 런던에서 발간되는 급진적 성향의 주간지. 정치 스캔들 기사를 많이 싣는 것으로 유명함.

한다면 그까짓 문법쯤이야 무슨 문제인가? 그는 그녀가 저지른 짓을 달가워해야 할지 경멸해야 할지 도무지 갈피를 잡을 수 없었다. 물론 그도 그 일에 전혀 무관한 것은 아니었다. 그의 본능은 결혼하지 말고 그대로 얽매이지 말고 지내라고 주장했다. 결혼하기만 하면 그것으로 끝장이다라고 본능이 말하는 것 같았다.

그가 셔츠와 바지 바람으로 침대 가에 우두커니 앉아 있을 때 그녀가 가볍게 문을 두드리고 들어왔다. 그녀는 자기 어머니에게 그 일을 남김없이 죄다 털어놓았으며, 그리고 또 그녀의 어머니가 그날 아침 그와 얘기할 게 있다고 한 말을 낱낱이 해주었다. 그녀는 울음을 터뜨리며 양팔로 그의 목을 감싸안고 말했다.

— 오, 밥! 밥! 난 어떡해야죠? 도대체 난 어떡해야 한단 말예요?

그녀는 자살이라도 해야 할까 보다, 하고 말했다.

그는 울지 말라고 타이르며, 모든 일이 잘 풀릴 테니 걱정하지 말라고 맥 빠진 소리로 위로했다. 그는 자신의 셔츠 사이로 그녀 가슴의 동요를 느꼈다.

그런 일이 일어난 것은 전적으로 그의 탓만은 아니었다. 독신자 특유의 느긋하면서도 꼼꼼한 기억력을 지닌 그는 그녀의 옷자락이며 숨결이며 손가락이 범벅이 되어 그에게 해주었던 최초의 그 우발적인 애무를 생생하게 기억하고 있었다. 그런 일이 있은 후 어느 날 밤늦게 그가 잠을 자려 옷을 벗고 있을 때, 그녀가 수줍게 그의 방문을 두드렸다. 그녀의 촛불이 강풍에 꺼졌기 때문에 그의 촛불로 불을 붙이고 싶다는 것이었다. 그녀가 목욕하는 날 밤이었다. 그녀는 무늬가 찍힌 플란넬 천으로 된 앞이 터진 헐렁한 화장복을 입고 있었다. 그녀의 하얀 발등은 털 슬리퍼의 벌어진 곳에서 반짝거렸고 향수를 뿌린 피부 뒤로는 혈관이 따스하게 달아올라 있었다. 그녀가 초에 불을 댕겨 촛대를 바로 세우자 그녀의 손과 손목에서 향수 냄새가 은은하게 피어올랐다.

그가 꽤 늦게 귀가하는 날 밤이면 밤마다 그의 저녁 식사를 데워주는 사람은 바로 그녀였다. 모두가 잠든 집에서 깊은 밤에 자기 곁에 그녀 혼자 있다는 것을 느끼면 그는 무엇을 먹고 있는지조차 모를 지경이었다. 그리고 그녀의 자상함이란 이루 말할 수 없었다! 밤에 좀 쌀쌀하거나 비가 오거나 바람이라도 부는 날이면 어김없이 작은 잔으로 펀치 한 잔이 그를 위해 준비돼 있었다. 아마도 그들이 함께라면 행복하리라 ......

그들은 각각 촛불을 들고 까치발을 하고 2층으로 같이 올라가서는 세번째 층계참에서 내키지 않는 작별인사를 나누곤 했다. 그들은 으레 키스도 했다. 그는 그녀의 두 눈, 손의 감촉 그리고 자신의 황홀감을 고스란히 기억하고 있었다 ....

그러나 황홀감은 사라지기 마련. 그는 그녀가 하던 말을 되뇌면서 자기 자신에게 적용해보았다. 난 어떡해야죠? 독신자의 본능은 그에게 꽁무니를 빼라고 경고했다. 그러나 죄는 이미 저질러졌다. 그의 명예심마저 이러한 죄에 대해서는 반드시 보속이 있어야 한다고 그에게 타이르는 것 같았다.

그가 그녀와 함께 침대 가에 앉아 있을 때 메리가 문간에 와서 마님이 응접실에서 그를 만나고 싶어한다고 전했다. 그는 그 어느 때보다 더욱 무기력하게 자리에서 일어나 웃옷과 조끼를 입었다. 옷을 차려

입자 그는 그녀에게로 다가가 그녀를 위로했다. 문제 될 거 하나도 없어, 걱정 말라고. 그는 침대에 엎드려 흐느끼면서 오, 하느님! 하고 가볍게 신음하는 그녀를 남겨두고 방을 나왔다.

층계를 내려가는 사이에 안경이 습기로 너무 흐려져서 벗어 들고 닦지 않을 수 없었다. 그는 지붕을 뚫고 올라가 골치 아픈 얘기를 다시는 듣지 않아도 될 다른 나라로 훨훨 날아가버리고 싶은 생각이 간절했지만 어떤 보이지 않는 힘에 밀려 한 걸음 한 걸음씩 아래층으로 내려갔다. 그의 사장과 마담이 무자비한 얼굴로 낭패 난 그의 몰골을 꼬나보는 것 같았다. 마지막 층계에서 그는 잭 무니와 마주쳤다. 잭은 배스* 두 병을 가슴에 안고 식품 저장실에서 올라오는 길이었다. 그들은 냉랭하게 인사를 나눴다. 연인의 두 눈은 1, 2초가량 그의 살찐 불도그 같은 얼굴과 통통하면서도 짧은 두 팔에 멎어 있었다. 그가 맨아래 계단에 이르러 위를 힐끗 올려다보았더니 잭이 모퉁이 방 문 앞에서 그를 쨰려보는 것이 보였다.

느닷없이 그는 몸집이 자그마한 금발의 런던내기인, 흥행장에 나가는 연예인 하나가 폴리에게 좀 지나친 말을 해댔던 그날 밤 일이 머리에 떠올랐다. 그날 밤의 친목회는 잭의 난폭성 때문에 난장판이 될 뻔했다. 모두가 달려들어 그를 진정시키려고 애썼다. 전에 없이 해쓱해진 흥행장의 연예인은 연신 미소를 지으면서 결코 악의가 있었던 것은 아니라고 되풀이해서 말했다. 그러나 잭은 앞으로 어떤 놈이든 자기 누이동생에게 그따위 수작을 거는 놈이 있으면 염병할 그놈의 이빨을

---

* 영국에서 생산되는 유명한 맥주 이름.

부러뜨려 목구멍 아래로 처박아버려야지, 암, 그래야지, 하고 고래고 래 고함을 질러댔다.

***

폴리는 울면서 잠시 동안 침대 가에 앉아 있었다. 그러다가 곧 일어 나 눈물을 훔치고 거울 쪽으로 갔다. 그녀는 수건 끝을 물주전자에 적 셔 시원한 물로 눈을 닦았다. 그녀는 거울에 비친 자신의 옆모습을 쳐 다보며 귀 위의 머리핀을 매만졌다. 그런 다음 그녀는 침대로 다시 가 서 그 발치에 앉았다. 그녀는 한참 동안 베개를 뚫어져라 쳐다보았다. 베개를 보고 있노라니 마음속에 은밀하고도 즐거웠던 기억들이 되살 아났다. 그녀는 서늘한 철제 침대 난간에 목덜미를 기대고 공상에 잠 겼다. 그녀의 얼굴에는 어떠한 불안의 흔적도 더 이상 보이지 않았다.

그녀는 참을성 있게, 거의 즐겁다 싶을 정도의 마음가짐으로 아무 런 불안한 내색 없이 기다리고 있노라니 지난날의 기억들이 점점 미 래의 희망과 비전으로 변하기 시작했다. 그녀의 희망과 비전은 너무 나 복잡하게 뒤얽혀서 그녀의 시선이 고정되어 있는 그 하얀 베개도 더 이상 보이지도 않고, 그녀가 무엇을 기다리고 있는지조차 기억이 나지 않았다.

마침내 어머니가 부르는 소리가 들렸다. 그녀는 벌떡 일어나 난간 쪽으로 달려갔다.

— 폴리야! 폴리!

— 네, 엄마?

— 얘야, 내려온. 도런 씨가 하실 말씀이 있대.

그제야 그녀는 자신이 무엇을 기다리고 있었는지 생각이 났다.

작은 구름

8년 전 그는 노스 월 부두에서 친구를 전송하며 성공을 축원한 적이 있었다. 그런데 그 친구 갤러허가 그사이 크게 성공을 했다. 그의 외국물이 몸에 배인 태도, 재단이 잘된 트위드 양복, 그리고 거침없는 말투로 보아 그것을 단박에 알 수 있었다. 그와 같은 재능을 가진 친구도 드물었거니와 그러한 성공을 거두고도 거드름을 피우지 않는 경우는 더욱 드물었다. 갤러허는 심성이 발라서 얼마든지 성공할 소지가 있고도 남음이 있었다. 그와 같은 친구가 있다는 것은 자랑스러운 일이 아닐 수 없었다.

　점심시간 이후로 리틀 챈들러의 머리는 갤러허를 만날 일, 갤러허의 초대, 그리고 갤러허가 살고 있는 대도시 런던에 대한 생각으로 꽉 차 있었다. 사람들은 그를 리틀 챈들러라고 불렀는데, 그 이유는 그가 보통 사람의 키보다 살짝 작은 데 지나지 않았지만, 어딘지 모르게 사람들에게 키가 작은 사람이라는 인상을 주어서였다. 그의 손은 하얀 데다 조그마하고 체격은 나약해 보이고 목소리는 차분했으며 태도는 세련되었다. 그는 자신의 비단결 같은 금발과 콧수염을 극진하게 보살폈고 손수건에는 은밀하게 향수를 뿌리기도 했다. 손톱의 반달은 완전무결하고, 미소를 지을 때면 어린애같이 하얀 치열이 언뜻 드러나 보였다.

그는 킹스 인스*에 있는 자기 책상 앞에 앉아 지난 8년이란 세월이 가져다준 변화를 생각해보았다. 그가 여태까지 초라하고 궁상스러운 모습으로만 알아왔던 그 친구가 런던 언론계의 총아가 된 것이었다. 그는 이따금 지루한 글쓰기를 멈추고 몸을 돌려 사무실 창밖을 내다보았다. 늦가을 저녁놀의 잔광이 잔디밭과 산책로를 뒤덮고 있었다. 잔광은 또 너저분한 보모들과 벤치에서 꾸벅꾸벅 조는 노쇠한 늙은이들에게 온화한 황금빛 먼지를 소나기처럼 퍼붓고 있기도 했다. 잔광은 말하자면 모든 움직이는 모습들, 예를 들면 자갈길을 따라 소리를 지르며 달려가는 어린애들과 공원을 가로질러 통과하는 모든 사람들 위에 드리워져서 깜박이고 있었다. 그는 그런 광경을 지켜보며 인생을 생각했다. 그리고 (그가 인생을 생각하면 언제나 그리되듯이) 그는 슬퍼졌다. 그리하여 그는 잔잔한 우울감에 사로잡히는 것이었다. 그럴 때마다 그는 운명에 대항하여 싸운다는 것이 얼마나 부질없는 짓인가, 하는 느낌이 들었다. 운명이란 다름 아닌 오랜 세월이 그에게

---

* 더블린 중앙(리피 강 북쪽) 헨리에타 가에 있는 종합 법률 사무소 건물. 여기에는 많은 법률 관련 기관들이 입주해 있음.

지워준 지혜로운 짐이거늘.

　그는 집 서가에 꽂혀 있는 시집들을 머리에 떠올렸다. 그 시집들은 그가 총각 시절에 모두 사둔 것들이었다. 현관에서 약간 떨어진 작은 방에 앉아 있을 때면 밤이면 밤마다 서가에서 한 권을 꺼내 아내에게 그럴듯한 대목을 읽어주고 싶은 충동을 종종 느꼈다. 그러나 그는 수줍음 때문에 항상 그러지를 못했다. 그래서 시집들은 서가에 고스란히 그대로 꽂혀 있었다. 이따금 그는 시 구절을 혼자 암송했다. 이것으로 그는 위안을 삼았다.

　퇴근 시간이 되자 그는 자리에서 일어나 그의 책상과 동료 직원들에게 꼼꼼하게 작별인사를 했다.* 그는 외관이 아담하면서도 품위 있게 보이는 킹스 인스의 중세풍의 봉건적인 아치문을 빠져 나와 헨리에타 가를 따라 아래쪽으로 재빨리 걸어 내려갔다. 황금빛 저녁놀은 이울고 대기는 싸늘해져 있었다. 거리에는 지저분한 아이들이 무리를 지어 우글거리고 있었다. 그들은 차도 복판에 서 있거나 뛰어다니는가 하면, 갈라진 문 앞에서 계단을 기어오르기도 하고 문지방에 생쥐들처럼 쪼그리고 앉아 있기도 했다. 리틀 챈들러는 그들을 거들떠보지도 않았다. 그는 그 모든 하찮은 벌레 같은 아이들 사이를 지나 더블린의 옛 귀족들이 한때 흥청망청 요란하게 살던 그 말라빠진 유령 같은 저택들을 바짝 끼고 날렵하게 발걸음을 옮겼다. 과거의 기억은 어떠한 것도 그에게 감동을 주지 못했다. 그의 마음은 현재의 기쁨으로 충만했기 때문이다.

---

* 리틀 챈들러는 킹스 인스에서 법률 서기로 근무하는 듯함.

그는 콜리스 레스토랑*에 가본 적은 없었으나, 그 명성은 익히 알고 있었다. 그가 알기로는 거기는 사람들이 극장 구경을 마치면 가서 굴을 먹고 리큐어**를 마시는 곳이었다. 그리고 그는 거기 웨이터들은 프랑스어와 독일어를 쓴다는 말을 들은 적도 있었다. 언젠가 밤에 부리나케 그 옆을 지나가던 그는 입구 앞에 택시들이 서더니 값비싼 옷차림을 한 숙녀들이 멋쟁이 신사들의 호위를 받으며 차에서 내려 잽싸게 안으로 들어가는 것을 본 적이 있었다. 숙녀들은 요란한 의상에 숄을 여러 겹 두르고 있었다. 그들의 얼굴에는 화장이 되어 있고, 치맛자락이 땅에 닿기라도 하면 기겁한 아탈란타***처럼 치맛자락을 들어올렸다. 그는 언제나 고개를 돌려 쳐다보지도 않고 그냥 지나쳤다. 심지어 대낮에도 거리를 부리나케 걷는 것이 그의 습관이었고, 어쩌다 밤늦도록 시내에 있게 되면 마음이 불안하고 가슴이 울렁거려 갈 길을 재촉하지 않으면 안 되었다. 그러나 때로는 공포를 불러일으키는 곳을 일부러 찾는 때도 있었다. 그는 짐짓 가장 어둡고 가장 좁은 거리를 골랐다. 그리하여 간 큰 듯이 앞을 향해 걸어가노라면 그의 발자국 주변에 깔린 침묵이 그를 불안케 했고, 말없이 어슬렁거리는 사람들의 모습도 그를 불안케 했다. 그리고 때때로 순식간에 스쳐가는 나지막한 웃음소리도 그를 나무 이파리처럼 떨게 했다.

그는 케이플 가를 향해 오른쪽으로 꺾었다. 런던 언론계의 이그네

* 더블린 중심가(리피 강 남쪽)에 있는 지금은 철거되고 없는 벌링턴 호텔 안에 있던 고급 바 겸 레스토랑. 한때 토머스 콜리스가 운영한 적이 있어 흔히 이렇게 불림.
** 방향, 감미가 뛰어난 독한 혼성주.
*** 그리스 신화에 나오는 발이 빠른 여자 사냥꾼.

이셔스 갤러허! 8년 전에 뉘라서 그것이 가능하리라고 생각했겠는가? 하지만 이제 와서 지난날을 돌이켜보니 리틀 챈들러는 친구에게서 장차 대성할 수 있는 여러 조짐을 생각해낼 수 있었다. 사람들은 다들 이그네이셔스 갤러허는 성질이 막돼먹었다고 했다. 물론 그는 그 당시 건달패들과 어울려 다니면서 닥치는 대로 술을 마시고 사방에서 돈을 꾸어 썼다. 결국에는 어떤 불미스러운 사건, 다시 말해 모종의 금전거래상의 문제에 휘말려 들었다. 적어도 그것이 그가 도주한 이유 가운데 하나라는 설이 있었다. 그러나 그의 재능을 부인하는 사람은 아무도 없었다. 이그네이셔스 갤러허에게는 언제나 자신도 모르게 상대방을 깊이 감동시키는 어떤 ... 그 무엇이 있었다. 심지어 그가 거지꼴인 데다 돈 마련할 길이 막막할 때에도 그의 넉살좋은 표정은 조금도 달라지지 않았다. 리틀 챈들러는 이그네이셔스 갤러허가 궁지에 몰렸을 때 하던 말 한마디가 머리에 떠올랐다. (그런데 이 말이 머리에 떠오르자 그의 뺨에 우쭐한 홍조가 살짝 스쳐갔다.)

— 세월이 좀 먹나 해삼이 나무 타나, 왜 그리 서둘러, 이 사람들아, 그는 태평하게 입버릇처럼 말했다. 어디, 생각할 시간적 여유가 있어야지.

그것이 바로 이그네이셔스 갤러허의 진면목이었다. 그런데 빌어먹게도, 바로 그 점 때문에 그를 좋아하지 않을 수 없었다.

리틀 챈들러는 걸음을 재촉했다. 난생처음으로 그는 지나쳐 가는 다른 사람들보다 우월하다는 생각이 들었다. 난생처음으로 그의 영혼이 케이플 가의 무미건조한 촌스러움에 반기를 들었다. 두말할 나위도 없었다. 성공하고 싶으면 멀리 떠나야 한다는 것은. 더블린에서 할 수 있는 일은 하나도 없으니까. 그는 그래튼 브리지를 건너가며 리피 강 아래편의 저지대 부두 쪽을 내려다보면서 거기에 밀집한 빈민들의 초라한 집들이 측은하기도 하다는 생각이 들었다. 그 집들은 그에게 는 먼지와 검댕투성이의 남루한 코트를 입고, 강둑을 따라 얼기설기 떼를 지어 모여들어 저녁놀의 장관을 넋을 잃고 바라보면서 밤의 첫 냉기가 밀려오기를 기다리다가 그것이 밀려오면 그제야 자리에서 일 어나 몸을 떨고는 어디론가 사라지기 위해 웅크리고 자는 한 무리의 뜨내기들 같아 보였다. 그는 이러한 아이디어를 표현하기 위해 한 편 의 시를 쓸 수 있지 않을까 하는 생각이 들었다. 갤러허가 아마도 그 를 위해 그것을 런던의 어떤 신문에 실어줄 수 있으리라. 무언가 독창 적인 시를 쓸 수 있을까? 그는 어떤 아이디어를 표현하고 싶은지는 분명하진 않았지만 시적 순간이 그를 사로잡았다는 생각 하나만으로 도 희망에 부푼 어린아이처럼 온몸에 생기가 샘솟았다. 그는 활기차 게 발걸음을 옮겼다.

한 걸음 한 걸음 떼어놓을 때마다 그는 자신의 민숭민숭한 비예술 적인 삶에서 점점 멀어지면서 런던에는 점점 더 가까이 다가가는 것 같았다. 한줄기 빛이 그의 마음의 지평선상에 명멸하기 시작했다. 그 의 나이 서른둘, 그다지 많은 것은 아니었다. 그의 기질은 바야흐로 원숙기에 이르렀다고 말할 수 있으리라. 그에게는 시로 표현하고 싶 은 각기 다른 분위기와 인상이 한두 가지가 아니었다. 그는 그런 것을 자신의 내부에서 느낄 수 있었다. 그는 그것이 진짜 시심(詩心)인가 를 알고 싶어 자신의 마음을 저울질해보려고 애썼다. 우울성이 자신 의 기질의 지배적인 특징이라고 그는 생각했다. 그러나 그것은 신념과 체념, 그리고 소박한 기쁨이 되풀이됨으로써 차분해질 대로 차분해진 그런 우울성이었다. 만일 그가 한 권의 시집에 그것을 표현한다면 사람들은 아마도 귀를 기울이리라. 그는 대중적인 인기는 끌지 못하리라, 그는 그것을 알고 있었다. 대중을 사로잡을 수는 없지만 자기와 비슷한 심성을 가진 소수의 계층에게는 호소력이 있으리라. 아마도 영국 비평가들은 그의 시의 우울한 시풍을 이유로 그를 켈트파 시인* 가운데 하나로 인정하리라. 더하여 그는 인유(引喩)를 수놓을 생각이었다. 그는 그의 시집이 받게 될 서평에 나옴 직한 문장과 구절을 마음속으로 지어보기 시작했다. 챈들러 씨는 평이하고도 우아한 시재(詩才)를 타고났다. ... 애틋한 슬픔이 시의 전편에 넘쳐흐른다. ... 켈트파의 특징. 그의 이름이 좀 더 아일랜드적이지 못한 것이 유감이었다. 아마 성 앞에 어머니의 이름을 끼워넣는 것이 나으리라, 토머스 말론 챈들러라고. 아니면 T. 말론 챈들러라고 하면 훨씬 더 나아지리라. 그는 이 문제에 관해 갤러허와 상의해볼 생각이었다.

그는 너무 생각에 몰두한 나머지 거리를 지나쳐서 다시 되돌아와야 했다. 콜리스 레스토랑 근처에 가까워지자 그전의 마음의 동요가 그를 압도하기 시작하여 그는 문 앞에서 걸음을 멈추고 머뭇거렸다. 그러다가 마침내 그는 문을 열고 안으로 들어갔다.

바의 찬란한 불빛과 소음 때문에 그는 잠시 문간에 서 있어야 했다. 그는 주위를 두리번거려 보았으나 수많은 붉고 푸른 포도주 잔의 광

---

* 영국 비평가들이 아일랜드 문예부흥운동(20세기 전후)에 참가한 예이츠를 비롯한 일군의 시인들에게 붙인 이름. 이들의 시는 과거의 영광에 대한 그리움과 우수적인 내용이 특징이었음.

채 때문에 시야만 혼미해졌다. 바는 손님들로 만원인 것 같았고, 그 손님들이 자기를 호기심에 찬 눈초리로 빤히 쳐다보는 듯한 느낌이 들었다. 그는 재빨리 좌우를 훑어보았다(용무가 심각한 것처럼 보이도록 이마를 약간 찌푸리면서). 그러나 시야가 다소 밝아지자 아무도 몸을 돌려 자기를 쳐다보는 사람은 없음을 발견했다. 그런데 거기에는 아니나 다를까, 이그네이셔스 갤러허가 카운터에 등을 기대고 두 발을 쩍 벌린 채 서 있었다.

— 여보게, 토미, 이 친구야, 자네가 왔구나! 뭘로 할까? 자넨 뭘 들었으면 좋겠어? 난 위스키를 하겠어, 물 건너 것보다는 여기 것이 훨씬 나으니까 말이야. 소다수를 타 마실까? 리시아*를 타 마실까? 광천수는 싫다고? 나도 마찬가지야. 맛을 버리거든. … 여기 봐, 가르송**, 위스키 작은 것으로 두 잔 가져와, 냉큼. … 그래, 지난번 마지막으로 본 후로 어떻게 지냈나? 맙소사, 우리도 어지간히 늙어가고 있군그래! 나에게도 나이 먹은 표가 많이 나지—어, 뭐라고? 정수리 부근이 좀 세고 숱이 적어졌다고—뭐?

이그네이셔스 갤러허는 모자를 벗고 빡빡 깎은 커다란 두상을 드러내 보였다. 말끔하게 면도를 한 그의 얼굴은 육중하면서도 창백하게 보였다. 그의 푸른빛이 도는 슬레이트색 두 눈은 건강치 않게 보이는 창백한 안색을 완화시키면서 그가 맨 선명한 오렌지빛 넥타이 위에서 뚜렷하게 빛나고 있었다. 이렇게 안색과 눈빛이 대조적인 가운데 그의 입술은 매우 길쭉하고 모양도 없는 데다 파리하게 보였다. 그는 머

---

* 산화리튬이 많이 함유된 유명한 광천수 이름.
** 웨이터의 프랑스어.

리를 숙이고 맞장구라도 쳐주기를 바라는 듯이 두 손가락으로 정수리 께의 성긴 머리칼을 매만졌다. 리틀 챈들러는 그렇지 않다는 뜻으로 고개를 가로저었다. 이그네이셔스 갤러허는 다시 모자를 썼다.

— 사람 골병들기 딱 좋지, 그는 말했다, 언론계 생활이란 게 말이 야. 기삿거리를 찾아 눈만 뜨면 동분서주하지만 허탕을 치는 일이 비 일비재하지. 그런데 말이야, 기삿감에는 항상 새로운 뭐가 있어야 한 다는 게 철칙이거든. 빌어먹을 교정쇄며 식자공들, 그놈의 꼬락서니 를 단 며칠이라도 보지 않으니 살 것 같아. 정말이지, 고국에 돌아오 니 이루 말할 수 없이 기쁘군. 쥐꼬리 같은 휴가도 보약과 같다던가. 사랑하는 더러운 더블린*에 다시 오게 되니 기분이 한량없이 좋단 말 이야 … 자, 토미, 물을 탈까? 필요하거든 알려줘.

리틀 챈들러는 자신의 위스키에 물을 많이 타도록 내버려두었다.

— 자넨 어떻게 마셔야 잘 마시는 건지 모르고 있군그래, 이 사람 아, 이그네이셔스 갤러허가 말했다. 난 물을 타지 않고 그냥 마셔.

— 대체로 난 좀체 술을 입에 대지 않아, 리틀 챈들러가 조심스럽게 말했다. 어쩌다가 옛 친구를 만나면 반 잔 정도나 할까, 그게 전부야.

— 아, 그럼 좋아, 이그네이셔스 갤러허가 쾌활하게 말했다, 우리를 위해, 그리고 옛 시절과 옛 친구들을 위해 건배하세.

그들은 잔을 서로 부딪치고 건배를 했다.

— 난 오늘 옛날 우리 패거리 몇을 만났지, 이그네이셔스 갤러허가 말했다. 오하라는 지내기가 편치 않아 보이던데. 그 녀석 뭘 하나?

---

* 아일랜드 작가 시드니 모건 여사(1783~1859)가 더블린에 붙인 애칭. 이 말은 이 도시 에 대한 애증이 교차하는 조이스의 감정 표현이기도 함.

— 아무것도 하는 게 없어, 리틀 챈들러가 말했다. 그앤 볼 장 다 본 사람이야.

— 하지만 호건은 좋은 자리에 있나 보던데, 안 그래?

— 맞았어, 그 친구, 농지 관리청에 나가고 있어.

— 어느 날 밤 런던에서 그를 만난 적이 있는데 그 친구는 아주 잘 나가는 듯이 보이더군. ... 그런데 오하라는 참 안됐어! 아마 술 때문 이겠지?

— 다른 이유도 있지, 리틀 챈들러가 짤막하게 말했다.

이그네이셔스 갤러허는 껄껄거리고 웃었다.

— 토미, 그가 말했다, 자넨 말이야 손톱만큼도 변하지 않았군. 내가 숙취로 머리가 쑤시고, 혓바닥에 설태가 낀 듯 입안이 깔깔해지면 일요일 아침마다 빠지지 않고 나에게 설교를 하곤 하던 그 진지한 사람 바로 그대로일세. 자네도 세상 구경을 좀 하고 싶겠지. 어디든 나 가본 데가 없나, 혹시 여행이라도?

— 맨 섬에 가본 적이 있어, 리틀 챈들러가 말했다.

이그네이셔스 갤러허가 껄껄 웃었다.

— 맨 섬이라! 그가 말했다. 가려거든 런던이나 파리에 가볼 일이 지. 굳이 선택한다면 파리가 낫지. 자네한테 많은 도움이 될 거야.

— 자넨 파리에 가보았나?

— 가보고말고! 나는 거기를 제법 돌아다닐 만큼 돌아다녔지.

— 그래, 거기가 소문대로 그렇게 진짜 아름다운가? 리틀 챈들러가 물었다.

그는 이그네이셔스 갤러허가 위스키 잔을 대담하게 비우는 동안 자기 술을 두어 모금 홀짝거렸다.

— 아름답냐고? 이그네이셔스 갤러허는 그 말과 그가 마신 위스키의 맛을 음미하려는 듯 잠시 말을 멈추었다가 이어 말했다. 글쎄올시다, 그렇게 아름답다고 볼 수는 없어. 물론 아름답기는 하지. ... 하지만 알짜는 파리의 삶의 질이야. 정작 중요한 것은 말이야. 아, 유쾌하고 발랄하고 짜릿하기로는. ... 파리를 당할 만한 도시는 없어.

리틀 챈들러는 위스키 잔을 다 비우고, 얼마간 애를 쓴 끝에 웨이터의 시선을 붙드는 데 성공했다. 그는 같은 것을 다시 주문했다.

— 난 물랭 루즈*에도 가보았어, 웨이터가 술잔을 치우자 이그네이셔스 갤러허는 말을 이었다, 그리고 보헤미안 카페**에도 있는 대로 다 가보았지. 정력 하나는 끝내주더군. 토미, 자네같이 거룩한 친구에겐 어림도 없는 얘기야.

리틀 챈들러가 침묵을 지키는 사이에 웨이터가 두 개의 잔을 들고 되돌아왔다. 그래서 그는 친구의 잔에 자기 잔을 가볍게 부딪쳐 아까번의 건배에 보답했다. 그는 어딘지 모르게 환멸 같은 것이 느껴지기 시작했다. 갤러허의 말투와 자기표현 방식이 그의 비위에 거슬렸다. 그의 친구에게는 그가 전에 보지 못했던 천박한 그 무엇이 있어 보였다. 그러나 그것은 아마도 런던 언론계의 북새통과 경쟁의 와중에서 치열하게 살아온 결과 때문이리라. 전에 보지 못한 이 새로운 번지르

---

* 19세기 말 예술가들과 자유사상가들이 많이 찾던 파리의 카바레. 캉캉춤 공연이 특히 유명했음.
** 파리의 몽마르트르에 많은 카바레. 전위적인 예술가들과 격식을 싫어하는 진보적인 지성인들이 단골이었음.

르한 태도 이면에는 옛날의 인간적인 매력이 변함없이 그대로 남아 있었다. 그리고 뭐니 뭐니 해도 갤러허는 나름대로 열심히 살아왔고, 세상맛을 알 만큼 아는 것은 사실이었다. 리틀 챈들러는 부러운 눈초리로 친구를 쳐다보았다.

— 파리에선 만사가 즐거워, 이그네이셔스 갤러허가 말했다. 그들의 생활신조는 인생을 즐기는 데 있지—그래, 자넨 그들의 신조가 옳다고 보지 않나? 인생을 제대로 즐기고 싶으면 두 말 말고 파리로 가는 거야. 그리고 알아둘 것은 거기 사람들은 아일랜드 사람이라면 사족을 못 써. 내가 아일랜드 출신이라고 했더니 거기 사람들이 나를 잡아먹으려고 하지 않겠나, 이 사람아.

리틀 챈들러는 술잔에서 네댓 모금 홀짝거렸다.

— 어떤가, 그가 말했다, 그게 사실인가, 파리가 소문대로 어지간히 … 문란하다는 말이?

이그네이셔스 갤러허는 오른팔로 어디나 다 마찬가지라는 제스처를 취해 보였다.

— 문란하지 않은 곳이 어딨는가, 그가 말했다. 물론 파리에는 음란한 일면이 있는 건 사실이야. 예를 들어 학생들 무도회 같은 데를 가보게. **코코트들***이 본색을 드러내기 시작하면 유쾌하다 아니할 수 없지. 고년들이 어떤 것들인지 자네도 알 텐데?

— 얘기는 들어본 적이 있어, 리틀 챈들러가 말했다.

이그네이셔스 갤러허는 위스키 잔을 다 비우고 머리를 끄덕였다.

---

* 창녀, 매춘부라는 뜻의 프랑스어.

— 아, 그가 말했다, 사람마다 생각이 다 다르겠지만 말이야, 내가 보기에는 파리 여자를 당할 여자는 없어—스타일로 보나 정력으로 보나 말이야.

— 그렇다면 문란한 도시라는 말이 맞는군그래, 리틀 챈들러는 조심스럽게 주장하듯 말했다, 내 말은 런던이나 더블린에 비해서 말이야.

— 런던이라! 이그네이셔스 갤러허는 말했다. 오십보백보야. 호건한테 물어봐, 이 사람아. 그 친구가 런던에 왔을 때 내가 데리고 다니면서 시내 구경을 좀 시켜주었지. 그의 말을 들으면 자네 눈이 등잔만 해질걸. ... 토미, 이 사람아, 그 위스키 맹물 만들지 말고 쭉 들이켜.

— 아냐, 실은. ...

— 그러지 말고, 어서 마셔, 한 잔 더 한다고 덧날 거 없잖아. 뭘로 할까? 같은 걸 다시 하는 것이 어때?

— 글쎄 ... 괜찮아.

— 프랑수아, 같은 걸로 또. ... 담배 하겠나, 토미?

이그네이셔스 갤러허는 시가 갑을 꺼냈다. 두 친구는 시가에 불을 붙여 술이 나올 때까지 말없이 뻐끔거렸다.

— 내 견해로 말하면, 이그네이셔스 갤러허는 얼마 후에 자신을 가리고 있던 담배 연기로부터 모습을 드러내며 말했다, 아주 묘한 세상이야. 문란한 얘기라! 그런 사례는 귀가 아프도록 들었지—아니, 내가 무슨 헛소리를 하고 있나?—그런 사례는 알 만큼 알고 있단 말이야, 문란한 ... 사례들을 말이야 ....

이그네이셔스 갤러허는 생각에 잠긴 듯 시가를 뻐끔뻐끔 빨아대다가 차분한 사가(史家)의 어조로 해외에 만연되어 있는 부패의 실상들을 친구에게 소묘하기 시작했다. 그는 여러 나라 수도의 타락상을 개관하고 나서 베를린에 악명의 영광을 안기려는 것 같아 보였다. 개중에는 그가 직접 장담할 수 없는 사례도 있었다(그의 친구들에게서 간접적으로 들은 얘기라서). 그러나 나머지 다른 사례들은 그가 직접 경험한 것들이었다. 그는 지위나 신분을 숨기지 않았다. 그는 대륙의 수도원에서 벌어지는 숱한 비밀을 폭로하고, 상류사회에서 유행 중인 음란 행위를 몇 가지 실례를 들어 설명한 다음, 영국의 어느 백작부인에 관한 이야기—그가 실화라고 믿는 이야기였다—를 자세하게 하는 것으로 끝을 맺었다. 리틀 챈들러는 깜짝 놀랐다.

— 아, 글쎄, 이그네이셔스 갤러허가 말했다, 더블린이란 그런 짜릿한 일들과는 담을 쌓은 곳이니 이곳 생활이 고리타분하고 무미건조할 수밖에 없지.

— 자넨 여기가 참으로 따분하겠군, 리틀 챈들러가 말했다, 그토록 많은 곳을 직접 다 보고 왔으니까 말이야!

— 글쎄, 이그네이셔스 갤러허가 말했다. 그래도 여길 오니 마음이 푹 놓이는군그래. 그리고 뭐니 뭐니 해도 흔히 하는 말로 고국이 아닌가, 안 그런가? 고국에 대한 일말의 감회가 없을 순 없지. 그게 인지상정 아니겠나. ... 그건 그렇고 자네 얘기나 좀 해주게. 호건 말이 자넨 ... 결혼생활의 기쁨을 맛봤다면서. 2년 전이었나?

리틀 챈들러는 얼굴을 붉히며 미소를 지었다.

— 맞았어, 그는 말했다. 지난 5월로 만 12개월이 됐지.

— 때늦은 감이 없지 않지만 진심으로 축하하네. 이그네이셔스 갤러허가 말했다. 자네 주소를 몰랐지, 알았더라면 그때 축하를 했을 텐데.

그가 손을 내밀자, 리틀 챈들러는 그 손을 잡고 흔들었다.

— 자, 토미, 그가 말했다, 자네와 자네 가족들이 만복을 누리고, 이 사람아, 재복이 터져 돈방석에 올라앉기를 비네. 그리고 오래오래 무병장수하길 바라네. 이것이 진실한 친구, 죽마고우의 바람이 아니겠나, 무슨 말인지 알겠지?

— 알고 있어, 리틀 챈들러가 말했다.

— 어린애라도? 이그네이셔스 갤러허가 물었다.

리틀 챈들러는 다시 얼굴을 붉혔다.

— 하나 있어, 그가 말했다.

— 아들인가, 딸인가?

— 아들이야.

이그네이셔스 갤러허는 큰 소리가 나도록 친구의 등을 쳤다.

— 브라보, 그가 말했다, 그럴 줄 알았어, 토미가 어떤 사람인데.

리틀 챈들러는 미소를 짓고, 어리둥절한 표정으로 자기 잔을 쳐다보며 어린애같이 새하얀 앞니 세 개로 아랫입술을 짓씹었다.

— 자네 돌아가기 전에, 그는 말했다, 우리 집에서 하루 저녁 지냈으면 하네. 우리 집사람이 자넬 보면 기뻐할 거야. 같이 음악도 좀 듣고 또 ...

— 고맙기 그지없네, 이 사람아, 이그네이셔스 갤러허가 말했다, 좀더 일찍 만나지 못한 것이 원망스럽구나. 하지만 내일 밤이면 떠나야 하는 걸 어떡하지.

— 그럼 오늘밤은. ...

— 정말 미안하네. 이 사람아. 동행한 다른 친구가 있어서 말이야.

그 친구도 똑똑한 젊은이지. 우리는 조출한 카드 파티에 가기로 약속이 되어 있어. 그것만 아니라면 ....

— 그래? 그렇다면. ...

— 하지만 누가 아나? 이그네이셔스 갤러허가 신중하게 말했다. 이번에 일단 길을 터놓았으니까 내년에도 잠깐 들르지 말라는 법은 없겠지. 그때까지 즐거운 일 하나를 미뤄둔 걸로 치지그래.

— 그럼 좋아, 리틀 챈들러가 말했다, 다음번에 오면 반드시 우리와 하루 저녁을 같이 지낸다. 약속한 거야, 그렇지?

— 그래, 약속했어, 이그네이셔스 갤러허가 말했다. 내년에 오게 되면 세상없어도 약속을 지키겠어.

— 그럼 이 약속을 다짐하기 위해, 리틀 챈들러가 말했다, 우리 딱 한 잔만 더 하세.

이그네이셔스 갤러허는 커다란 금시계를 꺼내 들여다보았다.

— 이게 마지막이지? 그는 말했다. 왜냐하면, 알다시피, 약속이 있어서 그래.

— 오, 그럼, 두말할 필요도 없어, 리틀 챈들러가 말했다.

— 그럼 좋아. 그렇다면, 이그네이셔스 갤러허가 말했다, **조크 안 도리시**⃰로 꼭 한 잔만 더 하세─이 말은 위스키 한 모금만 더 하자는 뜻의 근사한 모국어라고 보는데 말이야.

리틀 챈들러는 술을 주문했다. 조금 전에 얼굴에 떠올랐던 홍조가 그의 온 얼굴에 번져 있었다. 사소한 일에도 그는 시도 때도 없이 곧

⃰ 원문은 "deoc an doruis"로, '이별주'라는 뜻의 아일랜드어.

잘 얼굴이 붉어졌다. 그런데 이제는 몸까지 후끈 달아오르며 흥분된 것 같은 느낌마저 들었다. 작은 잔으로 석 잔의 위스키 기운이 그의 머리끝까지 차오르고 갤러허의 독한 시가 연기가 그의 마음을 어지럽혀놓은 것이었다. 그는 워낙 체질이 예민한 데다 금욕적인 사람이었기 때문이다. 8년 만에 갤러허를 만나, 램프와 소음에 둘러싸인 콜리스 바에서 갤러허와 자리를 같이하여 갤러허의 이야기에 귀를 기울이고 또한 갤러허의 역마살이 낀, 그러면서도 의기양양한 그의 삶을 잠시나마 공유해보는 이와 같은 모험 같은 일 때문에 그의 섬세한 성격의 균형이 깨어지고 말았다. 그는 자기 자신의 삶과 친구의 삶과의 차이를 뼈저리게 느꼈다. 그것은 그에게 부당하게 보였다. 갤러허는 집안으로 보나 학벌로 보나 자기보다 한 수 아래였다. 그는 만일 기회만 있었더라면 친구가 해놓은 일보다 훨씬 나은 그 무엇을 했으리라 확신했다. 아니 겉만 번지르르한 기자 생활보다 훨씬 격이 높은 그 무엇을 할 수 있는 자신이 있었다. 그의 길을 가로막은 것은 무엇이었던가? 그것은 그의 불행한 소심성이었다! 그는 무슨 수를 써서라도 소심한 위인이 아님을 입증하고 싶었다. 다시 말해 그는 대장부다움을 과시하고 싶었다. 그는 갤러허가 자신의 초대를 거절한 속셈을 알 것 같았다. 갤러허가 아일랜드를 방문하는 것만으로 아일랜드에 생색을 내듯이 그가 우정이니 선약이니 하는 것도 말짱 자기에게 어른처럼 으스대보겠다는 심보에서 나온 작태에 지나지 않으리라는 생각이 들었다.

웨이터가 술을 가져왔다. 리틀 챈들러는 잔 하나를 친구 쪽으로 밀어주고 다른 잔을 대담하게 집어들었다.

— 누가 알아? 두 사람이 잔을 들어올릴 때 그가 말했다. 자네가 내년에 여기에 오게 되면 내가 이그네이셔스 갤러허 내외분에게 만수무강과 행복을 비는 기쁨을 누리게 될지.

이그네이셔스 갤러허는 술을 마시다가 술잔 가장자리 너머로 한쪽 눈을 의미심장하게 찡긋 감았다. 그는 술을 마시고 나서 결연한 태도로 입맛을 쩝쩝 다시다가 술잔을 내려놓으며 말했다.

— 제발 그따위 빌어먹을 걱정일랑 말게, 이 사람아. 나는 재미 볼 건 실컷 다 보고 인생이며 세상맛도 어느 정도 안 다음에야 그때 가서 결혼이라는 고생바가지를 뒤집어쓸 생각을 하게 될지도 모르니까 말이야.

— 언젠가는 그렇게 되어야지, 리틀 챈들러가 차분하게 말했다.

이그네이셔스 갤러허는 오렌지색 넥타이와 담청색 두 눈을 친구에게로 똑바로 향하도록 했다.

— 자네, 그렇게 생각하나? 그가 물었다.

— 자네도 고생바가지를 뒤집어써야지, 리틀 챈들러는 단호하게 되풀이했다. 신붓감이 나타나기만 하면 사내자식이라면 다 그러듯이 말이야.

그는 자신의 어조에 다소 열을 올렸기에 자기도 모르게 속마음을 드러내지 않았나, 신경이 쓰였다. 그래서 그의 뺨이 빨개질 대로 빨개지긴 했지만 그렇다고 해서 친구의 시선을 결코 피하지는 않았다. 이그네이셔스 갤러허는 잠시 그를 쳐다보다가 말했다.

— 설사 그런 일이 생긴다 하더라도 침을 질질 흘리면서 여자 꽁무니를 따라다닌다거나 몸이 달아 알랑방귀나 뀌는 그따위 짓거리는 천

지신명께 맹세코 절대로 없을 거야. 나는 돈과 결혼할 생각뿐이야. 은행에 두둑한 예금을 갖고 있는 여자면 그만이야, 그렇지 않으면 나에게는 쓸모가 없어.

리틀 챈들러는 머리를 가로저었다.

— 왜 이래, 이 사람 보게, 이그네이셔스 갤러허가 열을 올리며 말했다, 내 말이 무슨 말인지 알아듣지 못해? 내가 입만 뻥긋하기만 하면 당장 내일이라도 여자와 현찰을 한꺼번에 확보할 수가 있다는 말이야. 믿기지 않는다고? 글쎄, 그럴 수도 있겠지. 돈이 썩는, 그래서 너무나 반갑기만 한. … 돈 많은 독일 여자와 유대인 여자들이 수백 명—아니 모르면 모르되 —수천 명은 되고도 남을 거야. 조금만 기다려봐, 이 사람아. 내 솜씨가 제대로인지 두고 보란 말이야. 나는 무슨 일을 한다 하면 꼭 하고 마는 사람이거든, 정말이야. 어디 두고 보라니까.

그는 잔을 입으로 가져가 술을 다 들이켜고는 큰 소리로 껄껄 웃었다. 그런 다음 생각에 잠긴 듯 자기 앞을 바라보다가 보다 차분한 어조로 말했다.

— 하지만 난 서두르지는 않네. 여자들도 기다릴 수 있을 테니까. 난 한 여자한테 얽매이고 싶은 생각은 추호도 없거든, 알아듣지?

그는 입으로 술맛을 보는 시늉을 하고는 곧 얼굴을 찡그렸다.

— 한 여자에게 얽매인다는 건 김빠진 술맛이 아니고 뭐란 말인가, 그는 말했다.

***

리틀 챈들러는 아기를 팔에 안고 현관에서 약간 떨어진 방에 앉아 있었다. 돈을 아끼려고 그들은 하녀를 두지 않았으나 애니의 여동생 모니카가 아침에 한 시간가량, 저녁에도 한 시간가량 와서 집안일을 거들어주었다. 그러나 모니카도 집으로 돌아간 지 오래되었다. 9시 15분 전이었다. 리틀 챈들러는 저녁 시간이 지나서야 귀가했다. 더군다나 귀가할 때 애니에게 블리 매장*에서 사다주기로 한 커피마저 까맣게 잊고 그냥 왔다. 물론 그녀는 기분이 좋지 않았고 묻는 말에 대한 대답도 퉁명스러웠다. 그녀는 차 같은 것은 없어도 아무런 지장이 없다고 말했지만 모퉁이 가게의 문 닫을 시간이 가까워지자 직접 나가서 차 4분의 1파운드와 설탕 2파운드를 사오기로 작정했다. 그녀는 잠이 든 아기를 능란하게 그의 팔에 안겨주며 말했다.

— 자, 받으세요. 깨우지 마세요.

하얀 사기 갓을 씌운 조그마한 램프가 테이블 위에 놓여 있고, 그 불빛이 뒤틀린 뿔로 된 액자 속의 사진을 비추고 있었다. 애니의 사진이었다. 리틀 챈들러는 그 사진을 쳐다보다가 굳게 다문 얇은 두 입술에 시선이 멈췄다. 그녀는 그가 어느 토요일에 선물로 사다준 연푸른 여름 블라우스를 입고 있었다. 그는 그것을 10실링 11펜스를 주고 샀다. 그러나 그것을 사느라고 그가 겪은 고초는 이루 말할 수 없었다! 그날 그는 얼마나 많은 마음고생을 했던가! 가게가 빌 때까지 가게 문

---

* 데임 가 7번지에 있는 차와 커피, 음식 등을 파는 유명한 업소.

앞에서 기다리고. 카운터 앞에 서서 점원 아가씨가 자기가 보는 앞에서 숙녀용 블라우스를 싸고 있을 때 태연하게 보이려고 애를 쓰느라고, 계산대에서 돈을 치르고 난 뒤에 거스름돈 몇 페니를 받는 것을 잊어버려 출납 계원에게 되불려가느라고, 그리고 마지막으로, 가게를 나올 때는 포장이 잘되었나를 확인하기 위해 포장을 점검하는 척하면서 빨개진 얼굴빛을 감추려 애쓰느라고 말이다. 그가 그 블라우스를 집으로 가져왔을 때, 애니는 그에게 키스를 하면서 참으로 예쁘고 멋지다고 했다. 그러나 그 값을 들어서 알고는 블라우스를 테이블에 팽개치며 고까짓 것 하나에 10실링 11펜스나 받다니, 그건 순 사기라고 소리쳤다. 처음에 그녀는 그걸 도로 가져가서 무르고 싶어했지만 일단 입어본 다음에는 특히 소매의 모양새가 마음에 든다면서 기뻐했다. 그러면서 그녀는 그에게 키스를 해주며 자기를 생각해주어 정말 고마운 남편이라고 말했다.

음! …

그는 사진 속의 두 눈을 차갑게 응시했다. 그랬더니 그 두 눈도 차갑게 그에게 응수했다. 확실히 두 눈은 예쁘고 얼굴 자체도 예뻤다. 그러나 거기에는 어딘지 모르게 천한 데가 있었다. 왜 저토록 냉정하고 귀부인인 척한단 말인가? 두 눈의 차분함이 그를 짜증나게 했다. 그녀의 두 눈이 그에겐 역겹고 보기마저 싫었다. 그녀의 두 눈에는 열정이나 환희 같은 것은 눈을 씻고 봐도 찾아볼 수 없었다. 그는 갤러허가 돈 많은 유대인 여자에 관해 하던 말이 생각났다. 동양적인 새까만 그 눈들, 그 눈들은 얼마나 열정으로, 육감적인 욕망으로 가득 차 있겠는가! … 를 그는 생각했다. 그런데 그는 어찌하여 사진 속의 저런 눈의 소유자와 결혼했단 말인가?

그는 이런 질문에 사로잡혀 초조하게 방 안을 둘러보았다. 그가 할부로 집에 사들인 예쁜 가구에도 무언가 천한 것이 있어 보였다. 그것은 애니가 직접 고른 것이어서 그것을 보면 그녀가 연상되었다. 그것역시 깔끔하고 예쁘장했다. 그의 생활에 대한 막연한 분노가 그의 내부에서 꿈틀거렸다. 이 코딱지 같은 집에서 도망칠 수는 없을까? 갤러허처럼 멋지게 살아보려 노력하기에는 너무 늦었을까? 런던으로 갈 수 있을까? 그러나 갚아야 할 가구 할부금이 아직도 남아 있었다. 그가 만일 책을 한 권 써서 출판만 할 수 있다면 그에게도 그런 길이 열릴 수도 있을 텐데.

바이런의 시집 한 권이 그의 앞 테이블 위에 놓여 있었다. 그는 아기가 깨지 않도록 왼손으로 조심조심 시집을 펴서 맨 처음에 수록된 시를 읽기 시작했다.

바람은 잠잠하고 저녁 어두움 고요하구나,

작은 숲에는 서풍마저 잠을 자는데,

내 사랑 마거릿의 무덤을 보러 나 돌아와

내 사랑하는 흙으로 돌아간 그대에게 꽃을 뿌리네.*

그는 여기서 잠시 멈추었다. 그는 방 안의 자기 주변에서 시의 리듬을 느끼는 것 같았다. 이 시는 어쩌면 이렇게도 우울할까! 그도 이런

---

* 영국 시인 조지 고든 바이런(1788~1824)의 처녀 시집 『한유한 시절』에 실린 감상적인 시 「어느 젊은 숙녀의 죽음에 관하여」의 첫 연.

시를 쓸 수 있을까, 그의 영혼의 우울을 이렇게 시로 표현할 수 있을까? 그는 표현하고 싶은 것이 너무나 많았다. 예를 들면, 몇 시간 전에 그래튼 브리지를 건너며 느낀 것과 같은 그런 감정을 말이다. 그가 그런 기분으로 다시 돌아갈 수 있다면. ...

아기가 깨어 울기 시작했다. 그는 책장에서 몸을 돌려 아기를 달래려고 애를 썼다. 그러나 아기는 달래지지 않았다. 그는 두 팔로 아기를 이리저리 흔들기 시작했지만 아기의 울부짖는 소리는 점점 날카로워져만 갔다. 그는 아기를 더 빨리 흔들면서 눈으로 둘째 연을 읽기 시작했다.

이 좁은 무덤 속에 그녀의 육신이 누워 있네,
그 육신은 한때 ...

소용이 없었다. 그는 읽을 수가 없었다. 아무것도 할 수가 없었다. 아기의 울부짖음이 그의 고막을 꿰뚫었다. 소용없다, 소용없어! 그는 하나의 무기 징역수였다. 그의 양팔은 분노로 떨렸다. 그는 갑자기 아기의 얼굴 쪽으로 몸을 굽히며 소리를 질렀다.

— 닥쳐!

아기는 잠시 울음을 그쳤다가 놀라 경련을 일으키며 비명을 지르기 시작했다. 그는 의자에서 벌떡 일어나 팔에 아기를 안고 허둥지둥 방 안을 오르락내리락했다. 아기는 4, 5초 동안 숨이 막혔다가 다시 울음을 터뜨리며 애처롭게 흐느끼기 시작했다. 그 흐느낌 소리는 방의 얇은 벽에 부딪혀 울려퍼졌다. 그는 아기를 달래려고 안간힘을 썼지만 아기는 더욱더 발작적으로 흐느꼈다. 그는 아기가 잔뜩 얼굴을 찡그린 데다 떨기마저 하는 것을 보자 더럭 겁이 나기 시작했다. 그는 아기가 쉬지 않고 흐느끼기를 반복하는 것을 일곱번째까지 세어보다가 갑자기 겁에 질려 아기를 가슴에 껴안았다. 이러다가 혹시 죽으면! ...

문이 활짝 열리더니 젊은 여인이 숨을 헐떡이며 뛰어 들어왔다.

— 왜 그래요? 왜 그래요? 그녀는 소리쳤다.

엄마의 목소리를 들은 아기는 다시 발작적으로 울음을 터뜨렸다.

— 아무것도 아냐, 애니 ... 아무것도 아니래도. ... 그냥 울기 시작했어. ...

그녀는 꾸러미들을 마룻바닥에 내동댕이치고 아기를 그에게서 낚아챘다.

— 애한테 무슨 짓을 한 거예요? 그녀는 그의 얼굴을 쏘아보며 소리쳤다.

리틀 챈들러는 잠시 그녀의 앙칼진 눈총을 참고 견디다가 그 눈총 속에 도사린 증오에 부닥치자 심장이 오그라드는 것 같았다. 그는 더듬거리기 시작했다.

— 아무것도 아냐. ... 애가 ... 애가 울기 시작했어. ... 난 할 수가 없었어 ... 아무것도 한 것이 없어. ... 뭐라고?

그녀는 그의 말은 들은 척도 하지 않고 아기를 두 팔로 꼭 껴안고 중얼거리면서 방 안을 왔다 갔다 하기 시작했다.

— 아가야! 내 아가야! 놀랐어, 아가? ... 까꿍, 아가야! 까꿍! ... 양 같은 우리 아가! 세상에서 둘도 없는 양 같은 내 아가야! ... 까꿍!

리틀 챈들러는 두 뺨이 수치심으로 시뻘게지는 것을 느끼며 램프의 불빛을 등지고 돌아섰다. 그는 귀를 곤두세우고 아기의 발작적인 흐느낌이 점점 잦아드는 것을 들었다. 가책의 눈물이 그의 눈에서 흘러내렸다.

맞수들

전화벨이 요란하게 울렸다. 파커 양이 수화기 있는 데로 가자 노기 띤 목소리가 북아일랜드 말씨로 귀청을 찢을 듯이 소리쳤다.

— 패링턴을 이리로 보내요!

파커 양은 타자기 있는 데로 되돌아가서 책상에 앉아 뭔가를 쓰고 있는 사내에게 말했다.

— 알레인 사장님이 2층으로 올라오시래요.

그 사내는 들릴락 말락 하게 빌어먹을!이라고 중얼거리면서 의자를 뒤로 밀치고 자리에서 일어섰다. 일어서 보니 그는 키도 크고 몸집 또한 큰 사람이었다. 맥이 풀린 듯한 그의 얼굴은 짙은 포도주빛이었고 눈썹과 콧수염은 금발이었다. 두 눈은 약간 앞으로 튀어나온 듯하고 흰자위는 맑지 못하고 지저분하게 보였다. 그는 칸막이를 들어올리고 고객들 옆을 지나 무거운 발걸음으로 사무실을 빠져나갔다.

그는 무거운 발걸음으로 2층으로 올라가 두번째 층계참에 이르렀다. 거기 문에는 알레인 씨라고 쓰인 놋쇠 명패가 붙어 있었다. 그는 힘도 들고 짜증이 나서 숨을 헐떡이며 걸음을 멈추었다가 마침내 문에 노크를 했다. 날카로운 목소리가 외쳤다.

— 들어와요!

사내는 알레인 씨의 방으로 들어갔다. 이와 때를 같이하여 말끔하게 면도한 얼굴에 금테 안경을 쓴 키가 작은 남자인 알레인 사장은 서류 더미 위로 머리를 쳐들었다. 그의 두상은 너무나 연분홍색인 데다 대머리여서 무슨 서류 위에 올려놓은 커다란 달걀 같아 보였다. 알레인 씨는 숨 돌릴 틈도 주지 않았다.

— 이거 보세요, 패링턴!* 이거 어쩌자는 거예요? 내가 만날 잔소리를 해야 하나요? 어쩌자고 보들리와 커원 간의 계약서 사본을 만들지 않은 거예요?** 네시까지는 세상없어도 마쳐야 한다고 말했는데.

— 하지만 셸리 씨 말씀이, 사장님, ……

— 셸리 씨 말씀이, 사장님, …… 이라니. 셸리 씨 말씀이, 사장님이라는 소리는 집어치우고 내가 하는 말이나 제발 귀담아 들어요. 일을 피하려고 항상 요 핑계 조 핑계 대지 말고. 내 분명히 말하지만 그 계약서 사본이 오늘 저녁까지 작성되지 않으면 이 문제를 공동 사장 크로스

---

* 더블린에서는 친구 사이나 하인을 부를 때에 성만 부른다. 사장의 이런 말투는 패링턴을 하인 다루듯 고압적인 자세로 대함을 뜻함.
** 당시 법률 문서에는 합법성을 띠기 위해 손으로 사본을 만들어두어야 했다. 크로스비와 알레인 합동 법률사무소에 근무하는 패링턴은 사본을 만드는 필경사임을 알 수 있음.

비 씨에게 알리겠어요 ... 내 말 알아들었소?

— 네, 사장님.

— 내 말 알아들었소? .... 이것 봐요 그래, 사소한 문제 한 가지만 더! 당신에게 말하는 것이 벽에 대고 말하는 것과 다를 바 없겠지만 말이야. 분명히 명심하시오, 점심시간은 한 시간의 반일뿐이지 결코 한 시간 반이 아니라는 것을. 대관절 당신은 몇 코스짜리 점심을 먹고 싶은 거예요? 그게 알고 싶구면 ... 내 말 듣고 있나요, 이제?

— 네, 사장님.

알레인 씨는 서류 더미 위로 머리를 다시 숙였다. 사내는 크로스비와 알레인 법률사무소의 업무를 관장하는 그 반짝이는 두개골을 뚫어지게 지켜보며 그것이 얼마나 깨어지기 쉽겠는가를 가늠해보았다. 발작적인 분노가 잠시 그의 목구멍까지 치밀어 올랐다가 이내 사라지자 통음을 했으면 하는 절실한 감정이 모락모락 피어오르기 시작했다. 사내는 이러한 감정이 어떤 것인지를 알아차리고 밤이 새도록 술을 들이켜야겠다고 생각했다. 이 달도 중순이 지났으니까 만일 그가 사본을 제때에 작성해놓기만 하면 알레인 씨가 가불허가서를 끊어줄지도 모를 일이었다. 그는 서류 더미 위로 숙인 그 머리를 뚫어져라 노려보면서 잠자코 서 있었다. 느닷없이 알레인 씨가 뭔가를 찾으려는 듯 서류를 온통 헤집기 시작했다. 그러다가 그는 사내가 그때까지 그대로 있은 줄을 몰랐다는 듯이 다시 고개를 번쩍 치켜들며 말했다.

— 이런! 하루 종일 거기에 우두커니 서 있을 작정이오? 말이야 바로 하지, 패링턴, 당신은 너무 태평이야!

— 전 기다리고 있는걸요. ....

— 염려 푹 놓으세요, 기다릴 필요 없어요. 제발 내려가서 일이나 해요.

사내는 무거운 발걸음으로 출입문을 향해 걸어갔다. 그가 사장실을 막 나가려고 할 때 알레인 씨가 등 뒤에서 저녁까지 계약서 사본을 작성해두지 않으면 그 문제를 크로스비 씨에게 알리겠다고 외치는 소리가 들렸다.

사내는 아래층 사무실의 자기 책상으로 돌아와서 베껴 쓸 서류가 몇 장이나 남았는지 세어보았다. 그는 펜을 들어 잉크에 찍기까지 했으나 어떠한 경우에도 전술(前述)한 버나드 보들리는 …… 이라는 그가 아까 써놓은 마지막 구절을 멍하니 계속 들여다보기만 했다. 곧 저녁이 되리라 그렇게 되면 몇 분 후면 사무실 가스등에 불이 켜지리라. 그럼 그때 가서 쓰면 되겠지 싶었다. 그는 우선 목구멍의 갈증부터 해소해야겠다고 생각했다. 그는 책상에서 일어나 아까처럼 칸막이를 들어올리고 사무실에서 빠져나왔다. 그가 빠져나올 때 사무장 셸리 씨가 의심스러운 눈초리로 그를 쳐다보았다.

— 아무 일도 아녜요, 셸리 씨, 사내는 손가락으로 그가 가려는 목적지를 가리키며 말했다.*

사무장은 모자걸이를 흘끗 한번 쳐다보았으나 빠진 모자가 없는 것을 알고는 아무 말도 하지 않았다. 층계참에 이르자마자 사내는 호주머니에서 바둑판무늬의 흑백색 모자를 꺼내 머리에 쓰고는 재빨리 삐걱거리는 층계를 달려 내려갔다. 정문에서부터 길 모퉁이를 향해 인

---

* 아마 화장실을 가리키는 듯함.

도의 안쪽을 따라 살금살금 걸어가다가 별안간 어떤 출입구 안으로 뛰어 들어갔다. 그는 이제 오닐 주점*의 그 어두컴컴한 구석방에 무사히 도착한 것이다. 그리하여 그는 술집 안이 들여다보이는 조그마한 창문에 검붉은 포도주나 고기 빛을 띤 상기된 얼굴을 들이대고 큰 소리로 외쳤다.

— 어이, 팻, 흑맥주 한 잔, 냉큼!

바텐더가 그에게 흑맥주 한 잔을 가져왔다. 사내는 그것을 단숨에 들이켜고 나서 캐러웨이 씨**를 달라고 했다. 그는 계산대 위에 술값을 올려놓고는 바텐더가 컴컴한 데서 더듬거리며 그것을 찾도록 내버려두고 들어왔을 때와 마찬가지로 슬그머니 그 구석방에서 빠져나왔다.

짙은 안개를 동반한 어둠이 2월의 땅거미보다 더 빨리 내려앉았고 유스터스 가의 가로등에는 불이 켜져 있었다. 사내는 시간 안에 사본 작성을 끝낼 수 있을지 걱정하면서 주택가 옆으로 해서 사무실 입구에 도착했다. 계단에 발을 딛기 시작하자 축축하면서도 얼얼한 향수 냄새가 코를 찔렀다. 그가 오닐 주점에 나가 있는 사이에 델라코어 양이 왔음이 분명했다. 그는 모자를 벗어 호주머니 속에 도로 구겨넣고 넋을 잃은 사람인 척하면서 사무실 안으로 다시 들어갔다.

— 알레인 사장님이 찾았어요, 사무장이 엄숙한 어조로 말했다. 어디 갔다 오는 거요?

사내는 칸막이 앞에 서 있는 두 고객을 흘끗 쳐다보며 그들이 있어

---

* 더블린 복판(강남) 에식스 가의 패트릭 오닐이 경영하는 주점.
** 술 냄새가 나지 않도록 먹음.

서 대답하기 곤란한 척했다. 그러나 고객은 둘 다 남자였기 때문에 사무장은 실소를 금할 수가 없었다.

— 그런 수작 누가 모를 줄 알고, 그는 말했다. 하루에 다섯 번이나 그러는 건 좀 ...... 그건 그렇고, 지체 말고 델라코어 건으로 우리가 만든 문서 사본을 사장님께 갖다드려요.

중인환시리에 이런 잔소리를 듣고, 계단을 헐레벌떡 뛰어 올라왔고, 또 너무 조급하게 흑맥주를 꿀꺽꿀꺽 들이켠 일 등이 범벅이 되어 사내는 어리벙벙해졌다. 막상 하라는 일을 하려고 책상 앞에 앉았을 때, 그는 다섯시 반 전까지 계약서 사본 작성을 끝내야 하는 과제가 얼마나 절망적인가를 절실하게 깨달았다. 어둡고 구중중한 밤이 다가오고 있었다. 그는 휘황찬란한 가스등 불빛과 쨍그랑거리는 술잔 소리를 들으면서 친구들과 술을 마시며 술집에서 밤을 보내고 싶은 생각이 굴뚝같았다. 그는 델라코어 문서를 꺼내들고 사무실 밖으로 나갔다. 그는 알레인 씨가 마지막 편지 두 장이 빠진 것을 제발 눈치채지 못하기를 바랐다.

축축하면서도 얼얼한 향수 냄새가 사장실 가는 길 내내 풍기고 있었다. 델라코어 양은 유대인처럼 생긴 중년 여인이었다. 알레인 씨는 그녀나 그녀의 돈에 반해 있다는 소문이 돌았다. 그녀는 사무실에 자주 왔는데 한번 오면 꽤 오래 머물렀다. 그녀는 이제 향수 냄새를 풍기면서 그의 책상 옆에 앉아 자기의 양산 손잡이를 쓰다듬기도 하고, 모자에 꽂힌 커다란 검은 깃털을 흔들기도 했다. 알레인 씨는 의자를 돌려 그녀를 마주 보고 있었고 오른발은 왼쪽 무릎 위에 의기양양한 자세로 얹어놓고 있었다. 사내는 문서를 책상 위에 올려놓고 공손하게 절을 했으나, 알레인 씨도 델라코어 양도 그의 절을 거들떠보지도 않았다. 알레인 씨는 손가락으로 문서를 톡톡 치더니 됐어요, 가도 좋아요라고 말하듯이 그를 향해 그것을 홱 튀겼다.

사내는 아래층 사무실로 돌아와서 자기 책상 앞에 다시 앉았다. 그는 어떠한 경우에도 전술한 버나드 보들리는 .... 이라는 미완성 구절을 뚫어지게 응시하고 있노라니 마지막 세 낱말이 하필이면 같은 글자* 로 시작되고 있어 참으로 이상하다는 생각이 들었다. 사무장은 그렇게 타자를 치다가는 우편 마감시간까지 편지를 모두 다 치지 못하겠다면서 파커 양을 재촉하기 시작했다. 사내는 잠시 동안 타자기 치는 소리에 귀를 기울이다가 사본 작성을 끝마치기 위해 작업을 시작했다. 그러나 그의 머리는 몽롱했고 그의 마음은 술집의 휘황한 불빛과 술잔 부딪치는 소리를 향해 방황하고 있었다. 따끈한 펀치를 한 모금 했으면 딱 좋을 밤이었다. 그는 사본 작성을 하느라고 전력을 다 했지만 시계가 다섯시를 쳤을 때 더 써야 할 분량이 14쪽이나 남아 있었다. 빌어먹을! 그는 시간 안에 끝낼 수 없었다. 그는 큰 소리로 욕을 퍼붓고 싶고, 주먹으로 무언가를 사정없이 내리치고 싶었다. 그는 얼마나 울화가 치밀었던지 버나드 보들리라고 써야 할 것을 버나드 버나드라고 써서 한 장을 처음부터 다시 시작하지 않으면 안 되었다.

그는 사무실 전체를 혼자서 단숨에 날려버릴 수 있을 정도로 힘이 솟구침을 느꼈다. 무언가 저지르고 싶어서, 밖으로 뛰쳐나가 닥치는 대로 때려 부수고 싶어서 온몸에 좀이 쑤셨다. 그가 살면서 겪은 모든

---

* 알파벳 B이다. 원문은 "Bernard Bodley be ...."

모욕적인 일들이 그를 격노케 한 것이었다. … 경리에게 은밀하게 가불을 부탁해볼까? 아니야, 그 친구는 소용이 없어, 아무짝에도 소용이 없단 말이야. 그자가 가불을 해줄 리가 없거든. …… 그는 어디를 가면 술친구를 만날 수 있는지를 알고 있었다. 레너드니, 오핼로런이니, 노지 플린과 같은 친구들 말이다. 감정적인 그의 성질의 바로미터는 바야흐로 일촉즉발을 예고하고 있었다.

그는 어찌나 상상에 몰두했던지 자기 이름이 두 번이나 불리고 나서야 겨우 대답을 했다. 알레인 씨와 델라코어 양이 칸막이 바깥에 서 있는 가운데, 다른 직원들은 무언가를 기대하면서 모두 그에게로 몸을 돌리고 있었다. 사내는 책상에서 일어났다. 알레인 씨는 편지 두 장이 빠졌다면서 욕설을 장황하게 퍼붓기 시작했다. 사내는 거기에 대해서는 전혀 아는 바가 없으며 오직 충실하게 사본 작성을 했을 뿐이라고 대답했다. 장광설은 계속되었다. 그것은 어찌나 혹독하고 격렬했던지 사내는 자기 앞의 그 난쟁이 같은 자의 대갈통을 주먹으로 내리치고 싶은 충동을 억제하느라고 죽을 고생을 했다.

— 다른 두 장의 편지에 대해서는 전혀 아는 바가 없습니다, 그는 얼빠진 사람처럼 말했다.

— 전혀—아는 바가—없다고요. 물론 아는 바가 없겠지요, 알레인 씨가 말했다. 이것 보세요, 그는 동의를 구하듯이 자기 옆의 숙녀를 먼저 흘끗 쳐다보고는 덧붙였다, 나를 바보로 보는 거예요? 나를 아주 형편없는 바보로 생각하는 거예요?

사내는 숙녀의 얼굴에서 알레인의 그 조그마한 달걀형의 두상으로 시선을 옮겼다가 이번에는 차례를 바꾸어 그 조그마한 달걀형의 두상

160

에서 숙녀의 얼굴로 다시 시선을 보냈다. 그러다가 그는 자신도 거의 모르는 사이에 멋들어진 말이 입에서 튀어나왔다.

— 제 생각엔 말입니다, 사장님, 그는 말했다, 그건 저에게 하실 적절한 질문이 아닌 것 같은데요.

직원들은 모두 숨소리마저 멎는 것 같았다. 기겁을 하고 놀라지 않은 사람이 없었다(재치 있게 말을 받아친 장본인도 놀라기는 주변의 다른 사람들과 다를 바 없었다). 뚱뚱하면서도 붙임성 있게 생긴 델라코어 양은 거리낌 없이 미소를 짓기 시작했다. 알레인 씨의 얼굴은 들장미 색깔처럼 새빨개졌고, 그의 입은 난쟁이 특유의 울화통이 터져 부르르 떨리기까지 했다. 그는 사내의 코앞에서 주먹을 휘둘러댔는데, 그것은 마치 무슨 전기 기구의 손잡이가 진동하는 것 같아 보였다.

— 이 시건방진 불한당 같으니! 이 시건방진 불한당 같으니! 당장 해고해버리고 말겠어! 어디 두고 봐요! 주제넘은 행위에 대해 나에게 사과를 해요, 그렇지 않으면 당장 회사에서 내보내겠소! 여길 그만두거나 아니면 나에게 사과를 하거나, 양단간에 알아서 하란 말이오!

* * *

그는 경리가 혼자 밖으로 나오는가를 살펴며 사무실 맞은편 출입구에 서 있었다. 직원들이 모두 지나간 다음에 마침내 경리가 사무장과 함께 밖으로 나왔다. 그가 사무장과 같이 있을 때는 이야기해봤자 아무런 소용이 없는 일이었다. 사내는 자기 입장이 참으로 난처해졌다는 생각이 들었다. 그는 자신의 무례함에 대해 알레인 씨에게 비굴하게 사과를 하지 않을 수가 없었다. 그러나 그때부터 사무실이 그에게는 바늘방석이 되고 말 것이 뻔했다. 그는 알레인 씨가 자기 조카를 앉히기 위해 사무실에서 꼬마 피크를 집요하게 괴롭히던 광경이 눈에 선했다. 그는 자기 자신에게는 물론 다른 모든 사람들에게도 짜증이 나서 행실이 거칠어지고 갈증이 심해지면서 복수심마저 이글거림을 느꼈다. 알레인 씨는 그에게 단 한 시간의 쉴 틈도 주지 않을 것이다. 그렇게 되면 그의 생활은 지옥 바로 그것일 것이다. 그는 이번에 완전히 바보짓을 한 것이었다. 왜 말조심을 하지 못했을까? 그러나 그와 알레인 씨는 애초부터 사이가 좋을 리가 없었다. 그가 히긴스와 파커 양을 웃기느라고 알레인 씨의 북아일랜드 말투를 흉내 내는 것을 알레인 씨가 엿들은 그날 이래로 줄곧 사이가 원만하지 못했다. 그것이 발단이었다. 그는 히긴스에게 돈을 좀 변통해달라고 부탁할 수도 있으리라. 그러나 히긴스는 가진 게 없을 것이 뻔했다. 두 집 살림을 꾸려가는 사람이라 물론 가진 것이 없겠지.

그는 술집의 안락함이 그리워서 우람한 몸통이 온통 쑤시는 것 같았다. 안개 때문에 그는 한기를 느끼기 시작했다. 그는 오닐 주점의 팻에게 돈을 좀 빌릴 수 없을까 생각했다. 그러나 그에게선 1실링 이상은 빌릴 수 없으리라. 1실링이라면 아무짝에도 쓸 데가 없었다. 그러나 그는 무슨 수를 써서라도 돈을 마련하는 것이 급했다. 그는 갖고 있던 마지막 동전은 흑맥주 한잔하는 데 써버렸거니와 조금만 있으면 너무 늦어서 어디를 가더라도 돈을 구할 수 없으리라. 그가 시계 줄을 만지작거리고 있을 때 불현듯 플리트 가에 있는 테리 켈리 전당포가 머리에 떠올랐다. 바로 그거야! 왜 진작 그 생각을 하지 못했을까?

그는 템플 바*의 좁은 골목길을 재빨리 걸어가면서 오늘 저녁 신나게 놀아볼 작정이니 다른 녀석들은 모두 꺼져버리라고 혼자 중얼거렸다. 테리 켈리의 점원은 5실링!을 주겠다고 했으나 시계의 위탁자가 6실링을 고집하는 바람에 결국 6실링을 고스란히 받게 되었다. 그는 동전을 엄지손가락과 나머지 손가락 사이에 끼워 작은 원통 모양을 만들어 들고는 콧노래를 부르면서 전당포를 빠져나왔다. 웨스트모얼랜드 가의 보도는 직장에서 퇴근하는 젊은 남녀들로 붐볐고, 남루한 옷차림의 신문팔이 소년들은 석간신문의 이름들을 외쳐대며 이리저리 뛰어다녔다. 사내는 만족감으로 우쭐한 생각이 들어 눈앞의 광경을 쭉 훑어보기도 하고, 직장 여성들을 오만하게 노려보기도 하면서 군중을 헤치고 지나갔다. 그의 머리는 전차의 종소리와 휙 바람을 일으키며 지나가는 트롤리의 소음으로 가득했고, 코에는 벌써 모락모락 피어오르는 펀치 술의 냄새가 물씬거리는 것 같았다. 걸어가면서 그는 오늘 사건을 술친구들에게 무슨 말로 어떻게 이야기할까를 미리 생각해보았다.

— 그래서, 난 그 녀석을 꼬나보기만 했지—아주 냉담하게 말이야—그리고 그 여자도 꼬나봤지. 그러다가 다시 그 녀석을 도로 꼬나보면서—물론 시간을 버느라고 그랬지만 말이야, 그건 저에게 하실 적절한 질문이 아닌 것 같은데요 하고 내뱉었지.

노지 플린이 데이비 번즈 주점**의 단골 좌석인 구석자리에 앉아

---

* 플리트 가와 연결되는 더블린 중남부(강북)의 좁은 거리.
** 지금도 성업 중인 듀크가 21번지의 주점 겸 간이식당. 트리니티 대학과 스티븐 공원 사이에 있음.

있었다. 그 이야기를 듣자 그는 여태껏 들어본 중에서 가장 통쾌한 애기라면서 패링턴에게 작은 잔으로 위스키를 한 잔 샀다. 패링턴도 답례로 한 잔 샀다. 얼마 후에 오핼로런과 패디 레너드가 들어오자 같은 이야기를 그들에게 되풀이했다. 그랬더니 오핼로런은 좌중에게 독한 위스키를 큰 잔으로 한 잔씩 내며 자기가 포운즈 가의 캘런 회사에 근무할 때 거기 사무장에게 했던 말대꾸 이야기를 했다. 그러나 그의 말대꾸는 전원시에 나오는 우직한 목동의 흉내 정도에 지나지 않아 패링턴의 말대꾸처럼 그리 재치 있는 것은 아니라고 자인했다. 이 말에 패링턴은 친구들에게 얼른 잔을 비우고 한 잔씩 더 하라고 채근했다.

그들이 저마다 마실 술을 한창 주문하고 있을 때 나타난 사람은 다름 아닌 히긴스였다! 물론 그는 다른 사람과의 대화에 동참하지 못할 이유가 없었다. 사내들이 그에게 사건의 실상을 그가 본대로 얘기해 보라고 조르자 그는 아주 신바람이 나서 거기에 응했다. 왜냐하면 다섯 개의 작은 독한 위스키 잔이 옹기종기 모여 있는 것을 보자 기분이 한껏 좋아졌기 때문이다. 그가 알레인 씨가 패링턴의 면전에서 주먹을 휘두르는 장면을 시범해 보일 때는 폭소를 터뜨리지 않는 사람이 없었다. 그런 다음 그는 어때요, 여러 어르신들, 이젠 좀 후련하시죠, 하면서 패링턴의 말을 흉내 냈다. 그러는 동안 패링턴은 빙그레 웃으며 때때로 콧수염에 매달린 술 방울을 아랫입술을 움직여 빨아들이면서 침침하고 지저분한 두 눈으로 좌중을 둘러보았다.

그 순배가 끝나자 말이 멎었다. 오핼로런에게는 돈이 있었으나, 다른 두 사람에게는 땡전 한 푼도 없어 보였다. 그래서 주당 전원은 다소 찜찜하게 주점을 떠나야 했다. 듀크 가 모퉁이에서 히긴스와 노지 플린은 왼쪽으로 비스듬히 방향을 틀었고, 다른 세 사람은 몸을 되돌려 시내로 향했다. 싸늘한 거리에는 부슬비가 내리고 있었다. 그들이 더블린 항만청 본부 건물에 도착했을 때, 패링턴은 스카치 하우스 주점*이 어떻겠느냐고 제안했다. 주점은 주당들로 만원이었고 대화와 잔 부딪는 소음으로 소란했다. 세 사내는 문간에서 팔아달라고 칭얼대는 성냥팔이들을 밀치고 들어가 계산대 구석에 진을 치고 빙 둘러 앉았다. 그들은 이야기를 나누기 시작했다. 레너드는 그들에게 티볼리 극장**에서 곡예사이자 코미디 전담 연예인으로 출연 중인 웨더스라는 젊은이를 소개했다. 패링턴은 모든 사람에게 쭉 한 잔씩 샀다. 웨더스는 독일산 수입 광천수를 탄 아일랜드 위스키***를 작은 걸로 한 잔 하겠다고 했다. 전후 사정을 분명하게 알고 있는 패링턴은 일당들에게 독일산 수입 광천수를 탄 같은 걸로 하겠느냐고 물었다. 그러나 일당들은 팀에게 이구동성으로 독한 걸로 들고 싶다고 했다. 대화가 무르익어 갔다. 오핼로런이 한 차례 내고 그다음에 패링턴이 또 한 차례 더 내자 웨더스는 아일랜드 사람들은 인심이 너무 후한 것이 탈이라고 항변했다. 그러면서 그는 그들을 무대 뒤로 데리고 가서 근사한 아가씨들을 소개해주겠다고 약속했다. 오핼로런은 자기와 레너드는 가겠지만 패링턴은 마누라가 있는 몸이라 가지 않을 거라고 말했다. 그러자 패링턴은 자기가 왕따를 당하고 있음을 눈치챘다는 표시

---

* 더블린 항만청 본부 건물 동쪽 버그 부두에 있는 술집. 1980년대에 철거됨.
** 버그 부두에 있는 주로 대중 오락물을 공연하는 극장. 지금은 〈아이리시 타임스〉의 사옥으로 쓰이고 있음.
*** 값이 매우 비쌈.

로 침침하고 지저분한 눈으로 일당들을 흘겨보았다. 웨더스는 한 방울이 채 될락 말락 한 양의 술을 자기 돈으로 그들 모두에게 딱 한 잔씩 내고는 나중에 풀백 가의 멀리건 주점*에서 다시 만나자고 약속했다.

스카치 하우스 주점이 문을 닫자 그들은 멀리건 주점으로 몰려갔다. 그들은 뒤쪽 별실로 들어갔다. 오핼로런이 뜨거운 물을 탄 독한 위스키를 사람 숫자대로 주문했다. 모두들 거나해지기 시작했다. 패링턴이 막 한 순배 더 내려 하는 찰나 웨더스가 들어왔다. 그는 천만다행히도 이번에는 쓴 맥주 한 잔만 시켜 패링턴의 마음을 크게 놓이게 했다. 자금이 바닥나고 있었지만 술자리를 계속 벌이는 데는 아무런 지장이 없었다. 얼마 있지 않아 커다란 모자를 쓴 두 젊은 여자와 체크무늬 양복을 입은 젊은 남자 하나가 들어와 바로 옆에 놓인 탁자에 자리를 잡고 앉았다. 웨더스는 그들에게 인사를 건네고는 일행에게 티볼리 극장에서 나온 분들이라고 소개했다. 패링턴의 시선이 시시각각으로 한 젊은 여자 쪽으로 쏠렸다. 그녀의 외모에는 어딘지 모르게 눈을 끄는 데가 있었다. 윤이 나는 청록색 모슬린 천으로 된 길쯔막한 스카프를 모자 둘레에 감아 커다란 나비매듭 모양으로 턱 아래로 매고 있었다. 그리고 그녀는 팔꿈치까지 올라오는 선명한 노랑장갑을 끼고 있었다. 패링턴은 그녀가 아주 자주, 그리고 아주 우아하게 움직이는 통통한 팔을 찬탄의 눈초리로 응시했다. 잠시 후에 그녀의 눈길이 그의 시선과 마주치자 그는 그녀의 커다란 암갈색 두 눈을 더더욱 찬탄하지 않을 수 없었다. 두 눈 속에 깃든 곁눈질하는 표정이

---

* 스카치 하우스 근처의 주점. 지금도 성업 중.

그의 마음을 사로잡았다. 그녀는 한두 번 그를 흘끗 쳐다보았다. 일행이 별실에서 나갈 때 그녀는 그의 의자에 스치듯 살짝 닿자 오, 죄송해요 하고 런던 억양으로 말했다. 그는 그녀가 자기를 되돌아봐주리라는 기대를 안고 그녀가 별실을 떠나는 것을 지켜보았지만 그 기대는 수포로 돌아가고 말았다. 그는 돈이 떨어지는 것에 분통이 터졌다. 그리고 이제까지 여러 차례 술을 낸 것, 특히 웨더스에게 그가 낸 아폴리나리스 광천수를 탄 아일랜드 위스키를 생각하면 더더욱 분통이 터졌다. 그가 얄미워하는 것이 하나 있다면 그것은 공짜 술꾼이었다. 그는 하도 울화가 치밀어 친구들이 나누는 대화의 맥락을 놓칠 지경이었다.

패디 레너드가 그를 부르는 소리를 듣고서야 그는 그들이 힘자랑에 관한 이야기를 하고 있음을 알았다. 웨더스가 자신의 이두근 근육을 좌중에게 보여주면서 어찌나 자랑을 해대는지 다른 두 친구가 패링턴에게 조국의 명예를 지켜달라고 당부를 했다. 이에 패링턴은 소매를 걷어 올리고 자신의 이두근 근육을 좌중에게 과시했다. 두 팔의 검사와 비교가 끝나고 마침내 힘자랑 시합을 하기로 합의가 되었다. 먼저 탁자를 치운 뒤에 두 사내는 손을 맞잡고 팔꿈치를 탁자 위에 올려놓았다. 패디 레너드가 시작!이라고 구령을 하면 각자는 상대방의 손을 탁자 위에 쓰러 눕히도록 되어 있었다. 패링턴의 표정은 매우 진지하고 단호해 보였다.

시합은 시작되었다. 약 30초가 지나 웨더스가 상대방의 손을 천천히 탁자 위에 쓰러뜨렸다. 패링턴의 검붉은 얼굴이 이런 애송이 녀석한테 진 데 대한 분노와 굴욕감 때문에 더욱더 검붉게 달아올랐다.

— 몸무게를 이용하려고 하면 안 되지. 정정당당히 해야지, 그가 말

했다.

— 누가 정정당당하지 않아요? 상대방이 말했다.

— 자, 다시 한 번 더. 삼판양승이니까.

시합이 다시 시작되었다. 패링턴의 이마에는 핏줄이 솟고, 창백한 웨더스의 안색은 심홍색으로 변했다. 그들의 손과 팔은 압박을 받아 부들부들 떨렸다. 오랜 고투 끝에 웨더스가 다시 상대방의 손을 탁자 위에 서서히 내리눌렀다. 구경꾼들은 소리를 죽이고 경탄했다. 탁자 옆에 서 있던 바텐더는 승리자를 향해 불그스레한 머리를 끄덕이면서 눈치 없이 잘 아는 척 한마디 했다.

— 아! 그런 게 바로 기술이죠!

— 네까짓 놈이 뭘 안다고 주둥일 놀려? 패링턴은 그 바텐더 쪽으로 몸을 돌리며 험악하게 말했다. 되지 못하게 무슨 참견이야?

— 쉬, 쉬! 오핼로런이 패링턴의 험악한 표정을 살피며 말했다. 술 값이나 내게, 이 사람들아. 딱 한 모금만 더 하고 그만 일어나세.

잔뜩 골난 표정의 사내가 자기를 집으로 데려다줄 보잘것없는 샌디마운트행 전차*를 기다리며 오코넬 브리지의 모퉁이에 서 있었다. 그는 타오르는 분노와 복수심으로 전신이 부글부글 끓는 것 같았다. 그는 망신스러운 데다 불만스러운 생각까지 치솟아 마신 술이 확 깨는 기분이었다. 그의 수중에 있는 돈이라고는 동전 두 닢밖에 없었다. 그는 모든 것이 저주스러웠다. 그는 사무실에서 화를 자초했고, 시계는 저당 잡혀 날려버렸고, 돈은 몽땅 다 써버린 터였다. 그런데도 그는

---

* 패링턴은 이 샌디마운트행 전차역 한 정거장 못 미치는 셸번 로 역에서 내린다. 이 거리에는 저소득층의 공동주택이 많음.

168

언제 술을 마셨더냐는 듯이 정신이 말똥말똥해졌다. 그는 다시 목이 출출해지는 느낌이 들기 시작하며 그 후끈한 냄새가 자욱한 술집으로 되돌아가고 싶은 생각이 간절했다. 애송이에 지나지 않는 녀석에게 두 번이나 져서 힘깨나 쓴다는 사람으로서의 명성도 잃고 말다니! 그의 가슴은 분노로 터질 것 같았다. 그는 자기 옆을 부딪고 지나치며 **죄송해요!**라고 말하던 그 큰 모자를 쓴 여자를 생각하니 울화가 치밀어 거의 숨이 막힐 지경이었다.

셸번 로에서 전차에서 내린 그는 막사*의 컴컴한 담벼락 쪽을 따라 거대한 체구를 어슬렁어슬렁 움직여 나갔다. 그는 집에 돌아가는 것이 몹시 싫었다. 옆문을 통해서 들어가보니 부엌에는 아무도 없고, 부엌불도 거의 꺼져 있었다. 그는 2층에 대고 고함을 질렀다.

― 에이다! 에이다!

그의 아내는 조그만 체구에 얼굴이 매섭게 생긴 여자로, 남편이 맨정신일 때는 남편을 괴롭히고 남편이 취했을 때는 그에게 괴롭힘을 당하는 처지였다. 그들에게는 자녀가 다섯이었다. 어린 아들 하나가 층계를 뛰어 내려왔다.

― 게 누구야? 사내는 어둠 속을 기웃거리며 물었다.

― 저예요, 아빠.

― 저가 누구야? 찰리냐?

― 아뇨, 아빠, 톰이에요.

― 엄마는 어디 있어?

---

* 셸번 로 서쪽에 있는 영국군 보병 막사.

— 성당에 갔어요.

— 잘도 한다 .... 그래, 아빠 저녁은 챙겨놓기나 했나?

— 네, 아빠. 내가 ...

— 램프나 켜. 이렇게 굴속같이 해놓고 뭘 어쩌자는 거야? 다른 애들은 자고?

사내는 어린 아들이 램프에 불을 켜는 동안 의자에 털썩 주저앉았다. 그는 아들의 단조로운 억양을 흉내 내며 혼잣말처럼 중얼거리기 시작했다. 성당에. 성당에 갔다, 이 말씀이지! 램프에 불이 켜지자 그는 주먹으로 탁자를 내리치며 고함을 질렀다.

— 아빠 저녁은 어떻게 된 거야?

— 내가 ... 준비해볼게요, 아빠. 어린 아들이 말했다.

사내는 노발대발하여 자리에서 벌떡 일어서며 불쪽을 가리켰다.

— 저 불 말이야! 이놈 네가 저 불을 꺼뜨렸지! 한 번만 더 그래 봐라, 내가 기어코 버르장머리를 고쳐놓고 말 테니까!

그는 문 쪽으로 한 발짝 성큼 다가가서 문 뒤에 세워져 있는 지팡이를 움켜쥐었다.

— 불을 꺼뜨리면 어떻게 되나, 내가 버르장머리를 고쳐주지! 그는 자유롭게 팔을 휘두를 수 있도록 소매를 잔뜩 걷어올리며 말했다.

어린 아들은 오, 아빠! 하고 소리를 내지르고는 훌쩍거리면서 탁자 주위로 달아났다. 그러나 사내는 따라가서 아이의 웃옷을 움켜잡았다. 어린 아들은 결사적으로 사방을 둘러보았지만 도망갈 길이 없음을 알고는 무릎을 꿇었다.

— 자, 이다음에 또 불을 꺼뜨리겠지! 사내는 지팡이로 아이를 사정

없이 내리치면서 말했다. 맛 좀 봐! 이 강아지 같은 놈아!

어린 아들은 지팡이로 넓적다리를 맞을 때마다 아파서 비명을 질렀다. 아이는 허공에서 두 손을 움켜잡았고 목소리는 공포로 떨리고 있었다.

— 오, 아빠! 아이가 부르짖었다. 때리지 마세요, 아빠! 그럼 내가 … 내가 아빠를 위해 성모송을 올려드릴게요. … 아빠를 위해 내가 성모송을 올려드릴게요, 아빠, 아빠가 나를 때리지만 않으면. … 내가 성모송을 해드릴게요. …

진흙

여감독한테 원생들의 저녁 식사가 끝나기만 하면 이내 외출해도 좋다는 허락을 받았기 때문에 마리아는 저녁 외출을 눈이 빠지게 기다렸다. 부엌은 깔끔하게 정돈되어 있었다. 요리사가 그 커다란 구리 가마솥 뚜껑에 얼굴을 비춰봐도 좋으리라고 말할 정도였다. 불은 멋지고 환하게 타오르고 있었고 보조 식탁 위에는 아주 커다란 건포도빵이 네 덩어리 놓여 있었다. 이 건포도빵은 썰지 않은 것처럼 보였다. 그러나 가까이 다가가서 보면 이 빵은 길고 두툼한 조각으로 고르게 썰려 있어서 저녁 식사 때 돌릴 수 있도록 준비되어 있는 것임을 알 수 있었다. 그것은 마리아가 직접 썰어놓은 것이었다.

마리아는 매우매우 그야말로 몸집이 작은 사람이었다. 그러나 그녀의 코는 매우 길었고 그녀의 턱 또한 매우 길었다. 그녀는 언제나 달래듯이 약간 코맹맹이 소리로 말했다. 네, **그렇고말고요**라든지, 아니, 아니라니까요, 하는 식으로. 빨래 통 때문에 원생들 사이에 말다툼이 벌어지면 그녀는 빠지지 않고 불려가서 화해시키는 데 백발백중 성공했다. 어느 날 여감독이 그녀에게 말했다.

— 마리아, 당신은 진짜 평화를 이루는 사람*이십니다!

그리고 부감독과 세탁소 운영위원회의 두 위원도 그 칭찬의 말을 같이 들었다. 게다가 진저 무니는 만일 마리아만 아니라면 다리미질을 맡고 있는 그 벙어리에게 무슨 짓을 못 하겠느냐고 입버릇처럼 말하곤 했다. 모든 사람들이 마리아를 그렇게 좋아했다.

원생들이 여섯시에 저녁 식사를 하게 되어 있으므로 그녀는 일곱시 전에는 외출할 수 있었다. 볼스브리지**에서 기념탑***까지 20분, 기념탑에서 드럼콘드라까지 20분, 그리고 물건 사는 데 20분. 이렇게 잡아보니 그녀는 여덟시 전에 거기에 도착할 수 있을 것 같았다. 그녀는 은고리가 달린 지갑을 꺼내 **벨파스트의 선물**이라고 적힌 글자를 다시 읽어보았다. 그녀는 그 지갑을 매우 좋아했다. 왜냐하면 조가 앨피와 함께 5년 전에 성령강림절 뒤의 첫 월요일****휴가 때 벨파스트로여행 갔다가 사다준 것이었기 때문이다. 지갑 속에는 반 크라운짜리

---

* 「마태오 복음서」 5장 9절에 나오는 산상설교 중의 "행복하여라, 평화를 이루는 사람들! 그들은 하느님의 자녀라 불릴 것이다"를 연상시킴.
** 더블린 중앙에서 동남쪽으로 약 2.5킬로미터가량 떨어진 교외로 부유층 개신교인들이 많이 살았음. 마리아가 근무하는 세탁소가 여기에 있음.
*** 넬슨 기념탑. 트라팔가르 해전에서 나폴레옹 군을 격퇴한 영국 제독 넬슨(1758~1805)을 기념하기 위해 더블린의 도심, 중앙 우체국 정면에 세운(1808) 기념탑. 지금은 부활절 의거(1916) 50주년인 1966년 아일랜드 민족주의자들에 의해 폭파되고 없음.
**** 이날은 영국에서는 법정 공휴일임.

백동화 두 개*와 동전 몇 개가 들어 있었다. 전차비를 내고 나더라도 5실링은 족히 남을 것이다. 모두들 참으로 근사한 저녁을 보내게 되겠지, 아이들이 모두 다 노래를 부르는 가운데 말이다! 그녀는 조가 제발 술에 취해 들어오지 않기만 바랐다. 그는 조금이라도 술만 마셨다 하면 사람이 그렇게 달라져버릴 수가 없었다.

조는 가끔 그녀에게 자기 집에 와서 같이 살자고 했다. 그러나 그녀는 자기가 방해가 되리라는 느낌이 드는 데다(물론 조의 아내는 그녀에게 그렇게 상냥할 수가 없었지만) 세탁소 생활에도 이미 익숙해질 대로 익숙해져 있었다. 조는 착한 사람이었다. 그녀는 조와 앨피를 길러낸 사람이기도 했다. 그래서 조는 종종 이렇게 말하곤 했다.

— 엄마는 그냥 엄마일 뿐이지만 마리아는 진짜 우리 어머니야.

집안의 화목이 무너져버린 뒤에 아이들이 그녀에게 **등불 밝힌 더블린 세탁소****에 지금의 그 일자리를 구해주었는데, 그녀도 그것을 만족해했다. 그녀는 여태까지 개신교신자들에 대한 감정이 아주 나쁜 편이었지만 이제는 그들이 아주 좋은 사람들이라고 생각하기에 이르렀다. 다소 과묵하고 융통성이 없긴 하지만 그래도 함께 살아가기에는 대단히 좋은 사람들이라는 생각이었다. 그녀는 온실에서 화초도 길렀는데 그것을 돌보는 것을 무척 좋아했다. 그녀는 사랑스러운 야생 고사리와 소귀나무도 길렀다. 그래서 누구든 그녀를 찾아오는 사람이 있기만 하면 언제나 온실에서 꺾꽂이 가지 한두 개씩을 가지고 나와

---

* 5실링에 해당하는 액수, 반 크라운 백동화 하나는 2실링 6펜스였음.
** 윤락 여성 갱생을 위해 개신교단에서 운영하는 보호, 교화 기관. 마리아는 이곳의 원생이 아니라 주방에서 설거지를 주로 하는 잡역부로 고용되어 있음.

선물로 주어서 보냈다. 그런데 그녀가 좋아하지 않는 것이 하나 있었는데 그것은 온 벽에 걸린 개신교의 훈계성 현수막이었다. 그러나 여감독은 대하기가 무척 편한, 참으로 점잖은 사람이었다.

요리사가 그녀에게 준비가 다 되었다고 말하자 그녀는 원생들 방으로 가서 커다란 종을 치기 시작했다. 잠시 후에 원생들이 속치마로 김이 모락모락 솟아오르는 손을 닦기도 하고, 역시 김이 솟아오르는 벌건 팔뚝 위로 블라우스 소매를 끌어내리기도 하면서 삼삼오오 짝을 지어 들어오기 시작했다. 그들은 커다란 머그컵 앞에 자리를 잡고 앉았다. 그러자 요리사와 벙어리가 큼직한 양철통에 우유와 설탕을 섞어 이미 만들어놓은 뜨거운 차를 그들 앞에 놓인 머그컵에 가득 채웠다. 건포도빵 분배 책임을 진 마리아는 원생들이 각자 네 조각씩만 가져가는가를 지켜보았다. 식사를 하는 동안 웃음과 우스갯소리가 왁자지껄하게 끊이지 않았다. 리지 플레밍은 마리아가 틀림없이 반지를 집을 거라고 말했다. 이 말은 플레밍이 여러 해를 두고 만성절(萬聖節) 전야 때*만 되면 빠지지 않고 하는 말이기도 한데 이런 말을 들으면 마리아는 마지못해 웃음을 터뜨리며 자기는 반지도 남자도 원치 않는다고 말할 뿐이었다. 그녀가 웃을 때면 회청색 두 눈에는 실망한 듯한 수줍음이 넘쳐흐르고, 코끝은 턱 끝에 거의 닿을 지경이었다. 그

---

* 흔히 할로윈이라고 하는데 켈트력으로 10월 31일 밤에 해당. 옛날 켈트력으로 새해는 만성절(11월 1일)로부터 시작했으므로 이날은 섣달 그믐날 밤인 셈이다. 옛날 우리나라에서처럼 이날 밤에는 한해의 악귀를 쫓는다는 뜻에서 미신적인 행사가 많았다. 그중에 하나가 건포도빵(또는 케이크)을 이용한 점 놀이다. 빵 속에 반지나 호두나 동전을 넣어 반지를 집으면 곧 결혼하게 되고 알찬 호두를 집으면 돈 많은 사람과 결혼하게 되고 알이 빈 호두를 집으면 시집을 가지 못한다고 보았음.

러다가 다른 원생들이 모두들 식탁 위에서 머그컵을 덜커덩거리고 있을 때 진저 무니가 차가 담긴 자기 머그컵을 쳐들면서 마리아의 건강을 위해 건배를 하자고 제의했다. 그러면서 그녀는 차에 타서 마실 맥주가 한 방울도 없어 유감천만이라고 덧붙였다. 이에 마리아는 코끝이 거의 턱 끝에 닿도록, 그리고 가냘픈 몸집이 흔들려서 거의 산산조각이 나도록 다시 배꼽을 쥐고 웃어댔다. 무니가 무슨 악의가 있어 고의적으로 한 말이 아님을 잘 알고 있었기 때문이다. 물론 그녀는 무니를 좀 천박한 여자라고 생각은 하고 있었지만.

그렇지만 원생들이 식사를 끝내고 요리사와 벙어리가 저녁상을 치우기 시작하자 마리아는 얼마나 기뻤던지! 그녀는 자신의 작은 침실로 들어가서 다음 날 아침에는 미사가 있다는 것을 기억하고 자명종 바늘을 일곱시에서 여섯시로 돌려놓았다. 그런 다음 그녀는 작업복 치마와 실내화는 벗어버리고, 나들이 치마를 꺼내 침대 위에 펼쳐놓고, 깜찍한 외출용 구두는 침대 발치 옆에 내어놓았다. 그녀는 블라우스도 갈아입었다. 그리고 나서 거울 앞에 서자 그녀가 어린 소녀였을 때 일요일 아침에 미사에 가려고 어떻게 정장을 했던가가 머리에 떠올랐다. 그래서 그녀는 그토록 자주 치장을 해온 유난히도 작은 체구를 야릇한 애정을 품고 쳐다보았다. 비록 세월이 흐르긴 했지만 그녀가 보기에는 아직도 멋지고 깔끔하고 아담한 몸매였다.

그녀가 바깥으로 나오자 거리는 비에 젖어 길바닥이 번들거렸다. 그래서 그녀는 낡은 갈색 비옷을 입고 나오기를 잘했다 싶었다. 전차는 만원이었다. 그녀는 모든 승객과 마주 보면서 발가락이 바닥에 닿을락 말락 한 자세로 전차 맨 끝에 있는 등도 없는 조그마한 의자에 앉을 수밖에 없었다. 그녀는 마음속으로 앞으로 예정하는 모든 일들을 정리하면서, 남의 신세 지지 않고 독립해 살면서 수중에 자기 돈을 갖고 있는 것이 얼마나 다행한 일인가를 생각했다. 그녀는 모두에게 근사한 저녁이 되기를 바랐다. 그녀는 그렇게 되고 말리라 확신했다. 그러나 앨피와 조가 서로 말을 하지 않고 지내니 참으로 안타까운 일이라고 걱정하지 않을 수 없었다. 그들은 이제는 툭하면 싸우지만 어렸을 때는 세상에 둘도 없는 절친한 친구였다. 그러나 그런 것이 인생이었다.

그녀는 기념탑에서 전차를 내려 인파 사이로 재빨리 빠져나갔다. 그녀는 다운스 제과점으로 들어갔다. 그러나 어찌나 손님이 많은지 그녀의 차례가 될 때까지 한참을 기다려야 했다. 그녀는 비싸지 않은 과자를 여남은 가지나 섞어 사서는 마침내 불룩한 봉지를 하나 들고 제과점에서 나왔다. 그리고 나서 그녀는 무엇을 더 살까를 궁리했다. 그녀는 그야말로 근사한 그 무엇을 꼭 사고 싶었다. 사과와 견과는 틀림없이 잔뜩 있겠지. 무엇을 사야 할까를 알아내는 일이 여간 어렵지 않았다. 그러다가 갑자기 생각해낸 것이 케이크였다. 그래서 그녀는 건포도 케이크를 사기로 결심했다. 그러나 다운스 제과점의 건포도 케이크는 표면 위에 입힌 아몬드 당의(糖衣)가 두툼하게 보이지 않아 헨리 가에 있는 다른 상점으로 건너갔다. 여기서 그녀는 마음에 드는 것을 고르느라 꽤 뜸을 들였다. 카운터 뒤의 멋지게 차려입은 점원 아가씨는 그녀가 너무 시간을 끄는 바람에 약간 짜증을 내는 것이 분명했는데 그래서인지 그녀가 사려는 케이크가 결혼식용이냐고 물었다. 그 말에 마리아는 얼굴이 새빨개지며 그 점원 아가씨에게 미소를 지어 보였다. 그러나 그 젊은 점원 아가씨는 이 모든 것을 정말 그런 줄 알았고 마침내 건포도 케이크를 두툼하게 한 덩어리 썰어 그것을 포장해주며 말했다.

　—2실링 4펜스입니다, 고객님.

　그녀는 드럼콘드라행 전차 안에서 젊은이들이 아무도 자기를 알아보는 척하는 것 같지 않아 계속 서서 가야 하나 보다 생각했다. 그런데 뜻밖에도 중년 신사 한 분이 그녀에게 자리를 양보했다. 그는 건장하게 생긴 신사로, 갈색 안전모를 쓰고 있었다. 네모반듯하게 생긴 그의 얼굴은 붉은빛이었고, 콧수염은 희끗희끗했다. 마리아는 그가 대령처럼 보이는 신사라고 생각했고, 또한 자기 앞만 똑바로 주시하고 있는 얌체 같은 젊은이들보다야 훨씬 더 예절 바른 사람이라고 생각해보기도 했다. 그 신사는 만성절 전야와 비 오는 날씨에 관하여 그녀와 한담을 나누기 시작했다. 그는 그녀가 갖고 있는 봉지에는 꼬마들이 좋아할 게 가득할 거라고 추측하고 꼬마들은 꼬마일 때 신나게 놀아야 한다는 것은 너무도 당연한 말이 아니냐고 했다. 마리아는 그의 말에 맞장구를 치면서 점잖게 고개를 끄덕이기도 하고 헛기침을 하기도 했다. 그는 그녀에게 대단히 친절했다. 그래서 그녀는 커널 브리지에서 내릴 때 그에게 고맙다고 하면서 고개를 숙여 작별인사를 했다. 그러자 그도 그녀에게 고개를 숙여 인사하면서 모자를 들고는 다정하게 미소를 지었다. 그녀는 비 때문에 작은 머리를 숙이고 공동주택을 따라 언덕길을 올라가면서도 그가 비록 한잔하긴 했지만 한눈에 신사임을 알아보는 것이 얼마나 쉬운 일인가를 생각했다.

　그녀가 조 네 집에 도착하자 모두들 오, 마리아가 오셨어요! 하고 반가워했다. 조는 직장에서 퇴근하여 집에 와 있었고 아이들은 죄다 나들이옷 차림을 하고 있었다. 이웃집에서 키가 큰 두 소녀가 놀러 와 있었고 게임이 진행 중이었다. 마리아는 맏아들 앨피*에게 나눠 먹으라면서 과자 봉지를 주었다. 도넬리 부인은 이렇게 큰 과자 봉지를 가져오시다니 어떻게 이렇게 고마울 수가 있느냐며 아이들에게 일제히

— 감사합니다, 마리아! 하고 인사하게 시켰다.

그러나 마리아는 애들 아빠와 엄마를 위해서 특별한 그 무엇을 사 왔는데 그들이 좋아할 것이 분명하다면서 건포도 케이크를 찾기 시작했다. 그녀는 다운스 제과점의 봉지도 찾아보고, 비옷 호주머니도 뒤져보고 그다음에는 현관의 옷걸이까지 찾아보았지만 어디에서고 건포도 케이크는 찾을 수가 없었다. 그러자 그녀는 아이들에게 혹시 누가—물론 잘못 알고 그랬겠지만—먹어버리지 않았나 하고 물어보지 않을 수 없었다. 그랬더니 아이들은 한결같이 아니라고 대답하면서 만일 자기들이 훔쳐 먹었다는 의심을 받으면 자기들 먹으라고 사다준 과자도 먹지 않겠다는 표정을 지어 보였다. 누구나 다 케이크의 수수께끼에 대한 해법을 한마디씩 했다. 도넬리 부인은 마리아가 그것을 전차에 두고 내린 것이 분명하다고 말했다. 마리아는 콧수염이 희끗희끗한 그 신사가 자기를 얼마나 어리둥절하게 했던가를 기억하고는 창피스럽고 속상한 데다 실망감마저 겹쳐 얼굴이 빨갛게 달아올랐다. 뜻밖의 선물로 깜짝 놀라게 해주려던 계획이 수포로 돌아가고 말았다는 생각, 그리고 아무 소용도 없는 일에 2실링 4펜스를 날려버렸다는

---

* 조의 동생이 아니라 조의 맏아들 이름.

생각에 이르자 그녀는 당장 눈물이 쏟아질 것 같았다.

하지만 조는 괜찮으니 신경 쓰지 말라며 그녀를 난롯가에 앉혔다. 그는 그녀에게 참으로 친절했다. 그는 자기 사무실에서 일어난 일들을 빠짐없이 이야기해주며 그가 지배인에게 재치 있게 받아친 말대꾸를 되풀이하기도 했다. 마리아는 조가 받아쳤다는 그 말대꾸에 왜 그가 그토록 고소해하는지 잘 알지 못했으나 지배인은 대하기가 대단히 오만불손한 사람임에 틀림없을 것이라고 말했다. 조는 말하기를 그를 상대하는 방법을 알고 대하기만 하면 그렇게 고약한 사람은 아니며, 비위를 먼저 건드리지만 않으면 아주 점잖은 양반이라고 했다. 도넬리 부인이 아이들을 위해 피아노를 쳐주자 아이들은 거기에 맞추어 춤을 추며 노래를 불렀다. 그때 이웃집에서 온 두 소녀가 호두를 돌렸다. 모두들 호두 까개를 찾기 시작했으나 아무도 그것을 찾지 못하자 조는 그 일로 버럭 화를 내면서 호두 까개도 없이 마리아가 무슨 수로 그 여문 호두를 까먹겠느냐고 다그쳤다. 그러나 마리아는 자기는 호두를 좋아하지 않기 때문에 자기 때문에 이러쿵저러쿵 할 필요는 없다고 말했다. 그러자 조가 그녀에게 흑맥주를 한 병 하는 것이 어떻겠느냐고 물었다. 도넬리 부인은 집에 적포도주도 있으니 그것이 더 좋다면 그것을 드시라고도 했다. 마리아는 그들에게 이 이상 더 마시라고 권하지 않는 것이 더 좋겠다고 말했다. 그러나 조는 막무가내였다.

그래서 마리아는 그가 하고 싶은 대로 하도록 내버려두었다. 그들은 난롯가에 앉아 옛날 일들 얘기를 나눴다. 마리아는 앨피를 두둔하는 말을 하는 것이 좋겠다고 생각했다. 그러나 조는 만일 자기가 어쩌다가 자기 동생에게 다시 말을 거는 날이면 천벌을 받아 죽어도 좋다고 소리소리 질렀다. 그래서 마리아는 그런 말을 꺼낸 것이 자기의 불찰이라며 사과했다. 도넬리 부인은 혈육을 그런 식으로 이야기하다니 그리 큰 창피가 또 어디 있겠느냐면서 남편에게 핀잔을 주었다. 그래도 조는 앨피가 자기 동생이 아니라고 우기자 그 때문에 한바탕 말싸움이 벌어질 뻔했다. 그러나 조는 그날 밤은 할로윈이라는 특별한 밤임을 감안, 화를 내지 않겠다고 말하면서 아내에게 흑맥주를 좀 더 따라고 부탁했다. 이웃집 두 소녀들이 이미 만성절 전야의 놀이*를 준비해놓았는지라 만사는 이내 얼마 전의 즐거운 분위기로 되돌아갔다. 마리아는 아이들이 그토록 즐거워하고 조와 그의 아내도 엄청나게 기분 좋아하는 것을 보니 기쁘지 않을 수 없었다. 이웃집 소녀들이 탁자 위에 접시를 몇 개 올려놓고 아이들에게 눈가리개를 씌운 뒤에 탁자로 데리고 갔다. 한 아이는 기도서를 집었고 다른 셋은 물을 집었다. 그리고 이웃집 두 소녀 가운데 하나가 반지를 집어들자 도넬리 부인은 얼굴이 새빨개진 소녀를 향해 오, 내가 네 마음 잘 알지!라고 말하는 것처럼 손가락을 흔들어 보였다. 그리고 난 뒤에 그들은 우겨서 마리아에게 눈가리개를 씌우고는 그녀가 무엇을 집는가를 보기 위해 탁자 있는 데로 데리고 갔다. 그들이 눈가리개를 씌우는 동안 마리아는 코끝이 턱 끝에 거의 맞닿도록 깔깔거리며 웃어댔다.

그들은 떠들썩하게 웃고 또 농담을 해대면서 그녀를 탁자로 데리고

* 만성절 전야의 점 놀이 중 하나로 여기서는 접시를 이용한다. 접시에 반지, 기도서, 물, 진흙, 동전 등을 담아 탁자 위에 올려놓고 술래에게 눈을 가려 집게 한다. 반지를 집으면 곧 결혼하게 되고, 기도서를 집으면 수도원에 가게 되고, 물을 집으면 장수하게 되고, 진흙을 집으면 곧 죽게 되고, 동전을 집으면 부자가 된다고 믿었다. 오늘날에도 아일랜드에선 이날 이런 놀이를 함.

갔다. 그녀는 하라는 대로 한 손을 허공에 내밀었다. 그녀는 내민 손을 허공에 이리저리 휘젓다가 어느 접시 위에 내려놓았다. 그녀는 손가락 끝에 무슨 부드럽고 질척한 물질이 닿는 것을 느꼈다. 그런데 아무도 입을 열지 않고 눈가리개도 풀어주지 않아 그녀는 적잖이 놀랐다. 잠시 침묵이 흘렀다. 그러다가 곧 허둥지둥하면서 웅성거리는 소리가 왁자하게 들렸다. 누군가가 정원이 어쩌고 하는 말을 했고, 그리고 마침내는 도넬리 부인이 이웃집 한 소녀에게 몹시 화가 난 어조로 무슨 말을 하면서 그것을 당장 내다버리라고 했다. 그것은 놀이가 아니라면서. 마리아는 그제야 뭔가 잘못되었다는 것을 알고는 그 일을 한 번 더 되풀이하지 않을 수 없었다. 그리하여 이번에는 기도서를 집었다.

그런 일이 있은 직후 도넬리 부인은 아이들을 위해 매클라우드 양의 무도곡*을 연주했고, 조는 마리아에게 포도주를 한 잔 들라고 권했다. 이내 그들은 다시 아주 즐거운 분위기를 되찾았고, 도넬리 부인은 마리아가 기도서를 집었으므로 이 해가 다 가기 전에 수녀원에 들어가게 될지도 모른다고 말했다. 마리아는 조가 그날 밤처럼 즐거운 이야기와 회상에 젖어 자기에게 그렇게 잘해주는 것을 전에는 결코 본 적이 없었다. 그녀는 그들이 모두 다 하나같이 자기에게 매우 잘해주었다고 말했다.

마침내 아이들이 놀다 지쳐 졸자 조는 마리아에게 가기 전에 무슨 짤막한 노래, 흘러간 노래 한 곡조를 불러줄 수 없겠느냐고 부탁했다.

---

* 전통적인 아일랜드의 민요. 보통 바이올린 곡임.

도넬리 부인도 자, 부르세요, 마리아! 하고 졸랐다. 그래서 마리아는 마지못해 일어서서 피아노 옆에 섰다. 도넬리 부인은 아이들에게 조용히 하여 마리아의 노래를 귀담아 들어보라고 타일렀다. 그러고 나서 그녀는 전주곡을 치고 난 뒤 자, 마리아! 하고 말했다. 그러자 마리아는 얼굴을 몹시 붉히면서 가냘프고 떨리는 목소리로 노래를 부르기 시작했다. 그녀는 〈내 살고 싶은 곳 꿈꾸었네〉*를 불렀다. 그런데 2절을 부를 때가 되었을 때 그녀는 1절을 다시 불렀다.

내 살기를 꿈꾸었네, 대리석 궁전에서
하인과 시종 들을 양옆에 거느리고,
그 궁전 안에 모인 모든 이들에게
나는 희망이요 자랑이었네.
헤아릴 수 없이 많은 부에다
명문 세가의 명성을 자랑할 수 있었건만,
그보다 날 더 기쁘게 하는 꿈이 있었으니
그것은 그대의 늘 변함없는 사랑이어라.

그러나 아무도 그녀의 실수를 지적하려 하지 않았다. 그녀가 노래를 끝내자 조는 엄청나게 감동을 받았다. 그는 옛날같이 좋은 시절은 없고, 누가 뭐라든 자기에게는 가엾고 나이 많은 발프의 음악같이 좋은 음악도 세상에는 없다고 말했다. 그의 두 눈에 눈물이 한가득 차올

---

* 아일랜드의 작곡가 마이클 W. 발프의 오페라 〈보헤미아의 처녀〉 2막에 나오는 유명한 아리아.

라 그가 찾고 있던 것도 눈에 보이지 않았다. 그래서 결국에는 아내에게 병따개가 어디 있는지 찾아봐달라고 부탁하지 않을 수 없었다.

가슴 아픈 사고

제임스 더피 씨는 채플리조드에 살고 있었다. 그 이유는 두 가지였는데 첫째는 자신이 시민의 하나로서 살고 있는 도심에서 될 수 있는 대로 멀리 떨어져 살고 싶었고, 둘째는 더블린의 여타의 교외는 모두 천하고 현대적인 냄새가 강하고 또 허세만 잔뜩 부리는 것 같아 보여서였다. 그는 오래된 음산한 주택에 살고 있었다. 그는 자기 집 창문을 통해 황폐한 양조장 안을 들여다보거나 더블린 한복판을 흘러가는 얕은 강물*을 바라볼 수가 있었다. 그의 방바닥에는 카펫도 없고 방의 높다란 벽에는 그림 하나 걸린 것이 없었다. 방 안의 가구 일체는 그가 손수 산 것들이었다. 검정색 철제 침대, 철제 세면대, 네 개의 등나

---

* 채플리조드 앞의 리피 강은 수심이 얕음.

무 의자, 옷걸이, 석탄 양동이, 난로망*과 쇠 부지깽이들 그리고 책상형 서류함이 놓여 있는 네모반듯한 탁자가 그것들이었다. 벽의 일부를 안으로 들어가게 한 작은 방에는 하얀 나무로 선반을 만들어 서가로 이용했다. 침대에는 하얀 침대보가 덮여 있었고 침대 다리에는 검붉은 덮개가 씌어 있었다. 세면대 위에는 조그마한 손거울이 하나 걸려 있었고, 낮 동안에는 흰 갓을 씌운 램프가 벽난로 위의 유일한 장식품으로 놓여 있었다. 하얀 나무 선반에 꽂힌 책들은 크기에 따라 아래에서 위로 정렬되어 있었다. 단권짜리 워즈워스 전집이 맨 아래 선반의 한쪽 끝에 꽂혀 있었고, 공책 표지에 쓰는 천으로 제본한 『메이누스 교리문답서』**가 맨 위 선반의 한쪽 끝에 꽂혀 있었다. 책상 위에는 항상 필기도구들이 놓여 있었고, 책상 안에는 무대 지시가 자줏빛 잉크로 쓰인 하우프트만의 「미하엘 크라머」***의 번역 초고와 놋쇠 핀으로 철한 자그마한 종이 묶음이 들어 있었다. 이들 종이에는 이따금씩 문장이 적혀 있었고, 짓궂은 생각이 동한 순간에는 바일 빈스****의 광고문 표제를 오려 맨 첫 장에 풀로 붙여놓기도 했다. 책상 뚜껑은 열기가 바쁘게 안에서 은은한 향기가 뿜어 나왔다. 그것은 산 지얼마 안 되는 삼나무 연필이나 고무풀 병이나 아니면 거기에 넣어두

---

* 재가 방에 떨어지지 않도록 벽난로 앞에 치는 받침쇠.
** 가톨릭의 신앙교육을 위한 표준 지침서. 더블린에서 서쪽으로 24킬로미터쯤 떨어진 메이누스 신학교에서 펴낸 책이라 하여 이렇게 불림.
*** 독일 극작가 게르하르트 하우프트만(1862~1946)의 희곡. 재능 있는 미술 교사 2대(代)의 좌절을 그린 가정 비극으로 이 희곡의 주인공 크라머와 더피 씨는 인간 상호간의 소통에 실패하는 커다란 공통성이 있음.
**** 당시의 유명한 소화제. 그러나 두통 변비 위장병 등의 모든 병에 잘 듣는 만병통치약처럼 선전했음.

고 까맣게 잊어버렸을지도 모를 너무 농익은 사과에서 남 직한 그런 향기였다.

더피 씨는 육체적 또는 정신적 무질서를 드러내는 것이면 무엇이든 딱 질색이었다. 중세의 의사가 보았더라면 아마도 그를 토성의 영향을 받고 태어난 우울성 기질이라고 말하리라. 그가 살아온 세월의 모든 이야기를 고스란히 보여주는 듯한 그의 얼굴은 더블린 거리의 색깔처럼 갈색을 띠고 있었다. 길쭉하면서도 크기까지 한 그의 두상에는 버썩 말라 보이는 검은 머리칼이 자라 있었고 황갈색 코밑수염은 보기 흉한 입을 감쪽같이 가려주지 못했다. 그의 광대뼈 또한 그의 얼굴을 거칠게 보이게 했다. 그러나 두 눈에서는 거친 기색이라고는 찾아볼 수 없었다. 그의 두 눈은 황갈색 눈썹 밑으로 세상을 바라볼 때는 타인들에게서 결점을 벌충해주는 아름다운 천성을 찾으려고 항상 애를 쓰지만 자주 실망의 고배만 마시고 마는 그런 사람의 인상을 풍겼다. 그는 자신의 행위를 수상쩍은 곁눈질로 바라보면서 자기 육체에서 좀 거리를 두고 살았다. 그에게는 이따금 마음속으로 삼인칭 주어와 과거형 술어가 들어가는 자기 자신에 관한 짧은 문장을 지어보는 묘한 자서전적인 버릇이 있었다. 그는 거지에게 동냥을 한 번도 준 적이 없고, 여물디여문 개암나무 지팡이를 짚고 항상 꼿꼿한 자세로 걸었다.

그는 다년간 배곳 가에 있는 어느 민영 은행의 지배인으로 근무해왔다. 매일 아침 그는 채플리조드에서 전차로 출근했다. 정오에는 댄버크 주점*으로 가서 점심으로 저장맥주 한 병과 칡가루 비스킷 작은 접시 하나를 들었다. 네시면 퇴근이었다. 그는 조지 가에 있는 어느 식당에서 저녁 식사를 했다. 거기는 더블린의 돈깨나 있는 젊은 패거리의 출입이 없어 안심이 되는 데다 계산서에서도 정직성 같은 것이 분명히 느껴지는 곳이었다. 저녁 시간은 여주인이 피아노 치는 걸 듣거나 교외 부근을 산책하는 것으로 보냈다. 그는 모차르트의 음악을 좋아해서 이따금씩 오페라나 연주회에 갔다. 이런 것이 그의 생활의 유일한 낙이었다.

그에게는 마음을 나눌 동료나 친구도 없었고, 교회도 신조도 없었다. 그는 타인과의 소통이라고는 일절 없이 오직 자기만의 정신적인 삶만 살았다. 크리스마스 때 친척들을 방문하고 또 그 친척들이 죽으면 묘지까지 바래다주는 것이 고작이었다. 그는 이 두 가지 사회적 의무는 체면 때문에 마지못해 이행했으나 시민 생활을 규제하는 여타 관습에는 더 이상 양보란 있을 수 없었다. 어떤 경우에는 자기가 근무하는 은행을 털 수도 있으리라는 엉뚱한 생각이 드는 때도 있었지만 그러한 경우는 결코 있을 수 없었기에 그의 삶은 그저 평탄하게 굴러갈 뿐이었다—한마디로 기복 없는 무미건조한 이야기처럼.

어느 날 저녁 그는 로턴다** 극장에서 두 여인 옆에 앉아 있었다. 극장 안은 청중도 별로 없고 조용하기만 하여 비참하게도 공연의 실패를 예고하는 것 같았다. 그의 곁에 앉은 여인이 텅 빈 장내를 한두 번 두리번거리고 나서 말했다.

— 오늘밤 손님이 이렇게 없으니 어떡하면 좋아요! 텅 빈 객석을 향

---

* 경양식도 파는 배곳 가의 주점.
** 러틀랜드 광장(지금의 파넬 광장) 동남쪽 모퉁이에 있는 복합 건물. 여기엔 연주실, 극장, 강연실, 심지어 산부인과 병원도 있음.

해 노래를 해야 하다니 가수들이 얼마나 따분하겠어요.

그는 이 말을 함께 이야기를 나누자는 일종의 권유로 받아들였다. 그는 그녀의 조금도 스스럼이 없어 보이는 태도에 놀랐다. 그들이 대화를 나누는 동안 그는 그녀를 기억 속에 영원히 묶어두려고 애를 썼다. 그녀 옆에 앉은 젊은 처녀가 그녀의 딸임을 알았을 때 그는 그녀가 자기보다 한두 살가량 아래이리라 판단했다. 미모였음에 틀림없는 그녀의 얼굴은 여전히 지적으로 보였다. 달걀형으로 생긴 그녀의 얼굴은 윤곽이 몹시 뚜렷했다. 대단히 검푸른 빛을 띤 두 눈은 차분하게 보였다. 그녀의 시선은 처음에는 도전적인 눈초리로 시작하지만 자세히 보면 눈동자가 홍채 속으로 서서히 사그라지는 것처럼 보이는 바람에 그것이 어찌나 매력적이던지 혼선을 빚어 당초의 도전적인 기척은 온 데 간 데 없어지고 대신 순간적으로 엄청나게 감수성이 예민한 기질을 드러내 보이는 것 같았다. 그러나 눈동자는 이내 원상태로 되돌아갔고, 따라서 이 반쯤 드러난 기질도 다시 신중성의 영역으로 자취를 감추었다. 그리고 그녀의 아스트라한* 재킷이 풍만한 가슴통을 그대로 보여주고 있어서 더욱 분명하게 도전적인 인상을 풍겼다.

그는 몇 주 뒤에 얼스포트 테라스**의 어느 연주회에서 그녀를 다시 만났다. 그는 그때 그녀의 딸이 다른 데 정신을 팔고 있는 기회를 이용하여 그녀와 친해지게 되었다. 그녀는 한두 차례 자기 남편을 언급했지만 그녀의 어조로 보아 그러한 언급이 경고 같아 보이지는 않았다. 그녀의 이름은 시니코 부인이었다. 남편의 고조할아버지는 레

* 곱슬곱슬한 털이 있는 직물.
** 스티븐 공원에 인접한 국제 전시관 건물. 여기서 각종 연주회와 문화 행사도 자주 열림.

그혼* 출신이었다. 그녀의 남편은 더블린과 네덜란드를 왕래하는 무슨 상선의 선장이었고, 그들 사이에는 아이가 하나 있었다.

우연히 그녀를 세번째 만났을 때, 그는 용기를 내어 만나자는 약속을 했다. 그녀는 약속 장소에 나왔다. 이것이 많은 만남의 시작이었다. 그들은 항상 저녁때 만나 가장 한적한 곳을 골라 같이 산책을 했다. 그러나 더피 씨는 떳떳치 못한 행위는 싫어하는 성미여서 그들이 남의 눈을 피해 만나야 하는 형국임을 깨닫고는 그녀에게 우겨서 자기를 그녀의 집에 초대하도록 했다. 시니코 선장은 그가 자기 딸에게 마음이 있어서 오려니 생각하고 그의 방문을 권장했다. 그는 아내를 자기의 쾌락의 회랑에서 완전히 배제시켜 버렸기 때문에 다른 누군가가 그녀에게 관심을 갖게 되리라고는 추호도 의심치 않았다. 부인의 남편이 자주 집을 비우고 딸은 딸대로 음악 레슨을 하느라 외출이 잦았기 때문에 더피 씨는 숙녀와의 교제를 즐길 기회가 많았다. 그도 그녀도 전에 이런 모험 같은 일을 해본 적이 없을 뿐만 아니라 부적절한 일이라는 것 또한 전혀 의식하지 않았다. 차츰차츰 그는 자기의 생각을 그녀의 생각과 뒤엉키게 했다. 그는 그녀에게 책을 빌려주고, 아이디어도 제공하면서 지적 생활을 그녀와 공유했다. 그녀는 그의 모든 말에 귀를 기울였다.

때로는 그녀는 그의 이론적인 화제에 대한 보답으로 자신의 생활에서 우러나온 사실적인 사례를 털어놓기도 했다. 그녀는 어머니가 자식을 타이르는 듯한 태도로 그에게 속마음을 활짝 열어놓으라고 재촉

---

* 이탈리아 서해안의 항구 리보르노의 영어식 이름.

했다. 말하자면 그녀는 그의 고해성사를 들어주는 고해 사제인 셈이었다. 그는 그녀에게 그가 한동안 아일랜드 사회당의 모임에 참석한 적이 있다는 이야기를 털어놓았는데, 그때 그가 느낀 점은 희미한 석유램프가 켜진 다락방에 모인 스무 명가량의 진지한 표정의 노동자들 가운데서 자기 자신이 유일하게 특이한 존재라는 생각이 들더라는 것이었다. 당이 세 파로 분열되어 각각 다른 지도자에 각각 다른 다락방을 쓰게 되자 그는 참석을 그만둬버렸다. 그가 말하기를 노동자들의 토론하는 태도는 엄청나게 겁이 많으면서도, 임금 문제에 대한 그들의 관심은 지나칠 정도라는 것이었다. 그들은 인상이 험악한 현실주의자요, 그들이 감히 엄두도 내지 못할 여유의 산물인 엄정성을 불쾌하게 여기는 족속이라는 것이 그의 느낌이었다. 앞으로 몇 세기 동안은 어떠한 사회적 혁명도 더블린에서는 일어날 것 같지 않다고 그는 그녀에게 말했다.

그녀는 그에게 왜 자신의 생각을 글로 쓰지 않느냐고 물었다. 뭣 때문에요? 그는 슬며시 냉소를 띠면서 그녀에게 반문했다. 단 일 분도 일관된 사고를 할 수 없는 매문가들과 경쟁하려고요? 도덕 문제는 경찰관에게 내맡기고, 예술 문제는 흥행주에게 내맡기는 그따위 멍청한 중간 계급 비평의 밥이나 되라고요?

그는 자주 더블린 교외에 있는 그녀의 아담한 시골집으로 찾아가서 그들만의 저녁을 자주 보냈다. 차츰차츰 그들의 생각이 서로 뒤엉키자 그들은 전과는 달리 생활과 밀착된 문제를 화제로 이야기를 나누게 되었다. 그녀와의 교제는 외래종 식물을 감싸주는 따뜻한 흙과 같았다. 그녀는 어두워져도 램프에 불을 켤 생각은 하지 않고 어둠이 그들 위로 그대로 내려앉도록 내버려두는 일이 예사였다. 어둡고 조심스러운 방, 다른 사람은 아무도 없는 그들만의 자리, 아직도 그들 귀에 쟁쟁한 음악이 그들을 하나로 결합시키기에 충분했다. 이러한 결합이 그를 우쭐하게 했고, 그의 성격상의 거친 모서리를 갈아 없앴으며 정신생활에 정서를 불어넣어주었다. 그는 자신도 모르게 자기 자신의 목소리에 귀를 기울이는 때가 종종 있었다. 그는 그녀의 눈에는 자기가 천사의 경지까지 올라가 있는 것으로 보이려니 생각하기도 했다. 그리하여 그가 그녀의 강렬한 본성을 자신에게로 점점 더 가깝게 결합시키려 하자 이상야릇한 몰개성적인 목소리가 들렸다. 그런데 알고 보니 그 목소리는 자기 자신의 목소리이기도 했는데 그것은 영혼의 치유 불가능한 고독을 주장하고 있었다. 우리는 우리 자신을 포기할 수 없어. 우리는 우리 자신의 것이니까, 하고 그 목소리는 말하는 것 같았다. 이러한 이야기는 어느 날 밤 시니코 부인이 평소에 볼 수 없던 온갖 흥분의 징후를 보이더니 그의 손을 격정적으로 부여잡고 자기의 뺨에 갖다댐으로써 끝이 났다.

더피 씨는 소스라치게 놀랐다. 그의 말에 대한 그녀의 해석이 환멸을 느끼게 했다. 그는 일주일 동안 그녀를 방문하지 않았다. 그러다가 그는 그녀에게 만나달라는 편지를 썼다. 그는 그들의 마지막 만남이 그들의 끝장난 고해소의 여파로 지장을 받아서는 안 된다고 생각했기 때문에 그들은 파크게이트* 근처의 조그마한 제과점에서 만나기로 했다. 쌀쌀한 가을 날씨였다. 그러나 그 추위에도 불구하고 그들은 거의

---

* 더블린 서쪽에 있는 피닉스 공원의 정문. 더피 씨의 채플리조드 집에서 멀지 않은 곳임.

세 시간가량이나 공원길을 오르내렸다. 그들은 교제를 끊기로 합의했다. 모든 인연이란 슬픔과의 인연이라고 그는 말했다. 공원에서 나온 그들은 말없이 전차를 향해 걸어갔다. 그러나 여기서 그녀가 어찌나 심하게 몸을 떨기 시작했던지 그녀가 또 한 번 자제력을 잃지 않을까, 겁이 나서 그는 서둘러 작별인사를 하고 그녀 곁을 떠났다. 며칠 뒤에 그는 자신의 책들과 악보가 든 소포를 하나 받았다.

4년이란 세월이 흘렀다. 더피 씨는 평탄한 생활양식으로 되돌아갔다. 그의 방은 여전히 그의 마음이 질서정연함을 입증하고 있었다. 아래쪽 방에 있는 악보대에는 새 악보 몇 개가 추가되었고, 서가에는 니체의 책 두 권이 더 꽂혀 있었는데 하나는 『차라투스트라는 이렇게 말했다』이고 다른 하나는 『즐거운 지식』이었다.[*] 그는 책상 안에 들어 있는 종이 다발에 글을 쓰는 일도 좀처럼 없었다. 시니코 부인을 마지막으로 만난 지 두 달 뒤에 그가 쓴 글귀 가운데 하나에 다음과 같은 것이 있었다. 남자와 남자 간의 사랑은 불가능하다 왜냐하면 성적 관계가 있을 수 없기 때문이다 그리고 남자와 여자 간의 우정도 불가능하다 왜냐하면 성적 관계가 있어야 하기 때문이다. 그는 그녀를 만나게 될까 봐 연주회도 멀리했다. 그사이에 그의 아버지는 세상을 떠나고, 은행의 부하 행원들도 은퇴했다. 그러나 그는 여전히 아침마다 전차를 타고 시내로 들어갔고, 저녁마다 조지 가에서 알맞게 저녁 식사를 하고 디저트 삼아 석간신문을 읽은 뒤에 시내에서 걸어서 집으로 돌아왔다.

---

[*] 독일 철학자 니체(1844~1900)는 전통과 인습에 도전, 무신론적인 자유사상을 창도했다. 이 두 저술은 당시 아방가르드적인 그의 사상을 대변하는 역저로 간주되었음.

어느 날 저녁 그는 콘비프*와 양배추를 잔뜩 입에 집어넣으려다 말고 손을 멈추었다. 그의 시선은 물병에 기대놓고 읽던 석간신문의 어느 기사에 못 박혀 있었다. 그는 집어넣으려던 음식을 접시에 도로 내려놓고 그 기사를 골똘하게 읽었다. 그러고 나서 그는 물을 한 잔 마신 다음 접시를 한쪽으로 밀어붙이고, 그의 팔꿈치 사이에 신문을 반으로 접어 집어들고 그 기사를 읽고 또 읽었다. 양배추에서 나온 희끄무레한 식은 기름기가 접시에 끼기 시작했다. 아가씨가 그에게로 와서 조리가 혹시 잘못되었느냐고 물었다. 그는 아주 맛있게 되었다고 대꾸하고 간신히 서너 술을 드는 둥 마는 둥 했다. 그러고 나서 그는 식대를 치르고 밖으로 나갔다.

그는 11월의 땅거미를 헤치면서 재빨리 걸어갔다. 여문 개암나무 지팡이로 규칙적으로 길바닥을 두드리면서, 그리고 그의 몸에 착 달라붙게 입은 더블 외투**의 옆 호주머니에는 황갈색 〈메일〉지***의 가장자리가 삐쭉하게 고개를 내민 가운데. 파크게이트에서 채플리조드로 연결되는 한적한 도로에 접어들자 그는 보속을 늦추었다. 지팡이로 땅을 두드리는 소리도 점점 기운이 빠지고, 불규칙적으로 내쉬는, 거의 탄식 소리에 가까운 그의 숨결도 차가운 대기 속에서 얼어붙는 것 같았다. 그는 집에 도착하는 길로 곧장 침실로 올라가 주머니에서 신문을 꺼내 창문을 통해 들어오는 흐릿한 불빛 아래서 그 기사를 다

---

* 소금, 초석, 향미료를 섞어 절여서 열기로 살균한 쇠고기. 약간 매움.
** 두꺼운 천으로 된 몸에 꽉 끼이는 재킷의 일종.
*** 일간지 〈더블린 이브닝 메일〉(1821~1962)을 말함. 친영지인 이 신문은 황갈색 종이에 인쇄되었기 때문에 이렇게 불렸음.

시 읽었다. 그는 소리를 내어 크게 읽는 것이 아니라 사제가 **마음기도**를 드릴 때 그러듯이 입술만 달싹이며 읽었다. 그 기사는 이러했다.

시드니 퍼레이드역의 여인의 역사(轢死)

가슴 아픈 사고

오늘 더블린 시립병원*에서 부검시관(검시관 레버렛 씨의 부재로 인해)이 어제저녁 시드니 퍼레이드 역에서 사망한 에밀리 시니코 부인(43세)의 시체를 검시했다. 작고한 부인은 선로를 횡단하려다가 킹스타운발 10시 완행열차의 기관차에 치여 두부와 우측 늑골에 부상을 입고 사망했음이 밝혀졌다.

기관사 제임스 레넌은 15년간 철도회사에 재직해왔다고 진술했다. 그에 의하면, 차장의 호각 소리를 듣고 열차를 발차시켰다. 그러나 1, 2초 뒤에 커다란 비명이 나서 열차를 정차시켰다. 열차는 그때 서행 중이었다.

역무원 P. 던은 기차가 막 발차하려는 순간 한 여인이 선로 횡단을 시도하는 것을 목격했다고 진술했다. 그는 그녀 쪽으로 달려가며 고함을 질렀으나 그가 도착하기 전에 그녀는 이미 기관차의 완충기에 치여 땅에 쓰러졌다고 했다.

---

* 배곳 가에 있는 응급환자를 주로 받는 자선 병원.

배심원 ― 부인이 쓰러지는 걸 보셨나요?

목격자 ― 네.

경사 크롤리는 그가 현장에 도착했을 때 부인은 분명히 숨이 끊어진 상태로 플랫폼에 누워 있었다고 진술했다. 그는 시체를 대합실로 옮겨놓고 구급차가 도착하기를 기다렸다고 했다.

E 지구대 57번 순경이 이 진술을 확인했다.

더블린 시립병원 외과 부과장 핼핀 박사는 고인은 아래쪽 늑골 두 개가 골절되고 오른쪽 어깨에 심한 타박상을 입었다고 진술했다. 두부 우측의 부상은 넘어지면서 생긴 것이라고 했다. 이러한 부상은 정상적인 사람의 경우라면 사망을 초래할 정도는 아니라면서 그녀의 죽음은 그의 소견으로는 아마도 쇼크와 급작스러운 심장마비에 의한 것 같다고 했다.

H. B. 패터슨 핀리 씨는 철도회사를 대표하여 이번 사고에 대해 깊은 유감의 뜻을 표시했다. 회사 측에서는 역마다 경고문을 부착하고 건널목에는 자동식 특허 개폐기를 설치하여 구름다리를 통하지 않고는 선로를 건너다니는 일이 없도록 항상 만반의 대비를 해왔다. 고인은 밤늦게 플랫폼에서 플랫폼으로 선로를 횡단하는 버릇이 있었으며, 이번 사고의 다른 정황을 보더라도 철도회사 직원들의 잘못으로 볼 수는 없다고 진술했다.

시드니 퍼레이드의 리오빌*에 거주하는 고인의 남편 시니코 선장 또한 증언을 했다. 그는 고인이 자신의 아내라고 진술했다. 그는

---

* 시니코의 집 이름인 듯함.

사고 당일 아침에 로테르담에서 돌아왔기 때문에 사고 당시에는 더블린에 있지 않았다. 그들은 결혼한 지 22년이 되었는데 그사이 행복하게 살았으나, 약 2년 전부터 아내에게 좀 지나치게 술을 마시는 버릇이 생기기 시작했다고 했다.

메리 시니코 양은 최근 들어 어머니가 야밤에 술을 사러 나가는 버릇이 있었다고 말했다. 그녀, 즉 증인은 자주 어머니를 설득하려 애를 써서 어머니가 금주동맹에 가입하게 했다고 진술했다. 그녀는 사고가 발생한 지 한 시간 뒤에야 집에 돌아왔다.

배심원은 의학적 증거에 따라 평결을 내렸으며 기관사 레넌에게는 하등의 책임이 없음을 천명했다.

부검시관은 이번 사고는 대단히 가슴 아픈 사고라면서 시니코 선장과 그의 딸에게 심심한 애도의 뜻을 표했다. 그는 철도회사에 대해서는 앞으로 이와 비슷한 사고가 재발하지 않도록 강력한 조치를 취하라고 촉구했다. 누구에게도 책임은 없었다.

더피 씨는 신문에서 눈을 들어 창밖으로 쓸쓸한 저녁 풍경을 내다보았다. 강물은 텅 빈 양조장 옆으로 말없이 흘러가고, 이따금 루컨로의 누군가의 집에서는 한줄기 불빛이 새어나왔다. 이렇게 끝나다니! 그녀 죽음의 전모를 알게 되니 그는 분통이 터졌다. 그리고 그가 그토록 신성하게 여기던 것을 그녀에게 여태껏 죄다 털어놓았다고 생각하니 더욱 분통이 터졌다. 흔히 있을 수 있는 통속적인 사망 사건의 상세한 내용을 숨기고 쓰도록 설복당한 어느 기자의 그 진부한 문구들, 공허한 애도의 표현들 그리고 소심한 말투 등이 그의 부아를 돋우었다. 그녀는 단순히 그녀 자신의 품위만을 손상시킨 것이 아니었다. 그녀는 그의 품위도 떨어뜨린 것이었다. 그는 비참하고도 악취가 물씬물씬한 그녀의 악습의 더러운 영역을 직접 보는 것 같았다. 그런 사람을 그의 영혼의 동반자로 생각하다니! 그는 깡통과 빈 병을 들고 다니면서 술집 주인에게 채워달라고 애걸하는 것을 본 적이 있는 절뚝거리며 걷던 그 불쌍한 알코올 중독자들이 머리에 떠올랐다. 맙소사, 이 무슨 종말이란 말인가! 분명히 그녀는 삶의 부적격자였다. 강력한 목적의식이 없는 허약자요, 악습의 무력한 제물이요, 현대 문명이 바탕을 두고 있는 난파선 가운데 하나였다. 하지만 그녀가 그토록 참혹하게 침몰해버리고 말 줄이야! 그가 그녀에게 그토록 철저하게 자기 자신을 기만하는 것이 과연 가능했겠는가? 그는 그날 밤 그녀가 보여준 감정의 폭발을 기억하고, 그것을 과거 그 어느 때보다 냉혹한 차원에서 해석했다. 그러나 그는 자기가 취한 행동이 옳았다고 인정하는 데는 전혀 어려움이 없었다.

불빛이 희미해지고 그의 기억마저 왔다 갔다 하기 시작하자, 그는 그녀의 손이 자기 손을 만진다는 생각이 들었다. 처음에 그의 부아를 돋운 그 충격이 이제는 그의 신경을 건드리기 시작했다. 그는 서둘러 외투와 모자를 쓰고 밖으로 나갔다. 현관을 나서자마자 느낀 차가운 공기가 이제는 그의 외투 소매 속까지 기어 들어왔다. 채플리조드 브리지의 주점에 다다르자 그는 안으로 들어가서 따끈한 펀치 주를 한 잔 시켰다.

주인은 굽실거리며 그에게 시중을 들었지만 주제넘게 말을 걸지는 않았다. 술집에는 대여섯 명의 노동자가 모여 앉아 어떤 지주가 킬데어 군에 소유하고 있는 부동산의 시세를 논하고 있었다. 그들은 이따금 1파인트짜리 대형 술잔으로 술을 마시면서 담배를 피워댔다. 그러면서 그들은 뻔질나게 마룻바닥에 침을 뱉기도 하고, 때로는 뱉은 침에 묵직한 구둣발로 톱밥을 끌어다가 문대기도 했다.* 더피 씨는 의자에 앉아 그들을 유심히 보거나 하는 말을 듣지도 않으면서 그들을 물끄러미 쳐다보기만 했다. 얼마 뒤에 그들이 주점을 나가자 그는 펀치를 한 잔 더 시켰다. 그는 펀치 주를 놓고 꽤 오래 앉아 있었다. 술집 안은 매우 조용했다. 술집 주인은 카운터에 손발을 쭉 뻗고 엎드려 〈헤럴드〉**를 읽으면서 하품을 해댔다. 이따금 바깥에서 전차가 한적한 도로를 따라 획획 소리를 내면서 지나가는 소리가 들릴 뿐이었다.

그녀와 함께했던 지난날의 삶을 반추하고, 그가 방금 생각해낸 그녀의 상반된 두 가지 모습을 번갈아 머리에 떠올리면서 거기에 앉아 있노라니 그녀는 죽고 없다, 그녀는 이미 이 세상에 존재하지 않는다, 그녀는 하나의 추억이 되어버렸다, 하는 사실이 생생하게 실감났다. 그는 마음이 뒤숭숭해지기 시작했다. 그는 그러지 않고 달리 어떻게 했겠느냐고 자문해보았다. 그는 그녀와 더불어 기만극을 감행할 수는 없었다. 그녀와 공개적으로 같이 살 수는 없는 노릇이 아니던가. 그는 자기에게 최선으로 보이는 행동만 했을 뿐이었다. 그런데 그가 무엇이 잘못이란 말인가? 그런데 그녀가 가고 없으니, 그는 밤이면 밤마다 그 방에 홀로 앉아 지낸 그녀의 삶이 얼마나 외로웠을지 이해되었다. 그도 역시 죽고 없고, 이 세상에 존재하지 않게 되고, 또 하나의

* 싸구려 식당이나 주점에서는 청소를 수월하게 하기 위해 바닥에 톱밥을 깔기도 했음.
** 더블린에서 발간되는 〈이브닝 헤럴드〉지. 민족주의 성향의 석간신문.

추억이 되어버리기 전까지는— 누군가가 그를 기억이라도 해준다면—그의 삶도 또한 외로워지리라.

　그가 주점에서 나온 것은 아홉시가 넘어서였다. 밤은 차고 음울했다. 그는 첫째 관문으로 공원에 들어가 가지만 앙상한 나무가 늘어선 길을 따라 걷기 시작했다. 4년 전에 그들이 함께 거닐었던 쓸쓸한 오솔길을 지나갈 때였다. 그녀가 어둠 속에서 자기 가까이에 바짝 붙어 있는 것 같았다. 이따금 그녀의 목소리가 귓전에 들리고 그녀의 손이 자기 손을 만지는 것 같이 느껴지기도 했다. 그는 잠자코 서서 귀를 기울였다. 그는 왜 그녀에게 삶을 허용치 않았던가? 그는 왜 그녀에게 사형선고를 내렸던가? 이런 자문에 이르자 그는 자신의 도덕성이 박살이 나고 마는 느낌을 감출 수 없었다.

　매거진 언덕 정상에 다다르자 그는 걸음을 멈추고 강물을 따라 더블린 시내 쪽을 쭉 바라보았다. 시내에는 가로등 불빛이 추운 밤하늘에 발갛게 그리고 아늑하게 타고 있었다. 이번에는 눈길을 돌려 비탈을 내려다보았다. 그랬더니 그 기슭에, 공원의 담장 그림자 속에 어떤 사람의 형상들이 드러누워 있는 것이 보였다. 그들의 남몰래 하는 타락한 사랑의 현장을 보는 찰나 그는 절망감에 사로잡히고 말았다. 그는 엄격하기만 한 자기의 삶이 원망스러웠다. 아울러, 그는 자신이 삶의 향연에서 추방된 존재라는 느낌이 들었다. 한 인간이 그를 사랑하는 것 같았는데 그는 그녀의 인생과 행복을 거부해버렸다. 다시 말해, 그는 그녀에게 치욕을, 아니 수치스러운 사형선고를 내린 것이었다. 저 담장 곁에 누워 있는 자들이 그를 지켜보며 냉큼 그가 꺼지기를 바라고 있음을 그는 알았다. 그를 필요로 하는 자는 아무도 없었다. 그는 삶의 향연에서 추방된 신세였다. 그는 다시 눈길을 돌려 더블린 시내를 향해 꾸불꾸불 감돌며 흐르는, 뿌옇게 미광을 발하는 강물을 바라보았다. 강 건너편으로 화물열차 하나가 킹스브리지 역에서 꾸불꾸불 기어 나오는 것이 보였다. 그것은 마치 한 마리의 벌레가 머리에서 불을 뿜으며 어둠을 뚫고 끈질기게 기를 쓰면서 비틀비틀 기어 나오는 것만 같았다. 기차는 시야에서 서서히 사라졌다. 그러나 그의 귀에는 여전히 그녀 이름의 음절*을 되풀이하는 듯한 기관차의 고되고 단조로운 저음이 들렸다.

그는 온 길로 되돌아갔다. 그의 귓전에는 기관차의 리듬이 여전히 고동치고 있었다. 그는 기억이 자신에게 일러주는 현실성을 의심하기 시작했다. 그는 나무 밑에서 걸음을 멈추고, 기관차의 리듬이 귀에서 사라지기를 기다렸다. 이제는 그녀가 어둠 속에서 자기 옆에 바짝 붙어 있는 것 같지도 않고 그녀의 목소리가 들리는 것 같지도 않았다. 그는 귀를 곤두세우고 몇 분을 더 기다렸다. 그러나 들리는 것은 아무것도 없었다. 밤은 더할 나위 없이 고요했다. 그는 다시 귀를 기울였다. 역시 완벽하게 고요했다. 그는 외롭다는 느낌이 들었다.

---

* '에 밀 리 시 니 코'는 강약약격의 3음절임.

선거 사무실에서 맞은
파넬의 기일

잭 노인은 마분지 조각으로 타다 남은 석탄 부스러기를 긁어모아 허옇게 꺼져가는 석탄 더미 위에 골고루 뿌렸다. 석탄 더미가 석탄 부스러기로 얇게 덮이자 그의 얼굴은 어둠 속으로 잠겼다. 그러나 그가 불에 다시 부채질을 시작하자 웅크리고 앉은 그의 그림자가 맞은편 벽면에 떠오르면서 그의 얼굴이 천천히 불빛 속에 다시 드러났다. 아주 깡마르고 수염이 더부룩한 노인의 얼굴이었다. 물기 많은 푸른 두 눈으로 불을 지켜볼 때는 깜빡거렸고, 축축한 입을 때때로 헤벌쭉 벌렸다가 다시 다물 때는 한두 번 기계적으로 뭔가를 씹는 시늉을 했다. 석탄 부스러기에 불이 댕기자 그는 마분지 토막을 벽에 기대놓고 한숨을 쉬고 나서 말했다.

— 이젠 좀 낫지요, 오코너 씨.

오코너 씨는 얼굴이 부스럼과 여드름으로 말이 아닌, 머리가 회색인 젊은이로 이제 막 궐련으로 피우려고 잎담배를 보기 좋게 원주(圓柱) 모양으로 말았으나 노인이 말을 걸어오자 무슨 생각에서인지 말았던 담배를 도로 풀었다. 그러더니 또 무슨 생각에서인지 잎담배를 다시 말기 시작하여 잠시 생각한 뒤에 결연하게 종이에 침을 발랐다.

— 티어니 씨한테 언제 돌아온다는 말이 있었어요? 그는 일부러 목소리에 힘을 주어 말했다.

— 아무 말도 없었는데요.

오코너 씨는 궐련을 입에 물고 호주머니를 뒤지기 시작했다. 그는 얄팍한 명함 한 통을 꺼냈다.

— 성냥을 갖다드리지, 노인이 말했다.

— 괜찮아요, 이거면 됩니다, 오코너 씨가 말했다.

그는 명함 한 장을 골라 거기에 적힌 것을 읽었다.

시의회 의원 선거

로열 익스체인지 선거구.*

소생은 빈민 구제법 관리위원 리처드 J. 티어니입니다. 다가오는
로열 익스체인지 선거구의 선거에서 귀하의 한 표와 성원을
간곡하게 부탁드립니다.

오코너 씨는 티어니 씨의 선거 사무장을 통해 선거구의 일부분을

---

* 시청과 아일랜드 총독부와 같은 정부 관청이 많이 포함된 리피 강 남쪽의 선거구. 그래서 이 선거구의 선거는 전국적인 관심의 초점이 됨.

맡아 책임지고 선거 운동을 해준다는 조건으로 고용되었으나 날씨도 좋지 않고 신발에 물이 샌다는 이유로 위클로 가의 선거 사무실*에서 관리인 영감 잭과 함께 난롯가에 앉아 하루의 대부분을 보내고 있었다. 그들은 짧은 하루가 어둑어둑해진 이래로 줄곧 그렇게 앉아 있었다. 그날은 10월 6일로, 바깥은 음산하고 추웠다.

오코너 씨는 명함을 한 줄로 길게 찢어 거기에 불을 붙여 궐련에 댕겼다. 그가 그렇게 하자 그의 웃옷의 접은 옷깃에 꽂힌 검은 윤기가 나는 담쟁이 잎사귀**가 불빛을 받아 반짝였다. 노인은 그의 모습을 유심히 지켜보다가 마분지 토막을 다시 집어들고 천천히 불에 부채질을 시작했다. 이때 그의 동료는 계속 담배를 피우고 있었다.

— 아, 그래요, 노인은 이어 말했다, 자식 놈들을 어떻게 길러야 하는 건지 진짜 난감하네요. 그래, 그놈이 저 지경이 되리라고 누가 생각이나 했겠소. 크리스천 브러더스 학교에도 보내보고 그 녀석을 위해 내가 할 수 있는 일은 안 해본 일이 없는데 그 녀석이 저렇게 술이나 퍼마시며 싸질러 다니기만 하니. 그놈을 좀 사람같이 키워보려고 무던히도 애를 썼건만.

그는 지친 표정으로 마분지를 제자리에 놓았다.

— 내가 노쇠하지만 않았어도 그놈의 버르장머리를 뜯어 고쳐놓겠는데. 내가 그놈을 당해낼 기운만 있어도 작대기를 들고 그놈 등 뒤로

---

* 더블린 중심부(강남)에 있는 민족주의당 본부의 선거 사무실. 벽난로가 놓인 이 사무실은 선거 운동원들의 집회장으로 이용되고 있음.
** 10월 6일은 아일랜드의 독립투사 찰스 스튜어트 파넬(1846~1891)의 기일로, 그의 추종자들은 그를 추모하기 위해 이날 옷깃에 담쟁이 이파리를 달았다. 그래서 이날을 담쟁이 날이라고 함.

가서 실컷 후려쳤으면 속이 시원하겠는데—전에 여러 번 그랬듯이 말입니다. 그런데 어미라는 작자가 이러쿵저러쿵하면서 녀석의 간을 키운답니다 ....

— 그게 바로 아이들을 망치는 거지요, 오코너 씨가 말했다.

— 틀림없어요, 노인이 맞장구를 쳤다. 그렇다고 해서 녀석이 어디 고마운 줄이나 압니까, 되레 건방만 늘지요. 그놈이 내가 한 고뿌 한 걸 알기만 하면 나를 깔아뭉갠답니다. 자식 놈이 아비한테 그따위로 나가니 도대체 이놈의 세상이 어떻게 되려고 그래요?

— 나이가 몇이죠? 오코너 씨가 물었다.

— 열아홉이요, 노인이 말했다.

— 어디 취직이라도 좀 시키지 그러세요?

— 옳으신 말씀, 녀석이 학교를 중퇴한 이후로 그 술고래 망나니에게 무슨 말인들 안 했겠어요. 이제 난 널 그냥 먹여 살리지 않는다, 내가 귀에 못이 박히도록 말했죠. 네 힘으로 밥벌이할 데를 찾아라. 하지만 뻔할 뻔자죠, 일자리를 구할 적마다 더욱더 가관이더군요. 몽땅 마셔버리니까요.

오코너 씨는 동정의 표시로 고개를 끄덕였고, 노인은 입을 다물고 난로를 응시했다. 그때 누군가가 사무실 문을 열며 소리쳤다.

— 안녕들 하슈! 무슨 프리메이슨 비밀회의라도 하는 중이요?

— 누구시오? 노인이 물었다.

— 어두운 데서 무엇들 하시오? 사람은 보이지 않고 목소리만 들렸다.

— 하인스 아닌가? 오코너 씨가 물었다.

— 맞았어. 이렇게 어두운 데서 뭘 하는 거야? 하인스 씨가 난로의 불빛 속으로 다가서며 물었다.

그는 연갈색 콧수염을 기른 키가 크고 호리호리한 젊은이였다. 그의 모자챙에는 금방이라도 떨어질 것 같은 빗방울이 주렁주렁 매달려 있고 외투의 칼라는 세워져 있었다.

— 그래, 맷, 그는 오코너 씨에게 말했다, 지내기가 어떤가?

오코너 씨는 고개를 저었다. 노인은 난롯가를 떠나 실내를 비틀거리며 더듬고 다니다가 초 두 자루를 들고 와 난롯불에 하나씩 불을 댕겨 탁자 위에 올려놓았다. 그러자 장식이라곤 전혀 없는 휑한 실내가 환하게 드러나면서 기분 좋게 타오르던 난로의 불기운도 그 색깔을 잃은 듯 희미해졌다. 사무실 벽에는 한 장의 선거 연설문 말고는 아무것도 없었다. 실내 한복판에는 조그마한 탁자가 하나 놓여 있는데 그 위엔 서류가 쌓여 있었다.

하인스 씨는 벽난로에 몸을 기댄 채 물었다.

— 그 양반이 돈은 좀 주던가?

— 아직까지, 오코너 씨가 말했다. 그 친구가 오늘 저녁 궁지에 빠진 우리를 제발 못 본 척하지 말기만을 바랄 뿐이네.

하인스 씨가 소리 내어 웃었다.

— 오, 틀림없이 줄 거야. 걱정 말게, 그가 말했다.

— 그 친구가 일을 제대로 추진할 생각이 있다면 정신을 차려 매사를 빨랑빨랑 처리해야 하는데 말이지, 오코너 씨가 말했다.

— 어떻게 생각하세요, 잭 영감님? 하인스 씨가 빈정거리는 투로 노인에게 물었다.

노인은 난롯가의 자기 자리로 되돌아가며 말했다.

— 그는 돈이 없는 자는 아니니까, 어쨌든 그는 아무래도 다른 땜장이와는 다르지요.*

— 다른 땜장이라니요? 하인스 씨가 물었다.

— 그야 물론 콜건이지, 노인은 경멸조로 말했다.**

— 콜건이 노동자라서 그렇게 말씀하시는 겁니까? 착하고 정직하게 살아가는 벽돌공과 술이나 파는 사람***이 서로 다를 게 뭐예요—안 그래요? 노동자라고 해서 모든 다른 사람들과 마찬가지로 시정(市政) 기관에 참여할 당당한 권리가 없는 건 아니겠지요—아니 힘깨나 쓰는 자리에 있는 친구들 앞에서는 누구에게나 손바닥을 닳도록 비벼대는 그 쓸개 빠진 자칭 신사들보다야 훨씬 더 나은 권리가 있지 않겠어요? 그렇지 않은가, 맷? 하인스 씨가 오코너 씨를 지목해 말했다.

— 자네 말에 일리가 있는 것 같네, 오코너 씨가 말했다.

— 한 후보는 속은 보수주의자이면서도 겉은 자유주의자인 척하는 표리부동한 짓거리를 모르는 소탈하고 정직한 사람이지. 그는 노동 계급을 대변하려고 출사표를 던진 거야. 그런데 자네가 미는 이 후보는 무슨 일자리나 다른 이권 챙기기만 탐하는 것 같아.

— 물론, 노동 계급의 대변자도 있어야지, 노인이 말했다.

— 노동자란, 하인스 씨가 말했다, 죽어라고 일만 하고 욕만 되직이

---

* 땜장이는 보통 신용이 없는 떠돌이로 취급됨.
** 위클로 가의 선거 사무실에 나오는 운동원들은 민족주의당 공천자인 티어니를 지지하고, 여기를 수시로 기웃거리는 하인스는 노동당 공천자인 콜건을 지지함.
*** 리처드 티어니를 두고 하는 말인 듯함.

얻어먹지요. 하지만 모든 것을 생산하는 것은 노동이잖아요. 노동자는 자기 자식과 조카와 사촌 들에게 수입 좋은 일자리를 구해주려는 그 따위 짓은 하지 않지요. 노동자는 독일 임금*의 비위를 맞추려고 더블린의 명예에 똥칠을 하는 그런 짓거리는 하지 않을 거라 이 말입니다.

— 거 무슨 소리요? 노인이 물었다.

— 에드워드 왕이 내년에 여기에 오면 환영 연설을 하겠답시고 야단법석인데** 그걸 모르고 계세요? 외국 왕에게 우리가 머리를 조아릴 필요가 어딨다고요?

— 우리 후보는 그런 연설에 찬성하지 않을 거야, 오코너 씨가 말했다. 그 양반은 명색이 민족주의당*** 공천으로 출마한 사람이니까.

— 뭐, 않을 거라고? 하인스 씨가 물었다. 어디 두고 보자, 그 친구가 하는지 안 하는지를. 난 그 친구를 좀 알아서 하는 소린데, 사기꾼 디키 티어니 아닌가?

— 아무렴! 조, 자네 말이 맞을지도 몰라, 오코너 씨가 말했다. 어쨌거나 그 친구가 돈이나 잔뜩 가지고 나타났으면 좋겠는데.

세 사람은 침묵을 지켰다. 노인은 타다 남은 석탄 부스러기를 더 많이 긁어모으기 시작했다. 하인스 씨는 모자를 벗어 흔들어서 빗방울을 털고는 외투 깃을 접어 내렸다. 그가 그렇게 하자 옷섶에 단 담쟁이 잎사귀가 드러나 보였다.

---

* 당시의 영국 왕 에드워드 7세의 부모는 모두 독일 왕족의 후예였음.
** 영국 왕 에드워드 7세에 대한 공식적인 환영 연설은 영국의 아일랜드 통치를 찬성 내지 지지하는 꼴이 될 것이므로.
*** 영국 통치로부터 아일랜드의 독립을 주장하는 아일랜드 의회당. 자치당이라고도 함.

— 만일 이 어른*이 살아 계신다면, 그는 담쟁이 잎을 가리키며 말했다, 환영 연설 따위는 입 밖으로 끄집어내지도 못할 텐데.

— 건 맞는 말이야, 오코너 씨가 말했다.

— 맞는 말이고말고! 그때가 정말 좋았지! 노인이 말했다. 그땐 생기 같은 것이 넘쳤으니까.

실내에 다시 침묵이 흘렀다. 그때 키가 작달막한 사내가 요란하게 문을 밀고 안으로 들어왔다. 그는 코를 킁킁거리고 귀는 온통 빨개져 있었다. 그는 무슨 불꽃이라도 일으키려는 듯이 두 손을 비벼대며 부리나케 난로 쪽으로 다가갔다.

— 돈이 안 되네요, 빌어먹게, 그는 말했다.

— 자 여기 앉으시오, 헨치 씨, 노인이 자기 의자를 내어주며 말했다.

— 아, 일어설 것 없어요, 잭 노인, 그냥 그대로 계세요, 헨치 씨가 말했다.

그는 하인스 씨에게 무뚝뚝하게 고개를 끄덕여 보이고는 노인이 비워준 의자에 앉았다.

— 안지어 가에는 가봤는가?** 그는 오코너 씨에게 물었다.

— 가봤지, 오코너 씨는 메모해둔 걸 찾느라 호주머니를 뒤지면서 말했다.

— 그라임 씨를 찾아봤어?

— 찾아보고말고.

---

* 찰스 스튜어트 파넬.
** 아일랜드 총독부 근처의 안지어 가에 가서 득표 운동을 했는가라는 뜻.

218

— 그래서? 그 양반 입장이 어떻던가?

— 입장을 밝히려고 하지를 않아. 그 양반 하는 말은 나는 어느 쪽에 **투표할 건지는** 어느 누구에게도 말하지 않겠소라는 거야. 하지만 그 양반은 믿어도 괜찮을 거 같아.

— 무슨 근거로?

— 그 양반이 추천인들이 누구냐고 묻더군. 그래서 얘기를 쭉 해줬지. 버크 신부님 이름도 들먹이면서. 내 생각엔 믿어도 아무 걱정 없을 거 같아.

헨치 씨는 코를 킁킁거리며 두 손을 난로 위에서 무서운 속도로 비비기 시작했다. 그러다가 그는 말했다.

— 제발 부탁 좀 합시다, 잭 노인, 석탄 좀 갖다주시구려. 남은 게 좀 있을 테니까.

노인은 사무실 밖으로 나갔다.

— 도무지 통하지가 않아, 헨치 씨는 고개를 가로저으며 말했다. 내가 그 알량한 작자에게 돈을 부탁했더니 그 작자가 뭐라는 줄 알아? 오, 참, 헨치 씨, 이번 일이 제대로 잘돼가기만 하면 당신의 노고를 잊지 않으리다. 정말 믿어도 좋소, 이러는 거야. 다랍고 아니꼬운 땜장이 같으니라고! 정말이지, 제 버릇 개 못 준다더니, 그 꼴 아닌가?

— 내가 자네한테 뭐라고 했나, 맷? 하인스 씨가 말했다. 사기꾼 디키 티어니라고 했잖아.

— 그 작자는 소문난 대로 사기꾼이야, 헨치 씨가 말했다. 그 작자가 아무런 이유 없이 그렇게 쪼끄만 돼지 새끼 눈깔을 하고 있겠나. 망할 놈의 자식 같으니! 대장부답게 돈은 선뜻 내어놓지 못하고 기껏

한다는 소리가 이건가? 아, 그런데, 헨치 씨, 패닝 씨*한테 고충을 좀 이야기해야 하겠어요 ... 돈을 너무 많이 써버려서라고? 망할 놈의 아니꼬운 알량한 자식 같으니라고! 그 작자는 그의 늙은 아비가 메리 골목길**에서 헌옷 가게를 하던 시절은 까맣게 잊었나 봐.

 — 그런데 그게 사실인가? 오코너 씨가 물었다.

 — 사실이고말고, 헨치 씨가 말했다. 그런 얘기 들어본 적이 없어? 그리고 사람들은 일요일 아침만 되면 술집이 문을 열기 전에 그 가게로 남자용 조끼나 바지를 사러 몰려가곤 했지―세상에 별꼴 다 보지!―그러나 사기꾼 디키의 늙은 아비는 가게 한쪽 구석에 항상 수상한 것이 든 시꺼먼 술병을 감춰두고 있다가 그것도 같이 팔았지.*** 이제 무슨 말인지 알 것 같아? 사실인즉슨 내가 말한 바로 그대로라 이거야. 거기가 바로 그 작자가 태어난 곳이니 부전자전 아니겠어.

노인은 석탄 몇 덩어리를 가지고 돌아와 난로 여기저기에 내려놓았다.

 — 거 정말 골치 아픈 일이로군, 오코너 씨가 말했다. 돈도 선뜻 내어놓지 않으면서 그 친구가 어떻게 자기를 위해 일해주기를 바랄 수 있을까?

 — 난들 무슨 뾰족한 수가 있는 것도 아니지, 헨치 씨가 말했다. 집에 가면 보나마나 현관에 집달리들이 진을 치고 있을 것 같아.

---

* 「은총」에도 나옴.
** 더블린 중북부(리피 강 북쪽)의 구멍가게와 공동주택이 많은 빈민가.
*** 티어니의 아버지는 술집 영업 시간 이전에 찾아온 손님들에게 밀조 위스키까지 불법 판매하여 돈을 벌었다는 뜻.

하인스 씨는 소리 내어 웃고는 어깨의 힘으로 벽난로에 기댔던 몸을 일으켜 세우고 떠날 준비를 했다.

— 에드워드 왕이 오시면 만사가 잘 풀리겠지요, 그는 말했다. 자, 여러분, 소생은 이만 물러갑니다. 나중에 다시 만나요, 다들 안녕히 계세요.

그는 서서히 사무실 밖으로 나갔다. 헨치 씨도 노인도 아무런 말이 없었다. 그러나 사무실 문이 막 닫히려는 찰나 시무룩한 표정으로 난로만 지켜보고 있던 오코너 씨가 갑자기 큰 소리로 외쳤다.

— 잘 가, 조.

헨치 씨는 잠시 기다렸다가 출입문 쪽을 향해 고개를 끄덕였다.

— 그런데 말이야, 그는 난로 너머로 말했다, 저 친구 여기 뭘 하러 오는 거야? 대관절 저 친구가 바라는 게 뭐지?

— 정말이지, 불쌍한 조! 오코너 씨는 난로에 담배꽁초를 던지며 말했다. 그 친구도 돈이 떨어진 거야, 우리처럼.

헨치 씨가 요란하게 코를 킁킁거리며 워낙 푸짐하게 침을 내뱉는 바람에 난롯불이 무슨 항의라도 하듯 소리를 내면서 거의 꺼질 뻔했다.

— 내 개인적인 견해를 솔직하게 말한다면, 그는 말했다, 아까 그 친구는 저쪽 진영에서 보낸 사람이다 싶어. 굳이 말하자면 콜건의 스파이다 이거야. 그냥 가서 그들이 어떻게 하고 있나 대충 알아봐. 그들이 너를 의심하지는 않을 테니까라는 밀명을 듣고 온. 내 말이 무슨 말인지, 이해가 되나?

— 조 저 친구는 보기는 저래도 바탕은 착한 녀석이야, 오코너 씨가 말했다.

— 저 친구 아버지는 점잖고 존경할 만한 분이셨지, 헨치 씨도 시인했다. 가엾은 래리 하인스 영감님! 영감님이 살아생전에 좋은 일도 많이 하셨지! 그런데 저 친구는 아버지에 비하면 함량이 크게 부족한 것 같아. 제기랄, 사람이 돈에 쪼들리는 거야 이해 못 할 사람이 어딨겠어, 하지만 내가 도무지 이해할 수 없는 것은 남에게 빌붙어 뜯어먹고 사는 놈이라 이거야. 그 녀석에게 뭔가 대장부다운 기색이 좀 있어야 하는 거 아닌가?

— 그 친구가 여기에 나타나면 반가운 생각은 조금도 없어요, 노인이 말했다. 자기 편 일이나 할 일이지 왜 여기 와서 첩자질이나 합니까.

— 잘은 모릅니다마는, 오코너 씨는 궐련을 말 종이와 잎담배를 꺼내며 자기 생각은 좀 다르다는 듯이 말했다. 내 생각에는 조 하인스는 정직한 사람이다 싶어요. 그는 글재주가 있는 영리한 녀석이기도 하죠. 그가 쓴 ..... 글을 기억들 하고 계세요?

— 그런 식으로 말한다면, 이가 들끓는 이들 산 사나이들과 페니어 결사의 비밀 당원들*의 일부도 약간 너무 영리한 게 탈이겠구나, 헨치 씨가 말했다. 그따위 보잘것없는 녀석들에 대한 내 개인적인 견해를 솔직히 말해볼까? 그들 중 절반은 아일랜드 총독부에 매수되어 있다고 봐.

— 그거야 알 수 없는 일이지요, 노인이 말했다.

— 오, 하지만 내가 보기에는 틀림없는 사실이에요, 헨치 씨가 말했

---

* 아일랜드의 전설상의 영웅 핀 맥쿨의 이름을 따서 1858년에 미국에서 조직된 비밀 결사의 회원들. 영국에서는 이들을 산 속에 숨어살면서 테러를 일삼는다 하여 힐사이더스라고 불렀다. 산 사나이들과 페니어 당원은 결국 같은 이름임.

다. 그들은 총독부의 앞잡이들이에요 ..... 하인스가 꼭 그렇다는 건 아니지만 .... 아니, 내가 보기에는 그 친구는 그 .... 보다는 한 수 위인 것 같아요. 하지만 사팔뜨기 눈을 한 어떤 못난 귀족이 하나 있는데―내가 지금 말하려는 애국자 양반이 누군지 아시겠어요?

오코너 씨가 고개를 끄덕였다.

―굳이 말해본다면 그 양반은 서 소령*의 직계 후손이지! 아, 국보급 애국자라고나 할까! 단돈 4펜스에 자기 조국을 팔아먹을 놈이니까―능히 그러고말고!―그러고도 무릎을 꿇고 전능하신 그리스도에게 팔아먹을 나라를 주셔서 고맙다고 감사기도를 드릴 놈이지.

문에서 노크 소리가 났다.

―들어와요! 헨치 씨가 말했다.

궁핍한 성직자나 궁핍한 배우 같아 보이는 사람이 문간에 나타났다. 작달막한 몸집에 입고 있는 그의 까만 옷에는 단추가 꼭 조이게 채워져 있었다. 그리고 옷에 달린 칼라는 성직자의 칼라인지 속인의 칼라인지 분간하기가 어려웠다. 왜냐하면 천을 씌우지 않아 촛불 빛을 반사하는 단추가 달린 초라한 프록코트** 칼라가 목 있는 데까지 세워져 있었기 때문이다. 그는 검정색 펠트 천으로 된 딱딱한 둥근 모자를 쓰고 있었다. 빗방울로 반짝이는 그의 얼굴은 두 개의 발그레한 반점이 광대뼈임을 표시해주는 부분을 제외하고는 습기 찬 노란 치즈 같아 보였다. 그는 유달리 긴 입을 갑자기 벌려 실망을 표하는 한편

---

* 아일랜드 태생의 영국 육군 소령 헨리 찰스 서(1764~1841). 아일랜드 애국자를 체포하는 데 앞장선 매국노의 상징적인 존재.
** 무릎까지 내려오는 몸에 착 달라붙는 남자용 더블 상의.

유달리 밝고 푸른 두 눈을 크게 떠서 반가움과 놀라움을 동시에 표시했다.

― 오, 키온 신부님! 헨치 씨가 의자에서 벌떡 일어나며 말했다. 신부님이 어떻게? 들어오세요!

― 아, 아니, 아니, 아닙니다! 키온 신부는 마치 어린애에게 말하는 것처럼 입술을 오므리며 재빨리 말했다.

― 들어와 좀 앉으시죠?

― 아니, 아니, 아닙니다! 키온 신부는 신중하고 관대하며 비단결같이 부드러운 목소리로 말했다. 방해를 하고 싶은 생각은 추호도 없습니다. 그냥 패닝 씨가 계시나 해서 ...

― 그분은 지금 블랙 이글*에 있을 겁니다, 헨치 씨가 말했다. 하지만 잠깐 들어와 앉지 그러세요?

― 아니, 아니, 감사합니다. 잠깐 볼일이 좀 있어서요. 키온 신부가 말했다. 감사합니다, 정말.

그는 문간에서 물러났다. 그러자 헨치 씨가 촛대를 하나 들고 문간까지 따라 나가 그가 아래층으로 내려가는 길을 비춰주려 했다.

― 아, 이러지 마세요, 제발.

― 아녜요, 계단이 너무 어두운걸요.

― 아니, 아니, 잘 보여요 .... 감사합니다, 정말.

― 이제 괜찮겠어요?

― 괜찮고말고요, 감사합니다 ... 감사해요.

---

* 리처드 J. 티어니 소유의 술집 이름.

헨치 씨는 촛대를 들고 돌아와 그것을 탁자 위에 놓았다. 그는 다시 난롯가에 앉았다. 잠시 동안 침묵이 흘렀다.

— 이봐, 존, 오코너 씨가 또 다른 명함으로 담배에 불을 붙이며 말했다.

— 음?

— 저 사람 정확하게 뭘 하는 사람이지?

— 난들 어찌 알겠어, 헨치 씨가 말했다.

— 내가 보기에는 패닝과 그 양반은 서로 자별한 사인 것 같아. 그들은 카바나 주점*에서 자주 함께 어울리거든. 그가 신부이긴 한가?

— 으음, 난 그렇게 알고 있긴 하지만 ... 그런데 그는 주변에 누를 끼치는 소위 말썽꾼이지 싶어. 다행히도 그런 자가 많지는 않지만 더러 있기는 하지 ... 그는 일종의 불행한 사람이라고나 할까 ....

— 그럼 그는 어떻게 먹고살지? 오코너 씨가 물었다.

— 그것 또한 미스터리야.

— 그는 어떤 성당이나 교회나 아니면 기관 같은 것 .... 에 소속되어 있는가?

— 아냐, 헨치 씨가 말했다, 제멋대로 저렇게 그냥 돌아다니나 봐 .... 못할 소리지만, 그는 덧붙여 말했다, 나는 소년이 흑맥주나 잔뜩 가지고 오나 보다, 하고 생각했지.

— 어디, 말이 나온 김에 술 한잔할 수 없을까? 오코너 씨가 물었다.

— 나도 목이 칼칼한데, 노인이 말했다.

---

* 정치인들이 잘 가는 시청 청사와 총독부 근처의 주점.

— 내가 그 형편없는 녀석에게 세 번이나 부탁을 했다니까, 헨치 씨가 말했다, 흑맥주 한 다스만 올려 보내달라고. 방금도 다시 부탁을 했지만 그 녀석은 와이셔츠 바람으로 카운터에 기대서서 시의원 카울리와 무슨 깊은 얘기를 쑥덕거리느라 거들떠보지도 않더라고.

— 왜 주의를 환기시키지, 그랬어? 오코너 씨가 물었다.

— 글쎄올시다, 그 작자가 시의원 카울리와 무슨 이야기를 속닥거리고 있는데 가까이 다가가기가 좀 뭣 하더군. 그래서 그와 시선이 마주칠 때까지 기다리다가 별거 아니지만 내가 방금 부탁드린 그 문제는 ... 하고 운을 떼었더니 아무 걱정 마세요, 헨치 씨, 하면서 받아 넘기더라고. 원, 세상에 이럴 수가 있어! 그 난쟁이 똥자루 같은 녀석은 무슨 부탁을 받았는지조차 다 까먹고 모르고 있더라 이거야.

— 그 동네에 무슨 꿍꿍이속이 벌어지고 있어요, 오코너 씨가 생각에 잠긴 듯한 표정으로 말했다. 어제 서픽 가 모퉁이*를 지나다 보니 그놈들 셋이 거기서 뭔가를 열심히 꾸미고 있더군.

— 그놈들이 무슨 약은 수작을 부리고 있는지 알 만해, 헨치 씨가 말했다. 요새는 누구나 시장 한번 해먹으려면 시의원들한테 돈부터 먼저 빌려 써야 한단 말이야. 그래야만 그자들이 시장으로 만들어주거든.** 정말이지 나도 꼭 시의 책임자가 한번 되어볼까 심각하게 생각 중인데. 어떻게 생각해? 내가 그 자리에 어울릴 것 같은가?

오코너 씨가 큰 소리로 웃었다.

— 돈만 빌릴 수 있다면야 ....

---

* 위클로 가의 선거 사무실에서 북쪽으로 2분쯤 걸으면 닿는 거리의 모퉁이.
** 시장을 주무르기 좋을 테니까.

— 그렇게 되면 맨션 하우스*에서 떡하니 차를 타고 나오게 된다, 이거야, 헨치 씨가 말했다. 여기 계신 잭 영감님이 분칠한 가발을 쓰고 내 뒤에 시립(侍立)한 가운데 나는 온통 담비 모피로 몸을 감싸고 말이야—어때요?

— 그리고 나를 개인 비서로 삼고 말이야, 존.

— 그래야지. 그리고 키온 신부를 내 개인 신부로 삼고. 그래 우리 집안 잔치를 한바탕 벌이는 거야.

— 정말이지, 헨치 씨, 노인이 말했다, 당신은 그 사람들보다 훨씬 더 멋지게 잘하실 겁니다. 어느 날 내가 시장 공관에 수위로 근무하는 키건 영감하고 얘기를 나눈 적이 있어요. 그래, 새로 들어온 주인 어르신이 어때요, 팻? 요새는 연회도 그리 많은 것 같지도 않던데, 하고 말을 건넸더니 그 영감 하는 말이, 연회라니요! 그 어르신은 기름걸레 냄새만 맡고도 능히 사실 분이야, 하는 거예요. 그러면서 그 영감이 내게 뭐라고 했는지 아시오? 맙소사, 나도 도무지 믿을 수가 없더이다.

— 뭐랬는데요? 헨치 씨와 오코너 씨가 동시에 물었다.

— 그 영감이 이러더군요. 더블린 시장이라는 양반이 저녁거리로 달랑 고기 한 근만 사오라고 시키는 처지를 어떻게 생각하시오? 높은 양반의 사는 꼴이 그래서야 되겠어요?**라는 거예요. 이 말에 내가 저런, 저런! 하고 탄식을 했더니 그가, 맨션 하우스 안으로 들어오는 건 달랑 고기 한 근뿐이라니까요라고 말하더군요. 그래서 내가 말했지요, 그럴 수가 있나!

* 도슨 가에 있는 더블린 시장 관저.
** 당시의 더블린 시장은 노동자 계급 출신의 티머시 찰스 해링턴이라는 검소한 사람이었음.

도대체 어떤 사람들이 이런 짓거리를 하는 거야?

이때 출입문에서 노크 소리가 나더니 소년 하나가 머리를 디밀었다.

— 뭔가? 노인이 물었다.

— 블랙 이글에서 왔어요. 소년은 이렇게 말하고 비스듬히 안으로 들어와 병소리가 딸그락대는 바구니를 마룻바닥에 내려놓았다.

노인은 소년이 병을 바구니에서 탁자로 옮겨놓는 것을 거들어주면서 개수를 하나하나 세어보았다. 병을 다 옮기고 나자 소년은 바구니를 팔에 걸치고 물었다.

— 빈 병 있으세요?

— 무슨 빈 병? 노인이 물었다.

— 마시지도 않았는데 무슨 놈의 빈 병이냐? 헨치 씨가 말했다.

— 빈 병이 있느냐고 물어보라고 하던데요.

— 내일 다시 와, 노인이 말했다.

— 이봐, 애야! 헨치 씨가 말했다. 오패럴 주점에 뛰어가서 병따개 좀 빌려달라고 그래라 — 헨치 씨가 그런다면서. 1분만 쓰고 돌려드린다고 그래. 바구니는 거기 두고.

소년이 밖으로 나가자 헨치 씨는 유쾌하게 두 손을 비벼대기 시작하면서 말했다.

— 아, 글쎄, 그 친구도 결국 그렇게 나쁜 녀석은 아니군그래. 어쨌거나 약속은 지키는 셈이니까.

— 술잔이 없어요, 노인이 말했다.

— 아, 거야 걱정할 것 없어요, 잭 노인, 헨치 씨가 말했다. 자고로 병째 마시는 사람이 우리 말고도 천지랍니다.

— 어쨌거나 없는 것보다야 낫지요, 오코너 씨가 말했다.

— 그 친구는 나쁜 녀석은 아니에요, 헨치 씨가 말했다, 패닝 씨 말이라면 꼼짝을 못 해서 그렇지. 그는 태도가 쩨쩨하긴 하지만 마음씨만은 괜찮은 사람 같잖아요?

소년이 병따개를 가지고 돌아왔다. 노인이 세 병을 따고 병따개를 소년에게 건네주려 할 때 헨치 씨가 소년에게 말했다.

— 애야, 너도 한잔할래?

— 주신다면요, 소년이 말했다.

노인은 마지못해 한 병을 더 따서 소년에게 건네주었다.

— 너 몇 살이니? 그는 물었다.

— 열일곱입니다, 소년이 대답했다.

노인이 더 이상 말을 하지 않자 소년은 병을 받아들고 헨치 씨를 향해 말했다. 선생님, **진심으로 감사합니다.** 그는 한 병을 다 들이켜고 빈 병을 탁자 위에 내려놓고는 소매로 입을 훔쳤다. 그런 다음 그는 병따개를 들고 뭐라고 인사말을 중얼거리면서 가재걸음으로 문을 빠져나갔다.

— 술은 저렇게 시작되는 거라오, 노인이 말했다.

— 바늘 도둑이 소 도둑 되는 거죠 뭐, 헨치 씨가 말했다.

노인이 아까 따두었던 세 병을 나누어주자 세 사람은 동시에 병나발을 불었다. 병나발을 다 분 뒤에 각자는 벽난로 위에 손이 닿을 만한 곳에 빈 병을 올려놓고는 흡족한 듯이 숨을 길게 내쉬었다.

— 글쎄, 그러고 보니 나도 오늘 참 일을 많이 했구나, 헨치 씨가 잠시 후에 말했다.

— 그래, 존?

— 그럼. 도슨 가*에서 그 친구를 위해 한두 군데를 확보해놨거든, 크로프턴하고 나하고 둘이서 말이야. 우리끼리니까 하는 말이지만 크로프턴은 (물론 사람이야 점잖은 건 사실이지만) 선거운동원으로는 아무짝에도 못쓸 젬병이야. 사람을 만나면 꿀 먹은 벙어리거든. 내가 이야기를 하고 있으면 그 친구는 멍하니 서서 사람들 얼굴만 그저 쳐다보고 있는 거야.

이때 두 사내가 사무실 안으로 들어왔다. 그중 하나는 몸집이 아주 뚱뚱했는데, 그가 입은 푸른 서지 옷은 그의 튀어나온 복부에서 금방이라도 흘러내릴 것만 같아 보였다. 그의 커다란 얼굴은 표정이 수송아지 얼굴을 닮아 보였고 푸른 두 눈은 왕방울 같은 데다 콧수염은 반백이었다. 다른 한 사내는 훨씬 더 젊고 가냘프게 보였는데 얼굴은 좀 여윈 편으로 말끔하게 면도를 하고 있었다. 그는 아주 높은 더블칼라에 챙이 넓은 중산모를 쓰고 있었다.

— 어이, 크로프턴! 헨치 씨가 뚱뚱한 사내에게 말했다. 호랑이도 제 말하면 온다더니 .....

— 술은 어디서 났나? 젊은 사내가 물었다. 무슨 경사라도 났나?

— 그야 물론이지, 개 눈에는 똥만 보인다고, 밴텀**이 술 냄새부터 못 알아보면 밴텀이 아니지! 오코너 씨가 껄껄 웃으면서 말했다.

— 당신들 선거 운동한다는 양반들이 이러기요, 라이언스 씨***가

---

* 트리니티 대학 남쪽에서 스티븐 공원으로 연결되는 거리. 여기엔 점포와 사무실이 많고 시장 공관도 있음.
** 구판엔 '라이언스' 였음.

말했다, 크로프턴과 나는 이 추위에 한데서 비까지 맞아가며 득표 활동을 하느라 악전고투하는 판인데?

— 이런 염병할, 헨치 씨가 받아쳤다. 당신들 둘이서 일주일 동안 얻는 표보다 나 혼자서 단 5분이면 훨씬 더 많은 표를 얻을 수 있는걸.

— 맥주 두 병 따요, 잭 노인, 오코너 씨가 말했다.

— 어떻게 따지요? 노인이 말했다, 따개가 없으니?

— 잠깐만요, 잠깐만! 헨치 씨가 벌떡 일어서며 말했다. 이런 묘기 본 적 있어요?

그는 탁자에서 병 두개를 집어들고 난롯가로 가서 벽난로의 시렁 위에 얹어놓았다. 그런 다음 그는 난로 곁에 다시 앉아 자기 병에서 한 모금 더 마셨다. 라이언스 씨는 탁자 가장자리에 걸터앉아 모자를 목덜미 쪽으로 젖혀 쓴 다음 다리를 흔들기 시작했다.

— 어느 게 내 병이지? 그가 물었다.

— 이 녀석이야, 헨치 씨가 말했다.

크로프턴 씨는 상자에 걸터앉아 벽난로 시렁 위의 다른 한 병을 뚫어져라 쳐다보았다. 그는 두 가지 이유로 말이 없었다. 첫번째 이유는—그 자체로도 충분한 이유가 되겠지만—특별히 할 말이 없어서였고, 두번째 이유는 동료들을 자기보다 못하다고 생각해서였다. 그는 원래 보수당 후보인 윌킨스****의 선거 운동원이었다. 그러나 보수당에서 자당 후보를 사퇴시키고 마뜩찮은 두 후보 중에서 그래도 결함이 덜한 후보를 골라 민족주의당 후보를 지지하기로 결정하자 그는

*** 밴텀 라이언스는 「하숙집」에도 이름이 나옴.
**** 토지 개혁은 찬성하나 자치는 반대하는 아일랜드 보수당의 가공의 입후보.

티어니 씨를 위해 뛰기로 마음을 굳힌 것이었다.

몇 분이 지나자 라이언스 씨의 병에서 코르크 마개가 터지면서 사과라도 하듯이 폭! 하는 소리가 났다. 그러자 라이언스 씨는 탁자에서 뛰어내려 난롯가로 가서 병을 꺼내들고 탁자 있는 데로 돌아왔다.

— 방금 내가 그 이야기를 하고 있던 중이야, 크로프턴, 헨치 씨가 말했다. 우리가 오늘 몇 표를 좋이 확보해놓았다는 것을.

— 어떤 사람 표를? 라이언스 씨가 물었다.

— 글쎄올시다, 첫째는 파크스를 들 수 있고, 둘째는 앳킨슨을 들 수 있고, 거기다 도슨 가의 워드를 들 수 있지. 그분은 역시 둘째가라면 서러워할 노신사로 인품마저 고결한 골수 보수당 지지자이기도 하지! 하지만 당신의 후보자는 민족주의자가 아닌가요? 하고 그 어르신이 묻기에 내가 이렇게 말씀드렸지, 그분은 훌륭한 인물이십니다, 하고 운을 뗀 뒤에 그분은 우리나라에 이익이 되는 일이라면 무슨 일이든지 다 찬성이시죠. 그분은 고액 지방세 납부자거든요라고 했죠. 그분은 시내에 엄청난 부동산이 있고 사업체도 세 개나 있어서 지방세를 깎아 내리는 것이 그분 자신에게도 유리하지 않겠습니까? 그분은 존경을 한 몸에 받는 저명한 시민이랍니다. 내가 말씀드렸죠. 게다가 그분은 빈민 구제법 관리위원이기도 하죠. 그리고 그분은 좋든 나쁘든 아니면 무관심해서든 하여간 어떠한 파벌에도 속해 있지 않아요, 이런 말씀도 드렸는데, 이런 식으로 말하는 것이 바로 내가 주로 득표 운동하는 스타일이랍니다.

— 그럼 왕에 대한 환영 연설은 어떻게 보나? 라이언스 씨는 술을 마신 다음 입맛을 다시면서 물었다.

— 내 말을 잘 들어보게, 헨치 씨가 말했다. 우리나라에서 필요로

하는 것은 내가 워드 어르신께 말씀드린 바와 같이 자본이야. 왕이 여기로 온다는 것은 이 나라에 돈이 굴러 들어오는 것을 의미하지. 그렇게 되면 더블린 시민들은 그것으로 덕을 보게 될 거라 이거야. 저 아래 부둣가에 즐비한 공장들을 봐, 죄다 놀고 있잖아! 우리가 지난날의 기존 산업시설들, 제분소, 조선소며 공장들을 가동하기만 한다면 나라 안에 쌓일 떼돈을 한번 상상이라도 해봐. 우리에게 지금 필요한 것은 자본이란 말이야.

— 하지만 이것 봐, 존, 오코너 씨가 말했다. 우리가 왜 영국 왕을 환영해야 하나? 파넬 자신도 ....

— 파넬은, 헨치 씨가 말했다, 죽고 없잖아. 자, 내가 보기엔 이렇다네. 여기에 온다는 이 친구*는 노모** 때문에 왕위에 오르지 못하다가 머리가 백발이 되어서야 간신히 즉위했지. 그는 세상 물정에 밝은 사람으로, 우리에게도 호의적이지. 군이 말하자면, 그는 명랑 쾌활하고 마음씨 고운 점잖은 친구지. 그리고 허황한 구석이라곤 전혀 없기도 하고. 그는 그저 이렇게 혼잣말을 하겠지. 선왕께서는 이 거친 아일랜드 사람들을 만나보러 가신 적이 한 번도 없다.*** 아무렴, 내가 직접 가서 그들이 어떻게 생겼는지 살펴봐야지라고. 그런데 이렇게 친선방문차 여기에 오겠다는 사람을 우리가 모욕할 작정인가? 어때? 내 말이 틀린가,

---

* 영국 왕 에드워드 7세.

** 에드워드 7세의 어머니 빅토리아 여왕(1819~1901). 그녀가 82세의 고령으로 서거하자 아들 에드워드는 나이 60에야 겨우 왕위에 오를 수 있었음.

*** 이 말은 사실과 다름. 빅토리아 여왕은 재위 기간 중 4번이나 아일랜드를 공식 방문했는데 이 스토리의 기간(1902년) 2년 전인 1900년의 방문이 그 마지막이었음. 헨치 씨가 역사적인 진실에 어긋나는 말을 하는 것은 그 이유가 분명치 않음.

크로프턴?

크로프턴 씨는 고개를 끄덕였다.

— 하지만 하여튼 간에, 라이언스 씨가 따지듯이 말했다, 에드워드 왕의 사생활이 아시다시피 그다지 ……

— 지난 일은 지난 일로 덮어버려야지, 뭘 그래, 헨치 씨가 말했다. 나는 개인적으로 그 사람을 존경해. 그는 자네나 나처럼 그저 평범한 낙천적인 범부(凡夫)일 뿐이야. 그는 술 한잔하는 거 좋아하고, 아마 난봉기도 좀 있을 테고,[*] 게다가 훌륭한 스포츠맨이기도 하지. 제기랄, 우리 아일랜드 사람들은 페어플레이를 해서는 안 되나?

— 구구절절 다 옳은 말씀이야, 라이언스 씨가 말했다. 하지만 파넬의 경우[**]를 좀 생각해봐.

— 대관절, 두 경우 사이에 무슨 유사성이 있다는 거야? 헨치 씨가 물었다.

— 내 말은, 라이언스 씨가 말했다, 우리는 우리대로의 엄연한 이상이 있다 이거야. 그런데 우리가 그따위 사람을 왜 환영해야 한단 말인가? 파넬의 과거 행적으로 미루어 보아 지금도 그가 우리를 영도할 적임자라고 생각하는가? 그가 현재 나의 아내와 같은 일부 여성들처럼 나도 관심을 가지고 꼭 알아야 하는 그런 훌륭한 인물이라고 생각하는가?[***] 그런데 그렇지 않다면, 어쩌자고 우리가 에드워드 7세에

---

[*] 남편이자 아버지로서의 에드워드 7세는 여성 관계의 스캔들로 악명 높았음.

[**] 영국 왕 에드워드 7세는 염문을 뿌리고도 정치적인 손상을 입지 않았으나 아일랜드의 정치가 파넬은 이혼 소송 사건으로 당수직에서 쫓겨나 곧 세상을 떠나는 등, 치명적인 타격을 입었음.

[***] 이 문장은 이 텍스트에서 복원된 구절 가운데 하나.

게는 그토록 관대하냐 이 말씀이야.

— 오늘은 파넬의 기일이야, 오코너 씨가 말했다, 그러니까 괜히 그분에게 반감을 돋울 그런 말은 자제해야지. 파넬은 고인이 되어 우리 곁을 떠났기 때문에 우리는 모두 그분을 존경하지 — 심지어 보수당원까지도 말이야, 그는 크로프턴 씨를 돌아보면서 덧붙였다.

폭! 하고 소리를 내면서 굼뜬 병마개가 크로프턴 씨의 맥주병에서 날아갔다. 크로프턴 씨는 앉아 있던 상자에서 일어나 난롯가로 갔다. 병을 손에 들고 돌아오면서 걸걸한 목소리로 말했다.

— 우리 쪽에서도 그분을 존경해, 그분은 신사 양반이었으니까.*

— 자네 말이 맞아, 크로프턴! 헨치 씨가 흥분한 목소리로 말했다. 그분은 말썽꾸러기 같은 영국 의원들의 버릇을 바로잡을 수 있던 유일한 분이셨지. 앉아, 이 개새끼들아! 드러누워, 이 똥개들아! 그분은 바로 그런 식으로 그들을 다뤘단 말이야. 들어와, 조! 들어오라니까! 그는 문간에 나타난 하인스 씨를 보자 외쳤다.

하인스 씨가 천천히 사무실 안으로 들어왔다.

— 맥주 한 병 더 따시죠, 잭 노인, 헨치 씨가 말했다. 아, 참, 병따개가 없는 걸 잊고 있었군! 자, 병을 이리 줘요, 내가 난로 위에 얹어 놓을 테니까.

노인이 그에게 술병을 또 하나 건네주자 그는 그것을 벽난로 시렁 위에 얹어놓았다.

— 앉게, 조, 오코너 씨가 말했다, 우린 방금 수령님** 이야기를 하

---

* 파넬은 개신교 신자이자 지주 집안 출신으로 정확한 영국식 악센트를 썼음.
** 파넬 당수.

고 있던 중이었어.

— 그럼, 그럼! 헨치 씨가 맞장구를 쳤다.

하인스 씨는 라이언스 씨 가까이의 탁자 한쪽에 걸터앉았으나 아무 말이 없었다.

— 파넬을 배신하지 않은 사람은, 헨치 씨가 말했다, 어쨌든 한 사람밖에 없다니깐. 맹세코 내 분명히 말하지만 자네 조뿐일세. 아무렴, 자네는 사내답게 끝까지 그를 따랐어!

— 오, 조, 오코너 씨가 갑자기 말했다, 자네가 쓴 그것 좀 이리 내놔봐 — 기억나? 지금 그거 갖고 있나?

— 아, 그래, 그것! 헨치 씨가 말했다. 그거 이리 좀 내놔봐. 어디 그것 한번 들어본 적 있나, 크로프턴? 자, 어디 한번 들어봐요, 아주 근사하지.

— 자, 어서, 오코너 씨가 재촉했다. 시작해봐, 조.

하인스 씨는 그들이 말하는 글이 어떤 글인지 금방 기억이 나지 않는 것 같았으나 잠시 생각한 다음 이내 말했다.

— 오, 그것 말이군 .... 그래, 굉장히 오래된 건데.

— 시작해봐, 이 사람아! 오코너 씨가 말했다.

— 쉬, 쉿, 헨치 씨가 말했다. 자, 조!

하인스 씨는 좀 더 머뭇거렸다. 그러다가 좌중이 침묵을 지키는 가운데 그는 모자를 벗어 탁자 위에 올려놓으며 일어섰다. 그는 그 글을 마음속으로 외워보는 것 같았다. 한참 있다가 그는 소리 내어 읊었다.

파넬의 죽음
1891년 10월 6일

그는 한두 번 헛기침을 하고 나서 암송하기 시작했다.

그는 가셨네. 우리의 무관의 제왕은 가셨네.
오, 아일랜드여, 슬픔과 비탄으로 애도하라.
그는 숨을 거두고 누워 있나니 현대의 무자비한
위선자들 무리가 그를 쓰러뜨렸기에.

비열한 도당들에게 살해되어 누워 계시나
그는 수렁에서 영광의 나라로 오르셨네.
아일랜드의 희망과 아일랜드의 꿈은
우리 왕을 화장하는 장작 더미 위에서 사라지네.

아일랜드의 가슴은 궁전이나 초옥이나 오두막집이나
그 어디에 있든지 간에
슬픔으로 풀이 꺾였네. 조국의 운명을 개척하실
그가 가셨기에.

그는 아일랜드의 이름을 만방에 떨치려 했고,
초록색* 국기를 영광스럽게 휘날리게 하려 했고
이 나라의 정치가, 시인 그리고 전사들의 명성을

세계 방방곡곡에 드높이려 하셨네.

그는 꿈꾸셨네(아, 슬프다, 그것이 꿈으로 끝나다니!)
자유의 꿈을. 그러나 그가 자유의 우상을
움켜쥐려 애쓰실 때
배신자들이 그를 그가 사랑했던 모든 것들과 갈라놓았네.

구세주를 내친 비겁한 악당들아
부끄럽지도 않느냐, 아니면 키스로써
결코 그분의 친구일 수 없는 아양 떠는 사제들의 손아귀에
놀아나는 오합지졸에게 그를 팔아넘긴 자들이여.

영원한 치욕 있으라
그분의 자존심으로 그들을 물리치신 이의
거룩하신 이름을 애써 더럽히고 깎아내리려 발버둥 치던
그런 자들의 기억에.

그는 용맹한 자답게 쓰러졌노라,
끝까지 고귀하게 굽히지 않고,
그리하여 그는 죽어서 아일랜드의 지난날의 영웅들과
하나가 되는구나.

---

* 아일랜드를 대변하는 색깔.

어떠한 다툼의 소리도 그의 잠을 깨우지 못할지니!
그는 고요히 쉬고 계시나니. 어떠한 인간적 고통도,
높은 야망도 이제 영광의 정상에 오르려고
그를 흔들 수 없어라.

그들은 바라는 대로 그를 쓰러뜨렸네.
그러나 들어라, 아일랜드여, 그의 영혼은
새날의 먼동이 틀 때,
불사조가 화염에서 일어나듯이 일어나리라.

우리에게 자유의 세상을 가져다줄 그날.
그리고 그날이 오면 아일랜드여, 부디 맹세하라,
조국이 환희에 바치는 그 축배 속에서
하나의 슬픔—파넬을 기억한다고.

하인스 씨는 다시 탁자 위에 앉았다. 그가 낭송을 마치자 잠시 침묵이 흐르다가 박수갈채가 쏟아졌다. 심지어 라이언스 씨조차 박수를 쳤다. 박수갈채는 얼마 동안 계속되었다. 박수가 끝나자 청중은 모두 술병을 들고 아무 말 없이 술을 들이켰다.

폭! 코르크 마개가 하인스 씨의 술병에서 날아갔다. 그러나 하인스 씨는 상기된 얼굴에 모자를 벗은 채 탁자 위에 그대로 앉아 있었다. 그는 술을 권하는 소리도 들은 것 같지 않았다.

— 훌륭하네, 조! 오코너 씨는 흥분된 감정을 좀 더 잘 감추려고 담배 종이와 쌈지를 꺼내며 말했다.

— 어떤가, 크로프턴? 헨치 씨가 큰 소리로 물었다. 근사하잖아? 뭐라고?

크로프턴 씨는 그것은 참으로 근사한 작품이라고 말했다.

어느 어머니

아일랜드 승리 협회*의 사무차장 홀로헌 씨는 일련의 음악회에 관한 준비를 하느라고 손에는 지저분한 서류 조각을 잔뜩 들고 호주머니에는 그런 것을 잔뜩 쑤셔넣고서 근 한 달 동안 더블린 거리를 오르락내리락했다. 그는 한쪽 다리를 절었다. 그래서 그의 친구들은 그를 절름발이 홀로헌이라고 불렀다. 그는 쉴 새 없이 거리를 오르내리며 시간대별로 거리 모퉁이에 서서 문제점을 따져보고 그 결과를 메모하기도 했다. 그러나 결국에 가서 모든 것을 준비한 사람은 커니 부인이었다.

데블린 양이 커니 부인으로 변한 것은 홧김에서였다. 그녀는 일류 수녀원 학교에서 교육을 받았고, 거기서 프랑스어와 음악을 배웠다.

---

* 아일랜드 고유 문화 창달을 위해 노력하는 가공의 애국 단체.

그녀는 선천적으로 얼굴이 창백한 데다 태도마저 뻣뻣해서 학교 때 친구가 별로 없었다. 결혼 적령기가 되자 그녀는 어쩔 수 없이 여러 집을 드나들게 되었는데 거기서 그녀는 연주 솜씨와 고상한 태도 때문에 많은 칭송을 받았다. 그녀는 어떤 구혼자가 대담하게 나타나 그녀에게 멋들어진 삶을 제시해주기를 기다리며 자신의 재능으로 쌓은 업적의 차가운 울타리 안에 고고하게 앉아 있었다. 그러나 그녀가 만난 청년들은 하나같이 수준 이하여서 그녀는 남몰래 터키 사탕*이나 실컷 오물거리며 자신의 낭만적인 욕망을 달래려고 안간힘을 쓰면서 그들에게 고무적인 낌새를 일절 보여주지 않았다. 그러나 그녀가 결혼 적령기의 한계점에 달하고 또 그녀의 친구들이 그녀에 대해 쓸데없이 혀를 놀리기 시작하자 그녀는 커니 씨와 결혼함으로써 그들의 입을 막아버렸다. 커니 씨는 오먼드 부두**의 제화업자***였다.

그는 그녀보다 나이가 훨씬 많았다. 그가 하는 말은 주로 진지하기만 했는데 그 말은 이따금 그의 텁수룩한 갈색 턱수염에서 나오는 것 같았다. 신혼 생활 첫해를 보내고 나서 커니 부인은 이런 남자가 다른 낭만적인 인물보다 살아가기에 더 편하다는 것을 알아차렸지만 그렇다고 해서 낭만적인 이상을 결코 버린 것은 아니었다. 그는 술을 입에 대지도 않고 검소한 데다 신앙심 또한 깊었다. 그는 매달 첫 금요일마다 성당에 갔는데 가끔 아내와 같이 갈 때도 있었지만 혼자서 갈 때가 더 많았다. 하지만 그녀는 신앙심이 결코 약해진 것도 아니요, 남편에

---

* 젤리를 굳혀 설탕을 입힌 당과의 일종.
** 더블린 중앙(리피 강 북안)에 있는 거리.
*** 대량 생산 전의 수제화 제조업은 이윤이 많고 사회적으로도 존경받는 직종이었음.

겐 언제나 양처이기도 했다. 낯선 집에 초청을 받아 간 파티에서 그녀가 눈썹을 조금만 치켜떠도 그는 자리에서 벌떡 일어나 떠날 채비를 했고, 그가 감기라도 걸려 고생을 하면 그녀는 물오리 가슴 털 이불을 그의 발에 덮어주고 또 따끈한 럼 펀치 술을 만들어주기도 했다. 그로 말하자면 그는 모범 아빠였다. 그는 어느 보험 회사에 매주 약간의 부금을 부어 두 딸이 스물네 살이 되면 각각 1백 파운드의 결혼 지참금을 받을 수 있도록 준비해두었다. 그런가 하면 그는 큰딸 캐슬린을 명문 수녀원 학교에 보내어 거기서 프랑스어와 음악을 배우게 했고, 그런 다음에는 왕립음악원*에 진학시켜 그 비싼 학비를 댔다. 해마다 7월이 되면 커니 부인이 기회가 닿을 때마다 친구들에게 이렇게 말하는 것을 볼 수 있었다.

— 우리 집 양반이 우리를 데리고 스케리스에 가서 몇 주 놀다 오려고 준비를 하고 있지요.

목적지가 스케리스 아니면 호우스나 그레이스톤스였다.**

아일랜드 문예부흥운동***이 좋은 평가를 받기 시작하자 커니 부인은 자기 딸 이름을 이용해 먹기로 결심하고**** 아일랜드어***** 교사

---

* 메리언 광장 6번지에 있음(1856년 개원). 탁월한 음악 교육으로 널리 알려짐.
** 모두 더블린 근교의 유명한 해변 유원지.
*** 19세기 말에 활발하게 전개된 아일랜드 전설과 토속 언어를 부활시키려는 문화 운동. 아일랜드 문화는 영국 문화와는 다르거나 월등함을 보여주려는 정치적 목적이 있었음.
**** 아일랜드의 전설적인 인물 캐슬린 니 홀리한은 문예부흥운동에 참여한 많은 문인들의 인기 있는 소재였다. 그 대표적인 예가 예이츠의 희곡 「캐슬린 백작부인」과 「캐슬린 니 홀리한」이다. 이러한 작중 인물과 그녀의 딸 이름이 같음.
***** 게일어라고 널리 알려짐. 아일랜드 고유 언어 부활 운동가들은 영국의 언어가 영어 English이듯 아일랜드의 언어는 아일랜드어Irish라고 불러야 한다며 이 말 쓰기를 선호했음.

를 집으로 불러들였다. 캐슬린과 그녀의 동생은 친구들에게 아일랜드를 상징하는 그림엽서를 보냈고 친구들도 그 답례로 역시 아일랜드를 상징하는 다른 그림엽서를 보내왔다. 커니 씨가 온 가족을 데리고 임시 대성당*에 미사를 보러 가는 특별한 일요일에는 미사가 끝나고 나면 커시드럴 가** 모퉁이에 약간의 사람들 무리가 옹기종기 모이곤 했다. 그들은 모두 커니 가(家)의 친구들로 음악으로 얽힌 친구들 아니면 민족주의당 지지자 친구들이었다. 왁자하게 한바탕 잡담을 나누고 나면 그들은 그렇게도 많은 손들이 한꺼번에 겹쳐지는 것에 웃음을 터뜨리며 서로 일제히 악수를 해대고는 아일랜드어로 서로서로 작별인사를 나눴다. 이내 캐슬린 커니 양의 이름이 사람들의 입에 자주 오르내리기 시작했다. 사람들 말이 그녀는 음악적 재능이 아주 뛰어나고 마음씨가 매우 고운 아가씨이며 더군다나 언어 부활 운동***의 신봉자라는 것이었다. 커니 부인은 이런 세평에 크게 흐뭇했다. 그리하여 어느 날 홀로헌 씨가 그녀에게 찾아와서 그의 협회가 앤티언트 음악당****에서 개최할 예정인 네 차례의 성대한 음악회에 그녀의 딸을 반주자로 출연시키고 싶다는 제의를 했을 때 그녀는 조금도 놀라지 않았다. 그녀는 그를 응접실로 데리고 들어가 자리에 앉혀놓고 술

---

* 말버러 가에 있는 성모 마리아 성당을 말함. 성 패트릭 성당과 그리스도 성당과 같은 가톨릭의 대성당은 종교개혁 바람에 개신교인 영국국교회에 점거당했기 때문에 현재 아일랜드에는 대성당이 없다. 그래서 성모 마리아 성당을 임시 대성당이라 부름.

** 임시 대성당은 말버러 가와 커시드럴 가의 모퉁이에 있음.

*** 문예부흥운동의 큰 목적 가운데 하나가 망각되어 가는 아일랜드어를 되살리자는 것이었음.

**** 그레이트 브룬스윅 가(지금의 피어스 가)에 있는 음악당 겸 집회장.

병과 은제 비스킷 통을 가져왔다. 그녀는 행사 계획의 세부사항까지 미주알고주알 파고들면서 충고를 하기도 하고 말리기도 했다. 그리하여 마침내 캐슬린은 네 번에 걸친 대음악회에 반주자로 출연하는 바 그 출연료로 8기니*를 받기로 한다는 계약서가 작성되었다.

홀로헌 씨는 광고 문안 작성이며 프로그램에 넣을 출연 순서의 배열과 같은 섬세한 일에는 초보자였기 때문에 커니 부인의 도움을 받지 않을 수 없었다. 그녀는 솜씨가 뛰어났다. 그녀는 어떤 연예인의 이름은 대문자로 쓰고 어떤 연예인의 이름은 소문자로 써야 하는지도 훤히 알고 있었다. 그녀는 제1테너는 미드 씨의 희극적인 노래 다음에 나오려 하지 않을 거라는 것까지 알고 있었다. 청중의 관심을 지속적으로 유지하기 위해 그녀는 전통적인 애창곡들 사이에 별로 인기가 없는 곡들을 끼워넣기도 했다. 홀로헌 씨는 미심쩍은 문제에 관하여 그녀의 자문을 받기 위해 매일같이 그녀를 찾아갔다. 그녀는 한결같이 친절했고 게다가 실은 살가운 충고까지 아끼지 않았다. 그녀는 그에게 술병을 밀어주며 늘 이렇게 말했다.

— 자, 마음껏 드세요, 홀로헌 씨!

그리고 그가 술을 들고 있으면 그녀는 옆에서 말했다.

— 마음 푹 놓으세요! 조금도 염려하실 필요 없어요!

모든 일이 순조롭게 진행되었다. 커니 부인은 캐슬린의 드레스 앞섶에 대려고 브라운 토머스 주단상회**에서 푸른빛이 도는 예쁜 분홍

---

* 8파운드 8실링.
** 더블린의 번화가 그래프턴 가에 있는 고급 주단점.

색 샤르무즈 비단*도 샀다. 그 값이 수월찮았다. 그러나 이럴 때의 다소의 지출은 얼마든지 정당화되고도 남음이 있는 경우였다. 그녀는 마지막 음악회의 2실링짜리 입장권**을 열두 장쯤 사서 그렇게 하지 않으면 올 리가 없는 친구들에게 돌렸다. 그녀에겐 잊고 빠뜨린 일이라곤 없었다. 그리하여 그녀 덕분에 만반의 준비가 다 갖춰졌다.

음악회는 수요일, 목요일, 금요일, 그리고 토요일에 열리기로 되어 있었다. 커니 부인은 딸과 함께 수요일 밤에 앤티언트 음악당에 도착했을 때 일이 돌아가는 꼴이 도무지 마음에 들지 않았다. 상의에 반짝이는 하늘색 배지를 단 몇 안 되는 젊은이들이 현관에 빈둥거리며 서있었다. 그들 중 어느 누구도 야회복을 차려입은 사람은 없었다. 그녀는 딸과 함께 그 옆을 지나치다 홀의 열린 문을 통해 흘끗 안을 들여다보고는 그제야 안내원들이 왜 저렇게 어정거리고 있는지 그 이유를 알 수 있었다. 처음에 그녀는 시간을 잘못 안 게 아닌가 싶었다. 아니었다. 시간은 분명히 8시 20분 전이었다.

무대 뒤의 분장실에서 그녀는 협회의 사무국장 피츠패트릭 씨에게 소개되었다. 그녀는 미소를 머금고 그와 악수를 나눴다. 그는 자그마한 체구에 얼굴은 희고 멍청하게 보였다. 자세히 살펴보니 그는 부드러운 갈색 중절모를 아무렇게나 머리 한쪽으로 비스듬히 썼고 억양은 그저 밋밋하기만 했다. 그는 한쪽 손에 프로그램을 들고 있었는데, 그녀와 얘기를 나누는 동안 그는 그것의 한쪽 끝을 짓씹어 물먹은 종이 덩어리가 되게 만들었다. 그는 실망스러운 사태를 대수롭지 않게 보

---

* 수자직의 견직물.
** 특등석 관람권인 듯함.

아 넘기는 눈치였다. 홀로헌 씨는 몇 분마다 매표소의 상황을 알리러 분장실을 들락거렸다. 연예인들은 초조한 듯 자기네끼리 수군거리면서 이따금씩 거울을 흘끗거리기도 하고 악보를 말았다 폈다 하기도 했다. 시간이 거의 8시 30분이 다 되어가자 관람석의 몇 안 되는 사람들이 왜 빨리 시작하지 않느냐고 투덜거리기 시작했다. 피츠패트릭 씨가 안으로 들어와 분장실에 있는 사람들에게 멍청하게 미소를 짓고는 말했다.

— 자 이제, 신사 숙녀 여러분, 시작하는 것이 좋을 것 같아요.

커니 부인은 지극히 밋밋한 그의 마지막 음절에 재빠른 경멸의 눈초리로 응수하고는 딸에게 격려하듯 말했다.

— 준비됐니, 얘야?

그녀는 기회를 봐서 홀로헌 씨를 따로 불러내어 도대체 일이 어떻게 돌아가는지를 말해보라고 다그쳤다. 홀로헌 씨는 자기도 어떻게 된 영문인지 모르겠노라고 했다. 그러면서 하는 말이 위원회에서 네 번이나 음악회를 기획한 것은 잘못이라는 것이었다. 네 번은 너무 많다는 것이었다.

— 그리고 연예인들은 수준이 뭐 저래요! 커니 부인이 말했다. 물론 그들은 최선을 다하겠지요. 하지만 보아하니 정말이지, 수준이 말이 아니군요.

홀로헌 씨도 연예인들이 신통치 않다는 것은 인정했다. 그러면서 위원회에서는 앞의 세 번의 음악회는 그들 마음대로 하도록 내버려두었다가 마지막 토요일 밤에는 아껴두었던 일류 스타들을 총동원하기로 결정했다는 것이었다. 커니 부인은 아무 말도 하지 않았지만 시시한 곡목들이 무대에서 순서대로 진행되고 있는 데다 홀 안의 얼마 안 되는 청중마저 그 수가 점점 줄어드는 것을 보자 이따위 음악회를 위해 단돈 얼마라도 쓴 것이 억울해지기 시작했다. 일이 돌아가는 꼴이 무언가 마음에 들지 않았고, 피츠패트릭 씨의 멍청한 미소는 그녀를 몹시 짜증나게 했다. 그러나 그녀는 아무 말도 하지 않았고 일이 어떻게 끝나나 인내심을 가지고 지켜보기만 했다. 음악회는 열시 조금 전에 끝났고 사람들은 모두 서둘러 집으로 돌아갔다.

목요일 밤의 음악회에는 청중이 훨씬 많았다. 그러나 커니 부인은 장내가 무료 입장자로 가득 차 있음을 대번에 알아차렸다. 청중은 음악회가 마치 비공식적인 마지막 무대 연습인 양 제멋대로 굴었다. 피츠패트릭 씨는 즐거워 보였다. 그래서인지 그는 커니 부인이 그의 일거수일투족을 노기 띤 눈초리로 주시하고 있다는 것을 전혀 의식하지 못하는 눈치였다. 그는 막 가장자리에 서서 이따금씩 머리를 내밀기도 하고, 발코니 구석에 있는 두 친구와 웃음을 나누기도 했다. 그날 저녁 커니 부인은 금요일의 음악회는 취소하기로 하고 대신 위원회에서는 토요일 밤에 초만원을 확보하기 위해 전력을 다하려 한다는 사실을 알게 되었다. 이런 말을 듣자 그녀는 당장 홀로헌 씨를 찾기 시작했다. 그녀는 어느 젊은 숙녀에게 주려고 레몬수 한 잔을 들고 재빨리 절뚝거리며 지나가는 그를 붙들고 그게 사실이냐고 물었다. 아니나 다를까 그것은 사실이었다.

— 그렇다고 해서 계약이 물론 달라지는 것은 아니죠, 그녀는 말했다. 계약에는 네 번의 음악회로 명시되어 있으니까. ...

홀로헌 씨는 바쁜 척하면서 그녀에게 그런 문제는 피츠패트릭 씨에게 말해보라고 충고했다. 커니 부인은 이제 걱정이 되기 시작했다. 그녀는 피츠패트릭 씨를 막이 있는 데서 불러내어, 자기 딸은 네 번의 음악회에 출연하기로 하고 서명을 했으니 두말할 필요도 없이 계약서에 명시된 조건에 따라 협회에서 공연을 네 번 하든 말든 관계없이 당초에 명기된 금액을 반드시 받아야 한다고 말했다. 문제의 핵심을 재빨리 포착하지 못한 피츠패트릭 씨는 그 어려운 문제는 자기로서는 해결할 능력이 없다는 듯이 그 문제를 위원회에 상정해보겠다고 말했다. 커니 부인은 화가 치밀어 얼굴이 빨개지기 시작했고,

— 도대체 위원횐지 뭔지 하는 게 누구요? 하고 따지고 싶은 것을 참느라고 무진 애를 썼다.

그러나 그녀는 그러는 것이 숙녀답지 못하다는 것을 잘 알았다. 그래서 그녀는 입을 다물었다.

금요일 아침에는 일찍부터 어린 소년들에게 광고 전단 뭉치를 잔뜩 주어 더블린의 주요 거리마다 그것을 뿌리게 했다. 모든 석간신문에는 음악 애호가들에게 다음 날 저녁으로 예정된 음악의 향연을 상기시키는 과장된 특별 선전 기사가 만재되어 있었다. 커니 부인은 다소 안심이 되긴 했으나 그래도 미심쩍게 여기는 부분은 남편에게 일러주는 것이 좋겠다고 생각했다. 그는 주의 깊게 귀담아 듣더니 토요일 밤에 자기가 그녀와 같이 가는 것이 좋을 듯하다고 말했다. 그녀도 그러는 것이 좋겠다고 동의했다. 그녀는 중앙우체국*을 무언가 큼직하고, 믿음직하고, 또 확고한 것으로 보고 존경하는 것처럼 남편을 존경했

---

* 더블린 중앙 색빌 가(지금의 오코넬 가)에 있는 대형 건물. 더블린 이정표의 기점 역할을 하는 지리적 중심이기도 함.

다. 그리고 그녀는 남편이 재능은 별 볼일 없는 사람인 줄 잘 알고 있으면서도 그의 남성으로서의 추상적인 가치만은 높이 평가했다. 그녀는 그녀와 같이 가겠노라는 그의 언질에 속으로 여간 반갑지 않았다. 그녀는 자신의 계획을 깊이 생각해보았다.

마침내 대음악회의 밤이 왔다. 커니 부인은 남편과 딸과 함께 음악회가 시작되기로 예정된 시각보다 45분 먼저 앤티언트 음악당에 도착했다. 운수 사납게도 그날 저녁에는 비가 내렸다. 커니 부인은 딸의 옷과 악보를 남편에게 맡기고 홀로헌 씨나 피츠패트릭 씨를 찾아 온 건물을 누비고 다녔다. 그러나 그녀는 둘 다 찾을 수 없었다. 그녀는 안내원들에게 위원회 사람 중에 어느 누구라도 홀 안에 있느냐고 물었다. 그랬더니 한참 애쓴 끝에 어느 안내원이 베언 양이라는 키가 작달막한 여인을 데리고 나왔다. 커니 부인은 그녀에게 사무국 사람을 한 사람 만났으면 좋겠다고 설명했다. 베언 양은 그들이 곧 올 것으로 본다면서 자기가 도와줄 일은 없느냐고 물었다. 커니 부인은 신뢰와 열의의 표정으로 굳어버린 그 나이깨나 들어 보이는 얼굴을 유심히 살펴보고는 대답했다.

— 아뇨, 괜찮아요!

키가 작달막한 그 여인도 만원이 되기를 바라는 것은 마찬가지였다. 그녀는 비가 내리는 바깥을 내다보고 있었는데 빗물에 젖은 우울한 거리가 그녀의 찌푸린 얼굴에서 모든 신뢰와 열의의 표정을 죄다 지워버리는 것 같았다. 그러다가 그녀는 나직이 한숨을 쉬며 말했다.

— 아, 글쎄! 최선을 다했건만, 이럴 수가 있나!

커니 부인은 분장실로 되돌아갈 수밖에 없었다.

연예인들이 속속 도착하고 있었다. 베이스와 제2테너는 이미 와 있었다. 베이스인 더건 씨는 몸집이 호리호리한 청년으로 검은 콧수염이 드문드문 나 있었다. 그는 시내에 있는 어느 사무실 수위의 아들이었다. 그는 어렸을 때 소리가 울려퍼지는 사무실 복도에서 목청을 길게 늘어뜨려 베이스 음조 노래 연습을 했다. 그는 이런 비천한 상태에서 출세하여 마침내 일류 연예인이 된 것이었다. 그는 그랜드 오페라에 출연한 적도 있었다. 어느 날 밤, 어떤 오페라 가수가 몸져눕자 그가 퀸스 극장*에서 공연하는 오페라 〈마리타나〉**의 임금 역을 대신맡았다. 그는 엄청난 감정과 성량으로 노래를 불러 청중으로부터 열렬한 갈채를 받았다. 그러나 불행히도 무심결에 장갑을 낀 손으로 한두 번 코를 훔치는 바람에 그 좋은 인상을 망쳐버리고 말았다. 그는 겸손한 데다 말도 별로 없었다. 그는 당신이란 말을 어찌나 부드럽게 발음하는지 거의 알아듣지 못할 지경이었고, 성대 보호를 위해 우유보다 더 독한 음료는 마시는 법이 없었다. 제2테너인 벨 씨는 해마다 상을 받기 위해 페시 쾨일 음악경연대회***에 출전하는 체구가 조그마한 금발의 사내였다. 그는 네번째 도전에서 겨우 동메달을 처음으로 딴 바 있었다. 그는 지극히 신경질적이고 다른 테너 가수들에 대한 질투심도 이만저만이 아니었지만 붙임성이 또한 넘쳐흐를 듯해서 그 신경질적인 질투심을 용하게 덮어주었다. 그는 기질상으로 음악회에

---

* 당시 더블린 3대 극장의 하나.
** 아일랜드 작곡가 윌리엄 빈센트 월리스(1812~1865)의 감상적인 내용의 오페라.
*** 'Feis Ceoil'은 '음악의 축제'라는 뜻의 아일랜드어로, 아일랜드 음악 중흥을 위해 1897년부터 매년 성대하게 열림.

한 번 출연하는 것이 자기에게는 얼마나 큰 시련인지를 다른 사람들에게 애써 알리려 했다. 그래서 그는 더건 씨를 보자 그에게로 다가가서 물었다.

— 당신도 출연하세요?

— 네, 더건 씨가 말했다.

벨 씨는 동료 고행자를 보고 껄껄 웃으면서 손을 내밀고 말했다.

— 악수나 합시다!

커니 부인은 이들 두 청년 옆을 지나 막 가장자리로 가서 장내를 둘러보았다. 좌석은 빠른 속도로 채워지고 있고, 청중석에는 유쾌하게 웅성거리는 소리가 감돌고 있었다. 그녀는 도로 돌아와 남편과 소곤소곤 얘기를 나누었다. 그들의 대화는 캐슬린에 관한 것임이 분명했다. 왜냐하면 그들은 둘 다 딸이 그녀의 민족주의당 친구 가운데 하나요 콘트랄토 가수인 힐리 양과 나란히 서서 잡담을 하는 것을 가끔 흘끗흘끗 쳐다보았기 때문이다. 창백한 얼굴을 한 외롭게 보이는 낯선 여자가 분장실을 가로질러 지나갔다. 여자들은 날카로운 눈초리로 깡마른 체구에 걸친 그 빛바랜 푸르죽죽한 드레스를 지켜보았다. 누군가가 그녀는 소프라노로 출연하는 마담 글린이라고 했다.

— 어디서 저런 여자를 주워왔는지 모르겠어, 캐슬린이 힐리 양에게 말했다. 이름마저 듣도 보도 못 한 여자잖아.

힐리 양은 웃을 수밖에 없었다. 그때 홀로헌 씨가 절뚝거리며 분장실로 들어오자 두 젊은 여인은 저 낯선 여자가 누구냐고 물었다. 홀로헌 씨는 런던에서 온 마담 글린이라고 했다. 마담 글린은 둘둘 만 악보를 뻣뻣하게 앞에 들고 이따금씩 놀란 듯한 시선의 방향을 이리저리 바꾸면서 분장실 한쪽 모퉁이에 자리 잡고 서 있었다. 그림자 때문에 그녀의 빛바랜 드레스는 그다지 표가 나지 않았지만 그 대신 앙갚음이라도 하듯 그 그림자가 그녀의 쇄골 뒤의 움푹 파인 작은 뼈를 파고들어가 거기를 두드러져 보이게 했다. 홀에서는 웅성거리는 소리가 점점 더 커지기 시작했다. 제1테너와 바리톤이 함께 도착했다. 그들은 둘 다 옷차림이 멋이 있고, 풍채도 당당하고 또 득의만면하게 보여서 모인 출연자들 중에서 부티를 풍겼다.

커니 부인은 딸을 그들에게로 데리고 가서 그들과 상냥하게 얘기를 나눴다. 그녀는 그들과 친하게 지내고 싶었다. 그러나 예의 바른 척하려 안간힘을 쓰는 와중에도 그녀의 눈은 절뚝거리며 이리저리 돌아다니는 홀로헌 씨의 발길을 지켜보기에 바빴다. 그와 눈이 마주치자 그녀는 지체 없이 그들에게 양해를 구하고는 그를 따라 밖으로 나갔다.

— 홀로헌 씨, 잠깐 말씀드릴 게 있어요, 그녀가 말했다.

그들은 복도의 한적한 곳으로 내려갔다. 커니 부인은 자기 딸이 언제 출연료를 받게 되느냐고 물었다. 홀로헌 씨는 그 문제의 책임자는 피츠패트릭 씨라고 말했다. 커니 부인은 피츠패트릭 씨에 대해서는 전혀 아는 바가 없다고 했다. 그녀의 딸은 8기니를 받기로 하고 계약서에 서명을 했기 때문에 그 액수는 반드시 받아야 한다고 했다. 홀로헌 씨는 그 문제는 자기 소관이 아니라고 계속 말했다.

— 왜 그게 당신 소관이 아니에요? 커니 부인이 따졌다. 개한테 계약서를 갖다준 사람이 당신이 아니고 누구란 말이에요? 어쨌든 그게 당신 소관이 아니라면 내 소관임이 분명해요. 그러니까 내가 도맡아 처리해야 하겠군요.

— 피츠패트릭 씨한테 말씀드리는 게 좋을 겁니다, 홀로헌 씨가 냉담하게 말했다.

— 피츠패트릭 씨에 대해서는 아는 바 없다니까요, 커니 부인이 되풀이했다. 나는 내 계약서가 있으니 그 계약서대로 이행되기를 지켜볼 따름이에요.

그녀가 분장실로 돌아왔을 때 그녀의 뺨은 약간 상기되어 있었다. 분장실에는 활기가 넘쳤다. 외출복 차림의 두 사내가 벽난로를 차지하고 서서 힐리 양과 바리톤 가수와 스스럼없이 잡담을 나누고 있었다. 그 두 사내는 〈프리먼〉지의 기자와 오매든 버크 씨였다. 〈프리먼〉의 기자는 어떤 미국인 사제가 맨션 하우스에서 하기로 되어 있는 강론을 취재해야 하기 때문에 음악회를 기다릴 수 없다는 사실을 일러주러 온 것이었다. 그는 누가 기사를 작성하여 〈프리먼〉 사의 자기 앞으로 보내주면 자기가 그것을 신문에 실어주겠다고 말했다. 그는 그럴듯한 목소리에 행동거지도 신중한 백발의 사내였다. 그는 손에 불을 끈 시가를 들고 있었는데, 그 시가 연기의 향내가 그의 주변에 퍼져 있었다. 그는 음악회니 연예인들이니 하는 것들이 하도 지겨워서 잠시도 머물러 있고 싶은 생각은 없었지만 그냥 그저 벽난로에 몸을 기댄 채 그대로 머물러 있었다. 힐리 양이 그 앞에 서서 얘기를 하며 웃어대고 있었다. 그는 그녀가 그토록 공손하게 구는 이유 중 하나*를 짐작할 수 있으리만큼 나이를 먹은 편이지만 마음속으로는 그 순간을 이용했으면 싶을 정도로 젊은 구석이 전혀 없는 것도 아니었다. 그녀

---

* 그에게 잘 보여서 공연 평에 좋게 나오고 싶어서인 듯함.

256

의 몸에서 우러나오는 체온, 체취, 그리고 살빛이 그의 감각을 자극했다. 그는 눈앞에서 천천히 오르내리는 그녀의 젖가슴이 자기를 위한 순간에만 오르내리고, 그녀의 웃음과 체취와 추파는 자기에게 바치는 찬사려니 생각하고 이를 즐겼다. 그는 더 이상 머무를 수 없게 되자 아쉬운 표정으로 그녀 곁을 떠났다.

— 오매든 버크가 짤막한 기사를 쓸 거예요, 그는 홀로헌 씨에게 설명했다. 그러면 내가 실어드릴게요.

— 대단히 감사합니다, 헨드릭 씨, 홀로헌 씨가 말했다. 틀림없이 실어주시는 걸로 알겠습니다. 자, 가시기 전에 뭘 좀 드시지 않겠어요?

— 그럴까요, 핸드릭 씨가 말했다.

두 사내는 꼬불꼬불한 복도를 지나 컴컴한 층계를 올라가서 어느 으슥한 방에 도착했는데, 거기에는 안내원 하나가 몇몇 신사들에게 술병을 따주고 있었다. 그 신사들 가운데 하나가 바로 오매든 버크 씨로 그는 본능적으로 그 방을 발견한 것이었다. 그는 점잖게 보이는 나이가 지긋한 신사로, 그의 육중한 체구는 쉴 때에는 커다란 비단 우산으로 균형을 잡았다. 그의 요란한 아일랜드 서부풍의 이름은 그의 미묘한 금전적인 문제에 균형을 잡아주는 정신적인 우산 노릇을 하기도 했다. 그는 널리 존경받는 인물이었다.

홀로헌 씨가 〈프리먼〉지 기자를 접대하는 동안 커니 부인은 어찌나 남편에게 열을 올려 떠들어대는지 남편이 그녀에게 목소리를 좀 낮추라고 부탁해야 할 지경이었다. 분장실에 있던 다른 사람들의 대화는 긴장된 분위기였다. 첫 출연자인 벨 씨는 악보를 들고 준비 태세를 취하고 있었지만 반주자가 얼씬하지 않았다. 뭔가 잘못되었음이 분명했다. 커니 씨는 턱수염을 만지작거리면서 앞을 응시하고 있는 반면에 커니 부인은 캐슬린의 귀에 대고 가라앉은 목소리로 뭔가를 강조하고 있었다. 홀에서 손뼉을 치고 발을 구르며 재촉하는 소리가 터져나왔다. 제1테너와 바리톤 가수와 힐리 양은 다 같이 일어서서 차분하게 차례를 기다리고 있었지만 벨 씨는 청중이 혹시 그가 늦게 온 것으로 착각하지 않을까 걱정되어 신경이 여간 날카롭지 않았다.

홀로헌 씨와 오매든 버크 씨가 분장실로 들어왔다. 순간적으로 홀로헌 씨는 실내의 냉랭한 분위기를 감지했다. 그는 커니 부인에게로 가서 간곡하게 사정을 말했다. 그들이 말을 주고받는 사이에 홀 안의 웅성대는 소리는 커져가기만 했다. 홀로헌 씨는 얼굴이 새빨개지면서 흥분한 기색이 역력했다. 그는 장황하게 말을 늘어놓았으나 커니 부인은 간간이 퉁명스럽게 대꾸할 뿐이었다.

— 걔는 나가지 않아요. 걔 세상없어도 8기니는 다 받아야 해요.

홀로헌 씨는 청중이 손뼉을 치고 발을 구르고 있는 장내를 절박한 표정을 하고 가리켰다. 그는 커니 씨와 캐슬린에게 애원했다. 그러나 커니 씨는 계속 턱수염만 만지작거리기만 하고 캐슬린은 새 신발 끝을 꼼지락거리면서 시선을 내리깔고 있을 뿐이었다. 그것은 그녀의 잘못이 아니었다. 커니 부인이 되풀이해서 말했다.

— 걔는 돈을 받지 않고는 나가지 않을 거예요.

한바탕 쏜살같이 입씨름을 벌이던 홀로헌 씨는 절름거리며 부리나케 밖으로 나갔다. 분장실 안은 무거운 침묵에 잠겼다. 침묵에서 비롯된 긴장이 약간 고통스러워지자 힐리 양이 바리톤에게 말을 걸었다.

— 이번 주에 팻 캠벨* 부인을 보셨어요?

바리톤은 그녀를 직접 보지는 못했지만 아주 잘 지낸다는 말은 들은 적은 있었다. 대화는 더 이상 진척되지 않았다. 제1테너는 미소를 지으며 아무렇게나 부르는 노래가 콧구멍에 어떤 영향을 미치는지를 살피기 위해 되는 대로 콧노래를 흥얼거리면서 고개를 숙이고 허리를 가로질러 늘어진 금시곗줄의 고리를 세어보기 시작했다. 이따금씩 사람들이 커니 부인을 흘끗흘끗 쳐다보았다.

청중석의 소음이 거의 아우성에 가까워졌다. 바로 이때 피츠패트릭 씨가 부리나케 분장실로 들어오고 그 뒤를 이어 홀로헌 씨가 숨을 헐떡거리며 따라 들어왔다. 홀에서는 손뼉 치는 소리와 발 구르는 소리에 휘파람 소리까지 간간이 들렸다. 피츠패트릭 씨는 몇 장의 지폐를 손에 쥐고 있었다. 그는 넉 장을 세어 커니 부인 손에 쥐여주며 나머지 반은 휴식시간에 받게 될 거라고 말했다. 커니 부인이 말했다.

— 4실링 부족이에요.**

그러나 캐슬린은 스커트를 모아 잡고 사시나무 잎처럼 떨고 있는 첫번째 출연자를 향해 자, 나가시죠, 벨 씨 하고 말했다. 가수와 반주자가 함께 무대로 나갔다. 홀 안의 소음이 차츰 가라앉았다. 몇 초 동안 침묵이 흘렀다. 그러다가 피아노 소리가 들리기 시작했다.

음악회의 전반부는 마담 글린의 노래를 제외하고는 매우 성공적이었다. 이 가련한 여인은 〈킬라니〉***를 불렀는데, 성량이 부족하여 목

---

* 조지 버나드 쇼의 절친한 친구이자 유명한 영국 여배우.

** 1기니는 1파운드 1실링이므로 계약서에 명기된 8기니는 8파운드 8실링에 해당된다. 그 반은 4파운드 4실링이라야 하는데 '4실링 부족'이라고 하는 것으로 보아 피츠패트릭 씨는 4기니가 아니라 4파운드만 건네준 것 같음.

*** 아일랜드 작곡가 마이클 W. 발프의 오페라 〈이니스폴렌〉에 나오는 민요.

소리가 헐떡거리는 데다 자기 딴에는 노래에 우아미를 더한답시고 억양과 발성을 온통 고리타분하게 틀에 박힌 구식 창법으로 노래를 불렀다. 게다가 표정마저 마치 케케묵은 무대 의상실에서 불쑥 되살아난 듯한 모습을 하고 불렀다. 홀의 싸구려 객석에서는 그녀의 울부짖는 듯한 고음을 야유하기까지 했다. 그러나 제1테너와 콘트랄토는 박수갈채를 받았다. 캐슬린은 아일랜드 가곡을 몇 곡 골라 연주하여 아낌없는 갈채를 받았다. 1부는 아마추어 연극을 각색한 바 있는 어느 젊은 여성의 감동적인 애국시 낭송으로 막을 내렸다. 갈채를 받고도 남음이 있었다. 1부가 끝나자 청중은 흡족한 표정으로 막간을 이용하여 밖으로 나갔다.

이러한 한편 분장실은 온통 흥분의 도가니였다. 한쪽 구석에 홀로 헌 씨, 피츠패트릭 씨, 베언 양, 안내원 두 사람, 바리톤 가수, 베이스 가수, 그리고 오매든 버크 씨가 모여 있었다. 오매든 버크 씨는 이번 음악회는 그가 여태껏 본 것 중에서 가장 남세스러운 공연이라고 말했다. 캐슬린 커니 양의 음악가로서의 장래는 더블린에서는 이것으로 끝났다고도 했다. 바리톤은 커니 부인의 행동을 어떻게 생각하느냐는 질문을 받았다. 그러나 그는 아무 말도 하려 하지 않았다. 그는 이미 출연료를 받았거니와* 다른 사람들과도 원만하게 지내고 싶었기 때문이다. 그러나 그는 커니 부인이 연예인들 입장을 좀 배려했어야 좋지 않았겠느냐는 말은 빠트리지 않았다. 안내원들과 사무국 직원들은 휴식 시간에 출연료 문제를 어떻게 대처할 것인가, 하는 문제를 두고 열

---

* 당시 전문적인 연예인들이나 바리톤과 같은 인기 스타에게는 공연 전에 출연료를 지불하나 그렇지 못한 아마추어 출연자에게는 공연이 끝난 뒤에 지불하는 것이 관행이었음.

띤 토론을 벌였다.

— 나는 베언 양의 의견에 동의합니다, 오매든 버크 씨가 말했다. 한 푼도 주지 마세요.

분장실의 다른 한쪽 구석에는 커니 부인, 그녀의 남편, 벨 씨, 힐리 양 그리고 애국시를 낭송한 젊은 여성이 모여 있었다. 커니 부인은 위원회가 자기를 모욕적으로 대했다고 떠들었다. 그녀는 수고도 비용도 아끼지 않았는데 그에 대한 대접이 이럴 줄이야 몰랐다는 것이었다.

그들은 여자애 하나만 상대하면 그만이려니 생각하고, 그렇기 때문에 그애를 마구 짓밟아도 좋다고 생각했으리라. 그러나 그녀는 그들에게 그들의 잘못을 밝혀주리라. 그녀가 만일 남자였더라면 그들이 감히 그녀를 그렇게 대하지는 않았으리라. 그러나 그녀는 자기 딸에게 당당한 권리가 있음을 기어코 보여주고 말리라. 그녀는 절대로 바보 취급은 당하지 않으리라. 만일 그들이 마지막 한 푼까지 다 주지 않는다면 더블린을 벌컥 뒤집어놓고 말리라. 물론 그녀는 연예인들에게는 미안한 생각이 없는 것은 아니었다. 하지만 그러지 않고는 달리 무슨 뾰족한 수가 있겠는가? 그녀는 제2테너에게 하소연했다. 그러자 그는 그녀가 받은 대접이 온당한 것으로 보이지는 않는다고 말했다. 그런 다음 그녀는 힐리 양에게도 하소연했다. 힐리 양은 내심 저쪽 편 사람들 틈에 끼고 싶었지만 선뜻 실천에 옮길 수가 없었다. 그녀는 캐슬린의 절친한 친구인 데다 커니 가족이 그녀를 자주 집으로 초대해주었기 때문이다.

1부가 끝나자마자 피츠패트릭 씨와 홀로헌 씨는 커니 부인에게로 가서 나머지 4기니는 다음 주 화요일 위원회를 열어 그 회의가 끝난 뒤에 지불하겠으며, 만일 그녀의 딸이 그날 2부에서 연주를 하지 않는다면 위원회에서는 계약 파기로 간주하고 한 푼도 지불하지 않을 것이라고 일러주었다.

— 위원흰지 뭔지 난 코빼기도 본 적이 없어요, 커니 부인이 화를 내며 말했다. 우리 딸은 계약서를 갖고 있어요. 걔는 4파운드 8실링을 손에 받아 쥐어야지, 그렇지 않으면 한 발짝도 저 무대 위에 올려놓지 않을 겁니다.

— 정말 놀랐습니다, 커니 부인, 홀로헌 씨가 말했다. 당신이 우릴 이런 식으로 대할 줄은 꿈에도 몰랐어요.

— 당신은 나를 어떻게 대했는데요? 커니 부인이 물었다.

그녀의 얼굴에는 노기가 등등했고 두 손으로 누구라도 후려칠 것 같은 기세였다.

— 난 내 권리를 주장하고 있을 뿐이에요, 그녀가 말했다.

— 체면도 좀 생각하셔야지요, 홀로헌 씨가 말했다.

— 내가요, 정말 이러깁니까? … 우리 딸이 언제 돈을 받게 되느냐고 물어도 공손한 대답 한마디 들을 수 없는 내가요?

그녀는 고개를 뻣뻣이 치켜들고 거만하게 들리도록 말했다.

— 당신이 사무국장에게 말씀하셔야지요. 그건 내 소관이 아니잖아요. 나는 한번 한다 하면 목에 칼이 들어와도 하고 마는 사람이니까요.

— 점잖은 숙녀인 줄 알았는데요,* 홀로헌 씨가 갑자기 그녀 곁을 떠나며 말했다.

---

* 커니 부인이 흔히 남성을 지칭하는 '사람(fellow)'이라는 말을 쓰자 홀로헌 씨는 이 말을 받아 이렇게 비꼰다.

그 일이 있은 직후 커니 부인의 행동은 사방에서 비난을 받았다. 위원회의 처사에 찬의를 표하지 않는 사람이 없었다. 그녀는 분한 나머지 핼쑥해진 얼굴로 문간에 서서 자기 남편과 딸과 언쟁을 하면서 온갖 몸짓을 해대고 있었다. 그녀는 사무국 직원들이 자기에게 접근해오리라는 기대를 안고 2부가 시작될 때까지 기다렸다. 그러나 힐리 양이 친절하게도 한두 번 정도 반주를 대신 맡아주겠다고 승낙을 해둔 터였다. 커니 부인은 바리톤과 그의 반주자가 무대까지 지나갈 수 있도록 길을 비켜주지 않으면 안 되었다. 그녀는 순간적으로 성난 돌부처처럼 뻣뻣하게 서 있다가 노래의 첫 음절이 귓전을 때리자 딸의 외투를 집어들고는 남편에게 말했다.

— 마차를 잡아요.

그는 즉각 밖으로 나갔다. 커니 부인은 외투로 딸을 감싸고 남편을 따라 나갔다. 그녀는 문간을 지날 때 걸음을 멈추고 홀로헌 씨의 얼굴을 노려보았다.

— 당신과의 일은 아직 끝나지 않았어요, 그녀가 말했다.

— 하지만 나는 다 끝났는걸요, 홀로헌 씨가 말했다.

캐슬린은 묵묵히 어머니를 뒤따랐다. 홀로헌 씨는 피부가 불에 타는 것 같아 그 불기를 식히려고 실내를 왔다 갔다 하기 시작했다.

— 잘난 숙녀이셔! 그는 말했다. 오, 정말 잘난 숙녀이셔!

— 말씀 한번 잘하셨어요, 홀로헌 씨, 오매든 버크 씨가 지지의 표시로 우산으로 몸의 균형을 잡으며 말했다.

은총

그때 화장실에 있던 두 사내가 그를 일으켜 세우려고 애를 썼다. 그러나 그는 꿈쩍도 하지 않았다. 그는 굴러떨어진 계단 발치에 몸을 웅크린 채 뻗어 있었다. 그들은 간신히 그를 돌려 눕혔다. 그의 모자는 몇 미터가량이나 나가 떨어져 있었고, 그의 옷은 그가 얼굴을 처박고 엎어져 있는 마룻바닥의 오물과 구정물로 뒤범벅이 되어 있었다. 두 눈은 꼭 감겨 있었고 숨을 쉴 때는 꿍꿍거리는 것 같은 신음이 났다. 입가에서는 가느다란 핏줄기가 똑똑 떨어지고 있었다.

　이 두 사내와 바텐더 한 사람이 달려들어 그를 계단 위로 끌어올려 주점의 마룻바닥에 다시 눕혔다. 채 2분도 되지 않아 사람들이 둥그렇게 그를 둘러쌌다. 주점의 지배인은 그가 누구이며 그와 같이 있었던 손님은 누구냐고 둘러싼 사람들에게 일일이 물었다. 그가 누군지를 아는 사람은 아무도 없었다. 그러나 바텐더 가운데 하나가 그 양반에게 작은 잔으로 럼주 한 잔을 갖다드린 적이 있다고 말했다.

— 저 양반 혼자던가? 지배인이 물었다.

— 아뇨, 지배인님, 손님 두 분이 같이 있었어요.

— 그럼 그분들은 어딨어?

아무도 아는 사람이 없었다. 그때 누군가가 말했다.

— 바람을 좀 쐬게 해요. 저 양반 기절했어요.

둥그렇게 둘러쌌던 구경꾼들이 잠시 뒤로 물러섰다가 다시 고무줄처럼 제자리로 돌아왔다. 거무죽죽한 핏덩어리가 바둑판무늬의 마룻바닥에 쓰러져 있는 그 사내의 머리 부근에 엉겨 있었다. 지배인은 그 사내의 얼굴이 잿빛처럼 창백해진 것에 놀라 순경을 불러오게 했다.

사람들이 그의 칼라를 떼어내고 넥타이도 풀어주었다. 그랬더니 그는 잠시 눈을 떴다가 한숨을 쉬고는 다시 눈을 감았다. 그를 계단으로 끌어올린 사내 가운데 하나는 그의 찌그러진 실크해트를 손에 들고 있었다. 지배인은 그 부상자가 누구인지 아니면 그의 친구들은 어디로 갔는지 누가 아는 사람이 없느냐고 되풀이해서 물었다. 주점의 문이 열리며 비대한 몸집의 순경이 하나 들어왔다. 골목길을 따라 순경을 뒤쫓아온 군중이 문 바깥에 모여 서서 유리창을 통해 안을 들여다보려고 서로 옥신각신했다.

지배인은 즉시 그가 아는 대로 순경에게 경위를 설명하기 시작했다. 둔탁하고 굼뜨게 생긴 젊은 순경은 귀담아 들었다. 그는 마치 무슨 속임수에 말려든 것이 아닐까 하고 겁을 내는 사람처럼 좌우로 그리고 지배인에게서 마룻바닥에 누워 있는 사람에게로 번갈아 천천히 고개를 두리번거렸다. 그러다가 그는 장갑을 벗고는 허리춤에서 조그마한 수첩을 꺼내더니 연필심에 침을 바르고 적을 준비를 했다. 그는 의심쩍은 시골 억양으로 물었다.

— 이 사람 누구요? 그의 이름과 주소는?

자전거복을 입은 청년이 빙 둘러선 구경꾼들을 헤치고 앞으로 나왔다. 그는 재빨리 부상자 옆에 무릎을 꿇고 앉더니 물부터 가져오라고 했다. 순경도 도우려고 무릎을 꿇었다. 그 젊은이는 가져온 물로 부상자의 입에서 피를 닦아낸 다음 브랜디를 좀 가져오라고 했다. 순경이 권위적인 목소리로 그 명령조의 말을 반복하자 바텐더가 브랜디 잔을 들고 달려왔다. 부상자의 목구멍에 브랜디를 억지로 따라 부었다.* 몇 초가 채 되기도 전에 그는 눈을 뜨고 주변을 두리번거렸다. 그는 빙 둘러선 사람들의 얼굴을 쳐다보고는 영문을 알아차렸는지 일어서려고 애를 썼다.

— 이제 괜찮아요? 자전거복의 청년이 물었다.

— 그러문요, 아무것도 안예요, 부상자는 일어서려고 애를 쓰면서 말했다.

그는 부축을 받고 일어섰다. 지배인이 병원에 관해서 무슨 말을 했고 구경꾼 가운데 몇몇 사람도 충고를 했다. 찌그러진 실크해트가 부상자의 머리에 씌어졌다. 순경이 물었다.

— 어디 사시오?

사내는 아무 대답도 하지 않고 콧수염 끝을 비비 꼬기 시작했다. 그

---

* 독한 브랜디 맛은 정신을 차리게 하는 데 효과가 있는 것으로 알려져 있었음.

는 자신이 당한 사고를 대수롭지 않게 보는 눈치였다. 아무것도 아니라고 그는 말했다. 경미한 사고일 뿐이야. 그는 매우 흐릿한 목소리로 말했다.

— 어디 사시오? 순경이 거듭 물었다.

사내는 사람들에게 마차를 좀 불러달라고 했다. 사람들이 어떻게 마차를 부를까 서로 승강이를 하고 있을 때 주점의 맨 끝에서 길쭉한 노란색 얼스터 외투를 입은 키가 크고 동작이 민첩하게 보이는 하얀 안색의 신사 하나가 다가왔다. 그는 이 광경을 보고 외쳤다.

— 여보게, 톰, 이 사람아! 어찌된 일이야?

— 글쎄, 아무것도 아냐, 사내가 말했다.

새로 온 사람은 자기 앞의 그 처참한 몰골의 사내를 훑어본 다음 순경에게로 몸을 돌리며 말했다.

— 걱정 마세요, 경관. 내가 저 사람을 집에 데려다주리다.

순경이 거수경례를 붙이며 대답했다.

— 알겠습니다, 파워 님!

— 자, 가세, 톰, 파워 씨가 친구의 팔을 부축하며 말했다. 뼈는 다치지 않았겠지. 뭐라고? 걸을 수는 있어?

자전거복의 청년이 그 사내의 다른 한쪽 팔을 부축하자 구경꾼들은 양편으로 갈라섰다.

— 어떡하다 이 지경이 됐어? 파워 씨가 물었다.

— 계단에서 굴러떨어지셨어요, 자전거복의 청년이 말했다.

— 저엉말 가암사하니다, 젊은 양반, 다친 사람이 말했다.

— 별말씀을.

— 우리 딱 한 잔만 ....?

— 다음에요. 다음에.

세 사람은 주점을 떠났다. 구경꾼들도 문을 따라 나와 골목길로 흩어졌다. 지배인은 사고 현장을 조사하기 위해 순경을 데리고 계단으로 갔다. 그들은 그 양반이 발을 헛디딘 것이 분명하다는 데 의견을 같이했다. 손님들은 카운터로 돌아갔고 바텐더는 마룻바닥에서 핏자국을 닦아내기 시작했다.

그들이 그래프턴 가로 나왔을 때 파워 씨가 휘파람을 불어 이륜마차를 세웠다. 부상자는 성의를 다해 거듭 고마워했다.

— 저엉말 가암사하니다, 젊은 양반, 또 마나기를 바라니다. 제 이으믄 커넌이오.

사고의 충격과 통증이 이제 막 느껴지기 시작하는지 그는 술이 좀 깨는 것 같았다.

— 별말씀을, 청년이 말했다.

그들은 악수를 했다. 커넌 씨를 마차에 끌어 올려 태웠다. 파워 씨가 마부에게 방향을 일러주는 동안, 커넌 씨는 청년에게 사의를 표하면서 간단하게 같이 한잔하지 못하는 것을 유감스러워했다.

— 다음에 하지요, 청년이 말했다.

마차는 웨스트모얼랜드 가를 향해 달렸다. 항만청 본부 건물 앞을 지날 때 시계는 아홉시 반을 가리키고 있었다. 리피 강 하구에서 불어오는 샛바람이 그들을 날카롭게 때렸다. 커넌 씨는 추워서 몸을 웅크렸다. 그의 친구가 그에게 어쩌다가 사고가 났는지 말해보라고 졸랐다.

— 나 하 수 없어, 하 수 없, 그가 대답했다. 나 혀으 다쳤어.

— 어디 보자.

상대방이 마차의 짐칸에 몸을 기대고 커넌 씨의 입 속을 들여다보았으나 아무것도 보이지 않았다. 그는 성냥을 켜서 두 손을 오므려 그것을 가리고 커넌 씨가 순순히 입 안을 벌리자 다시 들여다보았다. 마차가 흔들리는 바람에 성냥불이 그의 벌린 입 안에서 펄럭거렸다. 아랫니와 잇몸에 피가 엉겨 범벅이 되어 있었고 혀끝이 조금 잘려 나간 것 같았다. 성냥불이 꺼졌다.

— 엉망인데, 파워 씨가 말했다.

— 거, 아무것도 아냐, 커넌 씨는 입을 다물고 지저분한 외투 깃을 목까지 끌어올리며 말했다.

커넌 씨는 자기 직업의 권위를 무엇보다 소중히 여기는 보수적인 외판원이었다. 그는 꽤 고상한 실크해트에 각반을 치지 않고는 시내에 모습을 드러내는 법이 없었다. 이 두 가지 장신구만 차리면 무슨 일이든지 언제나 척척 풀리지 않는 일이 없다고 그는 곧잘 말했다. 그는 그의 나폴레옹격인 위대한 블랙화이트*의 전통을 계승, 이따금씩 그에 대한 전설적인 이야기와 흉내를 내어 그에 대한 기억을 새롭게 하기도 했다. 사업 방식의 현대적인 추세에 따라 그는 크로 가에 조그마한 사무실을 하나 냈는데, 그 사무실 창의 블라인드에는 런던 E. C.**라는 주소와 함께 그의 회사 이름이 쓰여 있었다. 이 조그만 사무실의 벽난로 위에는 납으로 만든 여러 개의 작은 양철통이 가지런히

---

* 세일즈맨의 전형인 듯한 가공 인물.
** 런던에 있는 그의 본사의 우편번호인 듯함.

진열되어 있었고, 창문 앞 탁자에는 도자기 사발이 네댓 개 놓여 있었는데 사발마다 거무죽죽한 액체가 항상 반쯤 차 있었다. 커넌 씨는 이 사발에 담긴 차 맛을 보았다. 그는 차를 한 모금 입에 넣고 들이켜 그것으로 입천장을 흠뻑 적신 다음 이내 벽난로의 받침쇠에 내뱉었다. 그러고는 동작을 멈추고 조용히 그 맛을 음미했다.

파워 씨는 그보다 훨씬 젊은 사람으로, 아일랜드 총독부 청사 안에 있는 왕립 아일랜드 경찰청 본부*에 근무하는 경찰관이었다. 그의 사회적 출세의 상승 곡선은 친구의 몰락의 하강 곡선과 서로 교차했다. 그러나 커넌 씨의 몰락은 그가 성공의 절정에 달해 있을 때 그를 알고 지내던 몇몇 친구들도 여전히 그를 명물로 간주하고 있다는 사실 때문에 그다지 문제가 되지 않았다. 파워 씨도 그런 부류 가운데 하나였다. 그러나 그가 어쩌다가 그 많은 빚을 졌느냐 하는 문제는 그의 친구들 사이에는 공개된 비밀이었다. 하여간 그는 쾌활한 성격의 젊은 이였다.

마차가 글래스네빈 로의 자그만 집 앞에 멈췄다. 커넌 씨는 부축을 받아 집 안으로 들어갔다. 그의 부인이 그를 침대에 눕히는 동안 파워 씨는 아래층 부엌에 앉아 아이들에게 어느 학교에 다니는지, 몇 학년인지 등을 물어보았다. 아이들은 딸 둘에 아들 하나였는데 아버지가 인사불성이고 어머니도 옆에 없다는 것을 알고는 그에게 심한 장난을 치기 시작했다. 그는 아이들의 노는 작태와 말버릇에 놀라 걱정이 되어 이맛살이 찌푸려졌다. 얼마 후에 커넌 부인이 부엌으로 들어오면

---

* 더블린 시내의 치안만을 맡은 더블린 시 경찰국과는 달리 전국적인 치안을 관장하는 정부 부서. 들어가기 어려운 직장으로 알려졌음.

서 소리를 질렀다.

— 이게 무슨 꼴이람! 아이고, 저 양반 저러다가 어느 날 갑자기 쥐도 새도 모르게 죽고 말 거예요. 암만 봐도 그럴 수밖에 없어요. 금요일부터 계속 술만 마셔댔다니까요.

파워 씨는 자기와는 아무런 관계가 없는 일이라는 것, 순전히 우연하게 사고 현장에 갔다는 것을 조심스럽게 설명했다. 커넌 부인은 파워 씨가 비록 소액이긴 하지만 여러 차례 다급할 때 돈을 빌려주었던 일은 물론, 부부 싸움 때 화해를 잘 시켜주던 일을 생각하고 이렇게 말했다.

— 오, 파워 씨. 그런 말씀 하실 필요 없어요. 선생님은 저 양반의 참다운 친구란 걸 왜 내가 모르겠어요. 저 양반이 휩쓸려 다니는 다른 친구들과는 완전히 다르죠. 그런 친구들은 저 양반 수중에 돈이 있는 줄 알면 얼씨구나 하고 마누라와 식구들을 떼어놓죠. 흥, 잘난 친구들! 오늘 밤에 누구랑 같이 있었죠, 알면 안 돼요?

파워 씨는 고개를 저을 뿐 아무 말도 하지 않았다.

— 이거 죄송해서 어떡하죠, 그녀는 말을 계속했다. 집엔 대접할 것이 하나도 없으니. 하지만 잠깐만 기다려주시면 저 모퉁이의 포가티 씨 가게에 아이를 보낼게요.

파워 씨는 일어섰다.

— 우린 저이가 돈이나 좀 갖고 오나 하고 기다리고 있었지요. 그런데 저 양반은 도대체 가정은 안중에도 없나 봐요.

— 오, 저런, 그러면, 커넌 부인, 파워 씨가 말했다, 우리가 저 친구 버릇을 고쳐보도록 하지요. 제가 이 문제를 마틴과 상의해볼게요. 그

친구는 한다면 하는 사람이니까요. 불원간 밤에 같이 와서 자세한 말씀 나누지요.

그녀는 그를 문까지 배웅했다. 마부는 추위를 잊으려고 길바닥에서 발을 동동 구르면서 양팔을 휘두르고 있었다.

— 저 양반을 집에 데려다주셔서 정말 감사합니다, 그녀가 말했다.

— 천만에요, 파워 씨가 말했다.

그는 마차에 올라탔다. 마차가 움직이기 시작하자 그는 그녀를 향해 모자를 쾌활하게 쳐들었다.

— 우리가 그를 새사람으로 만들어보죠, 그는 말했다. 안녕히 계세요, 커넌 부인.

***

커넌 부인은 어리둥절한 눈초리로 마차가 시야에서 사라질 때까지 지켜보았다. 그러다가 시선을 거두고 집으로 들어가 남편의 호주머니를 뒤졌다.

그녀는 활달하고 실질적인 중년 부인이었다. 얼마 전에 그녀의 은혼식* 축하 모임이 있었는데 그때 파워 씨의 반주로 남편과 왈츠를 추어 그와의 친밀감을 새롭게 다진 바 있었다. 연애 시절에는 커넌 씨가 그녀에게 그다지 멋이 없는 인물로 보이지는 않았다. 그래서 그녀는 지금도 어디에선가 결혼식이 있다는 소식이 들리기만 하면 성당 문으

---

* 결혼 25주년 기념식.

로 달려가서 한 쌍의 신랑 신부를 쳐다보면서, 지난날 프록코트와 라벤더색 바지를 말쑥하게 차려입고 한쪽 팔에는 우아하게 균형을 잡은 실크해트를 쥔 쾌활하고 혈색 좋은 사내의 팔에 기대어 샌디마운트의 바다의 별 성당*에서 자신이 얼마나 멋들어지게 걸어 나왔던가를 생생하고도 기꺼운 마음으로 회상해보기를 즐겼다. 3주가 지나자 그녀는 아내로서의 삶에 넌더리가 났고, 얼마 뒤 그것을 더 이상 견딜 수 없다는 생각이 들기 시작했을 때는 이미 애 엄마가 되어 있었다. 그녀가 어머니란 역할을 수행하는 데는 견딜 수 없을 정도의 어려움은 전혀 없었고, 25년 동안 남편을 위해 알뜰하게 살림을 꾸려갔다. 그녀의 두 큰 아들은 직장을 구해 나갔다. 하나는 글래스고의 어느 포목상의 점원이었고, 다른 하나는 벨파스트의 어느 차(茶) 상회의 서기였다. 그들은 둘 다 착한 아들이어서 정기적으로 편지를 보내고 때때로 집에 돈도 부쳤다. 다른 아이들은 아직도 학교에 다니고 있었다.

커넌 씨는 다음 날 자기 사무실로 편지를 써서 보내고 잠자리에 그냥 누워 있었다. 그녀는 그에게 진한 쇠고기 수프를 끓여주고는 호되게 그를 나무랐다. 그녀는 남편의 잦은 폭음은 날씨 탓도 있으려니 생각했고, 그가 몸이 아프기만 하면 정성을 다해 간호를 하고 또 아침은 어떤 일이 있어도 거르지 않도록 항상 노력을 아끼지 않았다. 세상에는 이보다 못한 남편도 수두룩했다. 그는 아이들이 장성한 후로는 폭력을 휘두르는 법이 없었다. 그리고 그녀는 그가 조그만 주문이라도 받기 위해 토머스 가 끝까지 예사로 걸어갔다 그 길로 되돌아온다는

---

* 성모 마리아는 뱃사람의 보호자라는 뜻에서 이렇게 불리는데 이 성당은 리히스 테라스와 샌디마운트로 모퉁이에 있음.

것도 잘 알고 있었다.

이틀 밤이 지나 그의 친구들이 그를 찾아왔다. 그녀는 그들을 사람 몸 냄새가 물씬 풍기는 그의 침실로 데리고 들어가 벽난로 옆 의자에 앉혔다. 커넌 씨는 이따금 쑤시는 혀의 통증 때문에 낮 동안에는 약간 짜증을 냈지만 이제는 통증이 많이 누그러진 상태였다. 그는 베개를 괴어놓고 거기에 기댄 채 침대 위에 앉아 있었다. 그의 부기가 빠지지 않은 두 뺨에 감도는 약간의 혈색은 아직 꺼지지 않은 잉걸불을 방불케 했다. 그는 손님들에게 방이 지저분하여 미안하다고 사과했지만, 동시에 역전의 용사다운 자부심이 도져 다소 거만한 눈초리로 그들을 쳐다보았다.

그는 자기 친구들, 즉 커닝엄 씨, 머코이 씨, 그리고 파워 씨가 응접실에서 커넌 부인에게 밝힌 바 있는 어떤 음모의 대상임을 까맣게 모르고 있었다. 이 음모의 발상은 파워 씨가 했으나, 그 추진은 커닝엄 씨가 맡아 하기로 되어 있었다. 커넌 씨는 원래 개신교 신자 집안 태생이었고 비록 결혼 당시에 가톨릭으로 개종하긴 했지만 20년 동안 성당 근처에 발을 디밀어본 적도 없었다. 뿐만 아니라 그는 가톨릭을 헐뜯기 좋아했다.

커닝엄 씨는 이런 일에는 아주 적임자였다. 그는 파워 씨의 손위 동료였다. 그 자신의 가정생활은 그다지 행복하지 못했다. 사람들은 그를 무척 동정했는데 그가 남 앞에 도저히 내놓을 수 없는 고질적인 주정뱅이 여자와 결혼한 사실이 알려져 있었기 때문이다. 그는 그녀를 위해 여섯 번이나 살림을 장만해주었지만 그녀는 번번이 남편 이름으로 가구를 잡혀 먹었다.

이 가엾은 마틴 커닝엄을 존경하지 않는 사람이 없었다. 그는 분별력이 뛰어난 데다 영향력과 지력까지 겸비한 사람이었다. 즉결재판소의 사례들을 하도 오래 취급한 바람에 더욱 치밀해진 그의 인간사에 대한 날카로운 지식과 천부적인 예리함은 그가 또 일반적인 철학의 바다에도 잠시 몸을 담금질했던 터라 많이 누그러져 있었다. 그는 아는 것이 많았다. 그의 친구들은 그의 의견을 존중했고, 그의 얼굴은 셰익스피어를 닮았다고 생각했다.

계획을 커넌 부인에게 다 털어놓자 그녀가 말했다.

— 모든 걸 다 알아서 해주세요, 커닝엄 씨.

사반세기나 결혼생활을 해온 그녀에게는 남아 있는 환상이라곤 거의 없었다. 종교란 그녀에게는 일종의 습관이었다. 그래서 그녀는 자기 남편 연배의 사람은 죽기 전까지는 크게 달라지지 않으리라는 생각을 가지고 있었다. 그녀는 이번 사고만 하더라도 이상하게도 터질 일이 잘 터졌다고 말하고 싶을 지경이었다. 그러나 그녀는 심보가 고약한 여편네로 보이기 싫어서 신사들에게 커넌 씨의 혀가 좀 짧아진다고 해서 문제 될 게 뭐 있겠느냐고 말해주고 싶은 생각이 간절했으나 꾹 참았다. 그러나 커닝엄 씨는 유능한 사람이었다. 그에게는 종교는 어디까지나 종교였다. 그 계획은 도움이 되었으면 되었지, 최소한 해가 될 리는 없었다. 그녀의 신앙은 뭐 그리 특별한 것도 아니었다. 그녀는 예수 성심을 모든 가톨릭 신앙 중에서 가장 널리 유익한 것이라고 한결같이 믿었고, 일곱 성사(聖事)*를 또한 받아들였다. 그녀의

---

* 구원에 필요하거나 도움이 되는 것으로 여겨지는 세례, 고해, 성체, 종부, 견진, 신품, 혼인과 같은 가톨릭교회의 성사.

신앙은 부엌 세계의 테두리를 벗어나지 못했지만 경우에 따라서는 밴시*와 성령의 존재도 다 같이 믿을 수 있었다.

신사들은 친구의 사고에 관해 이야기하기 시작했다. 커닝엄 씨는 언젠가 이와 비슷한 경우를 본 적이 있다고 말했다. 일흔 살 먹은 어느 노인이 간질병 발작 중에 자기 혀끝을 물어뜯었는데 혀가 다시 돋아나서 아무도 물린 흔적을 알아볼 수 없더라는 것이었다.

— 글쎄, 난 일흔이 아니니까, 환자가 말했다.

— 맙소사, 그것도 말이라고 하나, 커닝엄 씨가 말했다.

— 이제 아픈 건 좀 어떤가? 머코이 씨가 물었다.

머코이 씨는 한때 꽤 이름을 날린 테너 가수였다. 지난날 소프라노 가수였던 그의 아내는 지금도 몇 푼 안 되는 레슨비를 받고 어린이들에게 피아노를 가르치고 있었다. 그의 인생 행로는 두 지점 간의 최단 거리처럼 순탄한 것이 아니어서 비록 짧은 기간이었지만 순전히 잔꾀를 부려 연명을 한 적도 있었다. 그는 미들랜드 철도회사의 서기 노릇을 한 적이 있고, 〈아이리시 타임스〉와 〈프리먼스 저널〉 사**의 광고 외무원 노릇을 한 적이 있는가 하면 석탄 회사의 위탁 외판원, 사설탐정, 집달리 사무실의 서기 등을 거쳐 근자에는 시검시관(市檢屍官)의 비서가 된 것이었다. 그는 이 새 직책 때문에 커넌 씨의 경우에 직업적인 관심을 기울이지 않을 수 없었다.

---

* 아일랜드 전설상의 여자 귀신 또는 요정으로, 죽을 사람이 있으면 창가에 와서 울어 이를 예고한다고 함.
** 더블린에서 발간되는 보수적인 성향의 일간 신문들. 전자는 주로 개신교인을 대변하고 후자는 가톨릭과 민족주의자를 대변했음.

— 통증 말인가? 별로 심하지는 않아, 커넌 씨가 대답했다. 그렇지만 왜 이리 느글거리지. 자꾸 토할 것만 같아.

— 건 술 때문이야, 커닝엄 씨가 단호하게 말했다.

— 아냐, 커넌 씨가 말했다. 마차 타고 오다가 감기가 들었나 봐. 목구멍으로 뭐가 자꾸 넘어오는 것 같아, 가래인지 아니면 ......

— 점액이란 거야, 머코이 씨가 말했다.

— 그게 목구멍 아래서 자꾸만 올라오려고 그래, 느글거리는 게.

— 그래, 맞아, 머코이 씨가 말했다, 거기가 흉부야.

그는 도전적인 모습으로 커닝엄 씨와 파워 씨를 동시에 쳐다보았다. 그러자 커닝엄 씨는 재빨리 고개를 끄덕였고, 파워 씨는 이렇게 말했다.

— 아, 글쎄, 끝이 좋으면 모두 다 좋은 거야.*

— 고맙기 짝이 없네, 이 사람아, 환자가 말했다.

파워 씨는 손사래를 쳤다.

— 나 말고도 다른 두 사람이 더 있었는데 .....

— 같이 있었던 사람들이 누군데? 커닝엄 씨가 물었다.

— 어떤 젊은이가 하나 있었지 — 그 친구 이름을 모르겠어. 제기랄, 그 친구 이름이 뭐였지? 키가 작달막하고 머리칼이 엷은 갈색이었는데 ...

— 그리고 다른 하나는?

— 하퍼드.

---

* 셰익스피어의 희곡 제목. 여기서는 어려운 문제가 순순히 잘 풀렸다는 뜻.

— 음, 커닝엄 씨가 말했다.

커닝엄 씨의 이 말에 사람들은 모두 입을 다물었다. 커닝엄 씨는 남들이 잘 모르는 그만의 비밀 정보원을 갖고 있다는 것을 모르는 사람이 없었기 때문이다. 단음절로 음, 하는 이 경우에는 도덕적인 의도가 깃들어 있었다. 하퍼드 씨는 때때로 일종의 소규모 파견대를 조직하여 시 변두리 근처의 술집에 될 수 있는 대로 빨리 도착하기 위해 일요일만 되면 정오가 지나기 무섭게 시내를 빠져나가 거기서 일행들과 더불어 버젓이 **합법적인 여행자 행세를 하는 위인이었다.*** 그러나 그의 동료 여행자들은 그의 출신을 결코 모르는 체하지는 않았다. 그는 노동자들에게 소액의 돈을 높은 이자로 빌려주는 미천한 돈놀이꾼으로 인생을 출발한 사람이었다. 그는 뒤에 리피 대부 은행의 골드버그 씨**라는 키는 작으나 몸집은 매우 뚱뚱한 양반과 동업자가 되었다. 그는 기껏해야 유대인 윤리 강령을 믿는 정도에 지나지 않으나 그의 동료 가톨릭교 신자들은 그들이 직접 또는 대리인을 통해 가혹한 빚 독촉에 시달릴 때마다 그를 아일랜드 태생 유대 놈이니 무식꾼이니 하면서 욕을 퍼부었으며, 그의 백치 아들은 그의 고리대금업 때문에 천벌을 받아 그렇다고들 수군거렸다. 그렇지 않을 때에는 그들은 그의 좋은 점을 잘 알고 있었다.

— 그 친구 도대체 어디로 사라진 거야, 커넌 씨가 말했다.

그는 사건의 상세한 내용은 어물쩍하게 그냥 넘어갔으면 싶었다.

---

* 시내에서는 일요일에 진짜 ('합법적인') 여행자 이외의 사람에게는 술을 팔지 않으므로 하퍼드 일당은 일요일에도 마음대로 술을 마시려고 이런 속임수를 쓴다.
** 이름으로 보아 유대인인 듯함.

그는 친구들이 무슨 착오가 있어서 하퍼드 씨와 그가 서로 길이 어긋나버렸다고 생각해주었으면 싶었다. 하퍼드 씨의 술버릇을 훤히 알고 있는 친구들이라 입을 다물고 더 이상 캐묻지 않았다. 파워 씨가 다시 말했다.

— 끝이 좋으면 다 좋은 거야.

커넌 씨는 즉시 화제를 바꿨다.

— 그 젊은 친구, 참 점잖은 친구였어, 그 의학도 말이야, 그가 말했다. 그 친구가 없었더라면 ……

— 맞았어, 그 친구가 없었더라면, 파워 씨가 말했다, 벌금을 택할 여지도 없이 대번에 7일간의 구류 처분을 받았을 거야.

— 그렇고말고, 바로 그거야, 커넌 씨가 기억을 되살리려 애를 쓰면서 말했다. 순경이 한 사람 옆에 있었던 게 이제 생각나. 참 점잖은 젊은 양반 같아 보이더군. 도대체 어쩌다 그렇게 됐지?

— 보나마나 자네가 곤드레만드레가 되어서 그랬겠지, 톰, 커닝엄 씨가 정색을 하고 말했다.

— 건 틀림없어, 커넌 씨도 역시 정색을 하고 말했다.

— 잭, 그렇다면 자네가 그 경관에게 압력을 가해 입을 막은 거로군, 머코이 씨가 말했다.

파워 씨는 머코이 씨에게 잭이라는 그의 세례명으로 불리는 것부터 그리 탐탁지 않았다. 그는 성미가 까다로운 사람은 아니었지만 머코이 씨가 최근에 그의 부인에게 있지도 않은 지방 공연을 시킨답시고 손가방과 여행용 가방을 구하느라 사방을 들쑤시고 다녔다는 사실을 잊지 않고 있었다. 그는 자신이 농락을 당했다는 사실보다 이러한 비열한 수작을 부린다는 것 자체에 더욱 격분했다. 그래서 그는 커넌 씨가 그 문제를 마치 물어보기라도 한 것처럼 자세히 대답해주었다.

이야기를 다 듣고 난 커넌 씨도 몹시 분개했다. 그는 투철한 시민의식의 소유자로 시 당국과는 서로 명예로운 관계를 유지하며 살기를 바라는 시민이기 때문에 그가 촌뜨기 집단이라고 부르는 경찰에게 보고도 못 본 체하는 특혜를 받는다는 것은 직무유기에 가까운 수모를 당하는 것 같아서 여간 분통 터지는 일이 아니었다.

— 그래, 우리가 그러라고 세금을 내는 건가? 그는 물었다. 저 무식한 핫바지들을 먹이고 입히려고 … 아무렴, 무식한 핫바지고말고.

커닝엄 씨가 껄껄 웃었다. 그는 근무시간에만 총독부의 경찰청 공무원이었다.

— 그렇지 않으면 별 수 있겠어, 안 그래, 톰? 그가 맞장구를 쳤다.

그는 짐짓 둔탁한 사투리 억양으로 명령조로 말했다.

— 65번, 배추 받으라우!

모두가 웃음을 터뜨렸다. 어떻게 해서든지 대화에 끼어들기를 노리던 머코이 씨는 그 말은 난생처음 들어보는 말인 척했다. 커닝엄 씨가 설명했다.

— 이봐, 글쎄, 사람들 말로는 그런 말은 멋대가리 없이 키만 멀쑥하게 큰 그 촌놈들, 거 있잖아, 멍청한 얼간이들 말이야, 걔네들을 끌어다 훈련시키는 신병훈련소에서 일어나는 얘기라는 거야. 교관이 걔네들을 벽에 일렬횡대로 세워놓고 접시를 번쩍 쳐들게 한다는 거야.

그는 괴상한 몸짓까지 섞어가며 이야기를 실감나게 해 나갔다.

— 석식 때 얘긴데 말이야. 그때엔 교관 앞의 식탁에는 염병할, 우

라지게 큰 배추 그릇하고 삽이 곁방살이를 해야 할 정도로 염병할, 우라지게 큰 스푼을 올려놓는다는 거야. 그러면 그는 스푼으로 그 큰 배추 한 덩어리를 떠서 식당 맞은편으로 휙 던지면 그 불쌍한 녀석들은 기를 쓰고 그걸 접시에 받아야만 한다는 거야. 이때 바로 교관이 65번 배추 받으라우 한다는 거야.

모두가 다시 배꼽을 잡고 웃었다. 그러나 커넌 씨는 아직도 분이 다 풀리지 않았다. 그는 신문사에 투서를 하겠다느니 하는 그런 말도 했다.

— 시골에서 여기로 올라온 이 촌뜨기들이 사람을 우습게 알고 좌지우지하려고 든단 말이야. 마틴, 자네에게는 물론 그놈들이 어떤 녀석들인지 내가 말할 필요도 없겠지만 말이야.

커닝엄 씨는 적당히 동의의 표시를 했다.

— 세상만사가 다 그런 거지, 뭐, 그는 말했다. 나쁜 사람이 있는가 하면 좋은 사람도 있기 마련이지.

— 그래, 맞았어, 좋은 사람도 더러 있다는 건 나도 인정해, 커넌 씨가 만족한 듯 말했다.

— 그따위 녀석들과는 상종을 하지 않는 것이 상책일 것 같아, 머코이 씨가 말했다. 내 견해는 그래!

커넌 부인이 방으로 들어와 탁자 위에 쟁반을 놓으면서 말했다.

— 많이들 드세요.

파워 씨는 체면을 차리느라고 자리에서 일어서며 의자를 그녀에게 권했다. 그녀는 아래층에서 다리미질을 하던 중이라면서 이를 사양했다. 그리고 파워 씨의 등 뒤로 커닝엄 씨와 서로 고갯짓을 교환하고는 방을 막 나가려고 했다. 그때 그녀의 남편이 그녀에게 소리를 질렀다.

— 여보, 내게는 뭐 없어?

— 아, 당신이군요! 당신에겐 따귀나 한 대 올려드릴까! 커넌 부인은 매섭게 쏘아붙였다.

그녀의 남편은 그녀의 등 뒤에 대고 소리쳤다.

— 이 가련한 서방님한테는 아무것도 없단 말인가!

그가 어찌나 우스꽝스러운 표정과 목소리를 지어 보였던지 흑맥주 술병을 돌리는 일이 더 한층 왁자지껄하게 웃고 떠드는 가운데 흥겹게 진행되었다.

손님들은 잔에 술을 따라 마시고 잔을 다시 탁자 위에 놓은 다음 잠시 침묵을 지켰다. 그러다가 커닝엄 씨가 파워 씨 쪽으로 고개를 돌리며 무심코 물었다.

— 목요일 밤이라고 했지, 잭?

— 목요일, 맞아, 파워 씨가 말했다.

— 알았어! 커닝엄 씨가 재빨리 받았다.

— 몰리 주점*에서 만나기로 하지, 머코이 씨가 말했다. 거기가 제일 편리한 델 테니까.

— 하지만 절대 늦어서는 안 돼, 파워 씨가 정색을 하고 말했다, 틀림없이 사람들이 입구까지 꽉 들어찰 테니까 말이야.

— 그럼 일곱시 반에 만나세, 머코이 씨가 말했다.

— 좋았어! 커닝엄 씨가 말했다. 몰리에서 일곱시 반에!

---

* 도싯 가에 있는 주점. 피정이 있을 상부 가디너 가의 예수회의 프란치스코 하비에르 성당 근처임.

잠시 침묵이 흘렀다. 커넌 씨는 친구들의 속내 이야기에 자기도 끼어들 수 없을까 하고 눈치를 살피며 기다렸다. 그러다가 그가 물었다.

— 무슨 일인데?

— 오, 아무것도 아냐, 커닝엄 씨가 말했다. 목요일에 뭘 좀 해볼까하는 대수롭지 않은 일일 뿐이야.

— 오페라, 맞지? 커넌 씨가 말했다.

— 아냐, 아냐. 커닝엄 씨가 애매한 투로 말했다, 그저 별거 아닌 .... 정신적인 문제일 뿐이야.

— 오, 거 뭔데, 커넌 씨가 말했다.

다시 침묵이 흘렀다. 잠시 뒤에 파워 씨가 단도직입적으로 털어놓았다.

— 사실대로 말하면, 톰, 우린 피정을 하려고 하네.

— 그래, 바로 그거야, 커닝엄 씨가 말했다, 여기 잭하고 나하고 또 머코이하고 말이야 — 더러워진 단지를 씻듯이 더러워진 우리 정신을 좀 청소해볼까 해서 말일세.*

그는 은근히 힘이 넘치도록 그런 비유를 들었고 또 자신의 목소리에 용기를 얻어 말을 이어 나갔다.

— 보다시피, 우린 모두가 하나같이 영락없는 건달패 아닌가. 정말이지, 우리 모두가 너 나 할 것 없이 말이야. 그는 목쉰 소리로 자애심에 넘치는 듯 같은 말을 한 번 더 되풀이하고는 파워 씨에게로 고개를 돌렸다. 자, 건달임을 고백해!

---

* 「마르코 복음서」 7장 4~8절 참조.

— 고백하네, 파워 씨가 말했다.

— 나도 고백하네, 머코이 씨가 말했다.

— 그래서 우리 모두가 함께 때 묻은 단지를 한번 씻어보자는 거야, 커닝엄 씨가 말했다.

그에게 무슨 생각이 퍼뜩 떠오르는 것 같았다. 그는 갑자기 환자에게로 몸을 돌리며 말했다.

— 톰, 자네 방금 내 머리에 무슨 생각이 문득 번개같이 떠올랐는지 알겠어? 자네도 참가하게 되면 우린 사중무(四重舞)*를 출 수 있으리란 생각을 한 거야.

— 참 좋은 생각이야, 파워 씨가 말했다. 우리 넷이 같이 말이지.

커넌 씨는 말이 없었다. 그 제안은 그의 마음에 그리 솔깃한 것은 아니었지만, 어떤 영적인 힘이 자신에게 유리하게 작용하리라는 것만은 충분히 알아차리고는 그가 무관심한 듯 시치미를 떼고 있는 것은 괜한 위신 때문이라는 생각이 들었다. 그는 괜히 못마땅한 표정을 한 채 오랫동안 대화에 참여하지는 않으면서도 친구들의 대화에는 줄곧 귀를 기울이고 있었다. 그때 그의 친구들은 예수회**에 관해 토론하고 있었다.

— 나도 예수회를 나쁘다고 보지는 않아, 그는 마침내 대화에 끼어들며 말했다. 그들은 교육이 잘된 교단이지. 내가 보기에는 그들의 취

---

* 넷이서 추는 경쾌한 춤.
** 1534년에 이냐시오 데 로욜라가 조직한 가톨릭의 한 교단. 지적인 엄격성과 철저한 교육의 헌신이 그 특징임. 조이스는 모든 정규 교육을 이 교단에서 운영하는 학교에서 받았다.

지도 역시 좋고.

— 그들은 교회 가운데서 가장 규모가 큰 교단이기도 하지, 톰, 커닝엄 씨가 열을 올려 말했다. 예수회 총회장은 서열이 교황 바로 다음이니까.

— 그건 틀림없어, 머코이 씨가 말했다, 만일 무슨 일을 순조롭게 제대로 하고 싶으면 예수회를 찾는 수밖에 없어. 그들은 영향력이 막강한 친구들이거든. 한 가지 예를 들어보면 ....

— 예수회는 훌륭한 인간 집단이야, 파워 씨가 말했다.

— 예수회란 교단에는 참 묘한 데가 있거든, 커닝엄 씨가 말했다, 교회의 다른 교단에선 하나같이 한두 번씩 개혁을 치렀지만 예수회란 교단만은 한 번도 개혁을 치른 적이 없단 말이야. 이건 한 번도 부패한 적이 없다는 말 아니겠어.

— 그게 사실이야? 머코이 씨가 물었다.

— 사실이고말고, 커닝엄 씨가 말했다. 그건 역사가 증명하는 바니까.

— 그들의 성당도 한번 보라고, 파워 씨가 말했다. 거기에 나오는 신자들을 눈여겨보란 말이야.

— 예수회는 상류 계급의 구미에 딱 들어맞지, 머코이 씨가 말했다.

— 물론이지, 파워 씨가 말했다.

— 바로 그거야, 커넌 씨가 말했다. 내가 그들에게 호감을 가지는 이유도 바로 거기에 있단 말이야. 일부 교구 사제*는 무지하고 교만하

---

* 수도원이 아니라 교구에 속해 있는 재속(在俗) 성직자들. 이들은 전교(傳敎)가 위주임.

기도 하지만 ......

— 그들도 모두 다 좋은 사람들이야, 커닝엄 씨가 말했다, 각자 나름대로 말이야. 아일랜드 성직자라면 전 세계적으로 알아주니까.

— 아, 그럼, 파워 씨가 말했다.

— 대륙의 몇몇 다른 사제들과는 유가 다르지, 머코이 씨가 말했다, 이름값도 못하는 그따위 사제들과는 말이야.

— 자네 말이 맞을지도 몰라, 커넌 씨가 누그러지면서 말했다.

— 물론 내 말이 맞지, 커닝엄 씨가 말했다. 산전수전 다 겪은 내가 설마 사람 판단 하나 제대로 못 했을라고.

손님들은 돌아가며 다시 술을 들이켰다. 커넌 씨는 마음속으로 무엇을 저울질하고 있는 것 같았다. 그는 커닝엄 씨의 말에 깊은 인상을 받았음이 분명했다. 그는 평소에 커닝엄 씨의 사람 성격 판단력과 관상 보는 능력을 높이 평가했기 때문이다. 그래서 그는 커닝엄 씨에게 자세한 내용을 물어보았다.

— 아, 아까 얘기하던 그것 말인가, 그건 그저 피정일 뿐이야, 커닝엄 씨가 말했다. 퍼든 신부님이 주재하시는 거야. 사업가들을 대상으로 말이야.

— 신부님은 우릴 지나치게 딱딱하게 다루지는 않을 거야, 톰, 파워 씨가 설득조로 말했다.

— 뭐, 퍼든* 신부? 퍼든 신부라? 환자가 말했다.

— 아니, 톰, 자네도 그분을 잘 알 텐데, 커닝엄 씨가 힘주어 말했

---

* 퍼든 가는 더블린의 악명 높은 매춘굴이 있는 거리. 신부의 이름이 이 홍등가의 이름과 같은 것은 불길한 연상을 자아내기 쉬움.

다. 멋지고 쾌활한 친구지! 그분은 세상 물정에도 밝은 분이라 우리와
조금도 다를 바 없는 사람이야.

— 아 … 그래. 그러니까 알 것 같아. 얼굴이 좀 불그레하고 키가 훤
칠하게 크고.

— 맞았어, 바로 그분이야.

— 혹시 아는가, 마틴 …. 그분은 설교를 잘하는지?

— 글쎄, 아닌 것 같은데 ..... 그건 딱히 설교라고 할 것까지는 없
어. 그건 상식선에서 나누는 친구간의 대화 같은 것에 지나지 않는다
고 보면 될걸.

커넌 씨는 생각에 잠겼다. 머코이 씨가 말했다.

— 톰 버크 신부*야말로 대단한 분이셨지!

— 맞았어, 톰 버크 신부, 커닝엄 씨가 말했다, 그분은 타고난 웅변
가였지. 톰, 자네 그분 설교 들어본 적 있나?

— 나더러 들어본 적 있느냐고! 환자는 발끈해서 말했다. 물론이
지! 들어본 적이 있고말고 ......

— 그렇지만 그분은 신학자로서는 별로라던데, 커닝엄 씨가 말했다.

— 그래? 머코이 씨가 말했다.

— 아, 그야 물론이지, 틀린 말을 하는 것은 아니고, 있잖아. 사람들
말이 그분의 설교 내용이 이따금씩 아주 정통파의 교리는 아니라는
거야.

— 아! .. 하여튼 그분은 대단한 분이었어, 머코이 씨가 말했다.

---

* '톰 신부'로 널리 알려진 토머스 니컬러스 버크(1830~1883) 신부. 아일랜드의 도미니
크 수도회의 사제로 애국자이자 열변가로 유명함.

— 언젠가 한번 그분의 설교를 들어본 적이 있지, 커넌 씨가 말을 계속했다. 설교의 내용은 이제 까먹었지만 말이야. 크로프턴하고 나하고 그 … 관람석* 뒤쪽에 앉아 있었지. 거 있잖아 … 그 ….

— 본당 말이지, 커닝엄 씨가 말했다.

— 그래, 맞았어, 출입구 근처의 뒤쪽이었지. 설교의 내용이 뭐였는지 지금은 다 까먹었지만 …… 아, 참, 교황에 관한 것이었어, 돌아가신 교황님 말이야. 이제야 생생하게 기억나는군. 정말 근사했어, 그 연설 스타일이 말이야. 그리고 그 우렁찬 목소리하며! 정말이지! 목소리 하나 끝내주더군! 톰 신부는 교황을 **바티칸의 죄수****라고 부르더군. 우리가 밖으로 나올 때 ..... 크로프턴이 나에게 하던 말이 생각나네.

— 하지만 그는 오렌지 당원*** 아닌가? 크로프턴 말이야, 그렇잖아? 파워 씨가 말했다.

— 물론 그렇지, 커넌 씨가 말했다, 그런데 말이야, 그는 좀체 보기 드물게 점잖은 오렌지 당원이기도 해. 내 말 들어봐, 우린 무어 가의 버틀러 주점에 갔는데 — 정말이지, 나 거기서 진짜 감동받았어, 절대 거짓말이 아니야 — 그가 한 한 마디 한 마디가 생생하게 되살아나는군. 그가 이러더군, 커넌, 우리가 섬기는 교파는 서로 다르긴 하지만 우리

---

* 커넌 씨는 교회 용어 '본당'이라는 말을 몰라 극장 용어인 '관람석'이라는 말을 잘못 씀.
** 교황 비오 9세(1846~1878, 재위)와 교황 레오 13세(1878~1903, 재위)를 가리킴. 교황이 이탈리아 왕 비토리오 에마누엘레 2세에게 1870년에 권력을 찬탈당하고 영유권이 바티칸 시로 제약되자 자신을 바티칸에 감금된 죄수라고 생각했다 함.
*** 아일랜드의 친영적인 개신교인을 가리키는 경멸어. 오렌지공(영국왕 윌리엄 3세)의 이름을 따서 북아일랜드에서 왕권 수호를 위해 결성(1795년)된 비밀 단체 이름에서 나온 말. 당의 기장으로 오렌지색 리본을 썼다 함. 여기서는 크로프턴이 개신교인일 텐데 가톨릭 성당에 갔다는 것이 이상해서 캐물음.

의 믿음은 하나라네. 표현이 어찌 그리 기가 막히던지 감동받지 않을 수 없었어.

— 듣자하니 참으로 의미심장한 말이군그래, 파워 씨가 말했다. 톰 신부가 설교를 하는 날에는 성당에 개신교 신자들이 언제나 구름처럼 몰려들었다니까.

— 개신교와 천주교 사이에는 별로 큰 차이가 없어, 머코이 씨가 말했다. 우리는 다 같이 믿으니까 ....

그는 잠시 머뭇거렸다.

— ... 구세주를 말이야. 다만 차이가 있다면 그들은 교황과 성모 마리아를 깊이 믿지 않는 것뿐이지.

— 하지만, 두말할 필요도 없이, 커닝엄 씨는 목소리를 낮추어 또박또박 말했다, 우리 종교야말로 유일한 진짜 그리스도교이지, 사도의 권위와 전통이 면면히 이어오는 독보적인 종교니까 말이야.*

— 여부가 있나, 커넌 씨가 열을 올려 말했다.

커넌 부인이 침실 문 앞에 나타나 알렸다.

— 손님이 오셨어요!

— 누구신데?

— 포가티 씨예요.

— 오, 들어와요! 들어와!

창백한 타원형의 얼굴이 불빛 속으로 들어왔다. 길게 늘어진 금빛 콧수염은 활 모양을 하고 있었고 기분 좋게 깜짝 놀란 듯한 두 눈 위를

---

* 「사도 신경」 중 "하나이고 거룩하고 보편되며 사도로부터 이어오는 교회를 믿나이다"를 연상케 함.

둘러싸고 있는 금빛 눈썹 또한 활 모양을 하고 있었다. 포가티 씨는 조그마한 식료품가게 주인이었다. 그는 한때 시내에서 허가를 받아 술집을 경영하다가 실패한 적이 있었다. 이유는 그의 여의치 못한 재정 사정 때문에 부득불 2류 양조업자들과만 거래 계약을 맺었기 때문이다. 그는 고민 끝에 글래스네빈 로에 구멍가게를 하나 차렸다. 그의 태도로 미루어 보아 동네 주부들의 환심을 사는 데는 자신이 있었다. 그는 상당히 품위 있게 처신했고, 어린아이들에게는 칭찬을 잘해주었고 말을 할 때는 또박또박 발음을 했다. 그는 교양도 없지 않았다.

포가티 씨는 반 파인트짜리 특제 위스키를 선물로 가져왔다. 그는 정중하게 커넌 씨의 안부를 묻고, 선물을 탁자 위에 내려놓은 다음 다른 사람들과 나란히 자리를 잡고 앉았다. 커넌 씨는 자기와 포가티 씨 사이에 약간의 식료품대가 해결되지 않은 채 남아 있음을 알았기 때문에 그 선물이 더더욱 고마웠다. 그는 말했다.

— 죽으나 사나 자네뿐일세, 이 사람아. 잭, 자네, 그것 좀 따보겠나?

파워 씨가 다시 일을 맡았다. 잔을 부신 다음 위스키를 다섯 개의 잔에 조금씩 따랐다. 이 위스키의 새로운 술기운이 그들의 대화를 활기차게 했다. 의자 모서리에 꼿꼿하게 앉은 포가티 씨는 각별한 관심을 가지고 대화를 경청했다.

— 교황 레오 13세*는, 커닝엄 씨가 말했다. 이 시대의 등불 가운데 하나였지. 그분의 원대한 이상은 말이야, 로마 가톨릭 교회와 그리스 정교회의 통합이었지. 그것이 그분의 필생의 목표였어.

---

* 1810~1903. 정치적, 신학적으로 보수적인 입장을 견지한 박학다식한 교황(1878~1903).

— 그분은 유럽 최고의 지성인 가운데 하나라는 말을 나도 여러 번 들은 적이 있어, 파워 씨가 말했다. 내 말은 그분이 교황이라는 점을 떠나서 말이야.

— 맞았어, 그분은 그런 분이었어, 커닝엄 씨가 말했다, 최고의 지성인까지는 아니라 하더라도 말이야. 교황으로서의 그분의 모토는 말이지, 룩스 위의 룩스였지—빛 위의 빛이란 뜻이지.*

— 아니야, 아니야, 포가티 씨가 진지한 표정을 하고 말했다, 그 점에선 자네가 틀린 것 같아. 그분의 모토는 룩스 인 테네브리스였을 거야, 어둠 속의 빛이라는 뜻으로 말이야.

— 아, 맞았어, 머코이 씨가 말했다, 테네브라이가 맞아.**

— 미안하지만 그게 아니야, 커닝엄 씨가 잘라 말했다. 룩스 위의 룩스였다니까그래. 그리고 그분의 전임자이신 교황 비오 9세의 모토는 크룩스 위의 크룩스—다시 말해, 십자가 위의 십자가—였지, 이로써 두 분 교황의 재임 기간의 차이도 잘 드러나지.

이러한 추론은 좌중의 인정을 받았다. 커닝엄 씨는 말을 계속했다.

— 교황 레오는 말이야, 위대한 학자요 시인이었어.

— 그분의 얼굴은 아주 강인한 인상을 풍겼지, 커넌 씨가 말했다.

— 맞았어, 커닝엄 씨가 맞장구를 쳤다. 그분은 라틴어로 시를 쓰기도 했어.

---

* 교황은 공식적인 모토를 내세우지 않는다. 이들의 교황의 모토론은 라틴어와 영어를 뒤섞어 떠드는 데서 잘 나타나듯 사실과는 다른 엉터리 지식의 뒤범벅임.
** 머코이 씨는 아는 척하느라고 포가티 씨의 말을 받아 테네브리스라고 한다는 것이 의미가 전혀 다른 테네브라이라고 한다. 이는 성주간(부활절을 앞둔 일주일간)에 그리스도의 수난과 죽음을 상징하기 위해 교회 안의 모든 등을 소등하는 의식을 말함.

— 그랬어? 포가티 씨가 물었다.

머코이 씨는 흐뭇한 표정으로 위스키를 맛보고는 애매한 의도로 고개를 내저으면서 말했다.

— 건 농담이 아냐, 정말이라니까.

— 우린 그런 건 배운 적이 없잖아, 안 그래, 톰? 파워 씨는 머코이 씨의 예를 따라 고개를 저으면서 말했다, 우리가 수업료가 주당 1페니밖에 안 되던 빈민 초등학교에 다닐 때 말이야.

— 비록 겨드랑이에 토탄 덩어리를 끼고* 수업료가 주당 1페니밖에 안 되는 빈민 학교를 다녀도 출세한 사람이 부지기수지, 커넌 씨는 훈계조로 말했다. 옛날 교육 제도가 최고였어, 소박하고 정직한 교육이었으니까 말이야. 구호만 요란한 현대적인 교육 제도와는 차원이 다르지 ......

— 지당한 말씀, 파워 씨가 말했다.

— 구질구질하게 불필요한 것은 하나도 없었지, 포가티 씨가 말했다. 그는 또박또박 말을 하고는 근엄한 표정을 하고 술을 마셨다.

— 읽어본 기억이 나는군, 커닝엄 씨가 말했다, 레오 교황이 사진기의 발명에 관해 쓴 시 한 수를 말이야**—물론 라틴어로 쓴 거였지.

— 사진기에 관해서라고! 커넌 씨가 탄성을 질렀다.

— 그렇다니까. 커닝엄 씨가 말했다.

그도 잔을 들이켰다.

— 글쎄, 말이야, 머코이 씨가 말했다, 사진이란 생각해볼수록 신기

---

* 당시 빈민들이 다니던 공립학교에선 교실 난방용 땔감은 아동들 부담이었음.
** 교황 레오 13세는 1867년 「사진의 기술」이라는 시를 썼음.

한 거 아니겠어?

— 오, 그야 물론이지, 파워 씨가 말했다, 위대한 사람은 뭘 볼 줄 아는 눈이 있는 거야 .....

— 어느 시인이, 위대한 마음이란 광기에 매우 가깝다네*라고 말하지 않았던가, 포가티 씨가 말했다.

커넌 씨는 뭔가 생각이 잘 나지 않아 괴로워 보였다. 그는 어떤 골치 아픈 문제와 관련된 개신교의 교리를 생각해내려고 애를 쓰다가 그것이 제대로 되지 않자 결국에는 커닝엄 씨에게 말을 걸었다.

— 어떤가, 마틴, 그는 말했다. 교황 가운데 일부는—물론 현재의 교황**이나 그의 전임자를 두고 하는 말은 아니지만 말이야, 옛날 교황들 가운데 일부는—뭐 썩 그렇게 .... 말이야 .... 우리의 기대에 부응할 만한 완전한 존재는 아니었잖아?

잠시 침묵이 흘렀다. 커닝엄 씨가 말했다.

— 아, 그야 물론이지, 개중에는 모자라는 사람들도 있기 마련이지 .... 하지만 놀라운 것은 바로 이거야. 그분들 중에 단 한 사람도, 제아무리 지독한 술주정뱅이라 하더라도, 제아무리 ... 철저한 개망나니라 하더라도, 그분들 중에 단 한 사람도 **직무 수행 중에** 그릇된 교리를 단 한마디라도 설교한 적이 없다는 거야. 거참 놀라운 일이 아닌가?

— 옳거니, 커넌 씨가 말했다.

— 바로 그거야, 왜냐하면 교황은 **직무 수행상의** 말씀을 하실 때는,

---

* 존 드라이든(1631~1700)의 『압살롬과 아히토펠』 1부 1장 163절(1682)에 나오는 "위대한 재치는 분명코 광기에 거의 가깝다네"의 잘못된 인용.
** 당시의 교황은 1903년 8월에 선출된 비오 10세였음.

포가티 씨가 설명했다, 절대 무류(無謬)이기 때문이야.

— 맞았어, 커닝엄 씨가 말했다.

— 그렇지, 교황의 절대 무류설*이라면 내가 잘 알지. 내가 젊었을 때 일로 기억하는데 ... 아니면 그게 언제더라?

포가티 씨가 말을 막았다. 그는 술병을 들고 다른 사람들에게 좀 더 들라고 권했다. 머코이 씨는 술이 한 순배 쭉 돌리기엔 부족함을 알고 자기는 첫잔을 아직 다 비우지 못했다면서 사양했다. 다른 사람들은 이러지 말라면서도 다들 술을 받았다. 술잔에 떨어지는 위스키의 음악 같은 경쾌한 소리가 기분 좋은 간주곡처럼 들렸다.

— 얘기하려던 게 뭐였지, 톰? 머코이 씨가 물었다.

— 교황의 절대 무류설에 대해서였지, 커닝엄 씨가 말했다, 그것이 야말로 교회사 전체를 통해 가장 큰 사건이었지.

— 어떻게 된 사건인데, 마틴? 파워 씨가 물었다.

커닝엄 씨는 굵직한 두 개의 손가락을 들어 보였다.

— 어떤 사건이냐 하면 말이야, 추기경, 대주교, 주교들로 구성된 추기경 회의에서 다른 사람들은 모두 찬성했지만 딱 두 사람만이 그 설에 반대한 사건이지. 이 두 사람을 제외하고는 추기경 회의 전원이 만장일치로 찬성인데 말이야. 그러나 안 된다! 그들은 절대로 받아들일 수 없다는 거야!

— 아뿔싸! 머코이 씨가 말했다.

— 그런데 그들 중 한 사람은 이름이 돌링인지 ... 다울링인지 ... 아

---

* 교황이 직무 수행 중에 밝히는 선언에는 오류가 있을 수 없다는 설. 비오 9세가 교황청의 권위를 강화하기 위해 1870년 7월, 제4차 바티칸 공의회를 통해 공표함.

니면 ... 뭐라더라 하는 독일 추기경이었어.*

— 다울링은 독일 사람의 이름이 아니야. 그것만은 틀림없어, 파워 씨가 웃음을 터뜨리며 말했다.

— 글쎄올시다, 그 이름이야 무엇이든 간에 이 위대한 독일 추기경이 그들 중 한 사람이고 그리고 다른 한 사람은 존 맥헤일**이었지.

— 뭐라고? 커넌 씨가 큰 소리로 되물었다. 튜엄***의 존이라고?

— 자네, 그게 확실해? 포가티 씨가 미심쩍은 듯이 물었다. 난 다른 한 사람은 이탈리아인이거나 아니면 미국인일 줄로 알았는데...****

— 튜엄의 존, 커닝엄이 되풀이해서 말했다. 그 사람이 틀림없어.

그가 술을 마시자 다른 사람들도 따라 마셨다. 그러다가 그는 말을 계속했다.

— 세계 방방곡곡에서 모여든 모든 추기경, 주교와 대주교 들과 이들 두 지독한 투쟁가가 서로 격렬하게 대치했을 때 마침내 교황이 직접 벌떡 일어나 **교황의 직책**을 걸고 교황의 절대 무류설을 교회의 교리로 선언한 거야. 그러자 바로 그 순간에 지금까지 그토록 반대에 반대만 거듭해오던 존 맥헤일이 벌떡 일어나 사자 같은 목소리로 **크레도!**

---

* 요한 될링거(1799~1890)라는 유명한 독일 신학자(그는 추기경도 아니고 1870년 바티칸 공의회에 참석치도 않았음)가 교황 무류설에 극구 반대하여 1871년 4월에 파문되었음. 이러한 사실로 미루어 보더라도 커닝엄 씨의 앎의 대부분은 틀린 기억이나 터무니없는 사실에 근거를 두고 있음이 드러남.
** 아일랜드 튜엄의 대주교(1835~1876). 교황 무류설에 반대하여 표결에 불참했으나 일단 의결되자 순순히 수용한 것으로 유명함. 아일랜드의 독립 투사이기도 함.
*** 아일랜드 서부 골웨이의 작은 도시.
**** 교황 무류설의 표결에서 반대표를 던진 두 사람은 이탈리아의 리치오 주교와 아칸소의 피츠제럴드 주교였다. 그러나 이 설이 가결되자 둘 다 이를 수용함.

하고 외쳤지 뭐야.

— 나는 믿소!라는 말이군, 포가티 씨가 말했다.

— 찬성이오! 커닝엄 씨가 말했다. 그 말은 그의 신앙심을 있는 그대로 보여준 거야. 그는 교황이 직책을 걸고 말하는 순간 복종을 하고만 거지.

— 그럼 다울링은 어떻게 됐어? 머코이 씨가 물었다.

— 그 독일 추기경은 끝까지 복종할 생각이 없었어. 그는 교회를 떠났지.*

커닝엄 씨의 이야기는 좌중의 가슴속에 교회라는 거대한 이미지를 심어주었다. 그의 중후하고도 쉰 듯한 목소리로 들려주는 신앙이니 복종이니 하는 말들이 그들의 마음속 깊이까지 감동을 주었던 것이다. 커넌 부인이 젖은 손을 닦으며 방 안에 들어왔을 때 실내의 분위기는 자못 엄숙했다. 그녀는 침묵을 깨뜨리지 않았다. 그녀는 조용히 침대 발치께로 가서 난간에 몸을 기댔다.

— 난 존 맥헤일을 한 번 본 적이 있어, 커넌 씨가 말했다, 난 내가 살아 있는 한 그 일을 잊지 못할 거야.

그는 확인을 구하려는 듯 자기 아내 쪽으로 고개를 돌렸다.

— 왜 내가 당신에게 자주 얘기했잖아?

커넌 부인은 고개를 끄덕였다.

— 존 그레이 경의 동상 제막식 때였어.** 에드먼드 드와이어 그레

---

* 요한 될링거는 자의로 교회를 떠난 것이 아니라 1871년 4월에 파문되었음. 그는 신학은 가르칠 수 없었으나 교회사 연구에 큰 업적을 남겼음.
** 존 그레이 경(1816~1875)은 〈프리먼스 저널〉의 소유주요 주필을 지낸 아일랜드의 애

이*가 허튼소리를 지껄이며 연설을 하고 있는데, 여기에 참석한 이 노인네가, 참으로 괴팍하게 생긴 이 노인네가 짙은 눈썹 아래로부터 그를 빤히 쳐다보고 있지 않겠나.**

커넌 씨는 눈살을 찌푸리고, 성난 황소처럼 고개를 숙이고는 아내를 노려보았다.

— 맙소사! 그는 찌푸렸던 눈살을 도로 펴면서 큰 소리로 외쳤다, 난 사람의 얼굴에 그런 눈이 달린 건 첨 봤네. 그건 마치 네 이놈, 내가 네놈의 속을 환히 들여다보고 있는 줄 모르고, 하고 말하는 것 같았어. 어쩌면 그렇게 그 노인네의 눈은 매의 눈을 그대로 빼닮았을까.

— 그레이 가문에는 쓸 만한 사람은 하나도 없었어, 파워 씨가 말했다.***

다시 대화가 중단되었다. 파워 씨는 커넌 부인 쪽으로 몸을 돌리면서 느닷없이 쾌활하게 말했다.

— 그런데 말씀입니다, 커넌 부인, 우리가 여기 계신 당신 바깥양반을 착하고 경건하고 독실하고 하느님을 두려워할 줄 아는 로마 가톨

국자. 개신교인이면서도 아일랜드의 자치를 부르짖어 1879년 6월, 더블린의 간선도로인 오코넬 가에 동상이 건립되었다. 이때 맥헤일 대주교는 그가 개신교인임에도 불구하고 그의 동상 제막식에 참석했음.

* 존 그레이 경의 둘째 아들(1845~1888)로 가업을 물려받아 〈프리먼스 저널〉을 운영했음.

** 실은 에드먼드가 제막식 때 연설을 한 것이 아니라 제막식이 끝난 날 저녁 앤티언트 음악당에서 열린 제막 축하연에서 짤막한 연설을 했다. 이때 맥헤일 대주교는 떠나고 없었음.

*** 맥헤일 대주교의 말을 대신한 듯한 파워 씨의 이 말에는 개신교인에 대한 편견이 깔려 있는 듯함. 그레이 가가 개신교인이면서도 대를 이어 민족주의 운동에 적극적인 점이 친영파(그는 총독부에 근무하는 경찰관임)인 그에게는 못마땅한 듯함.

릭 신자로 만들어볼 작정입니다.

그는 거기에 모인 사람들이 다 포함된다는 표시로 팔을 휘둘렀다.

— 우리 모두 함께 피정에 참가하여 우리의 죄를 고해하려고 해요—그리고 하느님께서도 우리에겐 그럴 필요가 절실하게 있다고 알고 계세요.

— 난 괜찮아, 커넌 씨가 다소 신경질적으로 웃으면서 말했다.

커넌 부인은 순간적으로 자신의 고소한 생각을 숨기는 것이 더 현명하리라는 생각이 들었다. 그래서 그녀는 이렇게 말했다.

— 당신 말에 귀를 기울여야 할 가엾은 신부님이 딱하기도 하군요.

커넌 씨의 표정이 확 달라졌다.

— 내 말이 듣기 싫으면, 그는 퉁명스럽게 말했다, 그 신부님 .... 다른 일이나 보시라지. 난 그분에게 그저 사소한 내 신세타령이나 좀 하고 싶을 뿐인데. 난 그리 못된 사람은 아니니까 .....

커닝엄 씨가 재빨리 끼어들었다.

— 우리 모두 마귀를 끊어버릴 거야, 그가 말했다, 마귀의 소행과 죄를 잊지 말고, 우리 다 같이 말이야.*

— 사탄아, 내게서 물러가라!** 포가티 씨가 너털웃음을 터뜨리면서 다른 사람들을 쳐다보며 말했다.

파워 씨는 아무 말이 없었다. 그는 완전히 주도권을 뺏긴 느낌이었

---

* 세례 성사 시에 대부모가 묻는 말에서 나온 말.
** 「마태오 복음서」 16장 23절. 베드로의 아침에 예수가 한 대답. 여기에 이어지는 말은 이렇다. "너는 나에게 걸림돌이다. 너는 하느님의 일은 생각하지 않고 사람의 일만 생각하는구나!"

다. 그러나 흐뭇한 내색은 그의 얼굴에 역력했다.

— 우리가 해야 할 일은, 커닝엄 씨가 말했다. 촛불을 양손에 들고 서서 세례 때의 서약을 다시 하면 그만이야.[*]

— 아, 그런데 말이야, 톰. 촛불은 잊지 말고 가져오게, 머코이 씨가 말했다. 무슨 일이 있더라도 말이야.

— 뭐라? 커넌 씨가 말했다. 초를 갖고 가야 한다고?

— 아, 그렇다니까, 커닝엄 씨가 말했다.

— 건 안 돼, 빌어먹을 소리지 뭐야, 커넌 씨가 정색을 하고 말했다. 내가 하는 일에는 엄연히 한계가 있어. 나는 하자는 일은 얼마든지 다할 용의가 있어. 피정도 하고 고해성사도 하고, 또 … 그런 것들은 죄다 한다고. 그러나 … 촛불만은 안 돼! 안 되고말고, 거 빌어먹을 소리지 뭐야, 촛불만은 정말 싫어!

그는 익살맞게 근엄한 표정을 지으며 고개를 설레설레 저었다.

— 저 양반 한다는 소리 좀 들어보세요! 그의 아내가 말했다.

— 촛불만은 싫어, 커넌 씨는 자기의 말이 청중에게 먹히기 시작했음을 의식해서인지 계속 고개를 설레설레 저으면서 말했다. 난 정말 그따위 요술 등 같은 거 들고 하는 그런 짓 싫다고.

모두가 배꼽을 쥐고 웃었다.

— 참으로 훌륭한 가톨릭 신자 한 분 나셨네! 그의 부인이 말했다.

— 촛불은 안 된다니까! 커넌 씨는 끈덕지게 되풀이했다. 그것만은 안 돼!

---

[*] 유아 세례 때 대부모는 유아를 대리하여 세 가지 서약을 한다. 이 피정의 마지막 단계에서 참가자들은 이 서약을 되풀이하기만 하면 된다는 뜻.

***

    가디너 가의 예수회 성당의 수랑(袖廊)*은 신자들로 거의 차 있었다. 그런데도 신자들은 여전히 수시로 옆문으로 들어와 평수사의 안내를 받으며 발끝으로 살금살금 측랑을 따라 걸어 들어가 앉을 자리를 찾아 앉았다. 신자들은 한결같이 옷차림이 단정하고 몸가짐도 흐트러짐이 없었다. 성당 안 램프의 불빛은 군데군데 트위드 복장 때문에 두드러져 보이는 검정색 의복에 흰 칼라를 단 신자들을, 시꺼먼 반점이 얼룩덜룩한 초록빛 대리석 기둥을, 그리고 애처롭게 보이는 유화(油畵)들을 비추고 있었다. 신사들은 바지를 무릎 위로 약간 끌어올리고 모자는 벗어 안전하게 두고는 장의자에 앉았다. 그들은 번듯이 등을 기대고 앉아 높은 제대 앞에 걸려 있는 성체등(聖體燈)**에서 아스라이 뿜어 나오는 붉은 불빛***을 똑바로 응시하고 있었다.

    강론대에서 가까운 한 장의자에는 커닝엄 씨와 커넌 씨가 앉아 있었다. 그 뒤의 장의자에는 머코이 씨가 혼자 앉았고 그 뒤의 장의자에는 파워 씨와 포가티 씨가 앉아 있었다. 머코이 씨는 아는 사람들과 같은 의자에 앉으려고 두리번거렸으나 뜻대로 되지 않았다. 그리고 그의 일행이 5점형****의 형태로 자리를 잡게 되자 그는 이를 두고 재밌는 우스갯소리를 해보려 했으나 그것도 제대로 되지 않았다. 이러

---

* 십자가 모양으로 생긴 성당의 날개 부분.
** 성체를 모신 감실(龕室)에 켜놓은 등.
*** 이 불빛은 성체가 제대에 현존함을 나타냄.
**** 이 형은 예수가 십자가에서 입은 다섯 개의 큰 상처를 연상시킴.

한 시도가 다 수포로 돌아가자 그는 곧 단념해버렸다. 그에게마저 성당 안의 경건한 분위기가 느껴져서 종교적 자극에 반응을 보이지 않을 수 없었다. 커닝엄 씨는 귓속말로 커넌 씨에게 고리대금업자 하퍼드 씨가 약간 떨어진 곳에 앉아 있고, 또 선거인 명부 작성 책임자요 더블린 시장 메이커인 패닝 씨는 강론대 아래쪽에 그 선거구에서 새로 선출된 시의원 하나와 바짝 붙어 앉아 있다고 일러주었다. 오른쪽에는 전당포를 세 개나 운영하는 마이클 그라임스 노인과 시청 직원 사무실에 자리가 내정되어 있는 댄 호건의 조카가 앉아 있었다. 그 쪽 앞쪽에는 〈프리먼스 저널〉지의 편집장인 헨드릭 씨와 커넌 씨의 옛 친구이자 한때 잘나가던 거물급 사업가였던 가련한 오캐럴이 앉아 있었다. 점차적으로 낯익은 사람들의 면면을 알아차리게 되자 커넌 씨는 훨씬 마음이 편해지기 시작했다. 아내가 수선해준 모자는 그의 무릎 위에 올려놓았다. 그는 한두 번 한쪽 손으로 셔츠 소맷부리를 끌어내리고 다른 한 손으로는 무릎에 올려둔 모자 가장자리를 가볍게, 그러나 단단히 붙들고 있었다.

상체에 흰 장백의(長白衣)를 걸친 풍채가 당당해 보이는 사람이 강론대를 향해 힘겹게 올라가는 것이 보였다. 이와 때를 같이하여 웅성거리고 있던 신자들은 저마다 손수건을 꺼내 그 위에 조심스럽게 무릎을 꿇고 앉았다. 커넌 씨는 남이 하는 대로 꼬박꼬박 따라했다. 유달리 얼굴이 크고 불그스레한 거구가 3분의 2가량 그 체구를 난간 위로 드러내더니 마침내 사제가 강론대 앞에 똑바로 자리 잡고 섰다.

퍼든 신부는 무릎을 꿇고, 성체등의 붉은 불빛을 향해 몸을 돌리고는 두 손으로 얼굴을 가리고 기도를 올렸다. 잠시 후에 그는 얼굴에서 손을 떼고 자리에서 일어섰다. 신자들도 따라 일어난 다음 장의자에 다시 앉았다. 커넌 씨는 먼저 무릎 위에 두었던 자리에 모자를 도로 올려놓고는 설교자를 향해 경청하려는 표정을 지어 보였다. 설교자는 정교하고도 호방한 동작으로 장백의의 널따란 소맷자락을 하나씩 걷어올리면서 거기에 줄지어 앉아 있는 신자들의 얼굴을 천천히 훑어보았다. 그러더니 그는 성경을 인용했다.

— 사실 이 세상의 자녀들이 저희끼리 거래하는 데에는 빛의 자녀들보다 영리하다. 내가 너희에게 말한다. 불의한 재물로 친구들을 만들어라. 그래서 재물이 없어질 때에 그들이 너희를 영원한 거처로 맞아들이게 하여라.*

퍼든 신부는 우렁차고도 확신에 찬 목소리로 성경 구절의 의미를 설명하기 시작했다. 그는 이 구절이야말로 성경 전체에서 정확하게 해석하기가 가장 어려운 구절 가운데 하나라면서 이 구절은 얼핏 보기에는 예수 그리스도가 다른 곳에서 설교한 고매한 도덕성과 배치되는 것처럼 보일 수도 있다고 지적했다. 그러나 이 구절은 자기에게는 세속적인 삶을 살라는 운명을 타고 태어나긴 했지만 결코 속물 같은 태도로는 삶을 살고 싶지 않은 자들에게 적절한 지침이 되도록 특별히 고쳐 쓴 것처럼 보인다고 신자들에게 역설했다. 그것은 사업가와 전문 직업인을 위한 구절이라는 것이었다. 예수 그리스도는 우리 인간의 본성을 샅샅이 이해하는 성스러운 능력을 지니신 분이기에 모든 사람이 다 종교적인 삶에 부름을 받는 것도 아니요 그보다 훨씬 많은 대다

---

* 「루카 복음서」 16장 8~9절에 나오는 불의의 집사 비유의 마지막 부분.

수의 사람들은 세속적인 삶을 살지 않을 수 없고, 또 어느 정도는 속세를 위해 살 수밖에 없다는 것을 이해한다는 것이었다. 따라서 그리스도는 이 성구를 통해 종교적인 삶의 본보기로 모든 사람들 중에서 종교적인 문제에는 가장 관심이 없는 바로 그 맘몬*의 숭배자들을 겨냥하여 그들에게 충고의 말씀을 들려주려고 의도한 것이라고 했다.**

그는 청중에게 자신이 그날 저녁 거기에 선 것은 무슨 겁을 주려는 것도 아니요 허황한 목적이 있어서도 아니요 다만 속세의 한 사람으로서 동료 인간들에게 이야기하고 싶은 일념에서일 뿐이라고 했다. 그는 사업가들에게 이야기하러 나왔으니 사업가 식으로 이야기하겠노라고 했다. 비유를 들어 말한다면 그는 그들의 영적인 회계사이기 때문에 청중 하나하나가 빠짐없이 각자의 장부, 즉 영적 생활의 기록부를 활짝 펴놓고 양심과 정확하게 부합하는지 따져보게 하고 싶다는 것이었다.

예수 그리스도는 무서운 스승이 아니었다. 그분은 우리의 사소한 잘못을 이해하고 가엾게도 타락한 우리 본성의 약점을 이해하며 이 세상의 온갖 유혹을 이해하고 있었다. 우리는 우리가 모르는 사이에 유혹에 빠진 적이 있을지도 모르며, 우리 모두 때때로 유혹에 빠졌다. 다시 말해, 우리에게 허물이 있을지도 모르며, 우리 모두에게 허물이 있다는 것이었다. 그러나 딱 한 가지만 청중에게 부탁할 게 있다고 했다. 그것은 하느님께 솔직하고 당당하라는 것이었다. 그러면서 그는

---

* 재물 또는 탐욕의 신.
** "한 분이신 하느님을 흠숭하여라"라는 십계명의 가르침과는 달리 재물의 신을 섬기기를 종용하는 듯한 퍼든 신부의 이 강론은 일종의 성직 매매죄라 할 것이다.

만일 그들의 장부가 모든 점에서 부합된다면 이렇게 말하라고 했다.

　— 자, 나는 내 장부를 확인해보았습니다. 아무런 이상이 없습니다.

　그러나 만에 하나, 흔히 있을 수 있는 일이긴 하지만, 무슨 착오가 발견된다면 사실을 인정하고 솔직하게 당당하게 이렇게 말하라고 했다.

　— 자, 나는 내 장부를 살펴보았습니다. 나는 여기가 틀리고 여기가 틀리다는 걸 발견했습니다. 하지만 나는 하느님의 은총으로 여기와 여기를 당장 수정하겠습니다. 나는 내 장부를 바로잡겠습니다.

죽은 이들

관리인의 딸 릴리는 글자 그대로 발이 땅에 닿을 새가 없었다. 그녀는 손님을 아래층 사무실 뒤에 있는 조그만 식기실로 모시고 가서 외투 벗는 것을 채 다 거들어주기도 전에 쉰 듯한 소리를 내는 현관문의 초인종이 다시 울리면 또 다른 손님을 맞이하러 맨바닥 복도를 가로질러 부리나케 달려가지 않을 수 없기 때문이었다. 그녀로서는 여자 손님들까지 시중들지 않는 것이 천만다행이었다. 그러나 케이트 이모와 줄리아 이모는 미리 그럴 줄 알고 2층 목욕실을 숙녀 탈의실로 개조해두었다. 케이트 이모와 줄리아 이모는 거기를 지키고 있으면서 잡담도 하고 깔깔거리기도 하고, 법석을 피우기도 하다가 계단 꼭대기까지 다투어 걸어가 난간 너머로 아래를 내려다보며 릴리를 큰 소리로 불러 누가 왔느냐고 물어보곤 했다.

모컨 자매의 연례 댄스파티는 언제나 성대한 행사였다. 거기에는 그들을 아는 모든 사람이 참석했다. 일가친척들, 가문의 오랜 친구들, 줄리아의 합창단 단원들, 이제는 버젓이 성인이 된 케이트의 제자들, 그리고 메리 제인의 제자들도 더러 참석했다. 파티가 무미건조하게 끝난 적은 한 번도 없었다. 누구나 다 생생하게 기억하고 있듯이 그 파티는 여러 해를 두고 성대하게 치러지는 연례 행사였다. 그러니까 그것은 그들의 오빠 팻이 세상을 떠난 뒤에 케이트와 줄리아가 그들이 살던 스토니 배터의 집을 떠나 그들의 하나뿐인 조카딸 메리 제인을 데리고 어서스 아일랜드로 이사하여 그 어둡고 음산한 집의 위층을 아래층의 곡물상 풀엄 씨에게 세내어 살기 시작한 이래로 줄곧 이어오는 행사였다. 그것은 줄잡아도 30년이 족히 넘는 역사를 지닌 셈이었다. 그 당시 메리 제인은 짧은 옷을 입은 어린 소녀에 지나지 않았지만 지금은 집안의 어엿한 기둥이었다. 그녀는 해딩턴 로에서 오르간을 맡고 있었기 때문이다.[*] 그녀는 왕립음악원 출신으로 해마다 앤티언트 음악당 2층에서 제자들의 연주회를 개최했다. 그녀 제자들의 대다수가 킹스타운과 도키선(線)[**] 방면에 사는 부유한 가정의 자녀들이었다. 비록 연세가 많긴 하지만 그녀의 고모들 또한 제 몫을 했다. 줄리아는 머리가 온통 백발이었지만 아직도 아담과 이브 성당[***]

---

[*] 리피 강 남쪽의 번화가인 해딩턴 로에 있는 성모 마리아 성당의 오르간 연주자로 고용되어 있어 고정적인 보수를 받는다는 뜻.

[**] 더블린—킹스타운/도키 간을 운행하는 기차선로. 킹스타운과 도키는 더블린에서 남쪽으로 얼마 떨어져 있지 않은 항구이자 유원지. 친영적인 개신교인들이 많이 살았음.

[***] 모컨 자매가 사는 어서스 아일랜드 남쪽 머천츠 부두에 있는 무원죄 잉태 성당의 속칭. 프란치스코 수도회의 성당. 『피네건의 밤샘』에 자주 나옴.

의 제1소프라노를 맡고 있었고, 케이트는 몸이 너무 쇠약하여 거동은
불편했지만 그래도 안쪽 방에서 구식 정방형 피아노로 초보자들에게
음악 레슨을 하고 있었다. 그리고 관리인의 딸인 릴리가 그녀들의 집
하녀 일을 맡아보았다. 그들의 생활은 검소했지만 먹기는 잘 먹어야
한다고 굳게 믿었다. 다시 말해, 뭐든지 최고로만 먹어야 한다는 생각
이었다. 그리하여 그들은 다이아 모양 뼈가 박힌 등심에 3실링짜리
비싼 차*와 병에 든 최고급 흑맥주만 사서 먹었다. 그러나 릴리는 시
키는 일에 좀체 실수가 없어서 세 마님과 아주 원만하게 지냈다. 세
마님은 좀 수선스러운 편이었다. 그게 전부였다. 그러나 그들이 견딜
수 없어 하는 딱 한 가지 문제가 있다면 그것은 릴리의 말대꾸였다.

　그들이 오늘 같은 밤에 수선을 떠는 데는 물론 그럴 만한 충분한 이
유가 있었다. 그런데 밤 열시가 지난 지 오래인데도 게이브리얼과 그
의 아내가 올 기미가 보이지 않았다. 거기다 그들은 프레디 말린스가
고주망태가 되어 나타나지 않을까 걱정이 태산 같았다. 그들은 세상
없어도 메리 제인의 제자들에게만은 그의 취한 꼴을 보여주고 싶지
않은 데다 무엇보다 그가 그 지경이 되면 다루기가 여간 어려운 위인
이 아니었기 때문이다. 프레디 말린스는 항상 늦게 오는 사람이니까
그렇다 치지만 게이브리얼이 왜 그리 나타나지 않는지 궁금해서 견딜
수 없었다. 그래서 그들 두 자매는 2분이 멀다 하고 난간으로 나와 릴
리에게 게이브리얼이나 프레디가 왔느냐고 물어보곤 했다.

　─오, 콘네로이 선생님, 릴리가 게이브리얼에게 문을 열어주며 말

---

* 보통 차의 네 배에 가까운 가격.

했다, 케이트 여사와 줄리아 여사께서는 선생님이 오시지 않으려나 보다 하고 걱정을 태산같이 하셨어요. 안녕하세요, 콘네로이 사모님.

— 보나마나 그러셨을 테지, 게이브리얼이 말했다, 하지만 이모님들께서는 여기 우리 집사람이 옷을 차려입는 데 물경(勿驚) 세 시간이나 걸린다는 걸 깜빡하신 거로군.

그는 매트 위에 올라서서 고무덧신*에서 눈을 털었다. 그러는 사이 릴리는 그의 아내를 데리고 계단 발치로 가서 위를 향해 소리쳤다.

— 케이트 여사님, 콘네로이 사모님이 오셨어요.

이 말에 케이트와 줄리아는 뒤뚱거리며 어두컴컴한 계단 아래로 당장 걸어 내려왔다. 두 자매는 게이브리얼의 아내에게 키스를 하고는 추워서 얼어 죽을 뻔했겠다고 말하면서 게이브리얼은 같이 오지 않았느냐고 물었다.

— 저는 우편물처럼 정확하지 않습니까, 케이트 이모님! 올라가세요. 곧 따라 올라갈 테니까요, 게이브리얼이 어둠 속에서 큰 소리로 말했다.

세 여인이 소리 내어 웃으면서 숙녀 탈의실을 향해 2층으로 올라가는 사이에 게이브리얼은 계속해서 신발에서 열심히 눈을 털었다. 그의 외투 양어깨 위에는 망토를 두른 듯이 눈이 얄팍하게 가장자리에 덮여 있고 고무덧신 앞부리에도 콧등 장식처럼 얄팍하게 눈이 가장자리에 덮여 있었다. 외투의 단추가 눈으로 뻣뻣해진 프리즈 모직물 사이로 뻑뻑한 소리를 내면서 빠져나오자 차갑고도 향긋한 바깥 공기가

---

* 날씨가 궂을 때 신발에 물이 새지 않도록 보통 신발 위에 껴 신는 방수용 덧신.

외투의 틈새와 주름을 뚫고 파고 들어왔다.

— 또 눈이 오나요, 콘네로이 선생님? 릴리가 물었다.

그녀는 앞장을 서서 식기실로 안내하여 그가 외투 벗는 것을 도와주었다. 게이브리얼은 그녀가 그의 성(姓)을 세 음절로 발음하자* 빙그레 미소를 짓고는 그녀를 흘끗 쳐다보았다. 그녀는 몸매가 호리호리한 한창 피어나는 처녀인데도 안색은 창백하고 머리칼은 건초 빛을 띠고 있었다. 식기실의 가스등 불빛 때문에 그녀는 더욱더 창백하게 보였다. 게이브리얼은 그녀가 꼬마일 때 맨 아래 층계에 앉아 헝겊 인형을 안고 놀던 때부터 알고 있었다.

— 그래, 릴리, 그는 대답했다. 밤새도록 눈이 내릴 것 같아.

그는 위층 마루에서 발을 구르기도 하고 질질 끌면서 춤을 추는 바람에 흔들리는 식기실 천장을 올려다보고는 잠시 피아노 소리에 귀를 기울이다가 처녀에게로 눈길을 돌렸다. 그때 처녀는 선반 끝에서 그의 외투를 정성껏 개고 있었다.

— 그런데, 릴리, 그는 다정한 말투로 말했다, 아직도 학교에 다니니?

— 아, 아뇨, 선생님, 그녀는 대답했다, 학교를 마친 지 일 년도 훨씬 넘는걸요.

— 아, 그래, 그렇다면, 게이브리얼이 쾌활한 어조로 말했다, 좋은 날 골라 새파란 신랑과 결혼식을 올릴 때 우리도 가봐야 할까 보다, 그래야지?

---

* 릴리가 그의 성 '콘-로이'를 밋밋한 더블린 억양으로 '콘-네-로이'라고 잘못 발음함. 이는 무식한 하층민임을 나타내는 표시임.

처녀는 어깨 너머로 그를 되돌아보며 몹시 앙칼지게 대꾸했다.

— 요새 남자들은 하나같이 말은 비단 같아서 사람을 어떻게 우려먹나, 그 생각만 하지요.

게이브리얼은 무슨 잘못이라도 저지른 듯이 얼굴이 빨개졌다. 그는 그녀를 쳐다보지도 못한 채 고무덧신을 차서 벗어버리고 목도리로 자기의 에나멜 가죽구두를 세차게 툭툭 쳤다.

그는 건장하고도 키가 큰 젊은이였다. 그의 두 뺨에 생긴 홍조는 이마께까지 밀고 올라가 거기서 몇 개의 형체 없는 옅은 붉은 반점이 되어 자취를 감추었다. 그리고 매끈한 얼굴에는 섬세하면서도 불안해 보이는 두 눈을 가려주는 안경의 반질반질한 렌즈와 빛나는 금테가 끊임없이 번쩍이고 있었다. 윤기 있는 새까만 두발은 머리 한가운데로 가르마를 타서 긴 곡선 모양으로 귀 뒤로 빗어 넘겼는데 그 뒤로 빗어 넘긴 두발은 모자 쓴 자국 밑에서는 약간 말려 있었다.

그는 에나멜 구두를 털어 광택을 낸 후 몸을 일으켜 세우고는 뚱뚱한 몸에 맞게 조끼를 더욱 바짝 끌어내렸다. 그런 다음 그는 호주머니에서 동전 한 닢을 재빨리 꺼냈다.

— 오, 릴리, 그는 동전을 그녀 손에 쥐어주며 말했다, 크리스마스 때지, 그렇잖니? 그냥 …. 아주 조금이야 ….

그러고는 그는 문 쪽으로 재빨리 걸어갔다.

— 오, 아녜요, 선생님! 처녀는 그를 따라가며 소리쳤다. 정말로, 선생님, 받지 않겠어요.

— 크리스마스 때라니까! 크리스마스 때! 게이브리얼은 계단 있는 데까지 거의 달리다시피 가면서 그녀에게 고마워할 것 없다는 표시로

손을 내저으며 말했다.

처녀는 그가 이미 계단을 다 올라간 것을 보고는 그의 등 뒤에 대고 소리쳤다.

— 그럼, 고마워요, 선생님.

그는 치마가 바닥을 스치는 소리와 발을 질질 끌며 춤추는 소리에 귀를 기울이며 왈츠가 끝날 때까지 응접실 문 바깥에서 기다리고 있었다. 그는 아직도 처녀의 그 모질고 돌발적인 대꾸 때문에 마음이 뒤숭숭했다. 그로 인해 마음이 울적해져서 그 울적함을 떨쳐버리려고 커프스와 넥타이의 나비매듭을 매만졌다. 그런 다음 그는 조끼 주머니에서 작은 종이쪽지를 꺼내 연설에 쓰려고 준비해두었던 글귀들을 훑어보았다. 그는 로버트 브라우닝*의 시구는 망설여졌다. 그의 시는 듣는 이의 수준에 너무 높지 않을까 하는 염려 때문이었다. 그들이 쉽게 알아들을 수 있는 셰익스피어나 『아일랜드 선율』**에서 몇 구절 따오는 것이 나으리라. 상스럽게 덜거덕거리는 남자들의 구두 굽 소리와 질질 끌며 춤을 추는 그들의 구두창 소리를 듣고 있노라니 그들의 교양 수준이 자기와는 판이하다는 것이 상기되었다. 그들이 이해하지도 못할 시를 인용한다면 자신을 우스갯감으로 전락시키는 꼴밖에 되지 않으리라. 그들은 그가 높은 학식을 과시한다고 생각하리라. 그는 아까 식기실에서 그 처녀에게 실패했듯이 그들에게서도 실패하고 말리라. 그는 애초부터 헛다리를 짚은 것이었다. 그의 모든 연설 계획은

---

* 영국 시인(1812~1889). 당시의 독자들에겐 난해한 시인으로 알려져 있었음.
** 토머스 무어의 대표작. 아일랜드 가정에는 이 시집이 없는 집이 없을 정도로 인기가 있었다. 우리나라의 김소월 정도라고나 할까.

철두철미 잘못이요, 완전한 실패였다.

바로 그때 그의 두 이모와 아내가 숙녀 탈의실에서 나왔다. 그의 이모들은 수수하게 차려입은 둘 다 키가 작은 노파들이었다. 줄리아 이모는 케이트 이모보다 3센티미터가량 더 컸다. 귀 끝까지 축 처진 그녀의 머리칼은 반백이었고 축 늘어진 널따란 얼굴에도 머리칼보다 더 짙은 그림자가 드리워져 잿빛이 감돌고 있었다. 그녀는 비록 체격은 건강하고 자세도 꼿꼿하게 보이지만 눈동자엔 힘이 없고 입은 항상 벌어져 있어서 현재 어디에 있는지 또는 어디로 가고 있는지조차 모르는 멍한 노파 같은 인상을 풍겼다. 케이트 이모는 좀 더 생기가 있었다. 그녀의 얼굴은 동생보다 더 건강하게 보이긴 했지만 쭈글쭈글한 붉은 사과처럼 온통 주름살투성이였다. 그러나 한결같이 옛날식대로 땋은 그녀의 머리칼은 잘 익은 밤빛만은 잃지 않고 있었다.

그들 두 이모는 게이브리얼에게 스스럼없이 키스를 했다. 그는 그들의 애지중지하는 조카로, 항만청에 근무하던 T. J. 콘로이와 결혼한 이제는 고인이 된 그들의 큰언니 엘런의 아들이었다.

— 그레타 말이 너희들 오늘밤엔 마차를 타고 멍크스타운*으로 되돌아가지 않아도 된다면서, 게이브리얼, 하고 케이트 이모가 말했다.

— 그래요, 게이브리얼이 아내 쪽으로 몸을 돌리며 대답했다, 우리 작년에 어지간히 탈 만큼 탔지요, 안 그래요? 생각 안 나세요, 케이트 이모님. 그레타가 그 때문에 얼마나 지독한 감기에 걸렸는지? 마차 창문은 줄곧 덜커덩거리는 데다 메리언을 지나서부터는 샛바람이 마

---

* 더블린 동남쪽의 부유층이 많이 사는 아름다운 교외. 게이브리얼 부부가 여기에 사는 것은 이 파티의 다른 참석자들과는 달리 사회적 성취도가 월등함을 암시함.

구 불어닥쳤지요. 정말 대단했지요. 그 바람에 그레타는 지독한 감기에 걸리고 말았지요.

케이트 이모는 엄숙하게 이맛살을 찌푸리고 말끝마다 고개를 끄덕였다.

— 맞았어, 게이브리얼, 그렇고말고, 그녀는 말했다. 조심은 아무리 해도 지나칠 게 없는 거야.

— 하지만 여기 그레타로 말하면, 게이브리얼이 말했다, 그냥 내버려두면 눈이 오면 걸어서라도 집에 가고 싶대요.

콘로이 부인이 소리 내어 웃었다.

— 저이 말 듣지 마세요, 케이트 이모님, 그녀가 말했다. 저 양반, 얼마나 성가신 사람인지 몰라요. 톰의 눈을 위한답시고 밤에 푸른 등 갓을 씌우지를 않나, 억지로 아령을 시키지를 않나, 로티*에게는 그토록 먹기 싫어하는 오트밀 죽을 강제로 먹이지를 않나, 온갖 성가신 일은 다 골라서 하거든요. 아이가 딱하지 뭐예요! 로티는 오트밀 죽을 보기만 해도 딱 질색하거든요! …. 오, 그런데 저 양반이 오늘 저에게 무엇을 신겼는지는 상상도 못 하실 거예요.

그녀는 까르르 웃음을 터뜨리면서 남편을 흘끗 쳐다보았다. 이때 남편은 정겹고도 행복에 찬 눈초리로 부인의 드레스에서부터 얼굴과 머리칼까지 찬찬히 훑어보고 있었다. 두 이모도 실컷 박장대소를 했다. 왜냐하면 게이브리얼의 소심함이 그들에게는 언제나 우스갯감을 제공하기 때문이었다.

---

* 지금까지의 다른 텍스트에는 콘로이 부부의 딸 이름은 에바였음.

— 다름 아닌 고무덧신이랍니다! 콘로이 부인이 말했다. 그건 최신 유행이라는 거예요. 땅이 질기만 하면 반드시 고무덧신을 신어야만 한다나요. 오늘 저녁만 해도 저 양반은 저더러 그걸 신으라고 하고 저는 신지 않겠다고 하면서 한창 실랑이를 벌였죠. 다음번에는 아마 잠수복이라도 사줄 거예요.

게이브리얼은 신경질적으로 웃음을 터뜨리며 마음의 안정을 취하려는 듯 넥타이 매듭을 가볍게 두드렸다. 이때 케이트 이모는 배꼽을 잡고 웃었다. 그레타의 농담이 그토록 재밌었기 때문이다. 그러나 줄리아 이모의 얼굴에서는 미소가 이내 사라지면서 침울한 두 눈이 조카의 얼굴로 향했다. 잠시 후 그녀는 이렇게 물었다.

— 그런데 고무덧신이 뭐지, 게이브리얼?

— 고무덧신이 뭐냐고, 줄리아! 그녀의 언니가 큰 소리로 말했다. 맙소사, 고무덧신이 뭔지 모르고 있다니? 사람들이 사람들 …… 사람들 부츠 위에 더 얹어 신는 거잖아, 그레타, 내 말이 맞지?

— 맞았습니다, 콘로이 부인이 말했다. 고무* 제품이지요. 우린 둘 다 한 켤레씩 갖고 있지요. 게이브리얼 말로는 대륙**에서는 신지 않는 사람이 없다는데요.

— 아, 대륙에서는 그런가, 줄리아 이모는 고개를 천천히 끄덕거리면서 중얼거렸다.

게이브리얼은 눈살을 찌푸리며 약간 화가 난 듯이 말했다.

— 조금도 이상할 것이 없는 일을 가지고 괜히 그레타가 크게 재미

---

* 인도산(産)보다는 탄성이 덜한 말레이산 제품.
** 영국 제도와 대조적인 유럽 본토.

있어하는 거예요, 고무덧신이라는 말이 그녀에겐 크리스티 가극단[*]을 연상시킨다면서 말입니다.

— 그런데 말이야, 게이브리얼, 케이트 이모가 눈치 빠르게 말했다. 물론 방은 봐두었겠지? 그레타 말이 ....

— 아, 방 말씀입니까, 방은 아무 문제없습니다, 게이브리얼이 대답했다. 그레셤 호텔[**]에 하나 예약해두었으니까요.

— 아무렴, 케이트 이모가 말했다, 참 잘했구나. 그리고 그레타, 아이들은 걱정할 필요가 없겠지?

— 걱정 없어요, 하룻밤뿐인걸요, 콘로이 부인이 말했다. 게다가 베시가 잘 보살펴줄 거예요.

— 아무렴, 케이트 이모가 다시 말했다. 그런 처녀를 데리고 있는 것이 얼마나 다행이냐, 마음 놓고 믿을 수 있는 아이니까 말이야! 그런데 저 릴리 말이야, 걔한테 요새 무슨 일이 생겼는지 도통 알 수가 없단 말이야. 걔가 전과 같은 처녀는 아닌 것 같거든.

게이브리얼이 이 점에 관해서 이모에게 몇 가지 물어보려는 찰나 그녀는 갑자기 말을 멈추고는 계단 아래로 슬금슬금 내려가 난간 너머로 목을 길게 뽑고 있는 그녀의 동생을 찾기 시작했다.

— 여기 봐, 이 사람아, 그녀는 조급한 듯한 어조로 말했다, 줄리아, 어딜 가지? 줄리아! 줄리아! 도대체 어딜 가는 거야?

줄리아는 한 층을 절반쯤 내려갔다가 다시 돌아와서 상냥하게 말

---

[*] 19세기에 미국에서 에드윈 T. 크리스티가 조직한 순회가극단. 얼굴을 검게 분장하고 흑인 노래를 자주 불렀음.
[**] 더블린의 중심가인 색빌 가(현재의 오코넬 가)에 있는 특급 호텔.

했다.

— 프레디가 왔어요!

이와 때를 같이하여 박수 소리와 피아니스트의 마무리 장식악구가 함께 터져나와 왈츠가 끝났음을 알 수 있었다. 응접실 문이 안으로부터 열리며 몇 쌍의 부부가 밖으로 나왔다. 케이트 이모는 황급히 게이브리얼을 한쪽 옆으로 끌고 가 귀에 대고 소곤거렸다.

— 게이브리얼, 얼른 좀 내려가 그가 멀쩡한지 좀 봐주게. 만일 그가 술에 취했으면 올려 보내지 말게. 보나마나 취했을 거야. 틀림없이 그럴 거야.

게이브리얼은 계단 쪽으로 가서 난간 너머로 귀를 기울였다. 식기실에서 두 사람이 얘기를 나누는 소리가 들렸다. 그는 곧 프레디 말린스의 웃음소리임을 알아차렸다. 그는 요란하게 계단을 내려갔다.

— 게이브리얼이 여기 있다는 것이, 케이트 이모가 콘로이 부인에게 말했다, 얼마나 큰 힘이 되는지 모르겠어. 걔가 여기에 오면 ...... 언제나 마음이 훨씬 편안해지거든. 줄리아, 댈리 양과 파워 양에게 뭐 마실 것 좀 대접하지그래. 멋진 왈츠곡 고마웠어요, 댈리 양, 덕분에 우리 모두가 얼마나 즐거웠는지 모르겠어요.

뻣뻣한 반백의 콧수염에 피부가 가무잡잡한 데다 훤칠한 키에 쭈글쭈글한 얼굴을 한 사내가 파트너와 함께 지나치다 이 말을 듣고 이렇게 말했다.

— 그런데 우리도 뭣 좀 마실 수 없을까요, 모컨 여사님?

— 줄리아, 케이트 이모가 지체 없이 말했다, 여기 브라운 씨와 펄롱 양도 계신다. 줄리아, 이분들 댈리 양과 파워 양과 함께 모셔라.

— 저는 이래 뵈도 숙녀들을 안내하는 데는 이력이 난 사람이에요, 브라운 씨는 콧수염이 곤두 설 정도로 입술을 잔뜩 오므리고 주름살 투성이 얼굴에 미소를 지으면서 말했다. 모컨 여사님, 여자들이 그토록 저를 좋아하는 ...... 이유를 알고 계시죠.

그가 채 할 말을 끝내기도 전에 케이트 이모가 말소리가 들리지 않을 곳으로 사라진 것을 알고 브라운 씨는 세 젊은 숙녀를 당장 안쪽 방으로 안내했다. 방 한복판에는 끝과 끝을 맞대어 붙여놓은 두 개의 네모진 식탁이 놓여 있었는데 그 식탁 위에 줄리아 이모와 관리인이 커다란 식탁보를 잡아당겨 펴고 있었다. 찬장에는 큰 접시와 쟁반, 술잔, 그리고 나이프, 포크 및 스푼 다발들이 진열되어 있었다. 정방형 피아노의 닫힌 뚜껑도 음식과 과자류를 두는 찬장 구실을 했다. 한쪽 구석의 보다 작은 찬장 앞에는 두 젊은이가 서서 홉비터*를 마시고 있었다.

브라운 씨는 자기가 담당한 여성들을 거기로 이끌고 가서 따끈하고 독하면서도 달콤한 여성용 펀치 주를 맛 좀 보라고 농담으로 권했다. 그들이 독한 것은 입에 대지도 않는다고 하자 그는 레모네이드 세 병을 따서 그들에게 건넸다. 그러고 나서 그는 한 젊은이에게 좀 비켜달라고 하고서는 술병을 집어들고 자기 몫으로 위스키를 잔뜩 따랐다. 그가 맛보기로 한 모금 하는 사이에 젊은이들은 경탄의 눈초리로 그를 바라보았다.

— 세상에 이럴 수가 있어요, 그는 미소를 지으면서 말했다, 의사가

* 홉을 넣어 쓰게 만든 알코올성 음료.

독주를 마시라는 처방을 내리시다니.*

그의 쭈글쭈글한 얼굴에 함박웃음이 터졌다. 그러자 그 세 젊은 여성은 그의 농담에 음악적으로 맞장구라도 치듯 온몸을 이리저리 흔들고 어깨를 있는 대로 들썩이면서 박장대소를 했다. 그중에 가장 넉살좋은 여성이 말했다.

— 아니, 여보세요, 브라운 씨, 의사가 그런 처방을 내렸을 리는 만무할 텐데요.

브라운 씨는 위스키 한 모금을 더 홀짝거리고는 갈지자걸음 흉내를 내며 말했다.

— 글쎄요, 이것 보세요, 나는 그 유명한 캐시디 부인을 닮았나 봐요, 그녀가 바로 이런 말을 했다잖아요. 자, 메리 그라임스여, 만일 내가 마시지 않고 가만있거든 마시도록 제발 권해줘요. 나는 마시고 싶으니까요.**

그는 불그레해진 얼굴을 다소 지나칠 정도로 조심 없이 앞으로 내민 데다 아주 저속하게 들리는 더블린 말투를 일부러 썼기 때문에 젊은 여성들은 하나같이 본능적으로 그의 말에 하등의 반응 없이 잠자코 듣고 있기만 했다. 메리 제인의 제자 중 하나인 펄롱 양은 댈리 양에게 방금 연주한 그 멋진 왈츠의 곡목이 뭐냐고 물었다. 그러자 브라운 씨는 자기가 무시당하고 있음을 눈치채고는 자기를 좀 더 알아주는 듯한 두 청년에게로 재빨리 몸을 돌렸다.

팬지 색 옷차림에 얼굴이 붉은 젊은 여인이 신나게 손뼉을 치며 방

---

* 당시에는 알코올 성분이 많은 강장제가 의학 목적으로 흔히 처방되었음.
** 의학을 팔면서 술을 밝히는 사람들을 조롱하는 상투적인 농담인 듯함.

안으로 들어와 소리쳤다.

— 카드리유*가 시작됩니다. 카드리유가!

케이트 이모가 그녀의 뒤를 바싹 따라 들어오며 외쳤다.

— 남자 둘과 여자 셋이 더 필요해, 메리 제인!

— 오, 여기에 버긴 씨와 케리건 씨가 계시잖아요, 메리 제인이 말했다. 케리건 씨, 파워 양의 파트너가 되어주시겠어요? 펄롱 양, 버긴 씨가 파트너로 어떻겠니? 오, 그럼 다 됐잖아요.

— 여자가 셋이라니까, 케이트 이모가 말했다.

두 젊은 신사는 숙녀들에게 같이 춤을 출 기쁨을 허락해주겠느냐고 물었고, 메리 제인은 댈리 양에게로 몸을 돌렸다.

— 오, 댈리 양, 정말 수고 많았어요. 마지막 춤곡으로 두 곡이나 쳤으니까 말이지. 하지만 오늘밤엔 숙녀들이 왜 이렇게 부족한지 모르겠군.

— 제 걱정은 하지 마세요, 모컨 여사님.

— 하지만 자네에겐 멋진 파트너가 있다네, 바텔 다시 씨라는 테너 말이야. 좀 있다 그분에게 노래를 한 곡 부탁할 거야. 더블린이 온통 그분 이야기로 떠들썩하지.

— 목소리 하나는 끝내주지, 끝내주고말고! 케이트 이모가 말했다.

피아노가 맨 처음 피겨**의 전주를 두 번 치기 시작하자 메리 제인은 새로 충원한 사람들을 데리고 재빨리 방밖으로 빠져나갔다. 그들이 빠져나가자마자 줄리아 이모가 무엇을 찾는 듯이 뒤를 살피면서

---

* 프랑스에서 시작된 남녀 네 쌍이 추는 일종의 스퀘어댄스.
** 카드리유의 일련의 선회 운동.

느릿느릿 방 안으로 들어왔다.

— 무슨 일이야, 줄리아? 케이트 이모가 걱정이 되어 물었다. 누굴 찾는 거야?

냅킨을 한 뭉치 들고 들어오던 줄리아는 언니에게로 몸을 돌리면서 그 질문이 전혀 뜻밖이라는 듯이 짤막하게 답했다.

— 프레디가 왔을 뿐이에요, 케이트 언니, 게이브리얼과 같이 있어요.

실은 그녀 바짝 뒤에 게이브리얼이 프레디 말린스를 데리고 층계참을 가로질러 오는 것이 보였다. 프레디는 한 마흔쯤 되어 보이는 젊은이로 게이브리얼만 한 신장과 체구에 어깨는 매우 둥글넓적해 보였다. 그의 얼굴은 살집이 있으면서도 창백했는데, 축 늘어진 두꺼운 귓불과 펑퍼짐한 코 양쪽 끝에만 붉은빛이 감돌 뿐이었다. 그의 용모는 우락부락한 인상을 풍겼다. 코는 뭉툭하고, 이마는 울퉁불퉁하고, 입술은 부어오른 듯 튀어나와 있었다. 그의 눈은 눈꺼풀이 두툼하고 머리칼은 듬성듬성한 데다 헝클어져서 졸고 있는 사람처럼 보였다. 그는 아까 층계에서 게이브리얼에게 해준 이야기가 생각나서 목청껏 큰 소리로 껄껄 웃으면서 동시에 왼손 손가락 마디로 왼쪽 눈을 앞뒤로 연신 비벼댔다.

— 안녕하세요, 프레디, 줄리아 이모가 말했다.

프레디 말린스는 목소리가 습관적으로 잘 막히기 때문에 언뜻 들으면 퉁명스럽다 싶을 정도로 모컨 자매에게 저녁인사를 하는 브라운 씨가 찬장 있는 데서 자기를 향해 히죽거리고 있는 것을 발견하고 약간 비틀거리는 걸음걸이로 방 안을 가로질러 가 조금 전에 게이브리얼에게 했던 그 이야기를 나지막한 목소리로 또 되풀이하기 시작했다.

— 저 양반 그렇게 엉망은 아니지, 그렇지? 케이트 이모가 게이브리얼에게 물었다.

이맛살을 잔뜩 찌푸리고 있던 게이브리얼은 재빨리 이맛살을 펴면서 대답했다.

— 예, 별로요, 눈에 띨 정도는 아니군요.

— 글쎄, 저 양반 보통 지긋지긋한 인간이 아니야! 그녀가 말했다. 그의 불쌍한 어머니가 섣달 그믐날 밤에 금주 맹세까지 시켰건만. 하지만 그건 그렇고, 자, 게이브리얼, 응접실로 들어가세.

게이브리얼과 함께 안쪽 방을 나가기에 앞서 그녀는 브라운 씨를 향해 이맛살을 찌푸리며 집게손가락을 앞뒤로 흔들어 술 조심을 시키라는 신호를 보냈다. 브라운 씨는 그 대답으로 고개를 끄덕이고는 그녀가 나가고 나자 프레디 말린스에게 말했다.

— 자, 그럼, 테디, 레모네이드 한 잔 잔뜩 따라드릴 테니 기운 좀 차리시구려.

그의 이야기가 마침 거의 절정에 가까워지고 있었으므로 프레디 말린스는 귀찮다는 듯이 손을 내저어 그 제안을 뿌리쳤다. 그러나 브라운 씨는 프레디 말린스에게 우선 흐트러진 옷매무새부터 바로잡으라고 주의를 준 다음 레모네이드를 한 잔 가득 따라 건네주었다. 프레디 말린스는 왼손으로 기계적으로 잔을 받았다. 오른손으로는 옷차림을 기계적으로 바로잡느라 정신이 없었다. 얼굴이 함박웃음으로 다시 한 번 주름살투성이가 된 브라운 씨는 자기 몫으로 위스키를 한 잔 따랐다. 이때 프레디 말린스는 이야기의 절정에 미처 도달하기도 전에 기

관지염에 걸린 듯한 발작적인 날카로운 폭소를 터뜨리더니 맛도 보지
않은 넘치는 레모네이드 잔을 도로 내려놓고는 발작적인 폭소 사이사
이에 자기가 한 마지막 구절의 말을 되풀이하면서 왼손의 손가락 마
디로 왼쪽 눈을 앞뒤로 비벼대기 시작했다.

* * *

메리 제인이 숨을 죽인 듯이 조용한 응접실에서 빠른 연주와 난해
한 악절로 가득한 음악원 곡*을 연주하고 있을 때 게이브리얼은 그것
을 잘 알아들을 수가 없었다. 그는 음악을 좋아했지만 그녀가 연주하
는 곡은 그에게는 아무런 멜로디도 없는 것 같아서 비록 다른 청중은
메리 제인에게 무언가 근사한 곡을 쳐달라고 간청하긴 했지만 그들에
게도 무슨 멜로디가 있어 보이는지 의심스러웠다. 피아노 소리에 식
당에서 나와 문간에 서서 듣고 있던 네 명의 젊은이도 몇 분이 안 되
어 짝을 지어 어디론가 조용히 사라져버렸다. 그 음악을 이해하는 것
같아 보이는 사람은 두 손을 건반을 따라 움직이거나 연음(延音)이
있는 곳이면 잠시 기도를 올리는 여사제의 두 손처럼 건반에서 손을
번쩍 치켜드는 메리 제인 자신과, 옆에 바짝 붙어 서서 악보를 넘겨주
는 케이트 이모, 이렇게 오직 둘뿐이었다.

게이브리얼의 두 눈은 왁스를 칠한 마룻바닥이, 묵직한 샹들리에
불빛을 받아 반짝거려 눈이 부셔서인지 피아노 위의 벽 쪽을 향하고

---

* 왕립 음악원에서 연주자의 기량을 테스트하기 위해 지정하는 어려운 곡.

있었다. 벽에는 「로미오와 줄리엣」의 발코니 장면*의 그림이 걸려 있고 그 옆에는 런던탑에서 살해된 두 왕자**의 그림이 걸려 있었는데, 그것은 줄리아 이모가 소녀 시절에 빨강, 파랑, 갈색 털실로 수를 놓은 것이었다. 이모들은 아마도 그들이 소녀 때 다닌 학교에서 저런 걸 배웠으리라. 왜냐하면 어느 해 그의 어머니가 생일 선물로 그에게 보라색 태비넷 천***으로 여우 새끼들 머리를 수놓은 조끼를 만들어준 적이 있었기 때문이다. 그것은 밤색 공단으로 안을 댄 데다 오디 색 단추가 달린 것이었다. 케이트 이모는 입버릇처럼 그의 어머니를 모컨 가문의 재원(才媛)이라고 불렀지만 그녀에게는 음악적 재능이 없는 것이 이상했다. 케이트와 줄리아 이모는 둘 다 그들의 성실하고 자상한 언니를 언제나 다소 자랑스러워하는 것 같았다. 어머니의 사진이 체경 앞에 걸려 있었다. 그녀는 무릎 위에 책을 펴놓고 세일러복 차림으로 그녀의 발치에 누워 있는 콘스탄틴에게 책 속의 무엇인가를 가리키고 있었다. 그녀는 가문의 위신에 대단히 민감했기 때문에 아들들의 이름을 지어준 사람도 바로 그녀였다. 그녀 덕택에 콘스탄틴****은 현재 밸브리건*****에서 수석 보좌신부로 봉직하고, 또 그녀 덕택에 게이브리얼 자신도 로열 대학에서 학위를 받을 수 있었다. 그

---

* 「로미오와 줄리엣」 2막 2장에서 줄리엣이 발코니에서 바람을 쐬고 있을 때 로미오가 그 아래 정원에 와서 사랑을 고백하는 장면.
** 영국 왕 리처드 3세는 그의 형 에드워드 4세의 두 어린 아들인 조카들을 런던탑에 감금했다가 살해하고 1483년에 왕위에 오름.
*** 포플린 비슷한 물결무늬의 견모 교직 천.
**** 그리스도교 최초의 로마 황제 콘스탄티누스 대제를 염두에 두고 작명한 듯함.
***** 더블린 북쪽 32킬로미터 지점의 해안 소읍.

는 어머니가 그의 결혼을 은근히 반대하던 일이 머리에 떠오르자 얼굴에 어두운 그림자가 스치는 것 같았다. 그녀가 던진 몇 마디 모욕적인 언사가 아직도 그의 기억에 사무쳤다. 그녀는 언젠가 그레타를 걸 똑똑이 촌년이라고 말한 적이 있는데, 이 말은 그레타와는 하등의 관계가 없는 말이었다. 멍크스타운의 그들 집에서 그녀가 세상을 떠나기 전까지 오랫동안 병석에 있을 때 그녀를 정성껏 보살핀 사람은 그레타였다.

그는 메리 제인이 소절이 하나씩 끝날 적마다 음계를 빨리 연주함과 동시에 앞머리의 멜로디를 다시 반복하는 바람에 그녀의 곡이 거의 끝날 때가 확실히 되었구나 하는 생각이 들었다. 그리하여 그가 그녀의 곡이 끝나기를 기다리는 사이에 어머니에 대한 노여움이 마음속에서 사라져버렸다. 그녀의 곡은 고음부의 몇 옥타브의 전음(顫音)과 저음부의 마지막 묵직한 옥타브로 모두 끝이 났다. 우레 같은 박수가 터지자 메리 제인은 얼굴을 붉히면서 부랴부랴 악보를 말아 들고 도망치듯 실내를 빠져나갔다. 가장 열렬하게 박수를 친 사람은 피아노곡이 시작될 때 식당으로 슬그머니 들어갔다가 피아노 연주가 끝나자 되돌아 나온 그 문간에 서 있던 네 명의 젊은이였다.

랜서스*의 순서가 되었다. 게이브리얼은 알고 보니 아이버스 양과 파트너가 되어 있었다. 그녀는 솔직한 태도에 말이 많은 편인 젊은 여성으로 얼굴에는 주근깨가 많고 앞으로 좀 튀어나온 갈색 눈을 하고 있었다. 그녀는 가슴이 깊이 파인 보디스**를 입지 않았을뿐더러 칼

---

* 4쌍 이상이 추는 카드리유의 일종.
** 끈으로 허리를 조여 매는 여성용 웃옷.

라 앞에 단 커다란 브로치에는 아일랜드적인 도안*이 들어 있었다.

그들이 자리를 잡고 서자 그녀가 불쑥 말을 걸었다.

—당신에게 따질 일이 좀 있어요.

—나에게요? 게이브리얼이 말했다.

그녀는 심각하게 고개를 끄덕였다.

—그게 뭔데요? 게이브리얼은 그녀의 엄숙한 태도에 미소를 띠며 말했다.

—G. C.가 누구죠? 아이버스 양은 그에게로 눈길을 돌려 꼬나보면서 대꾸했다.

게이브리얼이 얼굴이 벌개져서 무슨 말인지 알아차리지 못했다는 듯이 미간을 찌푸리려 할 때 그녀가 퉁명스럽게 말했다.

—아, 시치미 떼지 마세요! 당신이 〈데일리 익스프레스〉**에 기고하는 것을 제가 모를 줄 알고 그러세요. 그래, 어쩌면 부끄럽지도 않으세요?

—부끄러워해야 할 이유가 어딨어요? 게이브리얼은 눈을 껌벅거림과 동시에 미소를 지으려고 애쓰면서 되물었다.

—글쎄요, 당신을 보니 저까지 부끄러워요, 아이버스 양이 솔직하게 말했다. 그따위 넝마 같은 신문에 글을 다 쓰시다니. 당신이 친영파일 줄은 미처 몰랐어요.

게이브리얼의 얼굴에는 난처한 빛이 역력했다. 그가 〈데일리 익스

---

* 아일랜드 문예부흥운동이 고조됨에 따라 켈트인 특징을 나타내는 브로치와 그와 관련된 다른 장식품이 큰 인기를 끌었음.
** 더블린에서 간행되는 보수적인 친영계 일간지.

프레스〉에 매주 수요일마다 15실링의 고료를 받고 문학 칼럼에 글을 쓰는 것은 사실이었다. 그러나 그것 때문에 그가 친영파로 몰릴 수는 도무지 없었다. 서평용으로 그가 받는 신간 서적들이 몇 푼 안 되는 원고료보다 훨씬 더 반갑다고 해도 과언이 아니었다. 그는 갓 출판된 책들의 표지를 만지작거리고 또 책장을 넘겨보는 것을 엄청나게 좋아했다. 그는 거의 매일같이 대학에서 강의가 끝나면 부둣가를 따라 헌책방을 찾아 어슬렁거리는 것이 습관이었다. 예를 들면 배철러스 워크의 히키 서점, 애스턴스 부두*의 웨브 서점 또는 매시 서점, 아니면 뒷골목의 클로히시 서점 같은 곳이었다. 그는 그녀의 공격에 어떻게 대처해야 좋을지를 몰랐다. 그는 문학은 정치를 초월한다고 말해주고 싶었다. 그러나 그들은 다년간 사귄 친구인 데다, 처음에는 대학생으로서, 그다음에는 교원으로서의 그들의 경력도 서로 평행을 유지해온 터였다. 그런 처지에 그는 그녀에게 거창한 언사를 감히 농할 수가 없었다. 그는 연신 눈을 껌벅거리면서 미소를 잃지 않으려 애썼다. 그러면서 그는 책의 서평을 쓰는 데 무슨 정치적인 색채가 있겠느냐고 들릴락 말락 하게 중얼거렸다.

그들의 춤동작이 서로 엇갈려 지나칠 차례가 되었을 때도 그는 여전히 어안이 벙벙하여 마음을 가눌 수가 없었다. 아이버스 양은 재빨리 그의 손을 다정하게 잡으며 부드럽고 친밀한 어조로 말했다.

— 물론, 아까는 농담으로 그랬을 뿐이에요. 자, 엇갈려 지나갈 차례가 되었군요.

---

* 현재의 애스턴 부두.

그들이 엇갈렸다가 다시 짝이 되었을 때 그녀가 대학 문제*에 관한 이야기를 꺼내 게이브리얼은 한결 마음이 홀가분해졌다. 그녀의 친구 하나가 그녀에게 그가 쓴 브라우닝 시집에 대한 서평을 보여준 적이 있었다. 그것이 바로 그녀가 비밀을 알게 된 계기였다. 그러나 그녀는 그 서평만은 엄청나게 좋아했다. 그러다가 그녀는 느닷없이 말했다.

— 오, 콘로이 씨. 이번 여름에 애런 섬**에 한번 놀러 가시지 않겠어요? 우린 거기서 꼬박 한 달을 머물 예정이에요. 대서양이 확 트여 있어 근사할 거예요. 같이 가셔야죠. 클랜시 씨도 가고요, 킬켈리 씨와 캐슬린 커니도 갑니다. 그레타도 만일 동행한다면 정말 기가 막혀할 거예요. 그녀는 코노트 주*** 출신이시잖아요?

— 친정이 거기죠, 게이브리얼은 퉁명스럽게 말했다.

— 하지만 당신은 가셔야지요, 안 그래요? 아이버스 양은 따뜻한 손으로 그의 팔을 힘껏 잡으며 조르듯 말했다.

— 실은, 게이브리얼이 말했다, 어디 가기로 이미 약속을 해놔서 …

— 어디를요? 아이버스 양이 물었다.

— 글쎄요, 저는 아시다시피 매년 몇몇 친구들과 자전거 여행을 가지요, 그래서 …

— 그런데 어디로요? 아이버스 양이 다그쳤다.

— 글쎄요, 우리는 보통 프랑스나 벨기에, 아니면 독일 같은 데로

---

* 아일랜드의 가톨릭계 대학에도 트리니티 대학과 같은 개신교계의 대학처럼 어떻게 하면 질적으로 우수한 교육을 제공할 수 있겠는가 하는 당시의 사회 문제 중 하나.
** 아일랜드 서해안 골웨이 근처의 섬들. 그곳의 원주민은 지금도 아일랜드어를 쓰면서 토속적인 생활을 하고 있어 문예부흥운동가들은 반드시 방문해야 할 곳으로 떠받들었다.
*** 아일랜드 4주 가운데 하나로 서해안 지역. 그레타의 고향 골웨이도 이 주에 있음.

가지요, 게이브리얼이 어색하게 답했다.

— 그런데 왜 프랑스나 벨기에로 가시죠? 아이버스 양이 말했다, 당신 자신의 나라는 놔두고?

— 글쎄요, 게이브리얼이 말했다, 한편으로는 대륙의 언어에 접해 보고도 싶고 또 한편으로는 기분전환도 하고 싶어서이죠.

— 그렇다면 당신은 접해보고 싶은 당신 자신의 나라의 언어는 없으세요, 아일랜드어라는? 아이버스 양이 물었다.

— 글쎄요, 게이브리얼이 말했다, 그런 식의 얘기라면 아일랜드어는 저의 언어가 아닙니다.

옆에서 춤을 추던 사람들이 그들의 힐문을 귀담아 들으려고 몸을 돌렸다. 게이브리얼은 초조하게 좌우를 두리번거리면서 이마가 벌겋게 물든 곤혹스러운 처지에서도 명랑한 표정을 지어 보이려 안간힘을 썼다.

— 그러면 당신은 당신 나라에는 가볼 만한 곳이 없다는 말인가요, 아이버스 양이 말을 이었다, 당신은 당신의 동포와 당신의 조국에 대해서는 아무것도 모르고 있으면서 말이에요?

— 아, 솔직하게 말해서, 게이브리얼이 발끈하여 대꾸했다, 난 내 조국에 진저리가 나요, 진저리가 난단 말이에요!

— 왜요? 아이버스 양이 물었다.

게이브리얼은 답하지 않았다. 자신의 대꾸로 말미암아 열이 오를 대로 올라 있었기 때문이다.

— 왜요? 아이버스 양이 거듭 물었다.

그들은 같이 방문 동작을 취해야 할 때가 되었다. 그가 대답을 하지 않자 아이버스 양은 격한 말투로 내뱉었다.

— 물론, 꿀 먹은 벙어리시군요.

게이브리얼은 몹시 정열적으로 춤에 몰두하여 자신의 불안을 감추려고 애를 썼다. 그는 그녀의 얼굴에서 뾰로통한 표정을 읽을 수 있었기 때문에 그녀의 시선을 피했다. 그러나 그들이 서로 떨어졌다 긴 연결 동작에서 다시 만나게 되었을 때 그녀가 그의 손을 꽉 잡는 것을 느끼고는 깜짝 놀랐다. 그녀가 눈을 치뜨고 잠시 그를 야릇하게 쏘아보는 바람에 그는 미소를 짓지 않을 수 없었다. 그러다가 다시 연결 동작을 시작하려는 찰나 그녀는 발끝으로 서서 그의 귀에 대고 속삭였다.

— 친영파!

랜서스가 끝나자 게이브리얼은 멀리 떨어진 방의 한구석으로 갔다. 거기에는 프레디 말린스의 어머니가 앉아 있었다. 그녀는 몸집은 크나 연약하게 보이는 백발이 성성한 노파였다. 음성은 아들처럼 잘 잠기고 약간 말도 더듬었다. 그녀는 아들이 이미 와 있고 또 그다지 술에 취하지 않았다는 것도 들어서 알고 있었다. 게이브리얼은 그녀에게 무사히 바다를 건넜느냐고 인사를 했다. 그녀는 출가한 딸과 글래스고에 살고 있는데 일 년에 한 번씩 더블린에 다니러 왔다. 그녀는 뱃길이 참으로 편안했고 선장도 그렇게 자상할 수가 없더라고 차분하게 대답했다. 그녀는 그녀의 딸이 글래스고에 갖고 있는 아름다운 집과, 거기에 사는 마음씨 고운 모든 친구들에 관한 이야기도 했다. 그녀가 장황하게 이야기를 늘어놓는 동안 게이브리얼은 마음속에서 아이버스 양과 있었던 불쾌한 일의 기억을 모두 털어버리려 애를 썼다.

물론 그녀는 처녀라고 부르든 여성이라고 부르든 뭐라고 부르든 간에 극성파임은 틀림없었지만 모든 일에는 적절한 때가 있는 법이다. 아마도 그가 그런 식으로 그녀에게 대꾸하지 않는 것이 옳았을지도 모른다. 하지만 그녀는 사람들 면전에서 비록 농담이라 하더라도 그를 친영파라고 부를 권리는 없었다. 그녀는 그에게 질문공세를 펴면서 또 놀란 토끼 눈을 하고 그를 꼬나보면서 사람들 앞에서 그에게 애써 창피를 주려고 그랬던 게 아닐까.

그는 아내가 왈츠를 추고 있는 사람들 사이로 자기를 향해 다가오는 것을 보았다. 그녀는 그에게 다다르자 그의 귀에 대고 말했다.

— 여보, 케이트 이모님께서 당신이 예년처럼 거위를 잘라주셨으면 해요. 댈리 양은 햄을 자르고 나는 푸딩을 맡을 거예요.

— 좋아요, 게이브리얼이 말했다.

— 이모님께서는 이 왈츠가 끝나는 대로 젊은 사람들부터 먼저 들여보내시려고 해요, 우리는 나중에 우리들끼리만 식사를 할 수 있도록 말이에요.

— 당신도 춤을 췄어요? 게이브리얼이 물었다.

— 그럼요, 췄고말고요. 못 보셨어요? 몰리 아이버스하고는 무슨 말다툼을 하셨어요?

— 말다툼은 무슨 말다툼. 왜요? 그녀가 그러던가요?

— 그와 비슷한 말을 하더군요. 저기 저 다시 씨에게 노래 한 곡 부탁할까 해요. 그분은 되게 콧대가 높은 것 같아요.

— 말다툼 같은 것은 없었어요, 게이브리얼이 시무룩하게 말했다, 그녀가 아일랜드 서부로 나더러 여행을 같이 가자고 하기에 그럴 생

336

각이 없다고 했을 뿐이에요.

그의 아내는 흥분을 감추지 못하고 두 손을 움켜잡으며 가볍게 껑충 뛰기까지 했다.

— 오, 가요, 여보, 그녀가 큰 소리로 말했다. 골웨이에 꼭 좀 다시 가고 싶거든요.

— 가고 싶거든 당신이나 가시구려, 게이브리얼은 냉담하게 말했다.

그녀는 잠시 그를 쳐다보고는 말린스 부인에게로 고개를 돌리며 말했다.

— 참으로 상냥한 남편 다 보시죠, 말린스 부인.

그녀가 방을 가로질러 요리조리 도로 빠져나가는 동안 말린스 부인은 언제 이야기가 중단된 적이 있었느냐는 듯이 게이브리얼에게 스코틀랜드에서 경치가 아름다운 곳은 어디며, 거기 경치는 얼마나 아름다운가를 계속해서 이야기해주었다. 그녀의 사위는 해마다 그들을 호수로 데리고 갔고 그들은 곧잘 낚시질을 다니기도 했다. 그녀의 사위는 솜씨가 비상한 낚시꾼이었다. 하루는 그가 고기를, 그것도 멋지게 생긴 무지무지하게 큰 고기를 한 마리 낚아 호텔의 요리사에게 시켜 저녁으로 매운탕을 끓여 먹었다고도 했다.

게이브리얼은 그녀가 하는 말에는 관심이 없었다. 만찬 시간이 가까워지고 있었기 때문에 그는 자기가 할 연설과 인용할 문구에 대해 다시 생각하기 시작했다. 프레디 말린스가 자기 어머니를 뵈러 방을 가로질러 오는 것을 보자 게이브리얼은 그에게 의자를 내어주고 창틀의 비스듬히 벌어진 부분으로 물러섰다. 방은 이미 깨끗이 치워져 있었고, 안쪽 방에서 접시와 나이프가 쨍그랑대는 소리가 들려왔다. 응접실에 여전히 남아 있던 사람들은 춤에 지친 듯한 표정으로 삼삼오오 무리를 지어 나직한 목소리로 이야기를 나누고 있었다. 게이브리얼은 따뜻하고 떨리는 손가락으로 차가운 유리창을 가볍게 두드렸다. 바깥은 보나마나 싸늘하리라! 밖에 나가 혼자 거닐면 얼마나 기분이 좋을까! 처음엔 강가를 따라 걷다가 나중에는 공원*을 가로질러 걸으면 말이다. 눈이 나뭇가지 위에 쌓여 있고 또 웰링턴 기념비** 꼭대기에는 은빛 모자를 씌운 듯이 덮여 있겠지. 만찬 테이블에 앉아 있는 것보다 거기에 나가 있는 것이 훨씬 더 즐겁겠지!

그는 자신이 할 연설의 제목을 대충 훑어보았다. 아일랜드인의 후한 인심, 슬픈 기억들, 미의 세 여신***, 파리스****, 브라우닝의 인용 등. 그는 자신의 서평에서 쓴 바 있는 구절을 되풀이해서 중얼거려보았다. 독자는 사색에 시달리는 음악을 듣는 듯한 느낌에 젖게 된다. 아이버스 양이 그 서평을 칭찬한 바 있었다. 진정에서였을까? 그녀가 저렇게 온통 떠들어대는 이면에는 그녀만의 삶다운 삶이 진정으로 있었

---

* 더블린 서단에 있는 더블린 최대의 피닉스 공원. 모컨 자매의 집에서 800미터가량 떨어져 있음.

** 피닉스 공원 입구 동편에 있는 아서 W. 웰링턴 장군(1769~1852)의 기념비. 더블린 태생으로 워털루에서 나폴레옹 군을 격파하고 뒤에 영국 총리(1828~1830)를 지냄.

*** 그리스 신화에 나오는 미모의 세 여신, 즉 제우스의 딸 아글라이아(빛남의 여신), 에우프로시네(기쁨의 여신), 탈레이아(꽃핌의 여신). 여기서 게이브리얼은 미의 세 여신으로 두 이모와 메리 제인을 염두에 두고 있음.

**** 트로이의 왕 프리아모스의 아들. 신들이 불화의 사과를 주려고 그에게 헤라, 아테나, 아프로디테의 세 여신 가운데서 가장 예쁜 여신을 고르라고 했을 때 그는 고심 끝에 사랑의 여신 아프로디테를 골랐다. 그것이 도화선이 되어 트로이 전쟁이 일어났다. 여기서의 파리스는 게이브리얼이 세 여인 중에서 어느 하나만 고른다는 것은 파리스의 경우 못지않게 어려움을 말하기 위해서임.

을까? 그날 저녁 이전까지만 하더라도 그들 사이에 나쁜 감정이라곤 전혀 없었다. 그가 연설을 하는 동안 그녀가 만찬 테이블에 앉아 비판적이고도 비아냥대는 듯한 눈초리로 쳐다보리라 생각하니 맥이 풀렸다. 아마도 그녀는 그의 연설이 실패를 하더라도 딱하다는 생각도 하지 않으리라. 이때 아이디어가 하나 그의 머릿속에 갑자기 떠올라 용기가 났다. 그는 케이트 이모와 줄리아 이모를 두고 넌지시 이렇게 말하리라. 신사 숙녀 여러분, 우리 가운데서 현재 저물어가고 있는 세대에게는 그 나름대로의 결점이 있을 수 있습니다. 그러나 저의 견해로는 이 세대는 후한 인심, 유머, 인간미와 같은 훌륭한 장점을 가지고 있었다고 생각합니다. 이런 장점이야말로 우리 주변에서 한창 자라나고 있는 신세대와 대단히 진지하며 과잉 교육을 받은 세대에게는 결여되어 있는 것으로 보이는 미덕들이 아닙니까. 거참 근사하다. 아이버스 양에게 딱 들어맞는 말이었다. 그의 이모들은 결국 무식한 두 할머니에 지나지 않게 되지만 그게 무슨 상관이겠는가?

방 안에서 웅성거리는 소리가 들려 게이브리얼의 관심은 그리로 쏠렸다. 브라운 씨가 줄리아 이모를 정중하게 부축하고 출입구 쪽에서 들어오고 있었다. 줄리아 이모는 미소를 머금고 고개를 숙인 채 그의 팔에 몸을 기대고 있었다. 총소리 같은 불규칙적인 박수 소리가 줄리아 이모가 피아노 있는 데로 갈 때까지 계속 터져나왔다. 메리 제인이 피아노 의자에 자리 잡고 앉고, 줄리아 이모도 미소를 거두고 그녀의 목소리가 방 안에 잘 들리도록 몸을 반쯤 돌리자 박수 소리가 차츰차츰 가라앉았다. 전주곡을 들어보니 게이브리얼도 아는 곡이었다. 그것은 줄리아 이모의 오랜 애창곡 〈성장盛裝한 신부〉*의 전주곡이었다. 그녀는 음색이 맑고 힘찬 목소리로 선율을 장식하는 빠른 반주를 박력 있게 처리해 나갔다. 뿐만 아니라 매우 빠른 속도로 노래를 부르긴 했지만 미세한 장식음 하나까지도 소홀함이 없었다. 노래하는 이의 얼굴은 보지도 않고 목소리만 듣는 것으로도 신속하고도 안전하게 하늘을 나는 듯한 흥분을 느끼고 또한 공유할 수 있었다. 노래가 끝나자 게이브리얼은 여느 다른 사람들처럼 크게 박수를 쳤다. 눈에 보이지 않는 만찬 테이블 쪽에서도 우레 같은 박수 소리가 터져나왔다. 박수 소리가 하도 진심에서 우러나온 것 같았기에 줄리아 이모가 표지에 자기 이름의 이니셜이 적힌 가죽으로 싼 낡은 가곡집을 악보대에 도로 올려놓으려고 몸을 굽혔을 때 그녀의 얼굴에는 가벼운 홍조가 번져 나갔다. 그녀의 노래를 더 잘 들으려고 머리를 한쪽으로 삐딱하게 젖히고 귀를 곤두세우고 있던 프레디 말린스는 다른 사람들은 모두 그쳤는데도 여전히 박수를 치면서 자기 어머니에게 신나게 이야기를 해대고 있었는데, 이때 그의 어머니는 네 말이 맞다는 듯이 진지한 표정을 하고 천천히 고개를 끄덕거렸다. 마침내 그가 더 이상 박수를 칠 수 없게 되자 갑자기 자리에서 일어나 서둘러 방을 가로질러 줄리아 이모에게로 갔다. 그는 그녀의 손을 잡고 두 손으로 꼭 움켜쥐고는 말이 잘 안 나오거나 목소리가 잠겨 말하기가 너무 힘들게 되면 그 손을 흔들어댔다.

— 방금 우리 어머님께도 말씀드렸지만, 그는 말했다, 이렇게 노래 잘 부르시는 거 처음 들었어요, 정말입니다. 처음이고말고요. 오늘밤

---

* 빈첸조 벨리니의 오페라 〈청교도들〉에 조지 린리가 영어로 가사를 붙인 아리아의 도입부. 이 노래는 부르기가 매우 어렵다고 함.

처럼 그토록 훌륭한 목소리는 여태껏 들어본 적이 없으니까요. 자! 제 말 믿으시겠어요? 그건 정말이에요. 맹세코 그건 진실이에요. 오늘 저녁처럼 여사의 목소리가 그렇게도 신선하고 그렇게도 ... 그렇게도 맑고 신선하게 들리기는 저로서는 처음입니다, 전엔 결코 그런 적이 없었으니까요.

줄리아 이모는 활짝 웃음을 머금고 그의 손아귀에서 손을 빼내면서 그의 치하에 대해 뭐라고 중얼거렸다. 브라운 씨는 그녀를 향해 쫙 편 손을 뻗으며 청중에게 신동을 소개하는 흥행사와 같은 태도로 자기 곁에 있는 사람들에게 말했다.

— 줄리아 모컨 여사는 제가 최근에 발굴한 명창이십니다.

그가 이 말을 해놓고 스스로도 만족했는지 마음껏 너털웃음을 웃어대는데 프레디 말린스가 그에게로 몸을 돌리며 말했다.

— 글쎄요, 브라운 씨, 당신의 말씀이 진정이라면 당신의 발굴은 빗나간 발굴일지도 몰라요. 내가 자신 있게 말할 수 있는 것은 내가 여기에 참석하기 시작한 이래로 여태까지 여사가 오늘의 반만큼이라도 노래를 잘한 때는 결코 없었다, 이겁니다. 이게 바로 솔직한 진실이에요.[*]

— 나도 그렇다니까요, 브라운 씨가 말했다. 여사의 목소리가 무지무지하게 좋아지신 것 같다니까요.

줄리아 이모가 어깨를 으쓱하며 다소 우쭐한 기분으로 말했다.

— 목소리를 두고 말하면 30년 전만 하더라도 내 목소리는 그리 나쁘지 않았지요.

---

[*] 이런 표현은 '잘못된 과오'와 같은 조이스 특유의 수사법의 하나.

— 내가 자주 줄리아에게 하는 말이지만, 케이트 이모가 단호하게 말했다, 줄리아는 그 합창단에서 죽도록 일만 해주고 그냥 버림받은 셈이지. 하지만 동생이 어디 내 말을 들으려고 했어야 말이지.

그녀는 고집 센 아이의 버릇을 고치기 위해 다른 사람들의 좋은 의견을 구하듯이 몸을 돌렸다. 이때 줄리아 이모는 옛날을 회상하듯이 얼굴에 어렴풋한 미소를 띠고 물끄러미 자기 앞을 내다보고 있었다.

— 아니, 그럴 수가 있어요, 케이트 이모가 말을 계속했다, 낮이고 밤이고 주야장천 그 성가대에 묶여 뼈 빠지게 일만 하면서 동생은 남의 말을 들으려고도 않고 따르려고도 하지 않더라, 이 말씀이에요. 크리스마스 아침에는 새벽 여섯시까지 일을 하다니! 그런데 그게 다 무슨 소용 있어요?

— 글쎄요, 그게 다 하느님의 영광을 위해서가 아닐까요, 케이트 고모님? 메리 제인이 피아노 의자에 앉은 채 몸을 돌리고 미소를 지으며 물었다.

케이트 이모는 조카 쪽으로 휙 고개를 돌리고 말했다.

— 하느님의 영광에 관한 것은 나도 다 알고 있네, 메리 제인. 하지만 교황이 평생을 성가대에서 노예처럼 뼈 빠지게 일해온 여자들을 몰아내고 그들 머리 위에 데데한 애송이 사내아이들을 올려 앉힌 것*은 전혀 영광스러운 일이 아니라고 생각하네. 교황이 하시는 일이라

---

* 교황 비오 10세(1835~1914)가 1903년 11월 22일, 회칙을 통해 성가대에서 여성을 쓰지 말고, 만일 소프라노와 알토가 필요하면 교회의 오랜 전통에 따라 소년을 쓰도록 했다. 이 작품이 1904년 1월 2~6일 사이에 일어난 일이라면 이 회칙은 불과 6주 전쯤에 발표된 듯함.

면 언제나 교회의 복리를 위한 것이라 하잖아. 하지만 그건 정당하지가 않아, 메리 제인, 그건 암만 생각해도 옳다고 볼 수가 없어.

그녀는 자신도 모르게 울화가 버럭 치밀었다. 그것은 자기로서는 감정을 건드리는 문제였기 때문에 동생을 위해 항변을 더 계속하고 싶었다. 그러나 메리 제인이 춤추던 사람들이 모두 되돌아오는 것을 보고는 달래듯이 끼어들었다.

— 그런데 케이트 고모님, 고모님은 브라운 씨와는 하등 관계없는 말씀을 하고 계세요. 브라운 씨는 종파가 다르잖아요.*

케이트 이모는 이렇게 자기의 종교가 언급되자 히죽히죽 웃고만 있는 브라운 씨에게로 몸을 돌리면서 서둘러 말했다.

— 오, 나는 교황의 정당성을 추호도 의심하는 건 아니에요. 나는 일개 우매한 노파에 지나지 않으니까 그런 문제는 감히 엄두도 낼 수 없지요. 하지만 우리네 생활에는 평범한 일상적인 예의니 고마움이니 하는 것이 있잖아요. 그러니까 내가 만일 줄리아의 입장에 처하게 된다면 힐리 신부님 면전에서 직접 말하고 싶을 뿐이에요.

— 그런데 그건 그렇고요. 케이트 고모님, 메리 제인이 말했다, 우린 모두 다 정말 배가 고파요. 우리는 배가 고프면 모두가 다 서로 말다툼을 잘하기 마련이지요.

— 그리고 우리가 목이 말라도 역시 말다툼을 잘하게 되기 마련이랍니다, 브라운 씨가 덧붙였다.

— 그러니까 우리 모두 저녁 식사를 하러 가는 것이 좋겠어요, 메리

---

* 그는 개신교인이다.

제인이 말했다. 그리고 토론은 나중에 더 하기로 하고요.

응접실 바깥의 층계참에서 게이브리얼은 아내와 메리 제인이 아이버스 양을 있다가 저녁 식사나 하고 가라고 애써 붙들려는 것을 발견했다. 그러나 이미 모자를 쓰고 외투의 단추까지 채우고 있던 아이버스 양은 더 이상 지체하려 하지 않았다. 그녀는 조금도 시장기를 느끼지 않는 데다 머물 만큼 이미 머물렀다는 것이었다.

— 하지만 단 10분 만이라도 더 계세요, 몰리, 콘로이 부인이 말했다. 그 정도는 늦는다고 볼 수 없으니까요.

— 한술이라도 뜨고 가셔야죠, 메리 제인이 말했다. 그렇게 춤을 추셨는데.

— 정말 저 먹고 싶지 않습니다, 아이버스 양이 말했다.

— 전혀 즐겁지가 않으셨던가 봐요, 메리 제인이 하는 수 없다는 듯이 말했다.

— 대단히 즐거웠어요, 정말입니다, 아이버스 양이 말했다, 하지만 이제는 제발 좀 붙잡지 말아주세요.

— 그런데 댁까지 어떻게 가시죠? 콘로이 부인이 물었다.

— 오, 어떻게 가다니요, 엎어지면 코 닿을 덴걸요.

게이브리얼은 잠시 머뭇거리다가 말했다.

— 괜찮으시다면, 아이버스 양, 정 가셔야 한다면 제가 댁까지 바래다드리지요.

그러나 아이버스 양은 그들의 간청을 뿌리쳤다.

— 그런 말씀 그만들 하세요, 그녀가 큰 소리로 말했다. 제발 들어가셔서 저녁이나 드세요. 제 걱정은 마시고요. 제 일은 제가 얼마든지

알아서 할 수 있으니까요.

— 글쎄요, 당신 정말 웃기는 아가씨로군요, 몰리, 콘로이 부인이 솔직하게 말했다.

— 바낙트 리브*, 아이버스 양은 층계를 뛰어 내려가면서 웃으며 소리를 질렀다.

메리 제인은 콘로이 부인이 난간에 기대어 현관 문 소리에 귀를 기울이고 있을 때 얼굴에 어쩌면 저럴 수가 있을까 하는 침울한 표정을 하고 아이버스 양이 떠나는 뒷모습을 지켜보았다. 게이브리얼은 아이버스 양이 갑자기 떠난 것은 자기 때문이 아닌가, 자문해보았다. 그러나 그녀는 기분이 언짢아 보이지는 않았다. 그녀는 웃으면서 떠나지 않는가. 그는 멍하니 층계를 내려다보고 있었다.

바로 그때 케이트 이모가 절망한 나머지 양손을 마주 잡고 거의 뒤틀다시피 하면서 식당에서 뒤뚱거리며 걸어 나왔다.

— 게이브리얼은 어딨어? 그녀는 큰 소리로 말했다. 도대체 게이브리얼이 어딨는 거야? 다들 저기서 기다리고 있잖아, 모든 준비가 다 끝나서 말이야, 그런데 거위 자를 사람이 보이지 않으니 도대체 어떻게 된 거야!

— 여기 있어요, 케이트 이모님! 게이브리얼이 갑자기 기운차게 외쳤다, 필요하다면 거위 떼라도 자를 준비를 하고요!

식탁 한쪽 끝에는 통통한 갈색 거위 한 마리가 놓여 있었다. 또 다른 끝에는 파슬리의 잔가지를 흩뿌린, 쪼글쪼글한 주름이 잡힌 종이

---

* 'Beannacht libh'는 아일랜드어의 작별인사로 '굿바이'의 뜻.

받침 위에, 겉껍질을 벗긴 다음 빵껍질 부스러기를 뿌리고 정강이 부분은 반질반질한 종이로 장식한 큼직한 돼지 허벅다리가 놓여 있었다. 그 옆에는 양념을 한 쇠고기 사태가 놓여 있었다. 이 대조적인 양쪽 끝 사이에 곁들임 요리 접시들이 가지런히 정렬되어 있었다. 빨간색과 노란색의 작은 성당 모양의 젤리 접시 두 개, 블랑망제* 덩어리와 빨간 잼이 가득 담긴 얕은 접시 하나, 자줏빛 건포도 송이와 깐 아몬드가 담긴 줄기 모양의 손잡이가 달린 초록색 잎사귀 모양의 커다란 접시 하나, 스미르나 무화과를 네모반듯하게 담아놓은 같은 모양의 접시 하나, 채를 친 육두구를 뿌려놓은 커스터드 접시 하나, 금박지와 은박지로 싼 초콜릿과 사탕이 가득 담긴 조그만 사발 하나, 그리고 기다란 샐러리 줄기가 몇 개 꽂혀 있는 유리 꽃병 하나가 그것이었다. 식탁 한복판에는 오렌지와 미국산 사과를 피라미드 모양으로 쌓아 올린 과일 받침대를 지키는 보초처럼 땅딸막한 세공유리로 된 구식 술병 두 개가 버티고 서 있었는데, 한 개에는 적포도주가, 다른 한 개에는 다갈색 셰리 주가 들어 있었다. 뚜껑이 닫힌 네모난 구식 피아노 위에는 큼직한 노란색 접시에 담긴 푸딩이 손님을 기다리고 있었고 그 뒤에는 독한 맥주, 순한 맥주, 그리고 광천수 병들의 3개 분대가 그들의 제복 색깔을 각각 달리하면서 일렬로 정렬되어 있었는데, 처음의 두 분대는 검정색 제복에 갈색과 붉은색 상표를 달고 있었고** 세번째이자 숫자가 가장 적은 분대는 흰색 제복에 초록색 현장(懸章)을 어깨에 두르고 있었다.

---

* 젤라틴에 우유나 향료를 섞어 만든 푸딩.
** 갈색은 아일랜드산 기네스 흑맥주이고 붉은색은 영국산 배스 맥주.

게이브리얼은 대담하게 식탁 상석에 자리를 잡고 앉아 고기 써는 칼의 칼날을 한번 겨눠본 다음 포크로 거위를 푹 찔렀다. 그는 그제야 마음이 푹 놓였다. 그는 칼질에는 전문가 수준인 데다 잘 차린 식탁 상석에 앉는 것보다 더 기분 좋은 일은 없었기 때문이다.

— 펄롱 양, 뭘 드릴까요? 그는 물었다. 날개를 드릴까요, 아니면 가슴살 한 점을 드릴까요?

— 가슴살 조금만요.

— 히긴스 양, 뭐면 좋겠어요?

— 아, 아무거나요, 콘로이 씨.

게이브리얼과 댈리 양이 거위 고기 접시와 돼지 허벅다리 접시와 양념 쇠고기 사태 접시를 돌리는 동안 릴리는 하얀 냅킨에 싼 가루가 날릴 듯이 파슬파슬하게 구운 뜨거운 감자 접시를 들고 손님들 사이를 누비고 다니면서 권했다. 이것은 메리 제인의 아이디어였다. 그녀는 거위 고기에 애플소스를 치자는 제안도 했으나 케이트 이모가 애플소스를 치지 않고 그냥 담백하게 구운 거위 구이가 자기 구미에는 항상 딱 맞더라고 하면서 그보다 맛이 덜한 것은 먹지 않았으면 좋겠다고 말하는 바람에 받아들여지지 않았다. 메리 제인은 자기 제자들의 시중을 들면서 그들이 제일 맛있는 살점을 집도록 보살펴주었다. 그리고 케이트 이모와 줄리아 이모는 피아노 위에 놓인 병들의 마개를 따서 남자들에게는 독한 맥주와 순한 맥주병을, 여자들에게는 생수병을 날라다 주었다. 장내는 몹시 시끌벅적하고 웃음바다인 데다 떠들썩했다. 특히 떠들썩한 것은 주문하는 소리와 되묻는 소리, 나이프와 포크가 부딪는 소리, 코르크 마개와 유리 병마개를 따는 소리들이 뒤범벅이 되었기 때문이다. 게이브리얼은 고기 돌리기를 한 순배 마치자마자 자기는 먹을 생각도 하지 않고 두번째로 돌릴 것을 자르기 시작했다. 사방에서 큰 소리로 항의하지 않는 사람이 없었다. 그러자 그는 고기 써는 일이 결코 만만한 일이 아님을 깨달았기 때문에 흑맥주를 한 모금 죽 들이켜는 것으로 타협을 보았다. 메리 제인은 조용히 자리에 앉아 식사를 했지만 케이트 이모와 줄리아 이모는 서로의 뒤꿈치를 밟기도 하고 서로 들어주지도 않는 지시를 하기도 하면서 여전히 식탁 주변을 뒤뚱거리면서 돌아다니고 있었다. 브라운 씨는 그들에게 제발 좀 앉아서 식사나 하라고 간청했고 게이브리얼도 역시 그렇게 했다. 그러나 그들이 시간은 얼마든지 있으니 걱정할 필요가 없다고 하자 마침내 프레디 말린스가 자리에서 벌떡 일어나 케이트 이모를 붙잡고 의자에 털썩 주저 앉혔다. 그러자 한바탕 폭소 소동이 벌어졌다.

모두에게 고기가 넉넉하게 돌아갔을 때 게이브리얼이 빙그레 웃으면서 말했다.

— 자, 어느 분이든지 속된 말로 허기 채울 먹을거리가 더 필요하시면 기탄없이 말씀해주세요.

모두가 이구동성으로 게이브리얼에게 식사를 시작하라고 재촉했고, 릴리는 그에게 주려고 남겨두었던 감자 세 개를 가지고 다가왔다.

— 그럼 좋습니다, 게이브리얼은 식사에 앞서 흑맥주를 한 모금 더 들이켜고는 상냥하게 말했다. 신사 숙녀 여러분, 그러면 저의 존재를 잠깐만 잊어주시기 바랍니다.

그는 식사를 하기 시작했다. 그리하여 그는 식탁에 둘러앉은 사람들이 릴리가 접시 치우는 소리도 들리지 않을 지경으로 떠들어대는 대화에도 참여하지 않았다. 그들의 화제는 당시 로열 극장*에서 공연 중인 오페라 단에 관한 것이었다. 테너인 바텔 다시 씨는 멋진 콧수염에 안색이 가무잡잡한 젊은이로 그 오페라 단의 제1콘트랄토 가수를 지극히 높이 평가했으나 펄롱 양은 이와 반대로 그녀의 공연 스타일이 어딘지 모르게 저속해 보이더라고 평했다. 프레디 말린스는 게이어티 극장의 팬터마임 2부에서 어떤 흑인 단장이 노래를 불렀는데 그의 목소리가 자기가 여태껏 들어본 테너 목소리 중에서는 최고 가운데 하나더라고 주장했다.

— 그 흑인 단장의 노래를 들어보셨어요? 그는 식탁을 사이에 두고 바텔 다시 씨에게 물었다.

— 아니요, 바텔 다시 씨는 관심이 없다는 듯이 대답했다.

— 내가 묻는 이유는, 프레디 말린스가 설명했다. 그에 대한 당신의 견해가 어떠한지, 궁금해서 그래요. 내가 보기에는 그 사람 목소리는 정말 기가 막혀요.

— 좋은 것 제대로 찾아내는 데는 테디를 당할 사람이 없죠, 브라운 씨가 스스럼없이 식탁에 둘러앉은 사람들을 향해 말했다.

— 아니, 그 사람이라고 해서 좋은 목소리를 갖지 말라는 법이 있나요? 프레디 말린스가 날카롭게 물었다. 그가 단지 흑인이라서 그래요?

이 물음에 아무도 대답하는 사람이 없었다. 그러자 메리 제인이 식

---

* 게이어티, 퀸스 극장과 더불어 더블린 3대 극장의 하나. 리피 강 남안의 호킨스 가에 있음.

탁의 화제를 정통 오페라 쪽으로 도로 끌고 갔다. 그녀는 자신의 제자 가운데 하나가 〈미뇽〉*의 무료입장권을 한 장 주어 그것을 보았다는 얘기부터 꺼냈다. 물론 내용이 아주 근사하긴 했지만 그걸 보노라니 가련한 조지나 번스** 생각이 간절하더라고 했다. 브라운 씨는 훨씬 더 옛날로 거슬러 올라가 지난날 더블린에 자주 온 역사 깊은 이탈리아 오페라 단 이야기까지 하면서 티에트젠스, 일마 데 무르즈카, 캄파니니, 위대한 트레벨리, 기우글리니, 라벨리, 아람부로*** 등을 들먹였다. 그러면서 그는 더블린에서 들을 만한 노래다운 노래가 있었던 때는 바로 그 시절이었다고 말했다. 그는 또 구 로열 극장의 맨 위층 대중석까지 밤마다 어떻게 관객이 초만원을 이루었으며, 어느 날 밤에는 어느 이탈리아 테너가 〈병사처럼 쓰러지리〉****를 불러 매번 고음 C조로 시작되는 앙코르곡을 어떻게 무려 다섯 번이나 불렀으며, 그리고 또 대중석의 관람객들이 때때로 너무 열광한 나머지 어느 대단한 주연 여가수가 타고 온 마차에서 어떻게 말을 떼어 내버리고 그들이 직접 그녀를 태우고 대로를 지나 호텔까지 끌고 갔는지도 이야기했다. 요새는 왜 〈디노라〉*****니 〈루크레치아 보르자〉******와 같은 격조 높은 대가극은 공연하지 않는가? 하는 질문을 던지고는 곧 그런

---

* 프랑스 작곡가 앙브루아즈 토마(1811~1896)의 오페라. 19세기 말 엄청난 인기가 있었음.
** 1880년대의 유명한 소프라노.
*** 19세기 말 명성을 날린 유럽의 오페라 가수들.
**** 아일랜드 작곡가 윌리엄 월러스(1819~1865)의 오페라 〈마리타나〉의 첫 구절.
***** 독일 작곡가 자코모 마이어베어(1791~1864)의 오페라. 〈포에르멜의 용서〉의 이탈리아 제목.
****** 이탈리아 작곡가 가에타노 도니제티(1797~1848)의 오페라.

것을 부를 만한 목소리의 소유자를 발견할 수 없기 때문이지, 그게 바로 그 이유지, 하고 자답했다.

— 아, 글쎄요, 바텔 다시 씨가 말했다, 제가 보기에는 요새도 옛날처럼 훌륭한 가수들이 있을 텐데요.

— 어디에요? 브라운 씨가 도전적으로 물었다.

— 런던에도 있고 파리에도 있고 밀라노 같은 데도 있죠, 바텔 다시 씨가 열을 내며 말했다. 예를 들면 카루소*는 방금 당신이 언급하신 가수들보다 더 낫지 않을지는 모르지만 아주 훌륭한 가수임은 틀림없다고 봐요.

— 그럴 수도 있겠죠, 브라운 씨가 말했다. 하지만 나로서는 상당히 의문스러운 것이 사실입니다.

— 오, 카루소 노래를 들어봤으면 평생 원이 없겠는데, 메리 제인이 말했다.

— 내가 보기에는, 아까부터 거위 뼈에서 살을 발라먹고 있던 케이트 이모가 말했다, 테너다운 테너가 딱 하나 있었어요. 내 마음에 쏙든 테너가 말이에요. 하지만 여기서는 그의 이름을 들어본 사람은 아무도 없을걸요.

— 그가 누군데요, 모컨 여사? 바텔 다시 씨가 정중하게 물었다.

— 그의 이름은 파킨슨**이었어요, 케이트 이모가 말했다. 그의 전성기에 나는 그의 노래를 들었는데 그 당시에 그의 목소리는 사람의 목에서 나오는 소리치고는 가장 순수한 테너 목소리였다고 지금도 생

---

* 이탈리아 출신의 세계적인 테너 엔리코 카루소(1873~1921).
** 19세기에 더블린에서 공연한 바 있는 영국의 테너인 듯함.

각하고 있어요.

— 이상한 일이네, 바텔 다시 씨가 말했다. 내가 그의 이름을 들어본 적이 없다니.

— 그래요, 맞아요, 모컨 여사님 말씀이 맞아요, 브라운 씨가 말했다. 노련한 파킨슨의 노래를 들어본 기억이 나는군요. 하지만 그는 나에게는 워낙 오래전 사람이라서.

— 아름답고 순수하고 감미롭고 무르익은 영국의 테너였지요, 케이트 이모가 신난 듯이 말했다.

게이브리얼이 식사를 마치자 큼직한 푸딩이 들어와 식탁 위에 놓였다. 포크와 스푼 달그랑거리는 소리가 다시 나기 시작했다. 게이브리얼의 아내가 푸딩을 스푼으로 듬뿍 떠서 접시에 담아 좌중에게 돌렸다. 돌리는 접시를 중간쯤에서 메리 제인이 넘겨받아 거기다 산딸기나 오렌지 젤리나 블랑망제와 잼을 더 채워 담았다. 그 푸딩은 줄리아 이모가 만든 것으로 사방에서 칭찬이 자자했다. 그녀는 그 푸딩이 좀더 갈색을 띠지 못한 것이 아쉬움으로 남는다고 중얼거렸다.

— 글쎄요, 모컨 여사님, 브라운 씨가 말했다, 저는 갈색으로는 조금도 손색이 없지 않나 싶어요, 왜냐하면 아시다시피 저는 온통 갈색이니까요.*

남자 손님들은 게이브리얼만 빼고 모두 줄리아 이모에 대한 인사로 푸딩을 조금씩 먹었다. 게이브리얼은 단 것을 일절 입에 대지 않기 때문에 그의 몫으로는 샐러리가 준비되어 있었다. 프레디 말린스도 샐

---

* 그의 성 'Browne'과 갈색이란 뜻의 'brown'은 철자는 다르나 발음은 같다. 이를 근거로 브라운 씨는 익살을 부림.

러리 줄기를 집어 푸딩과 함께 먹었다. 그는 샐러리가 조혈에는 무척 좋다는 말을 들어본 적이 있는 데다 마침 당시에는 의사의 치료를 받고 있는 중이었기 때문이다. 만찬을 드는 동안 줄곧 침묵을 지키던 말린스 부인이 자기 아들이 일주일쯤 있으면 멜러레이 산*으로 가게 될 거라고 말했다. 그러자 식탁의 화제는 멜러레이 산으로 옮겨져서 그곳의 공기가 얼마나 상쾌하며, 그곳의 수도승들은 참으로 인심이 후하고, 또 그들은 찾아오는 손님들에게 단 한 푼의 돈도 요구하는 법이 없다는 등의 이야기를 나눴다.

— 그러면, 브라운 씨가 믿기지 않는다는 듯이 물었다, 누구라도 거기에 내려가서 거기가 마치 호텔인 양 묵으면서 그 지역의 산해진미를 질탕 먹고 지내다 돈 한 푼 내지 않고 그냥 나와버려도 괜찮다는 말입니까?

— 아, 그런 게 아니라 대부분의 사람들은 거기를 나올 때는 수도원에 얼마씩 기부를 하고 떠나지요, 하고 메리 제인이 말했다.

— 우리 교회에도 그런 제도가 있었으면 좋겠군요, 브라운 씨가 솔직하게 말했다.

그는 그곳 수도승들은 절대로 말을 하지 않는 데다 새벽 두시에 기상하며 관 속에서 잠을 잔다**는 말을 듣고 깜짝 놀랐다. 그리하여 그는 굳이 왜 그들이 그런 생활을 하느냐고 물었다.

---

* 아일랜드 동남쪽의 워터퍼드 군에 있는 산. 이 산에 트라피스트회 수도원(1832년 개원)이 있음.
** 옷을 입은 채 자는 경우는 있어도 관 속에서 자는 일은 없다고 함. 이는 트라피스트 수도회의 규칙이 엄격하기로 유명하기 때문에 짐작으로 꾸며낸 엉터리 '규칙'인 듯함.

— 교단의 규칙이 그래서 그러지요, 케이트 이모가 단호한 어조로 말했다.

— 그래요, 하지만 왜 그럴까요? 브라운 씨가 재차 물었다.

케이트 이모는 그것이 규칙이라서 그렇고, 그것이 이유의 전부라고 거듭 말했다. 브라운 씨는 그래도 여전히 이해가 되지 않는다는 표정이었다. 프레디 말린스는 수도승들이 바깥세상의 죄인들이 저지른 모든 죄를 애써 속죄하려고 그런다고 최선을 다해 그에게 설명했다. 그러나 이러한 설명도 퍽 명쾌하게 들리지 않았는지 브라운 씨는 히죽히죽 웃으면서 말했다.

— 나도 그런 생각을 대단히 좋아합니다만 왜 편안한 스프링 침대를 두고 관 속에서 자느냐? 이 말이에요.

— 관은 말이지요, 메리 제인이 말했다, 그들에게 그들의 최후의 종말을 상기시켜주거든요.

화제가 어느새 으스스한 이야기로 변해가자 식탁은 무거운 침묵 속에 잠겨버렸다. 그때 말린스 부인이 분명치 않은 나직한 목소리로 옆 사람에게 말하는 소리가 들렸다.

— 그들은 엄청 좋은 사람들입니다, 그 수도승들 말예요, 엄청 신앙심이 깊은 사람들이죠.

이제는 건포도와 아몬드, 무화과와 사과, 오렌지와 초콜릿 그리고 사탕과자 등이 식탁 주위를 한 바퀴 돌았다. 그리고 줄리아 이모는 술병을 들고 다니면서 모든 손님들에게 적포도주나 셰리 주를 들라고 권했다. 바텔 다시 씨는 처음에는 어느 것도 들지 않겠다고 거절했으나 옆에 있던 한 사람이 옆구리를 찌르며 그에게 뭐라고 소곤거리자 그제야 자기 잔이 채워지도록 허용했다. 차츰차츰 마지막 술잔도 다 채워지자 하던 담소도 뚝 그쳤다. 어쩌다 포도주 잔 소리와 의자 바로 잡는 소리만 들릴 뿐 잠시 침묵이 흘렀다. 모컨 여사들인 세 사람 모두 식탁보만 내려다보고 있었다. 누군가 한두 번 기침을 하자 몇몇 신사들이 조용히 하라는 신호로 식탁을 가볍게 두드렸다. 장내가 다시 조용해지자 게이브리얼이 의자를 뒤로 밀며 자리에서 일어섰다.

환영의 뜻으로 식탁을 두드리는 소리가 일제히 터지더니 그 소리가 점점 더 커지다가 이내 뚝 그쳤다. 게이브리얼은 떨리는 열 손가락으로 식탁보를 짚고 좌중을 향해 긴장된 미소를 지어 보였다. 얼굴을 들어 자기를 쳐다보는 뭇시선들과 마주치자 그는 눈을 들어 샹들리에를 쳐다보았다. 피아노는 왈츠 곡을 연주하고 있고, 그의 귀에는 치맛자락이 응접실 문을 스치는 소리가 들렸다. 사람들은 아마 불 켜진 창문을 고개를 뽑고 쳐다보며 왈츠 음악에 귀를 기울이면서 바깥 부둣가에 눈을 맞으며 서 있겠지. 거기는 공기도 맑으리라. 저 멀리에는 피닉스 공원이 있고 거기의 나무들은 눈으로 가지가 늘어져 있겠지. 웰링턴 기념비는 피프틴 에이커스*의 눈 덮인 평원 너머로 서쪽을 향해 번쩍거리는 미광을 발하는 눈 모자를 쓰고 있으리라.

그는 연설을 시작했다.

— 신사 숙녀 여러분.

— 오늘 저녁에도 예년과 마찬가지로 제가 대단히 즐거운 과제를 수행해야 될 입장에 놓이게 되었습니다. 그러나 이러한 과제를 수행

---

* 피닉스 공원 안의 대잔디밭. 영국군의 사열과 기동훈련장으로 잘 쓰였음.

하는 데 필요한 연설자로서의 초라한 저의 능력이 턱없이 부족하지 않나, 여간 염려되지 않습니다.

— 천만에요, 천만에! 브라운 씨가 말했다.

— 그러나 그렇다 하더라도 저는 오늘밤 여러분께서 제 연설이 비록 들잘 것 없어도 성의만은 기특하게 봐주시기를 부탁드리면서 이번 행사에 즈음하여 저의 소회를 몇 말씀드리고자 하오니 잠시 귀를 기울여주시면 더없이 기쁘겠습니다.

— 신사 숙녀 여러분. 우리가 이 인심 후한 지붕 아래, 이 인심 후한 식탁 주변에 함께 모여 앉은 것은 오늘이 처음이 아닙니다. 우리가 어떤 훌륭한 숙녀들이 베푸시는 후한 인심의 수혜자가 된 것도—아니 이렇게 말씀드리는 편이 더 낫겠군요, 후한 인심의 희생자가 된 것도 오늘이 처음이 아닙니다.

그는 허공에 팔을 뻗어 원을 만들어 보이고는 잠시 말을 멈추었다. 그러자 모든 사람들이 케이트 이모와 줄리아 이모와 메리 제인을 향해 소리 내어 웃거나 미소를 지었다. 이때 이들 셋은 모두 기쁨에 넘쳐 얼굴이 새빨개졌다. 게이브리얼은 더욱 거침없이 말을 계속했다.

— 저는 해를 거듭할수록 우리나라에는 후한 인심의 전통만큼 그토록 영광스러운 전통은 없고 또 그것만큼 우리나라가 그토록 철저하게 보전해야 할 전통은 따로 없다고 더욱 절실하게 느끼는 바입니다. 이것은 저의 경험에 비추어보아 (저는 외국의 적지 않은 나라를 돌아다녀 보았습니다마는) 현대 국가들 중에서는 독특한 전통임이 분명합니다. 혹자는 우리에게 이것은 자랑거리라기보다는 오히려 결함이라 말씀하실지도 모르겠습니다. 그러나 설사 그렇다손 치더라도 그것은

제가 보기에는 고귀한 결함이요, 우리가 영원토록 가꾸어 나가야 할 것으로 믿어 의심치 않는 결함인 것입니다. 저는 적어도 한 가지만은 확신합니다. 그것은 이 집 지붕이 앞에서 말씀드린 훌륭하신 세 숙녀들을 지켜주는 한—그리고 저는 마음속 깊이 앞으로 무궁토록 그러기를 간절히 바라는 바이지만—순수하고 따뜻한 마음씨에서 우러나오는 예절 바른 아일랜드 사람들의 후한 인심의 전통이, 즉 우리의 선조들이 우리에게 물려주었고 우리가 또한 우리 후손에게 물려주어야 할 이 전통이 여기 우리 사이에 엄연히 살아 있다는 사실입니다.

마음속 깊이로부터 옳다는 속삭거림이 좌중 사이로 번져 나갔다. 아이버스 양이 거기에 그대로 있지 않고 무례하게 그냥 가버렸다는 사실이 게이브리얼의 머리를 번개처럼 스쳤다. 그리하여 내심 자신만만하게 말을 이었다.

— 신사 숙녀 여러분.

신세대가 우리 사이에서 지금 자라고 있습니다. 새로운 사상과 새로운 원칙에 따라 움직이는 세대 말입니다. 그들은 이러한 새로운 사상을 대단히 진지하고 열정적으로 수용합니다. 그리고 그 열정은 비록 그 방향이 빗나간다 하더라도 제가 보기에는 대체로 진지한 것 같습니다. 그러나 우리는 지금 회의의 시대 그리고 이런 말이 어떨지는 모르겠습니다만 사색에 시달리는 시대에 살고 있습니다. 그리하여 저는 때때로 교육받은, 아니 실은 과잉 교육을 받은 이 새로운 세대는 지난날의 가치에 속했던 인간미니, 후한 인심이니, 상냥한 유머니 하는 그런 요소는 결여하고 있지 않나 하는 걱정을 하게 됩니다. 오늘 저녁 지난날의 그 위대한 모든 가수들의 이름을 듣노라니 고백컨대,

우리는 지금 그때보다 훨씬 폭이 좁은 시대에 살고 있지 않나, 하는 느낌이 들었습니다. 지난날은 굳이 과장할 필요도 없이 폭이 넓은 시절이라 불러도 틀리지 않을 것입니다. 그러므로 그러한 시절이 돌이킬 수 없을 정도로 영영 사라져버린다면 우리는 적어도 이와 같은 모임을 통해서라도 마땅히 긍지와 애정을 가지고 그 시절을 이야기하면서 우리 가슴속에 세인들이 결코 쉽게 잊으려 하지 못할 명성*을 떨친 그런 죽은 자들과 사라진 위대한 인물들의 기억을 고스란히 간직할 수 있도록 노력해야 할 필요가 있습니다.

— 옳소, 옳소! 브라운 씨가 큰 소리로 외쳤다.

— 그렇지만, 게이브리얼은 목소리를 낮추어 한결 부드러운 억양으로 말을 계속했다, 오늘 저녁과 같은 모임에는 언제나 한층 슬픈 생각들이 우리 마음속에 떠오르기 마련이지요. 즉 과거에 대한 생각, 젊음에 대한 생각, 변화에 대한 생각, 그리고 오늘 저녁 여기에 참석하지 못해 우리가 그리워하는 불참한 사람들에 대한 생각들 말입니다. 우리의 인생행로는 이와 같은 수많은 슬픈 기억으로 점철되어 있습니다. 그렇다고 해서 우리가 항상 그런 생각에만 집착한다면 우리는 산 자들의 세상에서 우리의 과업을 과감하게 수행해 나갈 수 있는 용기를 자칫하면 상실해버릴 수도 있을 것입니다. 그러므로 우리는 우리 모두에게 불굴의 노력을 요구하는, 그것도 정정당당히 요구하는, 살아 있는 의무와 살아 있는 애정이 있음을 명심해야 할 것입니다.

— 따라서 저는 과거에만 집착하려 하지 않습니다. 저는 또한 오늘

---

* 존 밀턴(1608~1675)이 『교회 정부의 이성』에서 시인으로서의 야망을 표현한 대목의 일부.

저녁 여기서 여러분에게 주제넘게 어떤 우울한 도덕적 설교를 하려는 것도 결코 아닙니다. 우리는 판에 박힌 일상생활상의 소란과 분망함에서 벗어나기 위해 잠시 여기에 자리를 같이했을 뿐입니다. 우리는 여기에 우정의 정신으로 보면 친구로서, 참다운 **동지애**의 정신으로 보면 동료로서, 이는 역시 어느 정도까지는 그렇다는 말씀이지만, 그리고 그분들을 뭐라고 불러야 할까요?—더블린 음악계의 세 여신의 손님으로서 모였을 뿐입니다.

이 재담(才談)에 좌중에서는 박수와 폭소가 한꺼번에 터져나왔다. 줄리아 이모는 옆에 앉은 사람들에게 하나씩 차례로 게이브리얼이 무슨 말을 하더냐고 물어보았으나 허사였다.

— 게이브리얼이 우리를 세 여신이라고 해요, 줄리아 고모님, 메리 제인이 말했다.

줄리아 이모는 그 뜻을 이해하지 못했으나 미소를 띠고 게이브리얼을 쳐다보았다. 그는 변함없는 어조로 말을 계속했다.

— 신사 숙녀 여러분.

저는 오늘밤 옛날 신화에서 파리스가 했던 역할을 되풀이할 생각은 없습니다. 저는 그분들 중에서 어느 한 분을 고르려는 것이 아니기 때문입니다. 그런 일은 마음에 내키지도 않거니와 저의 초라한 능력 밖의 일이기도 합니다. 왜냐하면 제가 그분들을 한 분씩 차례로 살펴보자면 그 고운 마음씨가 그 너무도 고운 마음씨가 그분을 아는 모든 사람들에게 일종의 별명이 되어버리다시피 한 우리의 주 초대자*를 골

---

* 케이트 여사.

라야 할지, 아니면 영원한 젊음을 타고나신 듯한 데다 노래 솜씨까지 오늘밤 여기에 모인 우리 모두에게 하나의 경이이자 계시임이 분명했던 그분의 동생*을 골라야 할지, 그분도 아니면 마지막이긴 하나 누구 못지않게 중요한 사실로, 재능 있고 쾌활하며 근면한 우리의 가장 연소하신 초대자이자 최고의 질녀를 고려할 때 신사 숙녀 여러분, 저는 이 세 분 중에서 어느 분에게 상을 드려야 할지 난감할 뿐이라고 고백하지 않을 수 없습니다.

게이브리얼은 이모들을 흘끗 내려다보았다. 줄리아 이모의 얼굴에 맺힌 함박웃음과 케이트 이모의 눈에서 솟아오른 눈물을 발견하고 그는 서둘러 연설을 끝내려 했다. 그는 적포도주 잔을 번쩍 들고는 잔을 만지작거리며 다음 이야기를 기다리는 듯한 좌중의 모든 이를 향해 큰 소리로 말했다.

— 우리 다 같이 세 분 모두를 위해 건배합시다. 이분들의 건강과 부귀와 장수와 행복과 번영을 위해, 그리고 이분들이 자기 전문 분야에서 누리고 있는, 노력 끝에 달성한 그 자랑스러운 지위와 이분들이 우리 가슴속에 자리 잡고 있는 영광과 애정의 지위가 영원토록 계속될 수 있도록 건배를 듭시다.

모든 손님들은 손에 잔을 들고 자리에서 일어나 앉아 있는 세 숙녀를 향해 몸을 돌리고는 브라운 씨의 선창으로 제창했다.

그들은 즐겁고 쾌활한 친구들,

---

* 줄리아 여사.

그들은 즐겁고 쾌활한 친구들,
그들은 즐겁고 쾌활한 친구들,
아니랄 사람 아무도 없네.*

케이트 이모는 드러내놓고 손수건을 사용했고 줄리아 이모도 크게 감동을 받은 듯했다. 프레디 말린스가 푸딩 포크로 장단을 맞추자 노래하는 사람들은 마치 음악으로 회의라도 하는 것처럼 몸을 돌려 서로 마주 보고 서서 우렁차게 노래를 불렀다.

그의 말이 거짓이 아니라면,
그의 말이 거짓이 아니라면,

그런 다음 그들은 다시 한 번 자신들의 초대자들을 향해 몸을 돌리며 노래했다.

그들은 즐겁고 쾌활한 친구들,
그들은 즐겁고 쾌활한 친구들,
그들은 즐겁고 쾌활한 친구들,
아니랄 사람 아무도 없네.

노래에 잇따른 박수갈채가 만찬실 문밖에 있던 많은 다른 손님들에

---

* 18세기 프랑스의 대중가요를 본뜬 전통적인 아일랜드의 권주가.

게도 전파되어 프레디 말린스가 포크를 높이 들고 지휘자 역을 하는 가운데 몇 번이고 되풀이되었다.

***

살을 에는 듯한 새벽바람이 그들이 서 있는 현관 안으로 들어와서 케이트 이모가 이렇게 말했다.

— 누구라도 문 좀 닫아요. 말린스 부인이 감기 들어 죽겠어요.

— 브라운이 저기 밖에 있어요, 케이트 고모님, 메리 제인이 말했다.

— 브라운은 동에 번쩍 서에 번쩍 하는군그래, 케이트 이모가 목소리를 낮추어 말했다.

메리 제인은 그녀의 말투에 깔깔 웃었다.

— 정말 그래요, 그녀는 짓궂게 말했다, 그는 참 자상하거든요.

— 그 사람은 여기에 가스처럼 시설되어 있는 셈이로군,* 케이트 이모는 똑같은 어조로 말했다. 크리스마스 기간 동안 내내 말이야.

그녀는 이번에는 아주 기분 좋게 활짝 웃고 나서 재빨리 덧붙였다.

— 하지만 그이한테 들어오시라고 해, 메리 제인, 그런 뒤에 문을 좀 닫게. 그이가 제발 내 말을 엿듣지 않았으면 좋겠는데.

바로 그때 현관문이 열리더니 브라운 씨가 심장이라도 터질 듯이 너털웃음을 웃으면서 현관 앞 층계로부터 안으로 들어왔다. 그는 인조 아스트라한 커프스와 깃이 달린 기름한 초록색 외투를 차려입고

---

* 설치된 가스 시설처럼 여기를 떠나지 않고 늘 있다는 뜻과 꼭지만 누르면 언제든지 쓸 수 있는 가스처럼 부르기만 하면 금방 나타날 준비가 되어 있다는 두 가지 뜻이 있음.

머리에는 타원형 털모자를 쓰고 있었다. 그는 긴 호루라기 소리가 날카롭게 들려오는 눈이 덮인 부두 쪽을 가리키며 말했다.

— 테디가 더블린의 마차를 있는 대로 다 불러내려나 봐요.

게이브리얼이 낑낑대고 외투를 입으면서 사무실 뒤의 작은 식기실에서 나와 현관 안을 빙 둘러보며 말했다.

— 그레타는 아직 안 내려왔어요?

— 걔는 옷을 차려입고 있던가 보던데, 게이브리얼, 케이트 이모가 말했다.

— 누가 저기서 지금 피아노를 치고 있어요? 게이브리얼이 물었다.

— 아무도 없어. 모두 다 갔는데.

— 오, 아니에요, 케이트 고모님, 메리 제인이 말했다. 바텔 다시 씨와 오캘러헌 양은 아직 가지 않았어요.

— 아무튼 누군가가 지금 피아노를 치고 있어요, 게이브리얼이 말했다.

메리 제인이 게이브리얼과 브라운 씨를 흘끗 쳐다보면서 목소리를 떨며 말했다.

— 두 양반이 그렇게 두툼하게 차려입고 나서는 걸 보니 나까지 추운 생각이 들어요. 나 같으면 이런 시간에 집에 돌아가려고 감히 엄두도 못 낼 텐데.

— 나 같으면 이런 순간보다 더 신나는 때는 없겠어요, 브라운 씨가 기운차게 말했다, 시골 길을 멋지게 뚜벅뚜벅 걷거나 아니면 잘 달리는 준마가 끄는 마차를 타고 쌩쌩 달리는 것보다 말입니다.

— 전에 우리 집엔 아주 잘 달리는 말 한 필과 이륜마차가 있었는

데, 줄리아 이모가 슬픔에 젖은 듯이 말했다.

— 그 꿈에도 잊지 못할 조니 말이군요, 메리 제인이 웃으면서 말했다.

케이트 이모와 게이브리얼도 따라 웃었다.

— 아니, 조니가 어디가 그렇게 대단했다는 겁니까? 브라운 씨가 물었다.

— 돌아가신 패트릭 모컨 우리 할아버지께서는, 게이브리얼이 설명했다, 만년에는 노신사로 널리 알려지셨는데 아교를 만드는 분이셨죠.

— 오, 그런데 말이야, 게이브리얼, 케이트 이모가 깔깔 웃으면서 말했다, 할아버지께서는 아교가 아니라 풀 공장을 운영하셨어.

— 글쎄요, 아교든 풀이든 간에, 게이브리얼이 말했다, 그 노신사에게는 조니라는 말이 한 필 있었답니다. 그런데 그 조니라는 말은 노신사의 공장에서 열심히 일을 했지요, 방아를 돌리느라 빙빙 돌면서 말입니다. 그것까지는 다 좋았어요. 그런데 지금부터 조니의 슬픈 이야기가 시작됩니다. 날씨가 청명한 어느 날 노신사께서는 사회 저명인사들과 함께 공원의 열병식에 말을 타고 가고 싶다고 생각하신 거예요.

— 주님, 그분의 영혼에 자비를 베푸소서, 케이트 이모가 측은한 목소리로 말했다.

— 아멘, 게이브리얼이 말했다. 그래서 노신사께서는 제가 말씀드린 대로 조니에게는 마구를 채우시고 자신은 최고급 실크해트에 최고급 스톡 칼라*를 두르시고 백 레인** 근처의 어딘가에 있었던 것으로 생각되는 조상 대대로 살아온 저택***에서 위풍도 당당하게 말을 타

고 나오셨지요.

모든 사람들이, 심지어 말린스 부인까지도 게이브리얼의 말투에 웃음을 터뜨렸다. 그리고 케이트 이모가 말했다.

— 오, 그런데 말이야, 게이브리얼, 할아버지께서는 실은 백 레인에 사시지 않았어. 다만 공장이 거기에 있었을 뿐이야.

— 조상들이 살아온 저택에서, 게이브리얼은 말을 계속했다. 할아버지께서는 조니를 타고 나오셨지요. 그런데 조니가 빌리 왕 동상**** 을 보기 전까지는 만사가 순조롭게 잘 진행되어 나갔지요. 그러다가 조니가 빌리 왕 동상을 보자 빌리 왕이 탄 말에 반했든지 아니면 풀 공장으로 다시 돌아왔다고 착각했든지 간에 하여간 조니는 동상 주위를 빙빙 돌기 시작했지요.

게이브리얼은 고무덧신을 신은 채 원을 그리며 현관 주위를 한 바퀴 빙 돌아 다른 사람들의 박장대소를 자아냈다.

— 말이 이렇게 빙빙 돌았다 이겁니다, 게이브리얼이 말했다, 그러자 이 노신사께서는 원래부터 대단히 오만한 노신사였던지라 몹시 화가 나서 외치셨어요. 어디 이놈 봐라! 이 무슨 짓거리야, 이놈? 조니! 조니! 해괴망측한 짓 다 보겠네! 이놈의 말을 도무지 이해할 수 없구나!

게이브리얼이 이 일을 흉내 내자 터져나온 요란한 웃음소리가 갑자기 현관문에서 노크 소리가 울려퍼지는 바람에 뚝 그쳤다. 메리 제인

---

* 넥타이가 나오기 전에 목에 둘렀던 꽉 조이는 뻣뻣한 목도리.
** 더블린 중심부(강남)의 빈민들이 많이 사는 거리.
*** '백 레인'에 이런 저택이 있다는 건 사리에 맞지 않는다. 게이브리얼의 착각인 듯함.
**** 영국의 오렌지공이자 윌리엄 3세(1650년 출생, 1689~1702 재위)의 말을 탄 모습의 동상.

이 달려가 문을 열고 프레디 말린스를 맞아들였다. 모자를 잔뜩 뒤로 젖혀 쓰고 추위로 양어깨를 구부정하게 웅크린 프레디 말린스는 단숨에 뛰어와서 그런지 숨을 헐떡이며 입김을 내뿜고 있었다.

— 마차를 한 대밖에 못 잡았어요, 그는 말했다.

— 오, 걱정 마세요, 우리는 부둣가를 따라가다가 또 잡으면 되니까요, 게이브리얼이 말했다.

— 그래라, 케이트 이모가 말했다. 말린스 부인을 찬바람 쐬면서 오래 서 있게 해서는 안 될 테니까.

말린스 부인은 아들과 브라운 씨의 부축을 받아 현관 층계를 내려와서 그들이 갖은 애를 다 쓴 덕분으로 겨우 마차에 올라탈 수 있었다. 프레디 말린스는 어머니를 뒤따라 마차에 올라 브라운 씨가 거들어주는 도움말을 들어가며 한참 만에야 그녀를 안전하게 자리에 앉혔다. 마침내 그녀가 편안하게 자리에 앉게 되자 프레디 말린스는 브라운 씨에게 마차를 타라고 권했다. 어수선한 이야기가 한참 동안 계속되다가 브라운 씨가 마차에 올라탔다. 마부는 무릎 위에 무릎 덮개를 덮고 허리를 굽혀 행선지를 물었다. 그러자 어수선한 이야기가 더한층 심해졌다. 마부는 마차의 유리창 밖으로 제각기 머리를 내민 프레디 말린스와 브라운 씨로부터 각기 다른 지시를 받았다. 문제는 가다가 브라운 씨를 어디서 내려주느냐를 아는 데 있었다. 케이트 이모, 줄리아 이모 그리고 메리 제인은 현관 앞 층계에 서서 논란을 돕는다는 것이 기껏해야 서로 어긋나는 지시와 모순되는 방향과 푸짐한 웃음소리일 뿐이었다. 프레디 말린스로 말하면 웃느라고 말을 제대로 할 수 없었다. 그는 수시로 모자가 날아갈 위험을 무릅쓰고 창문으로 머리를 내밀었다 움츠렸다 하면서 논란이 어떻게 진행되고 있는지를 자기 어머니에게 일러주었다. 그때 마침내 브라운 씨가 갈피를 잡지 못하는 마부에게 모든 사람들의 떠들썩한 웃음소리보다 더 큰 소리로 외쳤다.

— 트리니티 대학 아시오?

— 네, 네, 마부가 대답했다.

— 그럼 트리니티 대학 정문까지 그냥 갑시다, 브라운 씨가 말했다, 거기 가서 어디로 가야 할지 말할 테니까, 이제 아시겠소?

— 네. 선생님, 마부가 대답했다.

— 트리니티 대학으로 살같이 갑시다.

— 알겠습니다, 선생님, 마부가 대답했다.

말을 채찍으로 치자 마차는 웃음소리와 작별인사의 뒤범벅이 울려 퍼지는 가운데 부두 길을 따라 덜거덕거리며 달리기 시작했다.

게이브리얼은 다른 사람들처럼 문까지 나가지 않았다. 그는 현관의 컴컴한 어느 한 곳에 서서 층계를 유심히 올려다보고 있었다. 한 여인이 첫번째 층계참 꼭대기 근처에 역시 컴컴한 곳에 서 있었다. 그는 그녀의 얼굴을 볼 수 없었으나, 그림자 때문에 흑백으로만 보이는 그녀 치마의 적갈색과 연분홍색으로 된 색동 장식은 볼 수 있었다. 그의 아내였다. 그녀는 무언가에 귀를 기울이며 난간에 기대 서 있었다. 게이브리얼은 그녀가 꼼짝달싹 못하고 바위처럼 서 있는 것을 보고 놀랐거니와 그도 귀를 세워 들어보려 했다. 그러나 그에게는 현관문 계단에서 시끌벅적하게 담소하는 소리, 피아노에서 들려오는 몇 가락의 화음 그리고 노래하는 어떤 남자 목소리의 몇 음절 말고는 들리는 것이 별로 없었다.

그는 그 목소리가 노래하고 있는 곡조를 이해하려고 애쓰며 아내를 물끄러미 쳐다보면서 현관의 컴컴한 곳에 잠자코 서 있었다. 그녀는 마치 그 무엇의 상징인 양 그녀의 태도에는 우아함과 신비가 깃들어 있었다. 그는 은은한 음악에 귀를 기울이며 컴컴한 계단 위에 서 있는 어느 여인은 무엇의 상징일까 하고 자문해보았다. 만일 그가 화가라면 그러한 자태의 그녀를 그려보고 싶었다. 그녀의 푸른 펠트 모자와는 대조적으로 어둠을 배경으로 그녀의 청동색 머리칼을 돋보이게 그리고, 치마의 어두운색 색동 장식과는 대조적으로 밝은색 장식을 돋보이게 그리리라. 만일 그가 화가라면 그 그림을 은은한 음악*이라 부르리라.

현관문이 닫혔다. 그러자 케이트 이모, 줄리아 이모 그리고 메리 제인이 여전히 웃으면서 현관 안으로 들어왔다.

— 글쎄, 프레디는 대단하잖아요? 메리 제인이 말했다. 정말 대단한 사람이에요.

게이브리얼은 아무 말도 하지 않고 아내가 서 있는 층계 쪽을 손으로 가리켰다. 현관문이 닫혔는지라 노래하는 목소리와 피아노 소리가 더욱 뚜렷하게 들려왔다. 게이브리얼은 손을 들어 그들에게 좀 조용히 하라고 했다. 노래는 전통적인 아일랜드 음조**를 띤 듯했고, 노래

---

* 찰스 디킨스(1812~1870)의 소설 『데이비드 카퍼필드』의 인유인 듯. 주인공이 "은은한 음악"이란 말과 함께 죽은 첫 아내를 애틋하게 그리워하는 장면이 있음. 이러한 제목의 그림은 빅토리아 시대의 풍속화에서 흔히 이용되었음.
** 8음 음계를 기본으로 하는 대부분의 유럽 나라들과는 달리 아일랜드의 전통 음악은 스코틀랜드와 웨일스의 경우처럼 5음 음계가 기본이었음.

하는 사람은 가사에도 목소리에도 둘 다 자신이 없는 듯이 들렸다. 목소리는 멀리서 들리는 데다 노래하는 이의 목까지 쉬어서 몹시 구슬프게 들렸는데, 하여간 슬픔을 잔뜩 나타내는 가사와 함께 그 노래의 리듬을 어렴풋이나마 밝혀주었다.

> 오, 비는 내 숱 많은 머리채에 내리고
> 빗방울은 내 살갗을 적시는데,
> 내 아기는 차갑게 안겨 누워 있 ...*

― 오, 메리 제인이 탄성을 질렀다. 바텔 다시가 노래를 하고 있구나, 저녁 내내 안 하겠다고 우기시더니. 오, 가시기 전에 노래를 한 곡 불러달라고 꼭 부탁해야지.

― 그래라, 메리 제인, 케이트 이모가 말했다.

메리 제인은 다른 사람들을 스치고 지나 층계 쪽으로 달려갔다. 그러나 그녀가 거기에 도착하기도 전에 노랫소리가 뚝 그치면서 피아노도 갑자기 닫히는 소리가 났다.

― 오, 저런! 그녀가 외쳤다. 그분이 지금 내려오나, 그레타?

게이브리얼은 아내가 그렇다고 대답하는 소리를 듣고 그들 쪽으로 내려오는 것을 보았다. 그녀의 몇 발자국 바로 뒤에 바텔 다시 씨와 오캘러헌 양이 따라오고 있었다.

― 오, 다시 씨, 메리 제인이 외쳤다, 우리 모두가 넋을 잃고 당신 노

---

* 원래 스코틀랜드 민요로 아일랜드에서도 널리 유행했던 〈오림의 처녀〉의 후렴 부분. 오림은 아일랜드 서부의 작은 부락.

래를 듣고 있었는데 그렇게 노래를 뚝 그치시다니, 정말 너무하세요.

— 제가 저녁 내내 졸랐지 뭡니까, 오캘러헌 양이 말했다. 그리고 콘로이 부인도요, 그런데 선생님 말씀이 지독한 감기에 걸려 도무지 노래를 부를 수 없다는 거예요.

— 오, 다시 씨, 케이트 이모가 말했다, 이제 보니 그건 새빨간 거짓 말이었군그래.

— 제가 까마귀처럼 목이 쉰 걸 보면 모르시겠어요? 다시 씨가 거칠게 말했다.

그는 서둘러 식기실로 들어가서 외투를 걸쳐 입었다. 다른 사람들은 그의 거친 말씨에 깜짝 놀라 할 말을 잃었다. 케이트 이모는 이맛살을 찌푸려 다른 사람들에게 그 이야기는 그만두라는 신호를 했다. 다시 씨는 목도리로 목을 조심스럽게 감싸고 눈살을 찌푸린 채 서 있었다.

— 날씨 탓이에요, 줄리아 이모가 잠시 뒤에 말했다.

— 그래요, 감기에 걸리지 않은 사람이 없어요, 케이트 이모는 기다렸다는 듯이 말했다, 안 걸린 사람이 없다니까요.

— 사람들 말이, 메리 제인이 말했다, 이번 눈은 30년 만에 처음 보는 대설이래요. 오늘 아침 조간신문에서 읽었는데 눈은 아일랜드 전역에 내린다나요.

— 나는 설경이 참 좋아요, 줄리아 이모가 슬픈 듯이 말했다.

— 저도 그래요, 오캘러헌 양이 맞장구를 쳤다, 땅에 눈이 쌓이지 않으면 크리스마스가 진짜 크리스마스 같지 않거든요.

— 하지만 딱하신 다시 씨는 눈을 그다지 좋아하지 않으시나 봐요,

케이트 이모가 싱긋이 웃으면서 말했다.

다시 씨는 온통 몸을 감싸고 단추라곤 남김없이 죄다 채운 채 식기실에서 나와 후회하는 듯한 목소리로 자기가 감기에 걸린 내력을 털어놓았다. 모두가 한마디씩 그에게 충고를 했고 참 안됐다고 말하면서 밤공기에 특히 목을 조심하라고 타일렀다. 게이브리얼은 대화에 참여하지 않고 있는 아내를 지켜보았다. 그녀는 먼지가 잔뜩 낀 부채꼴 채광창 바로 아래 서 있었다. 가스등 불빛이 며칠 전에 그녀가 난롯불에 말리는 것을 본 적이 있는 그녀의 그 숱 많은 청동색 머리칼을 비추고 있었다. 그녀는 아까와 같이 우아함과 신비에 찬 태도 그대로였고, 자신에 대한 주위의 이야기는 의식하지 못하는 듯했다. 마침내 그녀가 그들 쪽으로 몸을 돌리자 게이브리얼은 그녀의 두 뺨은 홍조를 띠고 있고 두 눈은 빛나고 있음을 보게 되었다. 그러자 갑작스러운 기쁨의 물결이 그의 가슴속에서 용솟음쳤다.

— 다시 씨, 그녀가 물었다, 아까 부르신 그 노래 제목이 뭐죠?

— 〈오림의 처녀〉라고 하지요, 다시 씨가 말했다. 하지만 가사가 제대로 잘 기억이 나지 않더군요. 왜요? 아시는 노랜가요?

— 〈오림의 처녀〉라, 그녀는 되뇌었다, 제목이 잘 생각나지 않아서요.

— 엄청 멋진 곡이에요, 메리 제인이 말했다. 그런데 오늘 저녁 목소리가 제대로 나오지 않아 유감이군요.

— 자, 메리 제인, 케이트 이모가 말했다, 다시 씨를 성가시게 하지 말게, 나 같으면 그렇게 하고 싶지 않으니까.

모두가 떠날 채비를 한 것을 보자 그녀는 사람들을 문간으로 몰고 가서 거기서 서로 작별인사를 나누었다.

― 자, 안녕히 계세요, 케이트 이모님, 참 즐거운 밤이었어요, 감사합니다.

― 잘 가, 게이브리얼. 잘 가게, 그레타!

― 안녕히 계세요, 케이트 이모님, 그리고 정말 감사드립니다. 안녕히 계세요, 줄리아 이모님.

― 오, 잘 가요, 그레타. 미처 보지 못했군.

― 안녕히 가세요, 다시 씨, 잘 가요, 오캘러헌 양.

― 안녕히 계세요, 모컨 여사님.

― 다시 한 번, 잘 가요.

― 잘 가요, 모두들. 살펴 가세요.

― 안녕히 계세요. 안녕히.

새벽은 여전히 어두웠다. 희미한 누런빛이 집들과 강 위를 나직하게 덮고 있고, 하늘은 아래로 내려앉을 것만 같았다. 발아래는 눈이 녹아 질척거렸다. 그러나 지붕 위와 부두의 흙벽 위와 지하실 출입구의 철책 위와 같은 데는 눈이 기다랗게 쌓여 있거나 뭉텅이로 덮여 있었다. 가로등은 어둠침침한 대기 속에서 아직도 붉게 타고 있었고 강 건너에는 아일랜드 법원 건물*이 무거운 하늘을 등지고 위압적으로 버티고 서 있었다.

그녀는 구두를 싼 갈색 보자기는 한쪽 팔에 끼고 두 손으로는 진창에 닿지 않도록 치마를 걷어 올린 채 바텔 다시 씨와 함께 그 앞에서 걸어가고 있었다. 그녀는 아까와 같은 우아한 자태는 더 이상 보이지

---

* 리피 강 북안 머천트 부두에 있는 18세기 건물. 법원과 도서관이 같이 있음.

않았으나 게이브리얼의 두 눈은 여전히 행복감으로 빛이 났다. 피는 혈관을 따라 약동하며 흘렀고 가지가지 생각들이 머릿속에 폭발적으로 떠올랐다. 자랑스럽기도 하고, 즐겁기도 하고, 정답기도 하고, 대담하기도 한 생각들이.

그녀가 그의 앞에서 너무도 경쾌하게, 그리고 너무도 꼿꼿하게 걷고 있었기에 그는 소리 없이 그녀 뒤를 따라가서 어깨를 붙잡고 뭔가 바보스럽고 애정이 넘치는 말을 귀에 대고 속삭이고 싶었다. 그녀가 그에게는 어찌나 연약하게 보였던지 그녀를 그 무엇으로부터 보호한 다음 그녀와 단둘이만 있고 싶은 생각이 간절했다. 남몰래 그들만이 보낸 비밀스러운 생활의 순간들이 밤하늘의 별처럼 그의 기억 속에 꼬리를 물고 떠올랐다. 연보랏빛 봉투 한 장이 그의 모닝커피 잔 옆에 놓여 있어서 그는 한 손으로 그것을 어루만지고 있었다. 새들이 담쟁이덩굴에서 지저귀고 햇살을 담뿍 받은 직물 커튼이 마루 앞으로 너울거리고 있었다. 그는 행복에 겨워 아무것도 먹을 수가 없었다. 그들은 사람들로 붐비는 플랫폼에 서 있었고, 그는 그녀의 장갑 낀 따뜻한 손바닥에 열차표 한 장을 쥐여주고 있었다. 그는 추위에도 그녀와 나란히 서서 어떤 사내가 맹수처럼 으르렁거리는 용광로에서 병을 만들고 있는 광경을 쇠창살 달린 유리창을 통해 들여다보고 있었다. 날씨는 춥기도 했다. 그녀는 찬 공기 때문에 더욱 향기를 발하는 얼굴을 그의 얼굴에 바싹 갖다댔다. 그러고는 갑자기 용광로 앞의 사내에게 소리를 내질렀다.

— 불이 안 뜨거워요, 아저씨?

그러나 사내는 용광로의 으르렁거리는 소음 때문에 그녀 말을 알아들을 수 없었다. 그러기를 잘했다 싶었다. 그가 만일 알아들었더라면 고약하게 대답했을지도 모르는 일이니까.

더한층 감미로운 희열의 물결이 여전히 그의 심장에서 넘쳐흘러 뜨거운 홍수가 되어 동맥을 타고 굽이쳐 흘렀다. 밤하늘의 부드러운 별빛처럼 남들이 모르는, 또는 아무리 알려야 알 수 없는 그들만의 은밀한 순간들이 쏟아져 나와 그의 추억을 환하게 비춰주었다. 그는 이러한 순간들을 그녀에게 상기시키며 같이 살아오면서 따분했던 세월은 모두 머리에서 지워버리게 하고 오직 황홀한 순간만을 기억하게 하고 싶은 생각이 절실했다. 지난 세월이 그의 영혼이나 그녀의 영혼을 송두리째 고갈시켜버리지는 않았다는 느낌이 들었기 때문이다. 그들의 자녀양육도 그의 글쓰기도 그녀의 살림살이 걱정도 그들 영혼의 감미로운 불꽃을 죄다 꺼버린 것은 아니었다. 당시 그가 그녀에게 쓴 한 편지에서 그는 이렇게 말한 적이 있었다. 이런 말들이 나에게는 따분하고 차갑게만 보이는 것은 어인 일입니까? 그것은 당신의 이름만큼 감미로운 말이 없기 때문이 아닐까요?

은은한 음악처럼 그가 여러 해 전에 쓴 적이 있는 이런 말들이 과거로부터 되살아났다. 그는 그녀와 꼭 단둘이만 있고 싶었다. 다른 사람들이 다 가버리고 그와 그녀만 잡아둔 호텔 방에 있게 되면 그제야 비로소 그들은 단둘이만 되리라. 그는 그녀를 다정하게 부르리라.

— 그레타!

아마 그녀는 즉시 알아듣지 못할지도 모른다. 옷을 벗고 있을 테니까. 그러다가 그의 목소리에 담긴 뜻이 무엇인지 문득 궁금해하리라. 그러면 그녀는 몸을 돌려 그를 쳐다보리라 ....

와인태번 가 모퉁이에서 그들은 마차를 잡았다. 그는 마차의 덜거 덕거리는 소리 때문에 서로 대화를 할 수 없어 그것이 그렇게 반가울 수가 없었다. 그녀는 창밖을 내다보고 있었는데 피곤해 보였다. 다른 사람들은 어떤 건물이나 거리를 가리키면서 어쩌다가 몇 마디 했을 뿐이었다. 말은 음산한 새벽하늘 아래 발굽 뒤로 덜거덕거리는 낡은 마차를 끌면서 지친 듯이 달려갔고, 게이브리얼은 그녀와 함께 마차 를 다시 타고, 배를 잡아타고 신혼여행이라도 떠나려고 질주하는 듯 한 기분에 젖어들었다.

마차가 오코넬 브리지를 건널 때 오캘러헌 양이 말했다.

— 흔히 듣는 말로 오코넬 브리지를 건널 때마다 흰 말(白馬)*을 보 게 된다면서요.

— 이번에는 흰 사람이 보이는데요, 게이브리얼이 말했다.

— 어디요? 바텔 다시 씨가 물었다.

게이브리얼은 군데군데 하얀 눈을 덮어쓴 동상**을 가리켰다. 그러 고는 다정하게 거기다가 고개를 꾸벅하고는 손을 흔들었다.

— 안녕히 계세요, 댄***, 그는 유쾌하게 말했다.

마차가 호텔 앞에 닿자 게이브리얼은 껑충 뛰어내려 바텔 다시 씨 가 말리는데도 불구하고 마부에게 차비를 치렀다. 그는 차비보다 1실 링****을 더 얹어주었다. 마부는 절을 하며 말했다.

---

* 힘과 권위의 전통적인 상징. 흰 말은 특히 윌리엄 3세(빌리 왕) 동상의 형상과 깊은 관 계가 있을 수 있음.
** 현재의 오코넬 가의 입구에 있는 '해방자'로 알려진 아일랜드의 독립투사 대니얼 오코 넬(1775~1847)의 동상. 1882년 건립.
*** 대니얼 오코넬의 애칭.

― 새해 운수 대통 하십시오, 선생님.

― 당신도요, 게이브리얼은 공손하게 인사를 받았다.

그녀는 마차에서 내려 연석 위에 서서 다른 사람들에게 작별인사를 하는 동안 잠시 그의 팔에 몸을 기댔다. 그녀는 가볍게, 몇 시간 전에 그와 춤을 추었을 때만큼이나 가볍게 그의 팔에 몸을 기댔다. 그는 그때 자부심과 행복감을 만끽했다. 그런 여자가 자기 것이라서 행복했고 그녀가 우아함과 아내다운 몸가짐을 겸비하고 있어 자랑스러웠다. 그러나 이제는 그토록 많은 기억들에 다시 불을 댕겨보니 음악적이면서도 신비하고 향기롭던 그녀의 육체와의 첫 접촉이 그에게 통증에 가까운 날카로운 욕정을 불러일으켰다. 그는 그녀의 침묵을 틈타 그녀의 팔을 자기 옆구리에 바짝 갖다 붙였다. 그러다가 그들이 호텔 문 안으로 들어서자 그는 그들이 생활과 의무로부터 탈출했다는, 가정과 친구들로부터 탈출하여 새로운 모험을 향해 격렬하고도 찬란한 마음을 안고 둘이 함께 도주했다는 느낌이 들었다.

노인이 하나 현관에서 커다란 덮개를 씌운 의자에 앉아 졸고 있었다. 그는 사무실에서 촛불을 켜 들고 나와 그들의 앞장을 서서 계단을 올라갔다. 그들은 두껍게 카펫이 깔린 계단을 사뿐사뿐 밟으면서 말없이 그를 뒤따랐다. 그녀는 오르느라 고개를 숙이고, 가냘픈 어깨는 짐이라도 진 듯 꾸부정하게 구부리고 치맛자락은 몸에 바짝 붙여 움켜잡고 안내인을 따라 계단을 올라갔다. 그는 두 팔을 뻗어 그녀의 허리를 끌어당겨 그녀를 꼭 껴안고 싶은 충동에 사로잡혔다. 그의 두 팔

**** 점원으로서의 이블린의 주급이 7실링임을 감안하면 1실링의 팁은 매우 후한 셈임.

이 그녀를 감싸안고 싶은 욕망으로 부들부들 떨렸기 때문이다. 그는 손톱으로 손바닥을 힘껏 찔러 육체의 거친 충동을 가까스로 억제할 수 있었다. 안내인은 계단에서 걸음을 멈추고 촛농이 흘러내리는 촛대를 바로잡았다. 그들도 그 아래 계단에서 걸음을 멈추었다. 침묵 속에서 게이브리얼은 녹은 밀납이 촛대접시에 떨어지는 소리, 그리고 자신의 심장이 갈비뼈에 부딪히는 소리가 들리는 것만 같았다.

안내인은 복도를 따라 그들을 이끌고 가서 문을 열었다. 그런 다음 그는 흔들거리는 양초를 화장대 위에 내려놓고 아침 몇 시에 깨우면 좋겠느냐고 물었다.

— 여덟시에요, 게이브리얼이 말했다.

안내인이 전등의 스위치*를 가리키며 뭔가 우물쭈물 사과의 말을 중얼거리기 시작하자 게이브리얼은 대뜸 말을 가로챘다.

— 전등은 필요 없어요. 거리에서 들어오는 불빛만으로도 충분하니까요. 그리고 말씀이죠, 그는 촛불을 가리키며 덧붙여 말했다, 저 잘난 것, 제발 좀 치워주었으면 해요, 얼른요.

안내인은 이런 기상천외의 요구에 깜짝 놀라 그가 내려놓은 촛대를 다시 집어들긴 했으나 그 동작은 굼떴다. 그런 다음 그는 웅얼웅얼 작별인사를 하고는 밖으로 나갔다. 게이브리얼은 얼른 문을 닫아걸었다.

가로등에서 나오는 희미한 불빛이 하나의 기다란 줄기가 되어 창문에서 방문까지 드리워져 있었다. 게이브리얼은 외투와 모자를 벗어 소파 위에 내던진 다음 방을 가로질러 창가로 갔다. 그는 감정이 좀

---

* 전등이 있는 것은 이 호텔이 고급 호텔임을 뜻함. 당시 대부분의 가정과 사무실에서는 가스등을 썼음.

가라앉을까 하여 거리를 내려다보았다. 그러고 나서 그는 몸을 돌려 빛을 등지고 옷장에 몸을 기댔다. 그녀는 모자와 외투를 벗어버리고, 허리의 후크를 풀면서 커다란 회전 거울 앞에 서 있었다. 게이브리얼은 그녀를 쳐다보며 잠시 멈추었다가 말했다.

— 그레타!

그녀는 거울로부터 천천히 물러나와 빛줄기를 따라 그를 향해 걸어갔다. 그녀의 얼굴이 너무나 심각하고 지쳐 보여 게이브리얼의 입에서는 좀체 말이 나오지 않을 지경이었다. 아니야, 그럴 때는 아직 아니야.

— 당신 참 피곤해 보이는군, 그가 말했다.

— 약간요, 그녀가 답했다.

— 어디 아프거나 쇠약해진 건 아니고?

— 아녜요, 좀 피곤할 뿐이에요.

그녀는 창가로 가 거기에 서서 창밖을 내다보았다. 게이브리얼은 다시 기다리다가, 우물쭈물하다가는 아무것도 하지 못하리라는 걱정에 사로잡혀 느닷없이 말했다.

— 그런데, 그레타!

— 왜 그러세요?

— 말린스라는 그 딱한 친구 알지? 그는 뜬금없이 말했다.

— 네, 그 사람이 왜요?

— 글쎄 말이야, 그 딱한 친구, 그 친구 알고 보니 점잖은 사람이더라고, 게이브리얼이 꾸민 목소리로 말을 계속했다. 그가 나에게서 빌려 쓴 1파운드를 갚았다, 이 말씀이야, 나는 꿈에도 생각지 않는데.

그가 그 브라운이란 자를 멀리하지 않는 것이 딱하긴 하지만, 왜 그런가 하면 그는 본심만은 나쁜 사람이 절대 아니거든.

그는 이제 속이 타서 온몸이 떨렸다. 그녀가 왜 저토록 넋 잃은 사람처럼 보일까? 그는 무슨 말부터 시작해야 좋을지를 몰랐다. 그녀도 역시 무슨 일로 애를 태우고 있는 걸까? 그녀가 자기에게로 몸을 돌리거나 그녀 스스로 자진해서 자기에게로 다가와주기만 하면 오죽이나 좋겠는가! 현재 상태에서 그녀를 끌어안는다는 건 야만적인 짓이리라. 아니다, 무엇보다 먼저 그녀의 눈빛에서 어떤 열정 같은 것이 이글거리는지부터 알아야 한다. 그는 그녀의 오리무중의 심사를 꿰뚫고 싶어 견딜 수가 없었다.

— 그분에게 그 돈을 언제 빌려드렸는데요? 잠시 후에 그녀가 물었다.

게이브리얼은 그 주정뱅이 같은 말린스와 자신이 빌려준 돈에 대해 욕설이 터져나오려는 것을 참느라고 무진 애를 썼다. 그는 그녀에게 자기의 진심을 호소하고 싶고, 그리고 그녀의 몸을 자기에게로 끌어당겨 으스러지도록 비비면서 그녀를 정복하고 싶어 견딜 수 없었다. 그러나 그는 이렇게 말했다.

— 아, 크리스마스 때였지, 그 친구가 헨리 가에 조그마한 크리스마스카드 가게를 낼 때였지.

그는 격정과 욕망의 열기에 사로잡힌 나머지 그녀가 창가에서 자기에게로 다가오는 소리도 듣지 못했다. 그녀는 잠시 그 앞에 서서 이상한 눈초리로 그를 지켜보았다. 그러다가 느닷없이 발끝을 세우고 서서 두 손을 그의 양어깨에 가볍게 얹어놓으며 그에게 키스를 했다.

— 당신은 참으로 관대한 분이셔요, 게이브리얼, 그녀가 말했다.

게이브리얼은 그녀의 갑작스러운 키스와 말이 풍기는 묘한 느낌에 기쁨에 넘쳐 몸을 떨면서 그녀의 머리칼에 두 손을 얹어 손가락으로 닿을락 말락 하게 머리칼을 뒤로 쓰다듬기 시작했다. 머리칼은 감아서인지 보드랍고 윤기가 자르르했다. 그의 가슴에는 행복감이 넘쳐흘렀다. 그가 바라던 바로 그때에 그녀가 자진해서 그에게 다가온 것이었다. 아마도 그녀의 생각이 그의 생각과 같은 궤도를 달리고 있었으리라. 아마도 그녀도 그가 품고 있던 그 격렬한 욕망을 느끼고서 몸을 내맡기겠다는 충동에 압도당했을지도 모를 일이었다. 그녀가 이렇게 쉽사리 몸을 내맡겨오는 걸 보니 그가 왜 그토록 우물쭈물했던가가 원망스러웠다.

그는 두 손으로 그녀의 머리를 감싸며 일어섰다. 그러고는 한 팔을 재빨리 그녀 몸에 두르고, 자기 쪽으로 그녀를 끌어당기면서 부드럽게 말했다.

— 여보, 그레타, 무슨 생각을 그리 하지?

그녀는 대답도 하지 않고 그렇다고 해서 몸을 전적으로 그의 팔에 내맡기는 것도 아니었다. 그는 다시 부드럽게 말했다.

— 뭔지 말해봐요, 그레타. 무슨 일인지 알 것 같기도 한데. 내가 아는 일이지?

그녀는 즉시 대답하지 않았다. 그러다가 그녀는 왈칵 눈물을 쏟으며 말했다.

— 오, 나는 그 노래를 생각하고 있는 거예요, 〈오림의 처녀〉라는.

그녀는 그의 품안에서 빠져나와 침대로 달려가서 침대 옆널에 두 팔을 뻗어 그 사이에 얼굴을 묻었다. 게이브리얼은 깜짝 놀라 잠시 꼼짝달싹 못하고 서 있다가 겨우 정신을 차려 그녀를 따라갔다. 그는 체경 앞을 지나면서 자신의 전신 모습이며, 넓고 불룩한 와이셔츠 가슴 부분이며, 거울에서 볼 때마다 그 표정이 항상 그를 어리둥절하게 만드는 얼굴이며 그리고 번쩍이는 금테 안경을 언뜻 보았다. 그는 그녀로부터 몇 발짝 거리를 두고 서서 말했다.

— 그 노래가 어째서 그래요? 노래가 어떻기에 우는 거요?

그녀는 양팔에 묻었던 고개를 들고 어린애처럼 손등으로 눈물을 훔쳤다. 그의 목소리에는 그가 의도했던 것보다 훨씬 더 다정한 어조가 배어 있었다.

— 왜 그래요, 그레타? 그는 물었다.

— 오래전에 그 노래를 잘 부르던 사람 생각이 나서요.

— 오래전에 그 사람이 누군데? 게이브리얼은 미소를 지으며 말했다.

— 제가 할머니랑 살 때 골웨이에서 알고 지내던 사람이었어요, 그녀가 말했다.

게이브리얼의 얼굴에서 미소가 싹 가셨다. 무지근한 분노가 그의 마음속에 다시 엉기기 시작하면서 무지근한 욕정의 불꽃 또한 혈관 속에서 화가 난 듯 타오르기 시작했다.

— 당신이 사랑했던 사람인가 보지? 그는 비꼬듯 물었다.

— 제가 알고 지내던 소년이었어요, 그녀는 대답했다, 이름이 마이클 퓨리라고 하는. 그가 〈오림의 처녀〉라는 그 노래를 자주 불렀어요. 그는 몸이 아주 허약했어요.

게이브리얼은 말이 없었다. 그는 그녀가 자기가 이 허약한 소년에게 관심이 있다고 생각하는 것을 원치 않았다.

— 그 사람 모습이 눈에 선해요, 그녀는 얼마 있다가 말했다. 그는 눈이 굉장했지요, 왕방울같이 큰 눈에 새까만 눈동자를 한 것이! 그리고 그 두 눈에 담긴 어떤 표정이 — 어떤 표정이 말이에요! ...

— 오, 그렇다면 당신은 그를 사랑했나 보지? 게이브리얼이 말했다.

— 그애와 데이트를 자주 했지요, 그녀가 말했다, 제가 골웨이에 있을 때에요.

게이브리얼의 마음속에 어떤 생각이 문득 스치고 지나갔다.

— 아마 그 때문에 그 아이버스라는 처녀하고 골웨이에 가고 싶었던 거로군? 그는 차갑게 말했다.

그녀는 그를 쳐다보며 놀라서 물었다.

— 그 때문에라니요?

그녀의 눈초리가 게이브리얼을 쑥스럽게 했다. 그는 어깨를 으쓱하고는 말했다.

— 내가 어떻게 알아? 아마 그를 보고 싶어서였겠지.

그녀는 그로부터 눈길을 떼어 빛줄기를 따라 창문 쪽을 잠자코 쳐다보았다.

— 그는 죽고 없어요, 그녀가 마침내 말했다. 그는 열일곱 살밖에 안 됐는데 죽고 말았어요. 그렇게 어린 나이에 죽다니 참 끔찍하잖아요?

— 뭐 하던 사람인데? 게이브리얼은 여전히 짐짓 비꼬듯 물었다.

— 가스 공장*에 다녔어요, 그녀가 대답했다.

게이브리얼은 자신이 비꼬듯 물은 말에 엉뚱한 답을 들은 데다 죽은 이들로부터 이 인물, 즉 가스 공장에 다니던 소년을 초혼(招魂)이라도 한 꼴이 되어 몹시 창피스러운 생각이 들었다. 빈정거리고 말리라던 그의 기분이 자조(自嘲)로 탈바꿈하고 말았다.** 그가 그들 둘만의 은밀한 생활에 대한 추억으로 충만해 있었을 때, 다시 말해 온화함과 기쁨과 욕망으로 충만해 있었을 때 그녀는 마음속으로 그를 다른 남자와 비교하고 있었던 것이었다. 그 자신의 존재가 수치스럽다는 의식이 그를 엄습했다. 그는 자기 자신이 이모들을 위해 심부름꾼 노릇이나 하는 우스꽝스러운 인물로, 속물들에게 연설이나 해대고 자기 자신의 어리석기 그지없는 욕정을 미사여구로 그럴듯하게 꾸며대는 소심하면서도 마음씨만은 호인인 감상주의자로, 조금 전에 거울에서 얼핏 보았던 그 애처롭고 얼빠진 녀석으로 보였다. 그리하여 그는 본능적으로 그녀가 그의 이마에서 이글거리고 있는 수치의 낌새를 눈치채지 못하도록 더한층 불빛을 등지고 돌아섰다.

그는 질문할 때 냉정한 어조를 유지하려 애를 썼지만 막상 말을 하려 하니 목소리가 힘이 없고 빈약하게 들렸다.

— 당신은 그 마이클 퓨리를 사랑했던 모양이군그래, 그레타, 그는 말했다.

— 당시 전 걔하고 무척 가까이 지냈어요, 그녀가 말했다.

그녀의 목소리는 분명하지가 않고 또한 슬피 들렸다. 게이브리얼은 이제 자신이 의도한 방향으로 그녀를 이끌고 가려는 노력이 얼마나 헛된 일인가를 깨닫고 그녀의 한 손을 쓰다듬으면서 역시 슬픈 목소리로 말했다.

— 그런데 그는 왜 그렇게 일찍 죽었지, 그레타? 폐병 때문에?

— 그는 저 때문에 죽었지 싶어요, 그녀가 대답했다.

이 대답에 게이브리얼은 막연한 공포감에 사로잡히는 것 같았다. 마치 그가 승리를 낙관하고 있는 순간에 어떤 불가사의한 복수심에 불타는 존재가 그 죽은 자들의 세계에서 그에게 대항할 힘을 잔뜩 결집하여 그에게 덤벼들듯이 말이다. 그러나 그는 애써 생각을 가다듬어 그러한 공포감을 떨쳐버리고는 계속 그녀의 손등을 쓰다듬었다. 그는 그녀에게 더 캐묻지 않았다. 그녀 스스로 털어놓으리라는 느낌이 들었기 때문이다. 그녀의 손은 따뜻하고 촉촉했다. 그녀의 손은 그가 만져도 아무런 반응을 보이지 않았지만 그는 그해 봄날 아침 그녀가 그에게 보낸 첫 편지를 어루만졌듯이 그녀의 손을 계속 어루만졌다.

— 그때가 겨울이었어요, 그녀가 말했다, 겨울이 막 시작되려는 무렵이었지요, 그때 저는 할머니 곁을 떠나 이곳 수녀원 학교가 있는 데로 올라오려고 하던 참이었지요. 그런데 그때 그는 골웨이에 있는 그의 하숙집에서 앓고 있었는데, 외출도 마음대로 할 수 없었지요. 그래서 우터라드에 있는 그의 식구들에게 편지로 알렸지요. 사람들 말로는 그가 폐병인가, 뭐 그런 거 비슷한 것에 걸렸다고 했지요. 전 정확히는 몰랐지만.

그녀는 잠시 말을 멈추고 한숨을 쉬었다.

— 참 가엾기도 해요, 그녀는 말했다, 그는 나를 무척이나 좋아했고 그는 또한 그렇게 착할 수가 없었어요. 우린 시골에서 흔히 그러듯이, 게이브리얼, 아시잖아요, 걸어다니면서 같이 데이트를 하곤 했지요. 건강만 아니었더라면 그는 노래를 공부했을 거예요. 목소리가 참 좋았거든요, 가엾은 마이클 퓨리가.

— 글쎄, 그래서? 게이브리얼이 물었다.

— 그래서 제가 골웨이를 떠나 수녀원 학교 있는 데로 올라올 때가 되었을 때 그는 병세가 악화되어 저도 그를 만날 수 없게 되었지요. 그래서 저는 더블린에 올라가면 여름이면 내려올 예정이니 그때까지 완쾌되기를 바란다는 편지를 써 보냈지요.

그녀는 목소리를 가다듬으려고 잠시 말을 멈추었다가 이내 말을 이었다.

— 그런 다음 제가 떠나기 전날 밤, 넌스 아일랜드의 할머니 댁에서 짐을 꾸리고 있었는데 유리창에 돌을 던지는 소리가 들리지 않겠어요. 유리창이 너무 흐려서 누가 그러는지 보이지 않아서 아래층으로 마구 뛰어 내려가 뒷문으로 빠져나가 정원으로 나가보았더니 그 가엾은 사람이 정원 맨 끝에 오들오들 떨면서 서 있지 않겠어요.

— 그래, 그에게 되돌아가라고 말하지 않았어요? 게이브리얼이 물었다.

— 당장 집으로 돌아가라고 통사정을 했지요, 비를 맞고 이러다간 죽을 거라고 하면서 말이에요. 그러나 그는 살고 싶은 생각이 없다고 하더군요. 지금도 그의 두 눈이 제 눈에 선해요! 그는 나무가 한 그루 서 있는 담벼락 끝에 서 있었지요.

— 그래 그는 집으로 돌아갔소? 게이브리얼이 물었다.

— 네, 돌아갔어요. 그런데 제가 수녀원 학교로 올라온 지 불과 일주일 만에 그는 죽어 그의 식구들의 고향인 우터라드에 묻혔어요. 아, 그가 죽었다는 소식을 들은 그날은 정말!

그녀는 흐느낌으로 목이 메어 말문이 막혔다. 감정이 북받쳐 올라 침대에 몸을 던져 얼굴을 내리깔고 침대보 속에서 흐느꼈다. 게이브리얼은 어찌할 바를 몰라 그녀의 손을 잠시 그대로 잡고 있다가 그녀의 슬픔에 방해가 될까 봐 걱정이 되어 살며시 놓고는 창가로 조용히 걸어갔다.

그녀는 빨리 잠이 들었다.

게이브리얼은 팔꿈치를 괴고 서서 그녀의 깊이 들이쉬는 숨소리에 귀를 기울이며 잠시 동안 노여운 내색 없이 그녀의 헝클어진 머리카락과 반쯤 헤 벌린 입을 내려다보았다. 그래, 그녀의 삶에 그런 로맨스가 있었구나. 한 사내가 그녀 때문에 죽고 만 그런 로맨스가 말이다. 이제 와서 그녀의 남편인 그가 그녀의 삶에서 얼마나 초라한 역할을 수행했던가에 생각이 미치자 그의 마음은 그다지 아프지도 않았다. 그는 자신과 그녀가 남편과 아내로서 함께 살아본 적이 전혀 없는 듯이 자고 있는 그녀의 모습을 유심히 지켜보았다. 호기심 어린 그의 두 눈은 오랫동안 그녀의 얼굴과 머리칼에서 떠날 줄을 몰랐다. 그러는 사이, 처녀다운 여성미가 갓 피어나던 그 시절에 그녀의 모습이 어떠했겠는가를 생각해보니 전에 느껴보지 못한 그녀에 대한 친밀감이 가슴을 파고들었다. 그는 그녀의 얼굴이 더 이상 아름답지 않다고 스스로 말하고 싶지는 않았으나 그 얼굴은 이제는 마이클 퓨리가 죽음을 무릅쓸 정도의 것은 이미 아님을 알게 되었다.

어쩌면 그녀는 그에게 이야기를 다 털어놓지 않았는지도 모른다. 그의 눈길은 그녀가 아무렇게나 옷가지를 벗어 던져놓은 의자 쪽으로 옮아갔다. 속치마 끈이 마룻바닥으로 축 늘어져 있었다. 부츠 한 짝은 나긋나긋한 그 윗부분이 꺾이긴 했지만 똑바로 서 있었고 다른 한 짝은 한쪽으로 쓰러져 있었다. 그는 한 시간 전의 감정의 소용돌이에 생각이 미치자 이상한 느낌이 들었다. 대체 그런 감정이 어디서 비롯되었을까? 이모님의 만찬에서, 자기 자신의 어리석은 연설에서, 포도주와 춤에서, 현관에서 작별인사를 할 때의 그 떠들썩한 분위기에서, 아니면 눈 오는 강가를 따라 걸었던 그 즐거움에서, 도대체 어디서란 말인가! 가엾은 줄리아 이모님! 그녀도 머잖아 패트릭 모컨 할아버지와 그의 말 조니의 유령과 마찬가지로 유령이 되고 말리라. 그는 그녀가 〈성장한 신부〉를 노래할 때 그녀의 얼굴에서 순간적으로 초췌한 표정을 얼핏 본 바 있었다. 아마도 곧 그는 검은 상복에 무릎에는 실크해트를 올려놓고 바로 그 응접실에 앉게 되리라. 블라인드가 쳐져 있는 가운데 케이트 이모가 자기 옆에 자리 잡고 앉아 울면서 코를 훌쩍이며 줄리아 이모가 어떻게 죽었는지를 말해주리라. 그는 마음속으로 그녀에게 위안이 됨 직한 무슨 말을 궁리하려다 어설픈 쓸모없는 말밖에 생각해내지 못하고 말리라. 그렇다, 그렇다, 그런 일이 불원간 오고야 말겠지.

차가운 방 안 공기 때문에 그는 어깨가 오싹했다. 그는 조심스럽게 이불 밑으로 몸을 뻗어 아내 곁에 누웠다. 하나씩 하나씩 그들은 모두 다 유령이 되어가고 있었다. 노쇠하여 기운이 빠져 쓸쓸하게 시드는 것보다는 명예로운 정열이 한창 넘칠 때 대담하게 저세상으로 사라지는 것이 훨씬 나으리라. 그는 자기 옆에 누워 있는 아내가 살고 싶은 생각이 없다던 그 연인의 두 눈의 모습을 어쩌면 그토록 오랜 세월 동안 가슴속에 고스란히 간직하고 있었던가를 생각했다.

게이브리얼의 두 눈에는 눈물이 흥건했다. 그는 여태까지 어떤 여인에 대해서도 그와 같은 감정을 몸소 느껴본 적은 없었다. 그렇지만 생전 처음으로 느껴보는 그러한 감정이 분명히 사랑임을 알게 되었다. 그의 두 눈에는 더욱 흥건하게 눈물이 괴었다. 그는 얼룩덜룩한 어둠 속에서 빗물이 뚝뚝 떨어지는 나무 밑에 어느 젊은이가 서 있는 모습이 보이는 것 같았다. 다른 형체들도 그 곁에 보였다. 그의 영혼은 수많은 죽은 이들이 살고 있는 영역으로 다가간 것이었다. 그는 그들의 불안정하고도 명멸하는 존재를 의식할 수는 있었지만 그 정확한 형체는 포착할 수 없었다. 그는 자신의 정체성이 어떤 어슴푸레한 불가사의한 세상 속으로 사라져버리는 것 같았다. 달리 말해, 이들 죽은 이들이 살아생전에 한때 만들어 또 살기도 했던 그 굳디굳은 세상 자체가 녹아내리면서 차츰차츰 쪼그라드는 것 같았다.

유리창을 무언가가 몇 번 가볍게 치는 소리에 그는 창문 쪽으로 돌아누웠다. 눈이 다시 오기 시작했다. 그는 졸리는 눈으로 은빛 나는 어두운색의 눈송이가 가로등에 비스듬히 내려앉는 것을 지켜보았다. 그에게는 서쪽으로 여행을 시작할 때가 온 것이었다. 그렇다, 신문이 옳았다. 눈은 아일랜드 전역에 내리고 있었다. 눈은 음울한 중부 평야의 구석구석에도, 나무 없는 구릉지대에도 내리고, 앨런의 늪에도 소리 없이 내리고, 더 멀리 서쪽으로 섀넌 강의 어둡고 거친 물결 위에도 소리 없이 내리고 있었다. 눈은 또한 마이클 퓨리가 묻혀 있는 언덕 위의 그 쓸쓸한 교회 부속묘지의 구석구석에도 내리고 있었다. 기우뚱한 십자가와 묘석 위에도, 작은 출입문 위의 뾰족한 쇠창(槍) 위에도, 그리고 앙상한 가시나무 위에도 눈은 바람에 나부끼며 수북이 쌓이고 있었다. 그가 눈이 온 세상에 사뿐히 내려앉는 소리를 듣고 있는 사이에, 그리고 그들의 최후의 종말의 강림(降臨)처럼 눈이 모든 산 이와 죽은 이들* 위에 사뿐히 내려앉는 소리를 듣고 있는 사이에 그의 영혼은 서서히 스러져갔다.

---

*「사도신경」 중 "그분께서는 산 이와 죽은 이를 심판하러 영광 속에 다시 오시리니…" 부분 참조.

조이스의 열린 문학과 『더블린 사람들』

I. 제임스 조이스: 열린 문학의 개척자

아일랜드의 더블린에서 태어나 거기서 대학까지 나온 제임스 조이스는 대학을 졸업하는 길로 조국을 떠나 유럽 대륙으로 향했다. "타라로 가는 지름길은 홀리헤드를 거치는 길뿐"이라는 자신의 말대로 아일랜드 문화의 꽃을 피우려면 작은 섬나라인 조국을 떠나야 했다. 당시 아일랜드에서는 영국의 정치적 탄압을 피하기 위해 민족주의 운동의 성격을 띤 문예부흥운동이 한참 펼쳐지고 있었다. 잊혀가는 아일랜드어를 되살리고 지난날의 전설과 민요를 바탕으로 문화를 부활시켜 민족적인 일체감을 다지자는 취지에서였다. 그러나 조이스는 이 운동에 관심이 없었다. 그에게는 앞을 내다볼 생각은 없이 뒤만 되돌아보는 이 복고적인 운동이 시대착오적이자 옹졸한 지역주의로만 보였다. 그의 관심은 오직 유럽 대륙을 무대로 새로운 문학을 개척하는 코즈모폴리턴이 되는 데 있었다.

요샛말로 지구촌적인 작가로 우뚝 서기 전에 생활상의 방편으로 잠시 의사가 될까 하여 파리로 건너갔다. 그러나 학비 마련도 문제거니와 의학 공부가 적성에도 맞지 않아 의사의 꿈을 곧 접고 곧장 작가의 길에 매진하기로 작정했다. 그는 가족을 거느리고 트리에스테, 로마, 파리, 취리히 등 대륙의 대도시를 전전하면서 심한 가난 속에서도 글쓰기를 멈추지 않았다. 처음엔 영어를 가르쳐 생계를 해결했으나 뒤에는 그의 재능을 아끼는 독지가들의 재정적 후원을 받아 글쓰기에 전념할 수 있었다. 제1차 세계대전을 피해 두번째 방문한 취리히에서 59세의 나이로 세상을 떠날 때까지 그는 시집 2권, 희곡 1편, 소설 4편을 남겼다. 『실내악』과 『한 푼짜리 시』가 그의 시집이요, 「추방인들」이 유일한 희곡이며 『더블린 사람들』 『젊은 예술가의 초상』 『율리시스』 그리고 『피네건의 밤샘』이 그가 남긴 소설이다. 비록 작품 수가 많은 편은 아니지만 그가 작품, 특히 소설에서 보여준 미증유의 대담한 실험은 그의 이름을 문학사에 길이 떨치게 했다.

조이스 문학의 특성은 그의 남다른 작가관에서 출발한다. 그는 우주를 창조하는 신이 모습을 드러내지 않듯이 작가도 작품을 빚을 때는 그 모습을 보여서는 안 된다고 믿었다. "예술가는 창조의 신처럼 자신의 작품 안이나 뒤나 너머나 아니면 위에 보이지 않게 존재를 숨기고 손톱이나 깎으면서 머물러 있어야 한다." 그가 처음 한 말은 아니지만 작가 조이스는 이 말의 정신에 끝까지 충실했다. 작가의 존재를 작품 곳곳에서 느낄 수는 있어도 그것이 눈에 띄어서는 안 된다는 이 주장은 작가는 작품에 개입하는 일 없이 어디까지나 냉정하고도 초연한 입장을 유지해야 함을 의미한다. 작가가 사라져서 보이지 않는다는 점에서 작가의 죽음이라 부를 수 있고, 작가의 체취를 찾아보기 어렵다는 점에서 몰개성적인 작가라고 부를 수도 있는 조이스의 작가의 초연성 이론에는, 작품은 작가가 만들어낸 것이 아니라 작품 스스로 자율적으로 생산된 것이라는 느낌을 독자에게 주려는 의도가 깔려 있다. 이러한 의도를 바탕으로 쓴 작품이기에 그의 작품에는 전통적인 의미의 형식이 없다. 다시 말해 반듯한 플롯이나 결말이나 뚜렷한 주제가 없다. 저자의 통제 없이 제물로 굴러가도록 쓰인 것이기에 구조상의 통일성이나 의미상의 명확성이 있을 수 없다. 조이스는 작품의 모든 것을 단정적으로 말하지 않는다. 의미 포착이나 가치 판단과 같은 중요한 문제는 독자에게 내맡긴다. 따라서 독자의 가치 판단은 절대적일 수가 없고 해석을 시도한다 하더라도 그 해석은 독자마다 다르기 마련이다.

문학 이론가이자 조이스 학계의 원로인 움베르토 에코는 일찍이 문학 텍스트를 열린 텍스트와 닫힌 텍스트로 나누면서 열린 텍스트의 으뜸가는 예는 제임스 조이스의 작품이라고 명시했다. 그에 따르면, 닫힌 텍스트는 더 이상의 설명이 필요 없을 정도로 의미가 명료한 작품이고, 열린 텍스트는 의미를 포착하기 어려워서 아무리 노력해도 독자들 간의 해석상의 일치를 기대하기 어려운 작품이다. 다시 말해, 전자는 명확한 해석이 가능하고 후자는 확정적인 해석이 불가능하여 자유로운 해석적 선택의 문이 독자에게 열려 있다. 그것은 작가가 의미를 분명하게 말하지 않고 독자가 재량껏 해석하도록 열어놓기 때문이다. 해석의 권한을 위임받은 독자라고 해서 파악한 의미가 다 같을 수는 없다. 독자의 역량과 환경에 따라 해석이 달라지게 마련이다. 보다 나은 해석을 위해서는 읽기를 멈춰서는 안 된다. 이렇듯 독자가 눈을 부릅뜨고 끊임없이 되풀이해서 읽기를 요구하는 텍스트가 열린 텍스트라는 것이다. 이런 점에서 조이스는 열린 문학의 선구자라 할 것이다. 그러므로 조이스의 보이지 않는 작가 이론은 열린 문학의 실천적인 디딤돌 구실을 한다고 볼 수 있다.

조이스의 열린 문학은 독자를 텍스트의 의미의 공동 창조자로 참여시키려는 데 그 목적이 있다. 조이스는 무엇보다 제왕적인 태도를 버리고 민주적인 공복(公僕)과 같은 작가가 되려 했다. 바꾸어 말하면, 독자에게 나를 따르라는 식의 고압적인 자세가 아니라 독자와 고락을 같이하는 동반자적인 태도를 취하려 했다. 그러므로 그의 독자는 그저 읽고만 있을 수 없다. 그가 독자를 섬기는 자세로 독자와 더불어 읽으려 하기 때문에 독자도 같이 의미를 창출하려 노력하지 않을 수 없다. 롤랑 바르트가 열린 텍스트를 '쓰는(*scriptible*: writerly) 텍스트'라고 부른 것은 참으로 적절한 표현이 아닐 수 없다. 이 말은 독자는 단순히 텍스트를 읽는 소비자가 아니라 끊임없이 의미를 써야 하는 생산자라는 뜻이 아닌가. 그러기에 조이스의 열린 문학은 바르트의 말대로 "작가를 희생시켜 독자에게 많은 자유를 선사하는" 민주적인 문학이라 할 것이다.

조이스는 열린 문학을 실현하기 위해 많은 획기적인 기법을 개발했다. 신화의 이용, 자유간접담론 기법의 활용, 조정자의 이용, 불확실성 사상에 입각한 틈(gaps)의 전략, 열린 결말, '현현(epiphany)'의 기법, 의식의 흐름의 기법, 다양한 학문적 업적의 인유, 이원론적 비전의 실현 등이 그것이다. 그의 문학이 난해하다는 말을 듣는 것도 바로 이 전대미문의 서사 전략 때문이다. 『율리시스』가 어려워서 끝까지 읽지 못했다는 어느 독자의 하소연에 그는 "내 작품의 가치는 그 새로운 기법에 있어요"라면서 기법의 의미만 이해한다면 그것을 즐길 수 있을 거라고 충고한 적이 있다. 이처럼 그가 추구하는 문학은 기법의 실험과 그 전위성에 있어서 새로웠다.

조이스는 전통적인 작가에게서 찾아볼 수 없는 새로운 문학 기법으로 같은 시대 작가들에게는 물론 나중 세대의 작가들에게 큰 영향을 미쳤다. 무언가 남다르고 싶은 작가들은 다투어 그의 이름을 부르면서 그의 기법을 차용했다. 우리나라의 『천변 풍경』의 박태원과 『화두』의 최인훈도 조이스의 기법을 언급한 적이 있거니와 20세기 이후의 지구촌 문단의 거장치고 그의 위업에 열광하지 않은 작가가 드물 지경이다. T. S. 엘리엇, W. 포크너, E. 헤밍웨이, J. 도스 파소스, F. 피츠제럴드, G. 스타인, J. L. 보르헤스, V. 나보코프, S. 베케트를 비롯해 근래에 와서는 N. 메일러, A. 버지스, W. 버로스, S. 벨로, T. 핀천, U. 에코, H. 핀터, T. 모리슨, S. 루슈디, O. 파무크 등을 들 수 있다.

조이스의 문학은 각종 문학 비평 이론의 기름진 터전이기도 하다. 역사비평, 신비평, 신화비평에서부터 정신분석비평, 구조주의 이론, 후기구조주의 이론, 포스트모더니즘 이론, 페미니즘, 해체주의, 독자중심주의, 신역사주의, 후기식민주의 비평을 거쳐 요새 부쩍 논의되는 동성애 이론, 종족 연구, 동물 연구, 문화 연구, 윤리 연구, 장애인 연구에 이르기까지 조이스 작품이 이론적 근거가 되지 않는 비평이 거의 없다. 특히 지난 세기 70~80년대에 맹위를 떨친 프랑스의 해체주의 이론가들은 하나같이 조이스 학자들이었다. 해체주의 이론의 대표자 격인 자크 데리다는 "조이스가 없었더라면 나의 해체주의는 불가능했을 것"이라면서 저술 활동을 할 때마다 조이스의 모습이 눈에 어른거린다고 실토했다. 시사주간지 『타임』은 20세기를 정리하면서 20세기의 "가장 영향력 있는 작가"로 조이스를 뽑기에 주저하지 않았다.

Ⅱ. 『더블린 사람들』은 어떤 작품인가?

이 텍스트는 조이스의 작품 가운데 비교적 분량이 적은 데다 유일한 단편집이어서 읽기가 쉽고 의미도 단순할 것 같으나 자세히 들여다보면 결코 그렇지 않다. 비록 짧긴 하지만 그의 문학적 특징이 잘 드러나는 만만찮은 작품이다. 이 텍스트를 쓴 동기에서 그의 야심이 드러난다. "더블린은 수천 년 동안 유럽의 수도 가운데 하나였고, 대영제국의 제2의 도시이고 베네치아보다는 거의 세 배나 큰 도시이다. 그럼에도 불구하고 여태까지 어떤 예술가도 이를 세상에 제시한 적이 없었다는 것은 이상한 일이다." 그는 이렇게 개탄하면서 자기가 그 일을 하겠다고 자청해서 쓴 텍스트가 바로 『더블린 사람들』이다. 그의 이 호언은 여러 가지 측면에서 해석될 수 있긴 하나 일단 더블린을 무대로 세계문학의 선구자가 되겠다는 포부로 보면 틀리지 않을 것이다.

오늘날의 비평가들이 『더블린 사람들』에 대한 이해 없이는 『율리시스』나 『피네건의 밤샘』과 같은 그의 후기작을 이해하는 것은 불가능하다고 입을 모으는 이유는 이 텍스트에 이미 열린 문학의 서사 전략이 초보적이나마 구사되어 있어서이다. 이 텍스트가 후기작의 그늘에 가려 비평적 조명을 받지 못하다가 포스트모더니즘의 쓰나미가 밀어닥친 지난 세기 70년대부터 부쩍 스포트라이트를 받기 시작한 것도 여기서 불확실성의 사상에 입각한 열린 문학적 요소를 많이 발견할 수 있기 때문이다.

1. 문학 기법: "나는 대부분 철저하게 궁핍감이 물씬거리는 스타일로 이 작품을 썼어요."

조이스는 새로운 기법의 창안을 통해 세계적인 문학의 선구자가 되겠다는 야심을 성취했다. 그가 첫 소설 『더블린 사람들』에 쓰기 위해 개발, 이용하기 시작한 서술 전략이 뒤로 갈수록 다양하게 분화, 발전한 것이다.

이 텍스트의 서술 양식이 전통적인 소설과 다른 것은 대화문의 처리에서부터 나타난다. 대화문은 따옴표("")로 싸는 것이 문학적 관례이나 조이스는 이를 무시하고 대시(dash:─)로 시작하여 그 끝은 아무런 부호도 쓰지 않고 그대로 열어두었다. "─저 양반이 우리에게 이름을 묻거든, 내가 말했다, 넌 머피라고 해. 난 스미스라고 할 테니까"(「뜻밖의 만남」)라는 예문에서 보는 바와 같이 따옴표를 '눈엣가시'라면서 쓰지 않는 대신 대담하게 대시로 시작했다. 더군다나 대화문 속에 "내가 말했다"라는 서술자의 행위까지 끼워넣어 독자가 정신을 차리지 않고는 어디가 인용문이고 어디가 삽입문인지를 구별하기 어렵게 했다. 이러한 인쇄상의 표기법은 언뜻 보기에는 사소한 문제 같으나 새로운 문학을 개척하려는 조이스에게는 전통적인 문학 관습에 대한 하나의 도전임에 분명하다.

조이스가 『더블린 사람들』에서 자신만의 특징을 보여주려는 의욕은 출판인 그랜트 리처즈에게 "나는 대부분 철저하게 궁핍감이 물씬거리는 스타일로 썼다"고 한 말에 압축되어 있다. 이 말은 그의 열린 문학의 암시이자 서사 전략의 압축이기도 한데, "철저하게 궁핍감이 물씬거리는 스타일"이라 함은 작가가 극도로 말을 아껴 독자가 크게 아쉬움을 느끼도록 하는 기법을 말한다. 독자의 미흡감 유발은 작가의 죽음과 관련 있고, 독자의 궁금증 해소를 위한 노력은 '쓰는 텍스트'의 문제와 관련 있다고 볼 때 독자는 작가가 말하지 않는 의미를 찾아 나서지 않을 수 없다. 그러므로 조이스의 다음과 같은 말로 미루어 보더라도 그의 열린 문학은 『더블린 사람들』에서 출발하고 있음이 분명하다. 조이스는 "나는 그의 미완성 문장에서 의미를 끌어내느라고 더 골머리를 앓았다"(「자매」)는 '나'라는 소년의 말을 통해 독자가 할 일을 암시한다. 그는 "미완성 문장"에서 의미를 발견하려 고심하는 소년처럼 독자도 그렇게 하라고 귀띔해주는 셈이다.

조이스가 보이지 않는 작가 이론을 실현하기 위해 어떤 전략을 구사하고 있는지를 두드러진 몇 가지 예만 골라 살피기로 한다.

(1) 자유간접담론의 기법: 이 기법은 작가의 입장에서 서술하는 것이 아니라 등장인물의 관점과 수준에서 서술하는 듯한 기법이다. 등

장인물의 지적 수준에 따라 문체를 달리할 수밖에 없는 이 기법은 하나의 동일한 스토리라 하더라도 문체가 일정할 수 없다. 3인칭을 주어로 하여 간접적으로 전달하는 형식을 취하는 이 기법은 인물이 교양이 있고 지적이면 지적인 문체로 표현하고, 배운 것이 없고 성격이 거칠면 거기에 걸맞게 거칠게 표현한다. 그리하여 이 텍스트는 작가가 쓴 것이 아니라 인물에 의해 저절로 쓰인 것이라는 인상을 독자에게 심어준다. 이는 작가의 존재를 숨기는 좋은 기법이 아닐 수 없다.

「하숙집」에서 잭 무니가 하숙생들을 향해 소리치는 장면은 이 기법의 좋은 예다. "잭은 앞으로 어떤 놈이든 자기 누이동생에게 그따위 수작을 거는 놈이 있으면 염병할 그놈의 이빨을 부러뜨려 목구멍 아래로 처박아버려야지, 암, 그래야지, 하고 고래고래 고함을 질러댔다." 여기서 '염병할'이라는 말은 작가의 말이 아니라 전적으로 등장인물 잭의 말이다. 잭은 주먹질에도 능할 뿐 아니라 군인들의 음담패설을 즐겨 쓰는 소문난 망나니이기 때문에 이 말이 딱 들어맞을 수밖에 없다. 이 말은 당시로서는 엄청나게 상스러운 말이어서 출판인은 이 말을 빼달라고 간청했으나 조이스는 그 말은 그가 쓸 수 있는 가장 적확한 표현이라면서 거절했다.

흔히 인용되는 이 기법의 또 다른 예로 "관리인의 딸 릴리는 글자 그대로 발이 땅에 닿을 새가 없었다"라는 「죽은 이들」의 첫 문장을 들 수 있다. 손님맞이에 여념이 없는 릴리의 모습을 묘사하는 이 표현에서 그녀의 발이 글자 그대로 땅에 닿을 새가 없었다면 그녀는 새나 비행기처럼 날아다니거나 과로로 쓰러져 누워 있어야 마땅할 것이다. 그러나 손님맞이에 계속 분주한 것을 보면 이 부분은 작가가 아니라 릴리 자신의 입장에서 쓴 것이 확실하다. 그녀는 '비유적으로'라는 적절한 말을 몰라 '글자 그대로'라는 엉뚱한 말을 쓴 것이다. 관리인의 딸 릴리는 배운 것이 없어서 '콘로이'를 '콘네로이'라고 잘못 발음하는가 하면, "요새 남자들은 입에 사탕 발린 소리만 한다"는 뜻의 원문 "The men that is now is only all palaver"가 보여주듯이 주어와 동사의 일치도 제대로 지키지 못한다. 따라서 '글자 그대로'라는 말은 작가의 표현이 아니라 그녀의 어법을 그대로 쓴 것이 틀림없다.

이와는 반대로 「가슴 아픈 사고」에 등장하는, 예술과 철학을 좋아하고 이기적인 성격의 제임스 더피 씨의 경우는 논리정연하게 묘사된다.

그에게는 마음을 나눌 동료도 친구도 없었고, 교회도 신조도 없었다. 그는 타인과의 소통이라고는 일절 없이 오직 자기만의 정신적인 삶만 살았다. 크리스마스 때 친척들을 방문하고 또 그 친척들이 죽으면 묘지까지 바래다주는 것이 고작이었다. 그는 이 두 가지 사회적 의무는 체면상 마지못해 이행했지만 시민 생활을 규제하는 여타의 관습에는 더 이상 양보란 있을 수 없었다. 어떤 경우에는 자기가 근무하는 은행을 털 수도 있으리라는 엉뚱한 생각이 드는 때도 있었지만 그러한 경우는 결코 있을 수 없었기에 그의 삶은 그저 평탄하게 굴러갈 뿐이었다—한마디로 기복 없는 무미건조한 이야기처럼.

자기만의 세계에 갇혀 사는 냉혈한답게 간결, 정확하고 이로(理路)정연한 문체로 기술되어 있다. 더피 씨는 제 성격을 그대로 반영이라도 하듯이 자신의 목소리로 직접 쓰는 입장을 취하여 그의 자폐성이 얼마나 심각한가를 독자가 느끼도록 하는 것이다. 그리고 더피 씨가 주인공인 이 스토리에는 직접 대화가 한 군데밖에 없다. "—오늘밤 손님이 이렇게 없으니 어떡하면 좋아요! 텅 빈 객석을 향해 노래를 해야 하다니 가수들이 얼마나 따분하겠어요." 이것이 전부다. 이 점 또한 인물의 폐쇄적인 성격을 반영한다.

『더블린 사람들』의 15편의 스토리 가운데서 가장 철저하게 자유간접담론의 기법이 쓰인 것은 「이블린」과 「진흙」이다. 이 두 스토리만 잠시 더 거론한다. 「이블린」의 심약한 주인공 이블린은 외항선원과 눈이 맞아 해외 탈출을 목전에 두고 자기 집 방에 홀로 앉아 생각에 잠긴다.

집! 그녀는 도대체 이 모든 먼지가 어디서 나올까를 궁금해하면서 그토록 오랜 세월 동안 일주일에 한 번씩은 먼지를 턴 그 친숙한 물건들을 빠짐없이 훑어보며 방 안을 빙 둘러보았다. 그녀가 헤어지리라고는 꿈에도 생각지 못했던 그 친숙한 물건들을 다시는 보지 못할 일이 벌어질 수도 있으리라.

여기서, '집!'과 '도대체'는 전적으로 등장인물 이블린의 말이다. '그녀' 대신 '나'라는 일인칭으로 바꾸어 읽어보면 이 대목은 작가가 쓴 것이 아니라 인물의 입장에서 쓰인 것임을 대번에 알 수 있다. 여러 해 동안 먼지를 턴 물건들과의 작별을 아쉬워하는 그녀에게 '집!'을 버리고 도망갈 용기가 있겠는가! 스토리를 끝까지 읽지 않고도 그녀는 집을 떠날 위인이 못됨을 미리 짐작할 수 있다.

「진흙」에서 노처녀 마리아는 외출을 앞두고 거울 앞에 서서 "아직도 멋지고 깔끔하고 아담한 몸매"라고 생각한다. "매우매우 그야말로 몸집이 작은" 그녀를 멋지다고 볼 사람은 아무도 없다. 이러한 생각은 등장인물 마리아 자신의 판단이나 착각에서 우러나온 자화자찬이다. 그녀는 눈을 가리고 상 위에 놓인 물건을 집는 점 놀이에서도 "무슨 부드럽고 질척한 물질"을 집는다. 그녀가 집은 것은 죽음을 상징하는 '진흙'인데 그녀는 이 말을 모르거나 생각이 나지 않아 그저 막연하게 '부드럽고 질척한 물질'이라고 표현한다. 그녀는 노래의 2절을 불러야 할 때 1절을 되풀이하기도 하는데 1절과 2절을 분간하지도 못하는 그녀에게서 올바른 어휘의 선택이란 기대하기 어렵다. 이 두 스토리는 철저하게 인물의 말투로 서술되어 있다. 작가의 모습은 흔적조차 찾아볼 수 없다.

대화체의 많고 적음도 자유간접담론의 기법과 깊은 관계가 있다. 스토리의 성격과 분위기에 따라 대화체의 양(量)도 달라지기 때문이다. 술판이 벌어지는 스토리에는 대체로 대화체가 많다. 「작은 구름」「맞수들」「은총」이 그 예이다. 정치 이야기로 일관하는 「선거 사무실에서 맞은 파넬의 기일」과 같은 스토리에도 대화체가 많고, 춤추고 노래하는 장면이 대부분인 「죽은 이들」에도 마찬가지이다. 그러나 외로운 인물이 주인공인 스토리에는 대화체가 극히 적다. 「애러비」「진흙」「가슴 아픈 사고」가 그렇다

「죽은 이들」은 자유간접담론의 형식으로 게이브리얼의 심층적인 고뇌와 갈등을 잘 담아냈다. 여기에는 자유연상법과 내면 독백적인

요소가 많아 후기 작품에서 본격적으로 쓰인 의식의 흐름 기법을 예견케 한다. 내면 독백에 관한 한 후기작의 경우와 다른 것은 논리적인 질서가 살아 있다는 것뿐이다.

(2) 틈(또는 생략)의 기법: 이 기법은 『더블린 사람들』에 많이 쓰인 주요 전략 중 하나다. 틈이란 문맥상 있어야 할 곳에 무언가가 빠졌거나 비어 있는 상태를 말한다. 이것은 낱말과 낱말 사이일 수도 있고 문장과 문장 사이일 수도 있고 단락과 단락 사이일 수도 있다. 이러한 틈이나 공백은 명확한 것이 아니어서 독자에 따라 그 착안점이 다를 수 있다. 어쨌든 텍스트상의 공백은 독자의 관심을 끌어 독자가 그것을 채우게 하려는 데 목적이 있다. 이 전략을 부재의 수사학이라고 부르는 이도 있고, 침묵의 미학이라고 부르는 이도 있는데 누가 뭐라고 부르든 간에 요긴한 것이 빠졌다고 보는 것은 마찬가지이다.

틈의 전략은 첫 스토리에서부터 구사되기 시작한다. 「자매」의 일인칭 화자인 '나'는 이름이 없다. 이 무명의 소년은 다음 두 스토리에서까지 서술자 역할을 하지만 나이가 몇인지, 이름이 무엇인지 아무런 언급이 없다. 이 스토리의 제목이 왜 「자매」인지는 더욱 말이 없다. 일라이저와 내니라는 두 노처녀 자매는 서술자도 아니요 주인공도 아니다. 다만 그들의 오빠이자 이 스토리의 주인공인 플린 신부가 어떻게 죽게 되었는가를 '나'라는 서술자에게 알려주는 역할을 할 뿐이다. 이런 역할을 하는 자매를 과연 제목으로 삼을 만한가에 대해 작가는 어떠한 힌트도 주지 않는다. 조이스는 굳게 입을 다문 채 모든 것을 독자의 상상에 맡긴다. 첫 스토리에서부터 조이스는 침묵을 통해 독자에게 궁핍감을 물씬 풍기는 셈이다.

「뜻밖의 만남」에서 학교를 하루 빼먹고 피전 하우스로 놀러 가려는 마호니를 위해 그의 "큰누나는 그를 위해 결석계를 써주기로" 했다고 하나 그 결석 사유의 언급이 없고, 「이블린」에서는 집을 떠나려는 이블린의 무릎 위에는 "한 통은 해리에게, 다른 한 통은 아버지에게 보내는" 두 통의 편지가 놓여 있는데 두 통 다 무슨 내용인지 아무런 말이 없다. 그리고 그녀에게는 제시간에 학교에 보내고 또 제시간에 식사를 챙겨야 하는 "어린 두 아이"가 있다는데 그 아이들이 어떤 아이인지 스토리가 끝나도록 한마디 암시도 없다. 「경기가 끝난 뒤」의 지미 도일은 선상에서 "연설을, 그것도 꽤 긴 연설"을 하여 박수갈채를 받았다고 하나 그 내용은 어떠했는지는 일언반구도 없다. 「두 멋쟁이」에서는 하녀가 콜리에게 준 20실링짜리 금화를 그녀가 어떻게 구했는지 아무런 말이 없다. 주인 방에서 훔친 돈인지 그사이 모아둔 주급인지 작가는 철저하게 입을 다문다. 다만 돈을 가지러 집 안으로 들어간 경로와 콜리에게 건네려 나온 경로가 다른 것으로 미루어 그녀가 주인 돈을 훔치지 않았나 추측하게 할 뿐이다. 「하숙집」에서 밥 도런은 하숙집 딸과의 스캔들로 하숙집 주인에게 결혼을 강요당하지만 그가 실제 책임질 일을 저질렀는지 구체적인 언급은 전혀 없다.

「진흙」은 자유간접담론 기법의 좋은 보기였지만 틈의 기법의 경우에도 마찬가지이다. 마리아는 조의 가족을 기쁘게 하려고 2실링 4펜스나 주고 건포도 케이크를 샀으나 막상 그의 집에 도착하여 찾아보니 온데간데없다. 어디서 어쩌다가 잃어버렸는지 작가는 굳게 입을 다문다. 이웃집 아이들이 가져온 호두를 까먹으려고 모두들 호두 까개를 찾았으나 이것 역시 아무도 찾지 못한다. 조는 이 스토리의 끝에서 "아내에게 병따개가 어디 있는지 찾아봐달라고 부탁하지 않을 수 없었다." 조이스는 여기서 찾는 물건의 행방에 대해서는 침묵으로 일관할 뿐만 아니라 석연치 않은 행위에 대해서도 독자의 궁금증을 풀어줄 생각마저 하지 않는다. 마리아가 〈내 살고 싶은 곳 꿈꾸었네〉라는 노래의 2절을 불러야 할 때 1절을 되풀이하지만 그녀가 왜 그러는지 일절 말이 없다. 그리하여 그녀는 1, 2절의 분간에 관심이 없는 지능상의 한계가 있는 인물이거나, 결혼의 가망이 없는 불모적인 인간이려니 하는 추측만 할 수 있을 뿐이다. 마리아가 노래를 끝내자 조는 "엄청나게 감동을 받았다"고 하는데 왜 그런 감동을 받았는지 작가는 입도 벙끗하지 않는다. 그녀가 노래를 잘해서일까, 아니면 틀린 노래를 부르는 것이 가엾어서일까, 독자는 고민하지 않을 수 없다. 조이스의 틈의 기법은 독자가 텍스트의 의미 창조에 뛰어들지 않고는 배기지 못하게 한다는 점이 뚜렷해진다.

「선거 사무실에서 맞은 파넬의 기일」에 나오는 키온 신부는 말만 신부이지 정말 신부인지 그 정체가 아리송하다. '말썽꾼'이라는 소문의 주인공인 그는 패닝 씨를 찾아 선거 사무실을 잠깐 들렀으나 그의 정체를 아는 운동원은 아무도 없다. 그가 사무실을 찾은 이유는 "볼일이 좀 있어서"일 뿐 자세한 용건은 밝히지 않는다. 그가 어떻게 먹고사는지는 '또 다른 미스터리'다. 「은총」의 톰 커넌은 술집에서 술을 마시다 화장실 계단을 헛디뎌 혀를 다친다. 그의 친구들이 문병을 와서 술잔을 기울이며 그를 새사람으로 만들겠다면서 피정을 계획하다가 교회 이야기가 나오자 교황 무류설(無謬說)을 화제로 떠들기 시작한다. 그들의 교황 관련 설전은 엉터리 정보투성이다. 더구나 대화가 자유간접담론 형식으로 진행되고 있어 누구 말이 옳고 그른지를 분간하기 어렵다. 작가는 목소리 큰 인물이 화제를 끌고 가도록 방임하고 있어서 아무리 주의 깊은 독자라 할지라도 두꺼운 교회사를 뒤적이지 않고는 발언의 진위를 판별하기 어렵다.

「죽은 이들」에도 틈의 기법이 사용되어 있다. 게이브리얼에 따르면 그의 부인 그레타는 "고무덧신이라는 말이 그녀에겐 크리스티 가극단을 연상시킨다"면서 수선을 떠는데 왜 그 말이 크리스티 가극단을 연상케 하는지 작가는 입을 열 생각조차 하지 않는다.

조이스가 지적하지 않았더라면 누구도 착안하기 어려웠을 틈의 경우도 있다. 바로 「뜻밖의 만남」의 다음 대목이다.

— 이것 봐! 저 양반 하는 짓 좀 봐!
내가 대답을 하지도 않고 눈도 들지를 않자 마호니가 다시 외쳤다.
— 이것 봐 ..... 저 망측한 영감쟁이 같으니!

여기서 노인이 대체 무슨 짓을 하기에 마호니가 그를 "저 망측한 영감쟁이 같으니!"라고 외치는지 아무런 말이 없다. 작가가 "철저하게 궁금감이 물씬거리는 스타일"에 몰입한 나머지 귀띔할 생각을 잊어서일까. 마호니가 왜 그런 말을 하는지 그 근거를 찾을 수 없다. 불경한 표현을 빼거나 고치라고 조르면서 출판을 지연시키는 출판인에게 조이스는 제발 그러지 말고 숨겨진 말에 관심을 가지라면서 그 예로 위의 대목을 적시했다. 그러면서 그는 노인이 하는 짓은 자위행위라고 암시했다. 이는 첫 문장과 둘째 문장 사이의 틈(또는 공백)을 작가가 독자를 대신하여 채운 셈이다. 이로써 변태성욕자인 노인의 성격이 뚜렷하게 드러났다. 조이스의 지적이 없었더라면 이 부분은 영구미제의 공백으로 남았을지도 모른다.

학자/독자의 끈덕진 노력에도 불구하고 좀처럼 풀릴 것 같지 않은 수수께끼도 적지 않다. 그 대표적인 것이 「이블린」의 두 문제인 바, 하나는 선원 프랭크의 진실성의 문제이고 다른 하나는 이블린 어머니가 한 헛소리의 의미이다.

이블린은 외항선원 프랭크를 따라 밤배로 부에노스아이레스로 가서 그와 결혼하여 행복하게 살려고 한다. 이 장면에 최초로 의문을 제기한 학자/독자는 '틈의 학자' 휴 케너였다. 그에 의하면, 당시 노스월 부두에서 매일 밤 떠나는 여객선의 행선지는 부에노스아이레스가 아니라 영국의 항도 리버풀이기 때문에 프랭크가 도착하면 이블린을 그곳의 사창가에 팔아넘길지도 모른다는 것이다. 사랑만 있다면 굳이 부에노스아이레스까지 가서 결혼식을 올릴 이유도 없거니와 "운 좋게도 부에노스아이레스에서 한 밑천 잡아 정착"하게 되었다는 말도 믿을 수 없다고 본다. 이 말은 객관적인 근거가 있는 말이 아니라 "그는 말하기를(he said)"이라고 '그의 말'임을 강조한 것으로 보아 일방적인 허풍일 가능성이 있다는 것이다. 스토리의 끝에서 노스 월 부두까지 나온 이블린이 밤배의 승선을 거부하는 것은 이런 점을 뒤늦게 간파했기 때문이라고 해석한다. 그러나 필립 헤링과 같은 독자/학자는 이와 정반대되는 입장을 취한다. 그는 당시의 더블린 신문에서 남미로 직접 가는 여객선의 광고를 본 적이 있거니와 부에노스아이레스로 가려면 리버풀에서 갈아탈 정기노선이 얼마든지 있었다고 주장한다. 이블린이 승선하지 않은 것은 프랭크의 흉계를 눈치채서가 아니라 새 생활에 뛰어들 용기가 마비되었기 때문이라는 것이다. 이렇듯 이 문제에 대한 해석은 접점을 모르고 평행선을 달린다.

실성하여 죽은 이블린의 어머니는 임종 시에 "데레본 세론! 데레본 세론!"이란 말을 되풀이하는데 이 말의 의미에 대한 견해 또한 일치하지 않는다. 음성학상으로는 전와(轉訛)된 아일랜드어라는 점에는 대체로 견해를 같이하나 그 의미의 해석만은 제각각이다. "쾌락의 종말은 고통이다"라는 사람, "노래의 종말은 광란이다"라는 사람, "죽음이 임박했다"라는 사람, "유일한 종말은 고통이다"라는 사람 등등 가지각색이다. 거기다 이 말은 일정한 뜻이 있는 것이 아니라 단순히 광인의 횡설수설에 지나지 않는다고 주장하는 학자들도 있다. 그러나 누구 말이 맞는지는 아무도 모른다. 이러한 해석은 어디까지나 추측일 뿐 절대적 진실이라고 보는 학자는 거의 없다.

조이스는 『율리시스』를 두고 이런 말을 한 적이 있다. "나는 작품 속에 많은 수수께끼와 퍼즐을 숨겨두었기 때문에 후세의 학자들은 이것을 푸느라 수세기 동안 바쁠 것이다. 이러는 것이 내 작품을 영원케 하는 유일한 길이다." 이 말은 『더블린 사람들』에도 그대로 적용된다. 이블린 어머니의 "데레본 세론!"에 대한 학자들의 연구는 언제 끝이 날지 아무도 예측할 수 없다. 그녀의 마지막 말은 『율리시스』의 비웃입은 사나이의 정체처럼 문학상의 영원한 스핑크스의 수수께끼 가운데 하나일지도 모른다.

(3) 현현(顯現: Epiphany)의 기법: 조이스가 독보적으로 개발한 기법의 하나가 현현의 기법이다. 현현이란 원래 동방의 박사들이 예수가 태어났다는 소문을 듣고 경배하기 위해 베들레헴으로 찾아갔을 때, 아기 예수가 그들에게 처음으로 뚜렷하게 모습을 드러내 보인 데서 나온 말이다(『마태오 복음서』 2장 1~12절 참조). 이 일은 예수가 태어난 지 12일째 되는 날에 일어났는데, 오늘날 교회에서 경축하는 공현 축일이 바로 이날(1월 6일)이다. 조이스는 이 종교적인 사건을 문학적으로 이용하기로 하고 그 개념을 토대로 독보적인 기법을 창안했다. 그는 이 기법을 '현현'이라 이르고 "범속한 말씨나 동작에서, 아니면 마음 그 자체의 중요한 단계에서 갑작스러운 현시가 정신적으로 발생하는 것"이라고 정의했다. 다시 말하면, 독자에게 인물의 사소한 말씨나 행위를 통해 요긴한 의미를 별안간 깨닫게 하거나, 인물 자신이 무심코 지나던 의미를 결정적인 순간에 돌발적으로 깨우치게 하는 방책을 말한다. 작가가 작품에서 어디가 현현이라고 말할 리는 없다. 그러나 현현의 포착은 스토리의 의미의 포착과 직결되기 때문에 독자는 끝까지 두 눈을 부릅뜨고 있어야 한다. 이 기법은 대부분 텍스트의 끝부분에 매설되어 있어서 독자가 탐지했다 하더라도 그 해석은 같을 수가 없다. 그것은 독자의 자유로운 해석에 통째로 내맡겨져 있다.

『더블린 사람들』에는 현현의 기법이 쓰이지 않은 스토리가 없을 정도로 이 기법이 많이 사용되었다. 현현은 인물의 평범한 말에서 일어날 수도 있고, 몸짓에서 일어날 수도 있고, 마음속에서 갑자기 일어날 수도 있으므로 이를 차례대로 한 가지씩만 확인해본다.

「자매」의 다음과 같은 마지막 부분이 인물의 사소한 말씨에서 일어나는 현현의 좋은 예이다.

일라이저가 다시 말을 시작했다.
— 두 눈을 부릅뜨고 혼자서 나직하게 웃는 듯한 모습을 하고. ... 그래서 그때 물론 그런 모습을 발견한 사람들마다 오라버님에게 무언가 잘못된 일이 벌어졌다고 생각하게 되었지요. ....

죽은 신부의 누이동생 일라이저가 빈소를 찾은 소년 일행에게 오빠의 마지막 모습을 불완전한 문장을 섞어 설명하는 이 평범한 말이 현현 역할을 한다. 소년/독자는 여기서 신부가 정신이상으로 죽었음을 먼저 깨달아야 한다. 일라이저는 그런 말은 직접 하지 않지만 "무언가 잘못된 일이 벌어졌다"라는 말이 이를 암시한다. 그러지 않고는 "두 눈을 부릅뜨고 혼자서 웃는 듯한 모습을 하고" 죽을 리 만무하다. 그러므로 이 말은 동방 박사들에게 아기 예수가 모습을 드러내듯 소년을 포함한 독자에게 초자연적인 존재처럼 소중한 의미를 드러낸다고 볼 수 있다. 따라서 아무리 찾아도 찾을 수 없던 신부가 이렇게 죽게 된 내력을 알면 그간 소년/독자가 품고 있던 궁금증도 풀리게 된다. 나아가 사소한 일에 과민 반응을 일으켜 신체적 파멸에 이르고 마는 플린 신부의 죽음을 통해 독자는 더블린의 성직자가 시민들의 신앙생활을 올바르게 영도할 능력이 없다는 사실뿐 아니라 조이스가 평소 품고 있던 가톨릭에 대한 반감까지 읽을 수 있어야 한다. 일라이저의 말에 대한 이런 해석은 많은 해석 중 하나일 뿐이다. 일라이저의 평범한 말 속에 생략부호가 많은 이유는 소년/독자에게 자유롭게 상상을 펼칠 여지를 주려는 데 있을 것이다.

「두 멋쟁이」의 마지막 장면은 인물의 사소한 몸짓이 현현 구실을 하는 좋은 예이다. 이 스토리는 콜리가 기다리던 레너헌에게 의기양양하게 손바닥을 내미는 저속한 동작으로 끝난다. "그러다가 그는 엄숙한 몸짓을 하면서 불빛을 향해 한쪽 손을 불쑥 내밀더니 미소를 머금은 채 자기 제자(=레너헌)의 눈앞에 그 손을 천천히 펼쳐 보였다. 손바닥에선 작은 금화 한 닢이 반짝 빛났다." 콜리가 친구에게 손을 내미는 이 몸짓이 바로 현현이다. 작가는 더 이상 언급할 리가 없다. 작가가 비우고 떠난 틈을 독자가 채워야 하는 바, 이 틈을 채우는 행위가 여기서는 현현의 해석과 일치한다. 독자는 콜리가 저속한 동작으로 내미는 금화가 그가 데이트를 한 하녀에게서 우려낸 것임을 당장 알아채야 한다. 20실링의 가치가 있는 이 '금화 한 닢'은 점원으로 근무하는 이블린의 주급이 7실링인 점을 감안하면 하녀에게는 큰돈이다. 하녀에게서 감언이설로 우린 이 돈은 보나마나 두 건달의 술값으로 쓰일 것이다. 독자는 동시에 이들 두 건달이 아무짝에도 쓰지 못할 병든 젊은이라는 사실을 깨칠 필요가 있다. 콜리는 세상 물정 모르는 하녀의 등을 치고 레너헌은 그렇게 등친 돈으로 술을 얻어 마시면서 '거머리' 같은 삶을 살아가기 때문이다.

인물 자신의 마음속에서 결정적인 순간에 현현이 일어나는 예는 「죽은 이들」의 끝머리에서 발견된다. 이모들이 베푸는 연례적인 파티에 참석한 게이브리얼 콘로이는 파티가 끝난 뒤 아내와 함께 예약해둔 호텔로 간다. 그들만의 시간을 갖으며 식어버린 애정의 불씨를 다시 댕기기 위해서였다. 그러나 아내는 남편의 열망은 아랑곳없이 창밖만 바라보다 갑자기 울음을 터뜨린다. 깜짝 놀라 까닭을 물었더니 파티에서 들은 노래 때문이라는 것이다. 처녀 때 자기를 사랑하다 죽은 옛 애인이 그 노래를 즐겨 불렀기에 그 노래를 듣자 그가 생각나서 견딜 수 없다는 것이다. 금시초문이라 무엇 하던 사람이냐고 묻자 아내는 울면서 가스 공장 직공이었다고 답한다. 그 말에 남편은 찬물에 끼얹히는 느낌과 함께 여태껏 모르고 지났던 자신의 정체를 별안간 깨닫는다.

그가 그들 둘만의 은밀한 생활에 대한 추억으로 충만해 있었을 때 (…) 그녀는 마음속으로 그를 다른 남자와 비교하고 있었던 것이었다. 그 자신의 존재가 수치스럽다는 의식이 그를 엄습했다. 그는 자기 자신이 이모들을 위해 심부름꾼 노릇이나 하는 우스꽝스러운 인물로, 속물들에게 연설이나 해대고 자기 자신의 어리석기 그지없는 욕정을 미사여구로 그럴듯하게 꾸며대는 소심하면서도 마음씨만은 호인인 감상주의자로, 조금 전에 거울에서 얼핏 보았던 그 애처롭고 얼빠진 녀석으로 보였다.

게이브리얼이 애욕의 불길을 태우려는 순간, 아내한테 뜻밖의 고백을 듣고 격심한 수치심과 함께 자신의 정체성을 발견하는 것이 그에게 일어나는 현현이다. 남편으로서는 실격자요 한 인간으로서는 가련한 피에로에 불과하다는 자각이 일자 그사이 식어버린 정염의 불길을 다시 지피려던 "새로운 모험"의 꿈은 사라지고 만다. 한편 먼저 잠이 든 부인 옆에 누운 그는 "그녀의 남편인 그가 그녀의 삶에서 얼마나 초라한 역할을 수행했던가" 하는 생각과 더불어 "자신과 그녀가 남편과 아내로서 함께 살아본 적이 전혀 없는" 듯한 생각에 빠진다. 그러면서 그는 부인이 그에게 "아마 모든 이야기를 다 하지 않았을지도 모른다"는 불신감도 느낀다. 그의 부인에 대한 회의는 순간적으로 스쳐가는 변덕의 소치만은 아니다. 그는 만찬 연설에서 "우리는 현재 회의의 시대 그리고 이런 말이 어떨지는 모르겠습니다만 사색에 시달리는 시대에 살고 있습니다"라고 말한 바 있다. 이런 점에서 게이브리얼은 조이스의 분신이라고 할 수 있다. 그의 회의주의는 조이스가 신봉하는 불확실성 사상의 다른 이름이기 때문이다. 따라서 조이스의 열린 문학은 그의 철학적인 신념과 깊은 관계가 있음을 알 수 있다.

지금까지 조이스의 정의에 따라 세 가지 측면에서 현현의 기법을 짚어보았지만 시각을 달리하여 두 가지 측면에서 접근할 수 있다는 것도 알아둘 필요가 있다. 하나는 현현의 발견이 독자에게 맡겨진 경우이고 다른 하나는 인물에게 일어나는 경우다. 전자의 경우는 앞에서 논한 바 있는 「자매」와 「두 멋쟁이」의 경우를 비롯해 「이블린」에서 이블린이 배를 타지 못하고 멍청하게 부두에 선 장면, 「경기가 끝난 뒤」의 지미의 마지막 장면, 「맞수들」에서 패링턴이 아들을 두들기는 장면, 「진흙」의 마리아의 노래, 「어느 어머니」에서 커니 부인이 분을 삭이지 못해 초췌해진 모습, 「은총」에서 물신(物神)을 섬기라는 내용의 피정 설교 등이 예가 될 수 있다. 후자의 경우는 「죽은 이들」의 경우를 비롯해 「뜻밖의 만남」과 「애러비」의 마지막 장면, 「가슴 아픈 사고」에서 더피 씨가 겪는 자아발견 등이 그 예가 될 수 있다. 인물에게 현현이 일어난다고 하여 독자는 팔짱만 끼고 있어서는 안 된다. 누구에게 일어나든지 간에 그 숨은 의미 찾기는 전적으로 독자의 몫이다.

 (4) 열린 결말: 열린 문학의 가장 큰 특징은 열린 결말이다. 열린 결말이란 고전적인 의미의 명확한 종말이 없음을 말한다. 의미가 명쾌하게 잡히지 않도록 작품을 흐리멍덩하게 끝내고 있어 텍스트를 끝까지 읽어도 다 읽었다는 느낌은커녕 읽다 만 느낌만 남게 한다. 그래서 독자가 처음부터 다시 읽게 만든다. 읽는 이마다, 그리고 읽는 여건에 따라 그 해석이 달라질 수 있다. 그러므로 열린 결말이란 열린 해석의 다른 이름이다.

 『더블린 사람들』의 에필로그라 할 수 있는 마지막 스토리 「죽은 이들」도 열린 결말로 끝난다. 게이브리얼이 "서쪽으로 여행을 시작할 때가 온 것이었다"고 말하며 잠이 드는 것으로 끝나는데, 여기서 "서쪽으로의 여행"이란 말의 의미가 모호하기 그지없다. 죽음의 세계를 향한 상징적인 여행이라고 보는 이가 있는가 하면, 부활과 재생의 세계를 향한 상징적인 여행이라고 보는 이도 있다. 그런가 하면 절충적인 해석을 시도하는 이들도 적지 않다. 이들은 그 말이 죽음과 재생의 의미를 아우르고 있다고 주장하면서 게이브리얼은 부인의 과거에 대해 새로운 사실을 발견하고 삶과 죽음의 세계에 맞닥뜨리기 위해 서쪽으로 여행을 떠난다고 해석한다. 그리하여 "그가 눈이 온 세상에 사뿐히 내려앉는 소리를 듣고 있는 사이에, 그리고 그들의 최후의 종말의 강림처럼 눈이 모든 산 이와 죽은 이들 위에 사뿐히 내려앉는 소리를 듣고 있는 사이에 그의 영혼은 서서히 스러져갔다"는 최후의 문장에서 독자가 처연한 고독감과 함께 죽음과 부활, 패배와 승리, 의지의 마비와 새로운 출발을 동시에 느낄 수 있는 것은 바로 이 열린 결말의 다의성 때문이라고 주장한다. 이러한 해석에 공감하는 독자가 많다. 그러나 이러한 해석이 완벽하다고 할 수는 없다. 열린 결말은 완벽한 해석을 허용하지 않는다. 열린 결말은 독자에게 끊임없이 되풀이해서 읽기를 요구한다. "그의 마음은 자기 말씨의 매력에 다시 홀린 듯 새로운 중심의 주위를 천천히 빙빙 도는 것 같았다"(「뜻밖의 만남」)는 말이 이를 암시한다. 열린 결말을 원형적 결말(circular ending)이라고 하는 것도 의미를 찾기 위해서는 순환하듯이 반복해서 읽어야 하기 때문이다. 읽기의 순환성은 『더블린 사람들』의 구조와도 관련 있다. 이 텍스트는 「자매」에서 죽음 이야기로 시작하여 「죽은 이들」에서 죽음 이야기로 끝난다. 첫 스토리에는 마지막 스토리와 마찬가지로 산 이와 죽은 이가 등장하고, 마지막 스토리는 첫 스토리와 마찬가지로 두 자매의 집에서 벌어지는 일을 다룬다. 그리고 이 텍스트는 촛불 이야기로 시작하여 촛불 이야기로 끝난다. 「자매」에서 화자가 정방형의 창문에 밝혀진 촛불을 쳐다보는 것으로 시작하여 「죽은 이들」에서 호텔에 도착한 게이브리얼이 안내인이 들고 있는 촛불을 치우라고 하고는 방을 가로질러 창가로 가는 것으로 끝난다.

이 텍스트의 구조가 순환성을 띠고 있는 증거로 앞뒤 두 스토리의 제목의 교환 가능성보다 더 좋은 것은 없을 것이다. 「자매」를 읽는 대부분의 독자는 그 제목에 대해 의아한 마음을 떨치지 못한다. 제목이란 원래 주인공이나 주제를 중심으로 짓는 것이 상례이나 이 스토리의 일라이저와 내니 자매는 주인공도 아니요 주제의 중심에 서 있지도 않다. 그렇다고 해서 화자도 아니다. 그들의 역할은 문상 온 화자

일행에게 이 스토리의 주인공이자 자기들의 오빠인 플린 신부가 어떻게 죽었는가, 그 과정을 일러주는 것뿐이다. 이런 역할만 하는 그들을 「자매」라는 제목으로 내걸 만한지 쉽게 수긍이 가지 않는다. 그런데 그들은 결혼도 하지 못한 노처녀들로 어려운 형편에 오빠 뒷바라지하느라고 많은 고생을 한 데다 최근에는 장례식 준비까지 하느라고 지칠 대로 지쳐 있다. 언니 일라이저는 조객이 와도 안내를 제대로 못 할 정도로 거동이 불편하고, 동생 내니는 귀가 먼 데다 말까지 자유롭지 못하다. 한마디로 산송장 같은 존재들이다. 그러므로 신부의 죽음과 산송장 같은 자매를 묶어 이 스토리의 「자매」라는 제목을 「죽은 이들」로 바꾸는 것이 나을 것 같다.

「죽은 이들」에서는 모컨 자매가 베푸는 새해맞이 만찬회가 서사의 주축이다. "모컨 자매의 연례 댄스파티는 언제나 성대한 행사였다. 거기에는 그들을 아는 모든 사람이 참석했다 (…) 파티가 무미건조하게 끝난 적은 한 번도 없었다." 여기에는 살아 있는 이들만 참석함은 물론이다. 도중에 죽은 인물로 게이브리얼의 아버지와 그레타의 옛 연인 이야기가 나오긴 하지만 「자매」의 경우처럼 스토리의 현장에서 죽는 인물은 없다. 다만 파티의 주최자인 케이트와 줄리아 자매가 노쇠해 보일 뿐이다. 그들은 백발이 성성하고 얼굴은 주름살투성이지만 언니는 아직도 피아노 레슨을 하고 동생은 성가대의 소프라노로 활동할 정도로 정정하다. 파티가 진행되는 동안 케이트는 음식 접대에 열성을 다하고 줄리아는 독창을 하여 박수갈채까지 받는다. 게이브리얼은 이 화기 넘치는 파티에서 이모들의 부탁으로 연설을 한다. 그는 "아일랜드인의 후한 인심"이라는 주제의 연설을 통해 모컨 이모들이 보여주는 이 자랑스러운 미덕은 자손만대로 계승되어야 한다면서 모컨 자매의 미덕을 높이 평가한다. 그러므로 이 스토리는 모컨 자매가 만찬회를 베푸는 중요한 역할을 할 뿐만 아니라 조카 게이브리얼의 찬양의 대상이 된다는 점에서 제목을 「자매」로 고치는 것이 훨씬 자연스러울 것이다. 그렇게 되면 이 스토리의 제목을 왜 「죽은 이들」이라고 했는가에 의심을 품어온 독자는 의심이 많이 가실 것이다. 이렇게 처음과 마지막 스토리의 제목을 서로 바꾸는 것이 낫도록 구성한 이유는 『더블린 사람들』의 전체적인 구조가 순환적임을 시사하기 위해서이다. 작품의 구조가 순환적이듯이 읽기도 순환적으로 반복하도록 조이스는 앞뒤 제목을 모호하게 붙였을 것이다. 조이스의 열린 문학은 독자가 텍스트를 반복적으로 읽게 하는 데 목적을 둔 것 같다.

2. 주제: "나는 그 무대로 더블린을 골랐는바 이 도시가 나에게는 마비의 심장부로 보였기 때문이지요."

조이스가 『더블린 사람들』을 쓴 또 다른 이유는 '마비'라는 중병으로 신음하는 더블린 사람들의 모습을 온 세상에 들추어 보이려는 데 있다. 그는 출판인 리처즈에게 "나의 의도는 우리나라 정신사의 한 장(章)을 쓰는 데 있다"면서 "나는 그 무대로 더블린을 골랐는바, 이 도시가 나에게는 마비의 심장부로 보였기 때문"이라고 했다. 조이스가 아일랜드 전역에 만연해 있다고 보는 이 '마비'라는 증후군을 어느 누구도 감히 들추려 하지 않기 때문에 자기가 이 작품을 통해 가감 없이 대담하게 까발리지 않을 수 없다는 것이다.

'마비'라는 말의 중요성은 첫 스토리의 첫 단락에 이 말이 나오는 데서 입증된다. "매일 밤 나는 창문을 응시하면서 마비라는 말을 나직하게 중얼거려보았다. 그럴 때마다 그 말은 언제나 내 귀에는 (…) 생소하게만 들렸다." 그러던 것이 '나'라는 소년 화자에게는 "이제는 나에게 그 말이 어떤 나쁜 짓을 일삼는 죄받을 존재의 이름처럼 들리기 시작했다. 그 말에 나는 순간적으로 공포감에 사로잡혔으나 이내 그 말에 오히려 보다 더 가까이 다가가서 그것이 저지르는 끔직한 소행을 눈여겨보고 싶은 생각이 굴뚝같아졌다." 작가의 의도를 대변한 듯한 소년의 말을 통해 이 작품이 더블린에 도사리고 있는 각양각색의 마비상의 탐구서임을 알 수 있다.

마비라는 병폐는 갖가지 모습으로 나타난다. 알코올 중독, 어린이 학대, 가정 폭력, 협잡, 허풍 치기, 올가미 치기, 남 이용해 먹기, 의지 박약, 무능력, 정치적 부패, 저질 문화, 종교적 위선, 경제적 궁핍 등 가히 마비의 백화점이라 할 만하다. 전체 15편의 스토리는 서사와 상황이 서로 다르듯 마비의 양상 또한 서로 다르다. 그중에서 대표적인 몇 가지 양상만 훑어본다.

(1) 꿈의 좌절 : 많은 인물들은 꿈이 있으나 그 꿈을 이루는 인물은 거의 없다. 대부분의 꿈은 이런저런 이유로 거의 좌초되고 만다.

「뜻밖의 만남」의 주인공 소년 '나'는 매일 되풀이되는 전쟁놀이와 학교 공부에 신물이 나서 학교를 하루 빼먹고 다른 두 친구와 함께 피전 하우스로 구경 가기로 계획한다. "진짜 모험이란 집에만 머물러 있는 사람에게는 결코 일어나지 않는다. 그런 모험은 반드시 밖에 나가 찾아야 한다." 그러나 약속한 시간에 같이 가기로 한 친구 하나가 나타나지 않아 한참을 기다리다 둘만 뒤늦게 출발한다. 그런데 가면서 인디언 놀이를 시도하기도 하고 부두에서 하역 작업하는 광경을 구경하기도 하고 고양이 뒤쫓기도 하면서 실컷 장난을 치느라 목적지에 갈 때를 놓치고 만다. 집에 돌아갈 궁리를 하며 강둑에 누워 있을 때, 뜻밖에 만난 이상한 노인이 질문을 퍼붓는 바람에 대답하기 바빠 피전 하우스로 가려던 당초의 꿈은 사라지고 만다. 같이 가기로 한 친구 하나가 나타나지 않은 데다 도중에 능장을 부린 탓도 있지만 뜻밖에 "망측한 영감쟁이"를 만나서 '진짜 모험'을 해보려는 '나'의 꿈은 흔적조차 찾을 수 없게 된다.

친구의 누나를 짝사랑하는 「애러비」의 '나'는 그녀의 환심을 사기 위해 자기도 모르게 '애러비'라는 바자에 가서 선물을 사주겠다고 약속하고 거기에 갈 날을 고대한다. "나는 중간에 끼여 있는 그 지겨운 나날을 없애버리고 싶었다. 나는 학교 공부에도 짜증이 났다. 밤이면 침실에서, 낮이면 교실에서 그녀의 모습이 나와 내가 읽으려는 책장 사이에 나타났다." 바자가 끝나는 토요일 저녁, 아홉시가 지나서야 가까스로 아저씨에게 여비를 받아 허겁지겁 갔으나 대부분의 매장은 문을 닫은 뒤였다. 아직도 열려 있는 매장이 있어 가보았으나 여점원이 다가와 살 게 있느냐고 사무적인 말투로 묻는다. 그녀의 말투에 마음이 상해 매장에서 나와 홀의 한복판으로 걸어내려 간다. 회랑의 한쪽 끝에서 불을 끈다는 외침이 들리더니 홀의 윗부분이 어둠에 완전히 잠겨버렸다. 소년은 물건 하나 골라보지 못하고 닭 쫓던 개 지붕 쳐다보듯 "어둠 속을 응시"할 수밖에 없었다. 그리하여 짝사랑하는 여성의 환심을 사려던 소년의 꿈은 아저씨의 무관심으로 깨어지고 만다.

「이블린」에서 아버지의 주정과 폭력의 위협에 시달리며 고된 삶을 살아가는 이블린은 "새로운 삶을 개척"하기 위해 우연히 알게 된 프랭크를 따라 부에노스아이레스로 가려 한다. 떠나기 전날 창가에 홀로 앉아 집을 떠날 꿈에 부풀어 있을 때 아버지의 등쌀에 견디다 못해 정신이상으로 생을 마감한 어머니의 애처로운 모습이 떠오른다. 그러자 그녀는 어머니처럼 살아서는 안 된다면서 속으로 이렇게 외친다. "도망쳐야지! 도망쳐야 해! 프랭크가 그녀를 구해주리라. 그가 그녀에게 삶다운 삶을 주리라 (…) 불행하게 살란 법이 어딨는가? 그녀에겐 행복할 권리가 있었다." 그러나 정작 밤배가 떠나려 할 때 그녀는 배를 타지 못한다. 예매해둔 선표를 들고 여객선 부두까지 갔으나 새로운 생활에 대한 공포감이 별안간 그녀를 덮친 것이다. 프랭크는 빨리 타자고 발을 굴렀으나 "그녀는 양손으로 쇠 난간을 움켜잡고" 놓을 줄을 몰랐다. 프랭크가 따라오라고 아무리 소리쳐도 "그녀는 넋을 잃은 짐승처럼 무기력하게 하얗게 질린 얼굴을 그에게로 향했"을 뿐이었다. 이렇게 새로운 삶을 개척하려던 그녀의 열망은 용기의 마비로 말미암아 행방불명이 되고 만다. 그녀가 움켜잡은 쇠난간은 시민들의 놓을 줄 모르는 타성을 상징하고, 하얗게 질린 멍한 얼굴은 마비된 사람들의 전형적인 모습을 대변한다.

성격이 소심한 「하숙집」의 하숙생 밥 도런은 바람기 있는 하숙집 딸의 유혹에 넘어가 넘어서는 안 될 선을 넘는다. 이런 일이 벌어지도록 올가미를 쳐놓은 여주인에게 마음에 없는 결혼을 강요당하자 그는 심각하게 고민한다. 본능을 따르느냐, 체면을 살리느냐 하는 딜레마에 빠진다. 결혼 요구를 수용하면 하숙집 사위라는 이유로 가족들에게 따돌림을 당하고 무식꾼의 남편이라는 이유로 친구들에게도 우스갯감이 될 것이 뻔했다. 그래서 "그의 본능은 결혼하지 말고 그대로 얽매이지 말고 지내라고 주장했다. 결혼하기만 하면 그것으로 끝장이다"라고 속삭인다. 그러나 결혼을 수용하지 않으면 직장을 잃을 염려가 있다. "더블린은 너무나 좁은 도시"라 그런 소문이 사장의 귀에 들어갈 가능성이 높았다. 그렇게 되면 13년간이나 근무해온 가톨릭계의 대형 포도주상에서 쫓겨날 것이 뻔했다. 생각만 해도 끔찍한 일이었다. "그의 오랜 직장생활이 허사가 되고 말다니! 그의 모든 근면 성실성이 하루아침에 물거품이 되고 말다니!"

여주인의 면담 요청을 받은 도런은 본능과 위신 사이에서 어찌할 바를 몰라 "지붕을 뚫고 올라가 골치 아픈 얘기를 다시는 듣지 않아도 될 다른 나라로 훨훨 날아가버리고 싶은" 간절한 충동을 느낀다. 여주인을 만나러 아래층으로 내려가는 그의 눈앞에는 엄숙한 사장의 모습과 무자비한 하숙집 '마담(포주의 뜻도 있음)'의 모습이 한꺼번에 어른거린다. 이 마지막 장면으로 미루어 보아 도런은 마음에 없는 결혼을 단호하게 거부하지 못하고 실직과 위협이 무서워서 여주인의 강요에 굴복하고 말 것 같다. 도런은 이블린과 같이 용기의 마비로 말미암아 하숙집 여주인이 파놓은 함정에 빠져 벗어나지를 못한다.

「작은 구름」에서 법률 사무소 직원인 리틀 챈들러는 런던으로 탈출하고 싶은 생각이 간절하다. 런던 언론계에서 출세한 친구 갤러허가 8년 만에 휴가차 더블린을 방문하자 그러한 생각은 더욱 절실해진다.

문벌로나 학벌로나 자기보다 한 수 아래였던 갤러허가 성공을 거둔 것을 보니 자기에게도 탈출의 기회가 있었더라면 그보다 훨씬 나은 일을 할 자신이 있었다. 친구와 약속한 장소로 가면서 챈들러는 더블린을 떠날 충동에 사로잡힌다. "난생처음으로 그는 지나쳐 가는 다른 사람들보다 우월하다는 생각이 들었다. 난생처음으로 그의 영혼이 케이플 가의 무미건조한 촌스러움에 반기를 들었다. 두말할 나위도 없었다, 성공하고 싶으면 멀리 떠나야 한다는 것은. 더블린에서 할 수 있는 일은 하나도 없으니까." 그는 갤러허에게 써두지도 않은 시집 출판을 부탁할 생각까지 한다. 그러나 대륙을 누빈 친구의 체험담에 기가 질려 말도 끄집어내지 못하고 그냥 헤어진다. 설상가상으로 부인이 사오라던 커피도 잊고 귀가한다. 잠든 아기를 떠맡게 된 덜된 시인 챈들러는 자신의 생활에 대한 막연한 분노와 함께 다시 런던 탈출의 충동을 느낀다. "이 코딱지 같은 집에서 도망칠 수는 없을까? 갤러허처럼 멋지게 살아보려 노력하기에는 너무 늦었을까? 런던으로 갈 수 있을까?" 그러나 곧 떠날 수 없는 이유로 "갚아야 할 가구 할부금이 아직도 남아" 있음을 든다. 이것 하나 뱃심 좋게 떼먹지 못하는 위인에게서 어찌 런던 탈출의 거사(巨事)를 기대할 수 있겠는가. 더구나 자기의 가장 큰 기질적 특성으로 "불행한 소심성"을 꼽는 그에게서 그런 것은 기대하기 어렵다. 그는 그의 말대로 더블린에 갇혀 꼼짝 못하는 "하나의 무기 징역수"이다. 그러기에 그의 꿈은 탈출의 성취 여부를 떠나 꿈 그 자체가 당치도 않은 망상으로 보인다.

「죽은 이들」의 게이브리얼은 두 이모가 베푸는 공현축일 만찬회가 끝나면 아내와 함께 예약해둔 호텔로 가서 "새로운 모험"의 꿈을 달성하려 한다. 그사이 아이들 기르고, 글 쓰고, 집안 살림하느라 따분하게 보낸 세월은 잊어버리고, 결혼 초의 감미로운 순간으로 되돌아가고 싶어서였다. 그는 만찬이 끝나자 빨리 호텔에 가고 싶어 몸이 달았다. 아내와 같이 호텔 문 안으로 들어선 그는 "생활과 의무로부터 탈출했다는, 가정과 친구들로부터 탈출하여 새로운 모험을 향해 격렬하고도 찬란한 마음을 안고 둘이 함께 도주했다는 느낌이 들었다." 마침내 방 안으로 들어갔을 때 아내는 남편의 뜻은 아랑곳없이 울음을 터뜨리며 처녀 때 자기를 사랑하다 죽은 연인 생각이 나서 견딜 수 없다고 고백한다. 이 뜻밖의 고백에 그의 "새로운 모험"의 꿈은 산산조각이 나고 만다. 그가 "그들 둘만의 은밀한 생활에 대한 추억으로 충만해 있었을 때, 다시 말해 온화함과 기쁨과 욕망으로 충만해 있었을" 때 그녀는 가스 공장에 다니던 병으로 죽은 직공만 생각하고 있었던 것이다. 그래서 그는 그들 부부 사이가 남남 같은 사이였음을 뒤늦게 깨닫게 된다.

인물들의 꿈은 그것이 절실한 것이든 순간적인 충동이든 성취되는 적이 없다. 인물 자신의 성격 때문이기도 하고 환경적 제약 때문이기도 하다. 그것이 무엇 때문이든 간에 더블린에 퍼져 있는 '마비'의 모습 가운데 하나임은 틀림없다.

(2) 술 없이는 못 사는 사람들: 『더블린 사람들』은 술 마시는 사람들 이야기라 해도 과언이 아닐 정도로 술꾼들 이야기가 많다. 15편의 스토리에는 술과 관련된 이야기가 거의 빠지지 않는다. 대부분의 시민들은 술집을 편력하거나 거기서 떠드는 것으로 하루를 보낸다. 술

을 마시려고 사는지 살려고 술을 마시는지 분간하기 어려우리만큼 그들은 술을 입에 달고 산다. 이들 대부분은 고질적인 음주벽의 소유자들로 그 행태는 가정 폭력, 어린이 학대 등으로 나타난다.

「은총」의 톰 커넌은 술에 취해 계단에서 굴러떨어져 혀를 다친다. 그러면서도 그가 정신을 차리도록 도와준 의학도와 헤어질 때는 "우리 딱 한 잔만"하자고 제안한다. 의학도가 깜짝 놀라 그 청을 들어주지 않자 그는 "간단하게 같이 한잔하지 못하는 것을 유감스러워했다." 같이 술을 마신 친구가 행방을 감추어 집에 갈 길이 막막하던 차에 마침 경찰관 친구 파워가 나타나 그를 집에 데려다준다. 집에 온 그는 아내에게 모진 핀잔을 당하면서 출근을 접고 정양에 들어간다. 그가 혀를 다쳐 문밖출입을 못 한다는 소문을 들은 친구들이 술을 사들고 문병하러 온다. 그들은 환자를 옆에 두고 술판을 벌인다.

「두 멋쟁이」의 두 건달은 일정한 직업이 없다. 하루 종일 그저 거리를 쏘다니는 것이 일과라면 일과다. 콜리는 하녀를 농락하여 술값을 마련하고 콜리의 친구 레너헌은 그에게 빌붙어 거머리처럼 살아간다. 레너헌이 공짜 술판에 끼어드는 솜씨는 일품이다. 그는 술집에 술꾼들이 모인 것을 보면 그들 가장자리에 재빨리 자리를 잡았다가 슬그머니 술자리에 낀다. "놀기 좋아하는 건달"인 그는 염치를 차려야 할 일에 하나같이 둔감하다.

「죽은 이들」에 나오는 프레디 말린스는 소문난 술고래다. 나이가 마흔이 넘은 노총각으로 어디서 어떻게 사는지는 알 수 없다. 전에 그의 어머니가 정월 초하룻날 금주 맹세를 시킨 적이 있으나 그 효과는 오래 가지 못했다. 한번 취했다 하면 "다루기가 여간 어려운 위인이 아니었기 때문이다." 그도 모컨 자매가 베푸는 댄스파티에 참석하기로 되어 있어 주최자인 자매는 "프레디 말린스가 고주망태가 되어 나타나지 않을까 걱정이 태산 같았다. 그들은 세상없어도 메리 제인의 제자들에게만은 그의 취한 꼴을 보여주고 싶지 않"기 때문이다. 그래서 그들은 파티가 시작되기 전에 말린스가 어떻게 나타나는가를 살피기 위해 2층 난간을 붙들고 내려다보며 많은 시간을 보낸다. '불치의 술꾼'으로 마틴 커닝엄의 아내를 빼놓을 수 없다. 그녀는 남편이 장만해주는 살림을 여섯 번이나 저당 잡혀 먹는다.

알코올 중독은 남에게 골칫거리일 뿐만 아니라 죽음의 원인이 되기도 한다. 「가슴 아픈 사고」에서 에밀리 시니코는 외항선 선장의 아내로 극장에서 우연히 알게 된 남성에게 애정을 고백했다 거절당한다. 그녀는 그길로 과음하는 버릇이 생겨 밤만 되면 집에서 혼자 술을 마신다. 이를 보다 못한 딸은 그녀를 금주연맹에 가입시키기도 한다. 그러나 그녀는 주벽에서 헤어나지 못하고 외로움에 시달리다 기차에 뛰어들어 자살하고 만다. 신문에서는 그녀의 철도 자살을 "가슴 아픈 사고"라는 제하에 보도한다.

고질적인 술망나니는 폭력 쓰기를 예사로 한다. 「하숙집」의 무니 씨, 「이블린」의 이블린 아버지, 「맞수들」의 패링턴이 그 예이다. 무니 씨는 장인의 가업을 물려받아 새로 푸줏간을 열었으나 얼마 가지 않아 망하고 만다. 그것은 전적으로 그의 술버릇 때문이다. 장인이 세상을 떠나자 술독이 되어버린 그에게는 금주 맹세가 아무런 소용이 없었다. 그는 술에 취해 "툭하면 손님들 앞에서 아내와 싸우고" "돈궤를 뒤지"는 일을 밥 먹듯이 했다. 게다가 "질 나쁜 고기를 사들이기를 예사로 하여 그는 장사를 망쳐버렸다." 하루는 "그가 식칼을 들고 아내에게 덤벼들어" 아내는 이웃집에 가서 자야 했다. 그런 일이 있은 후로 아내는 신부한테 별거 허가를 받아 그들은 별거하기 시작했다. 아내는 점포를 정리하고 남은 돈으로 다른 곳에 하숙집을 열고, 맨몸으로 쫓겨난 무니 씨는 집달리 사무실의 하인으로 들어가지 않을 수 없었다.

이블린의 아버지는 술주정과 폭력으로 아내를 못살게 굴어 정신 이상으로 죽음에 이르게 한 바 있다. 그러한 아버지가 이제는 방년 19세의 딸 이블린에게 폭력의 위협을 가하면서 가슴 울렁증으로 고생살이를 시킨다. 그녀의 성장기에는 아버지가 그러지 않았다. 두 남동생에게는 자주 손찌검을 했으나 자기에게는 여식이라는 이유로 손을 대지 않았다. 그런데 근래에 와서 부쩍 팬다는 얘기를 자주 한다. 주먹을 내리칠 시늉을 하면서 죽은 네 어미만 아니라면 두들기고 말겠는데, 하는 말을 자주 한다. 게다가 돈 문제로 그녀를 더욱 괴롭힌다. 점원으로 일해 받는 보수는 몽땅 아버지에게 바치건만 시장이라도 보러 돈을 타려면 보통 잔소리를 들어야 하는 것이 아니다. 그녀는 이러한 "고된 삶"을 견딜 수 없어 아버지를 버리고 집을 떠날 생각까지 한다.

「맞수들」의 패링턴은 더블린의 술꾼이 보내는 하루를 잘 대변하는 인물이다. 법률사무소의 필경사인 그는 사장한테 계약서 필사(筆寫) 독촉을 받자 술 생각부터 먼저 나서 사무실을 몰래 빠져나와 주점으로 간다. 흑맥주로 목을 축이고 돌아와 정해진 시간 안에 업무를 마치려 열을 올린다. 열을 올리면 올릴수록 필사 분량은 많이 남아 보이고 오자, 탈자는 더 많아진다. 편지가 두 장 빠진 것이 분명한데도 사장이 몰라보려니 짐작하고 계약서 사본을 사장실에 갖다준다. 얼마 후에 다시 부름을 받아 사장실로 갔더니 사장은 편지가 두 장이나 빠졌다면서 폭언을 퍼붓는다. 모르고 그랬다고 변명을 하자 사장은 모르다니, 말이나 되는 소리냐면서 "나를 아주 형편없는 바보로 생각하는 거예요?" 하고 다그친다. 이에 패링턴이 "그건 저에게 하실 적절한 질문이 아닌 것 같은데요" 하고 대꾸하자 사장은 노발대발하여 당장 사과하라, 그러지 않으면 해고한다고 소리친다. 사원들은 숨을 죽이고 그가 사과하기만을 기다란다.

어둠이 밀려오자 패링턴은 필경을 마칠 생각은 접어두고 술값 마련할 궁리에 골몰한다. 이 생각 저 생각 끝에 전당포에 가 시계를 저당 잡히기로 한다. 시계를 잡혀 6실링을 손에 쥔 그는 곧 술집 순례를 시작한다. 일차로 방문한 주점에서는 술친구들에게 사장에게 받아친 말대꾸를 재연하여 영웅 대접을 받는다. 찬사와 함께 여러 차례 술대접을 받는다. 그도 가만있을 리가 없다. 고마운 나머지 그가 더 많이 낸다. 이차로 방문한 주점에서는 거기서 알게 된 웨더스라는 흥행장의 영국인 곡예사에게 바가지를 쓴다. 그가 고른 술이 너무 비싸 억울하고 분해서 견딜 수 없다. 삼차로 방문한 주점에서는 흥행장에 나가는 딴따라 여성들과 시시덕거리다가 영국인 웨더스와 팔씨름을 하게 된다. 그는 이 애송이 영국인에게 지고 만다. 그리하여 그에 대한 분노가 극에 달한다. 집으로 돌아오는 그에게 남은 돈이라곤 2펜스 밖에 없다. 시계 잡힌 돈도 탕진하고 팔씨름에도 참패하여 "타오르는 분노와 복수심"을 가눌 길이 없다. 집에 오니 부인도 교회에 가고 없고 부엌의 불도 꺼져 있다. 부엌에 불을 꺼뜨렸다는 이유로 애꿎은 어린 아들을 두들겨 패 분풀이를 한다.

(3) 화목한 가정과 사랑의 부재: 『더블린 사람들』에는 독신자들이
많다. 「자매」의 내니와 일라이저 자매는 수녀를 연상시키는 늙은 독
신녀이고 마지막 스토리의 케이트와 줄리아 자매도 결혼을 하지 않은
노파들이다. 「두 멋쟁이」의 콜리와 레너헌은 백수건달로 미혼자다.
결혼할 뜻은 있는 것 같으나 배필을 찾는 데 진실성도 적극성도 없다.
결혼을 한다 하더라도 가족을 부양할 능력도 없다. 「진흙」의 마리아
도 예순이 넘어 보이는 독신녀이고, 「가슴 아픈 사고」의 제임스 더피
도 결혼은 생각조차 해본 적 없다. 그는 종교, 친구, 가정, 사랑, 결혼
등의 모든 인간적인 관계는 외면하고, 오직 자기만의 이기적인 삶을
살아간다.

독신자들에게 가정이 있을 수 없다. 가정을 가진 인물들도 가족 구
성원들 간의 사이가 원만한 경우가 별로 없다. 가정의 붕괴를 보여주
는 스토리로 「이블린」과 「하숙집」을 들 수 있다. 이블린은 아버지의
주사(酒邪)와 폭력에 시달리던 어머니를 정신이상으로 잃고 자신은
현재 가슴 울렁증을 앓으며 아버지와 살고 있다. 어릴 때 아버지에게
밥 먹듯이 얻어맞던 두 동생과도 같이 살지 못한다. 어니스트는 죽고
없고, 성당 장식업에 종사하는 해리는 한 해의 대부분을 시골 어딘가
에 내려가 지낸다. 그녀도 아버지를 버리고 해외로 떠나려 한다. 아버
지의 끊임없는 폭력의 위협을 견딜 수 없기 때문이다. 「하숙집」의 부
부도 한집에 같이 살지 못한다. 주벽이 심한 남편이 식칼로 부인을 위
협하는 바람에 겁에 질린 부인이 별거절차를 밟아 그들은 완전히 남

남으로 산다. 부인은 현재 하숙집을 운영하며 아들 잭과 딸 폴리와 산다. 아들은 아버지를 닮아서일까, 주먹질에 능하고 술도 곧잘 마시고, 딸은 어머니가 바라는 대로 남자 유혹에 능하다.

술꾼 패링턴에게는 가정은 있으나 부부 사이가 원만하지 못하다. 그의 아내는 "매섭게 생긴 여자"로 "남편이 맨정신일 때는 남편을 괴롭히고 남편이 취했을 때는 그에게 괴롭힘을 당하는 처지였다." 이렇게 부부가 티격태격하는 원인은 그의 주벽에 있음은 물론이다. 「은총」에 나오는 마틴 커닝엄 씨 부부도 원인이야 다른 데 있지만 사이가 좋지 못한 것은 마찬가지다. 아내는 "남 앞에 도저히 내놓을 수 없는 고질적인 주정뱅이"라 남편이 "그녀를 위해 여섯 번이나 살림을 장만해주었지만 그녀는 번번이 남편 이름으로 가구를 잡혀 먹었다." 마틴은 "분별력이 뛰어난 데다 영향력과 지력까지 겸비"하여 지인들한테 존경을 받았으나 "그 자신의 가정생활은 그다지 행복하지 못해" 많은 사람들에게 동정을 받기도 한다.

모컨 자매의 댄스파티에 부부 동반으로 참석한 유일한 커플은 대학교수 게이브리얼 부부이다. 그러나 이 부부에게도 사랑은 없다. 콘로이는 솟구치는 욕정을 참으며 밤을 보낼 호텔에 도착했으나 태산같이 믿었던 아내가 갑자기 울음을 터뜨린다. 깜짝 놀라 까닭을 묻자 처녀 때 자기를 사랑하던 죽은 연인 생각이 나서 견딜 수 없다는 것이다. 이 뜻밖의 고백에 콘로이는 자신이 남편으로서 실격임을 뼈저리게 느낀다. 그가 그녀와 애욕의 불길을 태우리라 생각하며 몸이 달아 있을 때 그녀는 노래를 좋아하던 너무 일찍 죽은 연인 생각만 하고 있었다. 그의 마음이 현재에 얽매여 있을 때 그녀의 마음은 애인 생각에 빠져 과거를 맴돌고 있었다. 이렇게 부부의 관심이 엇박자를 칠 뿐만 아니라 아내는 남편에게 연인이 있었음을 여태껏 숨겨왔다. 그래서 "그녀의 남편인 그가 그녀의 삶에서 얼마나 초라한 역할을 수행했던가"라는 자각과 함께 지금까지 "남편과 아내로서 함께 살아본 적이 전혀 없는" 것 같은 처연한 생각에 젖는다. 「죽은 이들」이 『더블린 사람들』의 에필로그라면 게이브리얼 부부 간의 사랑의 부재는 이 텍스트에 나오는 모든 사랑 없는 부부 사이와 마비된 인간관계의 대변이라 할 것이다.

(4) 정계의 마비상: 조이스는 마비 탐색의 거울로 시민들의 정신 상태를 비출 뿐만 아니라 사회 각계각층의 병폐도 남김없이 비춘다. 정계 쪽으로 거울을 들이댄 그는 「선거 사무실에서 맞은 파넬의 기일」을 통해 민족정신이 혼수상태에 빠져 있음을 보여준다.

이 스토리는 제목에 나타난 바와 같이 민족주의 운동의 영도자이자 국민적 영웅인 파넬(1846~1891)이 서거한 지 약 10년이 흐른 뒤의 그의 기일(10월 6일)이 배경이다.

로열 익스체인지 선거구에 곧 있을 시의원 보궐 선거에 두 후보가 출마한다. 하나는 민족주의를 추구하는 국민당 공천의 티어니이고 다른 하나는 노동계층의 대변자로 자처하는 노동자 출신의 콜건이다. 시내 중심가에 있는 티어니의 선거 사무실을 무대로 하여 거기에 모인 운동원들이 벌이는 방담 속에 민족주의 정신이 어떤 지경에 이르렀는가를 잘 보여준다. 비 오는 날 선거 사무실에 모인 운동원들은 승리를 위한 전략이나 득표 운동은 안중에 없이 자당 후보자의 험담을 마음껏 늘어놓으면서 일당(日當)과 술 얻어 마실 궁리에만 몰두한다.

더욱이 가관인 것은 예정된 영국 왕 에드워드 7세의 더블린 방문을 둘러싼 그들의 태도이다. 왕을 위한 환영 연설의 여부에는 찬반양론이 있을 수 있다. 그러나 왕의 방문을 반대해야 할 민족주의 세력이 왕의 환영에 더 적극적인 데 문제의 심각성이 있다. 자리를 함께한 하인스 씨는 왕의 방문을 분명히 반대한다. 그는 파넬의 지지자이면서도 현재 노동당 후보자 운동원으로 뛰고 있는 정체가 좀 아리송한 인물이다. 그는 영국 왕에 대한 환영 연설은 "더블린의 명예에 똥칠을 하는 그런 짓거리"라면서 만일 파넬이 살아 있다면 환영 연설 따위는 입 밖에 끄집어내지도 못했을 것이라고 개탄한다. 그러나 국민당 후보자의 선거 운동원인 헨치 씨는 파넬은 죽고 없다면서 민생이 도탄에 빠졌는데 죽은 사람 타령만 하고 있을 때가 아니라며 환영 연설의 필요성을 역설한다. "우리나라에서 필요로 하는 것은 내가 워드 어르신께 말씀드린 바와 같이 자본이야. 왕이 여기로 온다는 것은 이 나라에 돈이 굴러들어오는 것을 의미하지. 그렇게 되면 더블린 시민들은 그것으로 덕을 보게 될 거라 이거야." 민족주의 진영이 적국 왕의 환영에 더 열성적인 것은 영국의 통치에서 벗어나려는 민족정신이 실종 직전에 처해 있음을 의미한다. 경제 논리에 밀려 정치적인 대의명분이 행방불명된 형국이다. 다행히 하인스의 파넬을 예찬하는 시 낭송이 끝나자 크로프턴 씨가 박수와 함께 "참으로 근사한 작품"이라고 말하는 것으로 보아 독립 정신의 불씨는 아직 완전히 꺼진 것 같지는 않다. 선거 사무실에 있는 석탄 난로의 가물거리는 불씨와도 같이.

(5) 문화계의 마비상: 조이스는 「작은 구름」과 「어느 어머니」를 통

해 당시 활발하게 전개되던 아일랜드 문예부흥운동의 허점을 폭로한다. 파넬의 서거 후 영국이 정치적인 감시와 탄압을 강화하자 아일랜드에서는 이를 피하기 위해 문화 운동으로 방향을 바꾸어 국민적 일체감을 유지하려 했다. 그것이 바로 아일랜드 문예부흥운동이다. 잊힌 아일랜드어를 되살리고 지난날의 신화와 전설을 부활시켜 찬란한 문화를 다시 꽃피우자는 것이다. 민족주의 운동의 일환이기도 한 이 운동은 탈영국색, 다시 말해 영국적 요소를 일소하고 독자적인 민족 문화를 수립하는 데 그 목적을 두었다. 이 운동에 참가한 시인들을 보통 켈트파 시인이라고 하는데 그들의 시풍은 회고적이고도 애수적인 것이 특징이었다.

　우울성이 자기 기질의 지배적인 특성이라고 자가 진단하는 「작은 구름」의 리틀 챈들러는 문예부흥운동의 시인처럼 켈트파 시인이기를 자처한다. 자기 시집이 출판되면 비평가들한테 받게 될 서평을 스스로 지어보는 데서 그것이 드러난다. "챈들러 씨는 평이하고도 우아한 시재를 타고났다. ... 애틋한 슬픔이 시의 전편에 넘쳐흐른다. ... 켈트파의 특징." 그런데 그는 그러한 평가를 영국 비평가들한테 받고 싶어한다. "영국 비평가들이 아마도 그의 시의 우울한 분위기 때문에 켈트파 시인의 하나로 인정해주리라." 여기서 그는 문예부흥운동의 목적조차 제대로 모르는 덜된 시인이라는 자기모순을 드러낸다. 영국색 일소가 켈트파의 목적임을 제대로 안다면 그러한 평가나 인정을 영국 비평가들한테 받고 싶어해서는 안 될 것이다. 챈들러가 문예부흥운동의 취지마저 모르는 것은 쉬운 아일랜드 말을 알아듣지 못하는 데서도 드러난다. 갤러허가 쓰는 이별주라는 뜻의 "조크 안 도리시"라는 말을 알아듣지 못한다. 문예부흥운동의 목적이 잊혀가는 아일랜드어를 되살려 보급시키는 데 있음을 잘 모르는 사람도 이 정도의 쉬운 말은 알아들어야 마땅할 것이다. 그러나 그는 아는 아일랜드어가 한마디도 없는 것 같다. 챈들러라는 이름은 아일랜드어로 '구더기'라는 뜻이다. 이것을 보더라도 조이스가 이러한 엉터리 시인을 얼마나 경멸하고 있는가를 알 수 있다. 조이스의 눈에 비친 아일랜드 문예부흥운동은 챈들러와 같은 얼치기 엉터리 시인들이 설치는 코미디 같은 운동이었다.

「어느 어머니」에서는 애국 단체에서 주최하는 문예부흥운동 관련 행사가 얼마나 저질적인가를 보여준다. 주최 측에서는 공연 준비와 진행방법도 제대로 모르고 출연진도 삼류 연예인투성이인가 하면 관객의 관람 매너도 말이 아니고 4회로 계획된 연주회도 관객 부족으로 단축된다. 더구나 준비에 도움을 준 커니 부인의 개입으로 진행이 더욱 난항을 겪는다. 그녀는 딸의 출연료를 공연이 끝나기 전에 전액 내어놓으라고 주최 측에 끈덕지게 요구한다.

"문예부흥운동이 좋은 평가를 받기 시작하자 커니 부인은 자기 딸 이름을 이용해 먹기로 결심"했다. 딸의 이름은 아일랜드 전설에 나오는 유명한 노파의 이름과 같은 캐슬린이었는데, 이 캐슬린은 문예부흥운동을 주도하는 문인들이 즐겨 다루는 인기 있는 주제였다. 부인은 이 사실을 잘 알고 있었기에 이미 프랑스어와 음악에 능한 딸에게 즉시 가정교사를 불러들여 아일랜드어까지 익히게 했다. 친구들끼리 아일랜드를 상징하는 그림엽서를 교환하고 미사가 끝나면 작별인사도 아일랜드어로 하기에 이르렀다. 그러자 캐슬린은 곧 사람들 입에 오르내리기 시작했다. 음악적 재능이 뛰어난 데다 문예부흥운동에 적극적이라는 것이었다.

소문을 들은 애국 단체의 사무차장 홀로헌이 찾아와 협회에서 주관하는 연주회에 딸을 피아노 반주자로 출연시키겠다고 제안한다. 커니 부인은 바로 이거다 싶어 흔쾌히 수락한다. 4회의 연주회에 8기니의 출연료를 받는다는 조건으로 즉석에서 계약서를 체결한다. 그러나 관객이 오지 않아 주최 측에서는 4회로 계획한 연주회를 3회로 단축한다. 1회가 생략된 마지막 회의 전반부가 시작되기 직전 커니 부인은 출연료를 주지 않으면 딸을 출연시키지 않겠다고 위협한다. 그러자 주최 측에서는 급전을 마련하여 나머지 반은 막간에 주겠다면서 계약금의 반액인 4파운드를 우선 건네준다. 계약금 8기니는 8파운드 8실링이므로 계약금의 정확한 반액은 4파운드 4실링이라야 한다. 그러나 출연료의 반액으로 4파운드의 지폐만 받자 부인은 "4실링 부족"이라고 가차 없이 지적한다. 전반부가 끝나자 그녀는 자기 딸이 농락당하게 할 수 없다면서 후반부가 시작되기 전에 "만일 그들이 마지막 한 푼까지 다 주지 않는다면 더블린을 벌컥 뒤집어놓고 말리라"고 벼른다. 이때 주최 측에서 찾아와 잔액은 다음 주에 있을 위원회의 결정에 따라 뒤에 주겠다고 통보한다. 이에 계약서에 명시된 대로 8파운드 8실링 전액을 당장 받지 않으면 딸을 무대에 올려놓지 않겠다고 우긴다. 관중석에서는 시작하지 않는다고 발을 구르며 야단이다. 공연장이 난장판이 되고 말 것을 염려한 힐리 양이 캐슬린 대신 반주를 자청한다. 그리하여 후반부의 피아노 소리가 들리기 시작하자 부인은 남편에게 택시를 잡으라면서 공연장을 빠져나간다. 분을 삭이지 못해 실내를 오락가락하던 홀로헌이 초췌한 모습을 하고 앞을 지나가는 그녀를 보자 "잘난 숙녀이셔! … 오, 정말 잘난 숙녀이셔!"라고 내뱉는다. 이에 옆에 있던 기자가 "말씀 한번 잘하셨어요, 홀로헌 씨" 하고 맞장구를 치는 말로 이 스토리는 끝난다. 조이스는 문예부흥운동을 개인적 욕망 충족의 기회로 삼겠다는 악랄한 부인을 비꼬지 않고는 다른 도리가 없었던 것 같다.

(6) 종교계의 마비상: 「자매」에서는 사제의 중책을 감당하지 못하여 육체적 마비로 고생하다 죽고 마는 신부의 일생을 보여주지만 「은총」에서는 가톨릭 신자들과 사제가 다 같이 상궤를 벗어나 있음을 보여준다.

차(茶) 외판원으로 한때 날린 적이 있는 톰 커넌은 본디 가톨릭 신자가 아니었다. "개신교 신자 집안 태생이었고 비록 결혼 당시에 가톨릭으로 개종하긴 했지만 20년 동안 성당 근처에 발을 디밀어본 적도 없었다. 뿐만 아니라 그는 가톨릭을 헐뜯기 좋아했다." 술고래인 그는 술집 화장실의 층계를 헛디뎌 혀가 잘린다. 집으로 문병을 온 친구들이 그를 "하느님을 두려워할 줄 아는 로마 가톨릭 신자"로 만들기 위해 다 같이 피정을 하기로 결정한다. 상류층 인사들이 많이 가는 예수회 성당에서 퍼든 신부의 강론을 듣는 것을 피정의 핵심으로 삼으려 한다. 예수회 이야기가 나오자 그들은 술잔을 나누며 교황의 모토와 무류설을 화제로 목청을 높여 떠들기 시작한다. 그들이 떠드는 내용은 진실과는 거리가 멀다. 교황은 모토를 내세우는 법이 없거니와 설령 있더라도 라틴어와 영어를 뒤섞어 쓸 리가 없다. 교황의 무류설만 하더라도 바티칸 공의회(1870)의 선포과정과 그것에 반대한 주교들의 이름이 맞는 것이 없다. 문병객들이 환자가 기거하는 방에서 술판을 벌여놓고 터무니없는 이야기를 갑론을박 떠들어대다니 가관이 아닐 수 없다.

그런데 퍼든 신부의 피정 강론은 더욱 가관이다. 우람한 체구에 혈색도 좋은 퍼든 신부는 "영락없는 건달패"로 자인하는 커넌 일행에게 마치 대성한 사업가를 앞에 둔 듯 설교한다. "사업가들에게 이야기하러 나왔으니 사업가 식으로 이야기하겠노라"며 『루카 복음서』에 나오는 불의의 집사의 비유를 인용하며 하느님을 섬기는 일은 재물의 신 맘몬을 섬기는 일과 다를 바 없다고 공언한다. 하느님 섬기기가 곧 재물의 신 섬기기라는 그의 강론은 십계명의 위반이 아닐 수 없다. "한 분이신 하느님을 흠숭하여라" 했거늘 어찌 재물신을 같이 섬길 수 있겠는가. 퍼든 신부의 이 설교는 그가 성직 매매죄를 저지르고 있는 증거로도 흔히 해석되는 말썽 많은 부분이기도 한데, 하여간 그가 종교와 돈을 동일시하고 있음은 분명하다. 조이스는 퍼든 신부의 설교를 통해 아일랜드의 가톨릭이 종교 본연의 역할을 망각하고 황금만능주의에 빠져 있음을 들추어 풍자한다. 이러한 모진 풍자는 퍼든이라는 신부의 이름을 더블린의 악명 높은 홍등가의 이름에서 따온 데서 더욱 두드러진다.

(7) 경제적 피폐상: 조이스의 거울은 가난에 찌든 경제적인 모습도 잊지 않고 비춘다. 그의 거울에 비친 아일랜드 경제는 영국을 비롯한 대륙의 다른 나라들은 "풍요와 근면성"의 대로를 질주하고 있는데 반

해 "빈곤과 무기력의 수로"에 빠져 허우적거리고 있는 형국이다. 그런데 이러한 상대적인 낙후성은 일단 영국의 식민 통치에 그 책임이 있다고 보았다.

영국과 아일랜드의 경제적인 관계는 「두 멋쟁이」에 나오는 킬데어가 클럽 앞에서 거리의 악사가 하프를 연주하는 장면에 상징적으로 제시되어 있다. 하프 연주자는 몇 안 되는 청중을 상대로 먼 하늘을 힐끗거리며 지겨운 표정으로 줄을 뜯는데, "덮개가 그 무릎 근처까지 흘러내린 줄도 모르는 그의 하프 역시 손님의 눈에도, 주인의 손에도 다 같이 지겹게만 보였다." 하프는 자고로 전통적인 아일랜드의 상징으로 알려져 있다. 그런데 여기서 무릎까지 덮개가 흘러내린 줄도 모르는 의인화된 하프는 영국에게 유린당한 아일랜드 여인을 상징한다. 옷이 찢긴 여인처럼 가련한 아일랜드 경제가 통치국의 수탈 때문에 그런 꼴이 되었음을 의미한다. 그리하여 이 장면은 친영파 상류층 인사들이 고급 사교장인 킬데어 가 클럽에 모여 앉아 삶의 여유를 즐기는 것과는 대조적으로 대부분의 아일랜드 서민들은 그 앞의 노상에서 하프를 뜯는 거리의 악사처럼 기진맥진한 표정을 하고 하루하루를 연명하고 있음을 상징한다.

북아일랜드의 프로테스탄트의 도시 벨파스트는 영국 본토의 글래스고나 런던처럼 부유하고 일자리도 많은 곳으로 나온다. 휴가 때면 여행의 목적지가 되고 취직을 하고 싶으면 즐겨 찾는 곳이다. 이블린이 어릴 때 놀던 놀이터는 돈 많은 "벨파스트에서 온 어느 남자"가 사서 빨간 벽돌집을 짓는 바람에 사라졌고, 「맞수들」의 패링턴이 근무하는 회사의 사장도 벨파스트 출신이다. "말끔하게 면도한 얼굴에 금테 안경을 쓴 키가 작은 남자"인 알레인 씨는 귀청을 찢는 듯한 북아일랜드 악센트로 패링턴을 곧잘 꾸짖는다. 패링턴은 사장이 듣는 줄 모르고 말씨 흉내를 내었다가 한동안 그의 눈총을 맞기도 했다. 『더블린 사람들』을 쓸 당시의 더블린 인구는 약 30만 명 정도로 프로테스탄트가 약 17퍼센트이고 나머지는 가톨릭 신도였다. 그런데 친영 세력인 이들 소수파가 더블린의 실세, 이른바 특권층으로 군림하여 사회의 각 분야를 장악했다. 더블린의 서민 대중은 이들 밑에서 날품팔이나 고용살이로 살아가야 했다.

「경기가 끝난 뒤」의 마지막 장면에는 영국의 아일랜드에 대한 수탈상이 절묘하게 암시되어 있다. 「맞수들」에서 패링턴이 영국인과의 팔씨름에서 지는 것은 영국과의 정치적 대결에서 아일랜드의 패배를 암시하지만 이 스토리에서 지미 도일이 카드놀이에서 영국인 라우스에게 거액을 잃는 장면은 영국과의 경제적 대결에서 아일랜드가 당하는 패배를 상징하기에 모자람이 없다.

「경기가 끝난 뒤」의 지미 도일은 "열렬한 민족주의자로 인생을 시작했으나 일찌거니 인생관을 수정"하여 푸줏간을 차려 큰돈을 번 부상(富商)의 아들로, 대륙의 돈 많은 친구들과 휩쓸려 다니기를 좋아한다. 그는 아버지의 권유로 재력 있는 또래 외국인을 사귀기에 여념이 없으나 민족적인 자존심은 어느 정도 살아 있는 것 같다. 프랑스인 친구가 자동차 경기의 우승을 자축하기 위해 베푼 만찬회에서 화제가 정치 문제로 옮겨가자 그는 술김에 영국인 라우스와 설전을 벌인다. 라우스는 그가 케임브리지에서 한 학기를 보낼 때 알게 된 친구였다. 술기운이 거나해지자 자기 "아버지의 숨은 열정"이 되살아나서 마침내 굼뜬 라우스의 부아를 돋우기에 이른다. 옆에서 말리지 않았더라면 지미와 라우스 사이에 주먹질이 오고갈 뻔했다. 그러나 더 중요한 대결은 선상의 카드놀이에서 벌어진다.

호텔에서 만찬회를 마친 지미 일행은 밤늦게 팔리라는 미국인 친구 소유의 요트에서 이차로 술판을 벌인다. 댄스에 야식에다 질탕하게 술을 마신 그들은 돈내기 카드놀이를 시작한다. 도박이 고조에 달하자 어음까지 나돌았다. 지미는 술에 취해 "누가 돈을 따는지는 정확하게 몰랐지만 자기가 잃고 있다는 것만은 알았다." 마지막 판은 판돈을 많이 걸고 끝내자는 누군가의 제안에 따라 죽기 아니면 살기로 모두들 거액을 건다. 새벽녘에야 끝난 그 "끔찍한 게임"에서 라우스가 가장 많은 돈을 따고 지미가 팔리와 더불어 가장 많은 돈을 잃었다. 이는 영국과의 경제적 대결에서 아일랜드가 참패함을 상징하기에 충분한 장면이다. 따라서 이 장면은 아일랜드 경제의 침체상은 제국주의의 수탈 정책에 그 책임이 있다는 암시이기도 하다.

그러나 정작 종요로운 장면은 이 스토리의 맨 마지막 부분이다. "그는 날이 밝으면 후회하리라는 것은 알고 있었다. 그러나 지금 당장은 휴식을 취하는 것이 기뻤고, 자신의 우매한 소행을 덮어주는 그 몽롱한 혼수상태가 기뻤다." 이 마지막 현현 장면은 독자로 하여금 아일랜드의 피폐한 경제의 책임은 영국의 착취에만 있는 것이 아니라 아일랜드인 스스로에게도 있음을 갑자기 깨닫게 한다. 왜냐하면 지미로 대변되는 아일랜드인은 돈을 잃은 것을 뒤에 후회할지 모르나 현재로는 그것을 전혀 의식하지 못하거나 의식하려 하지 않기 때문이다. 억울해하거나 분노할 줄도 모르고 그저 멍하니 "몽롱한 혼수상태"만 즐기고 있어서야 어찌 경제적인 변화를 이룩할 수 있겠는가. 지미가 "본심만은 올곧은 천성을 물려받았기에" 큰돈을 모으는 데 "얼마나 많은 피땀을 흘렸을지를 잘 알고" 있는 젊은이라면 도박에서 거액을 날린 현장에서 응분의 반응을 보여야 마땅할 것이다. 그러나 그러지를 못하고 술기운에 그저 멍청한 표정만 짓고 있는 것은 그가 의식의 마비, 즉 인사불성 상태에 빠져 있음을 의미한다. 그러므로 지미의 이 마지막 모습은 아일랜드의 경제적 빈곤은 아일랜드인들 자신의 만성적인 무력감과도 무관하지 않음을 암시하는 극적 현현이다. 조이스가 동포를 "짓눌려 살아 싼 사람들"이라고 조롱하는 것도 지미와 같은 멍청한 인물을 두고 하는 말일 것이다.

조이스는 마비라는 병폐가 다양한 모습을 하고 더블린 전역에 만연되어 있음을 남김없이 보여준다. 문제는 대부분의 시민들은 자신이 마비의 환자라는 사실을 모르는 데 있다. 지미의 경우가 암시하듯 그들은 중병에 걸린 줄도 모르고 깊은 잠만 즐기고 있다. 조이스가『더블린 사람들』을 쓴 것은 바로 이런 시민들의 잠을 깨우기 위해서였다. 그는 잡다한 이유로 출판을 끄는 영국인 출판인에게 이런 편지를 썼다. "내 작품에 잿구멍과 묵은 잡초와 고기 찌꺼기의 악취가 분분한 것은 내 잘못이 아닙니다. 나는 귀하가 아일랜드 사람들이 나의 반들반들하게 닦은 거울에 자신의 모습을 한번 비춰 볼 기회를 막아 아일랜드 문명의 진운을 방해하고 있다고 확신하는 바입니다." 동포들을 마비의 잠에서 깨우는 조이스의 방법은 풍자였다. 풍자의 목적이 악폐의 시정에 있다면 이 작품은 마비라는 병폐의 소멸을 바라는 풍자적인 텍스트임이 분명하다. 비근한 예로 지미가 "몽롱한 혼수상태"를 즐기는 장면이 풍자라면 이것은 그가 그러한 혼수상태에서 빨리 깨어나라는 염원을 담은 것이다. 『더블린 사람들』의 대부분의 스토리는 풍자성이 강한 바, 특히 「선거 사무실에서 맞은 파넬의 기일」은 정치적인 풍자요, 「어느 어머니」는 문화계의 풍자요, 「은총」은 종교계의 풍자다. 이들 스토리에서 작가는 풍자의 대상 분야가 저마다 올바른 제자리를 찾기를 바란다는 것은 두말할 나위도 없다.

작품에 악취가 분분한 것은 그만큼 악취가 가시기를 바라는 염원이 간절하다는 뜻이다. 조이스는 동포들이 먼저 거울에 비친 빈사상태의 자화상을 보고 마비의 잠에서 깨어나 벌떡 자리에서 일어나게 하려 했다. 그리하여 그들로 하여금 뒤늦게나마 조국의 "문명의 진운"을 조성하는 대열에 동참토록 재촉하려 했다. 이것이 조이스가 『더블린 사람들』을 통해 동포들에게 보내는 메시지였다. 우리는 여기서 그가 세계 최초로 더블린을 제시하려는 목적 중 하나는 "대영제국 제2의 도시"를 자랑하려는 데 있는 것이 아니라 아이러니하게도 영국의 통치 아래 신음하는 더블린의 치부를 세상에 널리 폭로하여 조국의 발전을 촉구하는 데 있었다. 이런 점에서 조이스는 그의 선배 작가이자 풍자가인 J. 스위프트와 다르지 않다. 스위프트가 "모욕을 통해 아일랜드 사람들을 신사로 만들었"듯이 조이스는 "사랑하는 더러운 더블린" 사람들을 조롱하여 새로운 조국 건설의 역군으로 삼으려 했다.

『더블린 사람들』은 조이스가 세계 최초로 더블린을 세상에 제시하겠다고 호언하고 이를 실현하기 위해 쓴 것이다. 그가 이런 호언을 한 까닭은 지금까지 살핀 바와 같이 크게 두 가지로 요약할 수 있을 것이다. 하나는 그가 개척한 열린 문학에 필요한 문학 기법을 성공적으로 창출하는 일이고, 다른 하나는 동포들의 정신적 병폐를 낱낱이 들추어 조국 발전의 계기로 삼자는 것이었다.

여기서 잠시 조이스가 동포들에게 에둘러서 분발을 촉구한 문제를 확인해볼 필요가 있다. 그에 대한 동포들의 문학적 평가와 직결되기 때문이다. 이 문제는 어떠한 기준으로도 측정하기 어려운 막연한 문제이나 아일랜드가 근자에 이룩한 눈부신 경제적 관점에서 접근하는 것도 하나의 측정 방법이 아닐까 한다. 가난하기로 악명 높던 나라가 1980년대에 들어서면서 '켈틱 타이거'라는 신화를 뿌리며 경제적인 고속 성장을 거듭하더니 1990년대에 이르러 IT강국으로 우뚝 섬과 함께 국민 소득 최상위권의 세계가 부러워하는 부자 나라가 되었다. 이러한 경이적인 발전의 이면에는 조이스의 채찍의 힘이 작용했으리라고 보는 이가 있다. 그가 바로 아일랜드 전 대통령 메리 로빈슨이다. 제13회 국제 조이스 학술대회(1992년 6월) 개회식의 환영사에서 당시 대통령 메리 로빈슨은 이렇게 말했다.

우리는 이제 조이스가 들고 있는 거울에 우리 자신을 비추어 보기를 두려워하지 않습니다. 정통성에 도전하여 안일을 기꺼이 분쇄한 예술가에게 감사할 뿐입니다. 조이스가 우리로 하여금 (…) 정신적인 문제를 정직하게 논의하도록 촉구하고 있음을 항상 명심하고 있습니다. 우리를 위선과 마비에서 해방시키려는 예술가의 노력이 없었더라면 발전의 가능성은 상상마저 하지 못했을 것입니다. 오늘날의 아일랜드는 새 유럽의 대등한 파트너로서 그 역할에 자부심을 느끼는 국제 지향적인

나라입니다. 전형적인 유럽인이었던 조이스의 노력이 없었더라면 국가
로서의 아일랜드의 성숙과 발전에 더 오랜 세월이 걸렸을 것입니다.

오늘날의 더블린 사람들은 조이스는 조국을 등지고 대륙에서 살았
지만 국내에서 총칼을 들고 싸운 어느 애국자 못지않게 문학으로 조
국을 빛냈다고 자랑스러워한다. 그러기에 그들은 더블린의 도심 곳곳
에 조이스 동상을 세워 그를 기리고 조이스 박물관, 기념관 드나들기
를 즐긴다. 『율리시스』의 날짜인 블룸의 날(6월 16일)은 휴일로 지정
해 마시고 춤추고 퍼레이드를 하며 하루를 보낸다. 뭐니 뭐니 해도 국
민들의 조이스에 대한 사랑은 아일랜드에서 가장 많이 유통되는 10파
운드짜리 지폐에 조이스의 초상화를 넣어 사용하는 데서 잘 나타난다.

번역의 대본으로는 한스 발터 가블러의 편집으로 1993년에 빈티지
북스에서 펴낸 제임스 조이스의 『더블린 사람들』(James Joyce,
Dubliners. Edited by Hans Walter Gabler with Walter Hettche.
New York: Vintage Books, 1993)을 썼다. 종전 판에 빠졌던 부분을
비롯하여 인쇄상의 잘못이 거의 잡힌 것으로 평가되는 가블러의 신판
을 대본으로 쓴 것은 국내에선 처음 있는 일이 아닌가 한다.

텍스트에 나오는 모든 그리스도교 관련 용어는 현재 가톨릭에서 쓰
는 용어로 통일하였다. 조이스의 교육적 배경이 가톨릭이듯 이 작품
의 종교적 배경도 철저하게 가톨릭이다. 가톨릭이 배경인 텍스트를
가톨릭의 용어로 옮기려는 것은 너무나 당연한 일이지만 옮긴이의 능
력으로는 어림없는 일이었다. 그래서 가톨릭 교리에 밝은 김영남 교

수(충북대 영문과)의 신세를 많이 졌다. 만나자고 할 때마다 기꺼이 시간을 내어 성의껏 답해주신 김 교수에게 깊은 고마움을 표한다. 읽다가 현용(現用) 가톨릭 용어가 아니거나 교리에 어긋나는 언급을 발견한다면 그것은 전적으로 옮긴이의 잘못이다. 생각이 미치지 못해 물어보지 못했거나 잘못 알아들었을 가능성이 있기 때문이다.

아일랜드 독자는 물론 온 지구촌 독자의 사랑을 받는 조이스의 『더블린 사람들』이 우리나라 독자에게도 널리 읽힐 수 있는 계기를 마련해준 문학동네에 감사한다. 특히 출판 과정에서 친절과 노고를 아끼지 않은 편집부에 감사의 말씀을 드린다.

조이스 사후 70년 되는 해 여름에
옮긴이 진선주 씀

1882년	2월 2일 더블린 남쪽 교외 라스가에서 무절제한 성격의 세금 징수원 존 스태니슬로스 조이스와 메리 제인 조이스 사이에서 장남으로 태어나다.
1884년	동생 스태니슬로스 조이스가 태어나다. 유년기를 넘긴 열 명의 형제자매 중에서 형 제임스와 가장 가까이 지내다(형을 위해 이탈리아의 트리에스테에 살다가 거기서 1955년 별세).
1887년	킹스타운(지금의 던 레어리)의 남쪽 해변 브레이로 이사.
1888년	킬데어 군 소재, 예수회의 명문 기숙학교 클론고스 우드 칼리지에 입학하다.
1891년	아버지의 실직으로 가세가 기울어지자 클론고스 우드 칼리지를 자퇴하다. 파넬이 도피생활 중 영국에서 서거하자 당시 9세 소년이던 조이스는 파넬의 죽음에 충격을 받고 '배신자'인 팀 힐리를 규탄하는 시 「힐리여, 너마저 *Et Tu, Healy*」를 짓다. 아버지는 이 시에 탄복, 자비로 인쇄하여 주변에 돌렸다고 하나 현재 전해지지 않는다. 12월, 조이스가의 크리스마스 만찬 파티가 파넬의 실각을 둘러싼 논쟁으로 난장판이 되다(이 일은 『젊은 예술가의 초상 *A Portrait of the Artist as a Young Man*』 1장에 자세히 묘사됨).
1892년	더블린과 브레이 중간에 있는 블랙록으로 이사.
1893년	집안이 갈수록 어려워져서 집세가 싼 더블린 시내로 이사 다니기 시작. 빈민학교인 크리스천 브러더스 학교에 잠시 다니다. 4월 6일, 더블린 시내에 있는 예수회의 또 다른 명

문 벨비디어 칼리지에 동생 스태니슬로스와 함께 입학하다.

1894년 2월에 고향에 남은 재산을 처분하러 가는 아버지를 따라 코크를 방문하다. 봄에 전국 학력경시대회에서 우수한 성적을 거두어 첫 장학금을 타다. 찰스 램의 『율리시스의 모험 *Adventures of Ulysses*』을 읽고 율리시스를 "내 마음에 드는 주인공"이라고 쓰다. 한 해에 두 번이나 이사를 다니다.

1896년 9월에 벨비디어 학생의 최고 영광인 성모마리아 학생 신심회 회장으로 뽑히다.

1897년 전국 영어 백일장 장원상과 교내 장학금을 받다. 학생 신심회 회장으로 재선되다.

1898년 5월에 성신 강림절 경축 학예회 때 희극적인 연극의 주인공역을 맡아 장내를 웃음바다로 만들다. 이 무렵 자유분방한 생활에 끌려 신앙생활의 열기가 식기 시작하다. 9월에 벨비디어 칼리지를 졸업하고 추기경 뉴먼이 설립한 예수회 계통의 로열 대학(현재의 더블린 유니버시티 칼리지)에 진학하다. 이때부터 교회와 국수적인 민족주의 운동에 대한 회의와 반항이 싹트다. 시내의 이집 저집으로 이사를 계속하다.

1899년 예이츠의 〈캐슬린 백작부인 *The Countess Cathleen*〉의 개막 공연을 관람하다. 이 극의 내용이 반아일랜드적이라는 이유로 학우들이 전개하는 항의 운동에 서명을 거부하다.

1900년 1월, 학내의 문학 및 역사 연구회에서 논문 「연극과 삶 Drama and Life」을 발표하다. 4월에 런던의 저명한 문학지 『포트나이틀리 리뷰 *Fortnightly Review*』에 입센의 마지막 희곡 「죽은 우리가 깨어날 때 *When We Dead Awaken*」 (1899)에 대한 서평 「입센의 새로운 연극 Ibsen's New Drama」이 게재되다. 고료를 받으러 아버지와 런던을 방문하다. 입센에게서 뒤에 노르웨이어로 쓴 고맙다는 편지를 받다. 『현현집*Epiphanies*』을 작성하기 시작하다. 희곡 「화려한 생애*A Brilliant Career*」를 습작하다. 이는 "자신의 영혼"에 바치는 작품이었다고 하나 현재 전해지지 않는다.

1901년   아일랜드 문예극장의 국수적인 편협성을 질타하는 평론 「어중이떠중이의 시대The Day of Rabblement」를 팸플릿으로 출판하다. 이는 원래 교지『성 스테파노*St. Stephen's*』에 기고했으나 지도교수로부터 거절당하자 같이 거절당한 학우 프랜시스 스케핑턴의 글과 함께 자비로 출판하다. 독일 극작가 하우프트만의 두 희곡을 영역하다.

1902년   2월에 대학의 문학 및 역사 연구회에서, 아일랜드 시인 제임스 망건을 찬양하는 논문을 발표하다. 남다른 건강한 상상력으로 새 세대 문학이 지향할 바를 일찍이 제시한 시인이라고 주장하다. 3월, 문학사 학위를 받고 대학을 졸업하다. 재학 중 현대어, 즉 영어, 이탈리아어, 프랑스어, 독일어는 물론 라틴어, 노르웨이어까지 광범하게 공부하다. 생계 수단으로 의사가 되려고 로열 대학 의과대학에 적을 두었으나 곧 그만두고 파리로 가 고학으로 의학을 공부하기로 결심하다. 예이츠와 그레고리 여사를 만나다. 12월 1일, 더블린을 떠나 파리로 향하다. 도중에 런던에 들러 예이츠를 만나다. 이때 예이츠가 비평가이자 시인인 아서 시먼스를 소개해주다. 12월부터 서평을 써서 더블린의 일간지 〈데일리 익스프레스*Daily Express*〉에 발표하기 시작하다. 12월 23일, 굶주림도 잊을 겸 크리스마스 휴가를 보내기 위해 더블린으로 돌아오다.

1903년   1월 17일, 파리로 되돌아가 학비 문제 등으로 의학 공부를 포기하고 국립 도서관에서 독서로 대부분의 시간을 보내다. 3월, 존 밀링턴 싱을 만나다. 1월~4월에『현현집』원고를 정리하다(이는 O. A 실버먼의 편집으로 사후인 1956년에 미국에서 출판됨). 4월 10일, 아버지한테 모친 위독의 전보를 받고 귀국하다. 8월 13일, 어머니가 향년 44세에 암으로 별세하다. 이 해 말까지 23편의 서평을 발표하다.

1904년   1월, 『젊은 예술가의 초상』의 모태가 되는 「예술가의 초상 A Portrait of the Artist」이라는 에세이를 쓰다. 이를 잡지 『다나Dana』에 보냈으나 거절당하자 뒤에 『스티븐 히어로 Stephen Hero』로 제목을 바꾸어 장편으로 대폭 확대, 개작하기 시작하다(2월 2일). 어머니의 별세 후 가세는 더욱더 기울어져서 집에 들어가지 않는 날이 잦아지면서 가족들과의 관계도 점점 틈이 생기다. 3월~6월, 도키의 클리프턴 초등학교에서 교원 노릇을 하다(이 일이 『율리시스』 「네스토르」 장의 배경이 됨). 5월 16일, '페시 쿄일' 성악경연대회에 참가하여 동메달을 받다. 6월 10일, 노상에서 뒤에 부인이 된 노라 바너클을 만나 6월 16일 첫 데이트를 하다(이 날에 큰 의미를 부여, 뒤에 『율리시스』의 날짜로 삼았다. 이 날을 보통 작품의 주인공 레오폴드 블룸의 이름을 따서 블룸의 날Bloomsday이라고 부름). 8월경, 문예부흥운동의 지도층 인사들을 공격하는 풍자시 「교리 성성The Holy Office」을 짓다. 10월 8일, 노라와 사랑의 도피를 하기로 합의하고 더블린을 떠나 대륙으로 향하다. 런던, 취리히, 트리에스테를 거쳐 유고슬라비아의 폴라(현재 크로아티아의 풀라)에 도착, 벌리츠 외국어 학교에서 영어를 가르치기 시작하다. 편집장 조지 러셀의 부탁으로 주간지 『아일랜드 농장Irish Homestead』에 스티븐 데덜러스(Stephen Daedalus)라는 필명으로 단편을 3편 발표하다. 「자매」 「이블린」 「경기가 끝난 뒤」가 그것이다. 11월, 「진흙」을 쓰기 시작하다. 처음 제목은 「크리스마스 전야」였으나 뒤에 「만성제 전야」로 고쳤다가 「그 진흙」을 거쳐 「진흙」으로 확정하다. 이들 단편은 모두 『더블린 사람들*Dubliners*』에 수록되다.

1905년   1월에 「진흙」을 끝내다. 3월에 오스트리아의 트리에스테(지금은 이탈리아령)로 이주하여 그곳 벌리츠 외국어 학교에서 영어를 가르치기 시작하다. 7월 27일, 아들 조르조 조이스가 태어나다(독일 콘스탄츠 거주 중 71세를 일기로 1976년 작고). 10월, 조이스의 요청으로 동생 스태니슬로스가 와서 같이 산다. 형과 함께 벌리츠에서 영어를 가르치면서 형의 '보호자'로서 어려운 집안 살림을 꾸려 나가다. 『더블린 사람들』의 집필을 빠른 속도로 진행하다. 「하숙집」「맞수들」「가슴 아픈 사고」의 초고는 7월까지 마치고 「선거 사무실에서 맞은 파넬의 기일」「뜻밖의 만남」「어느 어머니」「애러비」는 9월 말까지 마치다. 「은총」은 10월에 쓰기 시작하여 11월 말에 탈고하다. 12월 3일, 이미 발표한 3편을 포함, 새로 쓴 12편을 묶어 『더블린 사람들』이라는 제목으로 출판하기 위해 런던의 출판인 그랜트 리처즈에게 시집 『실내악*Chamber Music*』 원고와 함께 보내다. 이들 단편은 대칭적인 그룹을 이루었는바, 소년 시절 3편(「자매」「뜻밖의 만남」「애러비」), 청춘 시절 3편(「하숙집」「경기가 끝난 뒤」「이블린」), 성인 시절 3편(「진흙」「맞수들」「가슴 아픈 사고」) 그리고 사회생활을 다룬 마지막 3편(「선거 사무실에서 맞은 파넬의 기일」「어느 어머니」「은총」)이 그렇다.

1906년   2월에 「두 멋쟁이」를 완성하고 「작은 구름」을 더 써서 7월에 리처즈에게 추가로 송고하다. 리처즈는 2월에 이미 『더블린 사람들』의 출판을 수락했으나 내용상의 부분적인 수정 또는 삭제 요청에 응하지 않는다는 이유로 이를 번의, 9월에 그 원고를 되돌려 보내다. 5월~6월, 「자매」를 대폭 수정하다. 7월, 가족을 데리고 로마로 옮겨가다. 거기서 은행에 취직하여 외국 거래처 교신원 노릇을 하다. 9월 말경, 『더블린 사람들』에 추가할 계획으로 '율리시스'라는 제목의 단편을 구상하다. 부정한 부인을 가진 더블린의 가상적인 인물, 유대인 헌터를 주인공으로 삼을 생각이었다. 그러나 그것은 계획으로 끝나고 대신 연말부터 「죽은 이들」 집필에 들어가다.

1907년   3월, 은행원 생활이 보수도 좋지 않은데다 바쁘기만 해서 이를 그만두고 트리에스테로 되돌아가다. 이번에는 수입도 낮고 시간적 여유도 있는 영어 개인 지도를 시작하다. 이탈리아 신문에 아일랜드 정정(政情)에 관한 5편의 평론을 발표하다. 5월 초, 시집 『실내악』이 런던의 앨킨 매슈스에 의해 출판되다. 7월, 류머티즘열에 걸려 입원하다. 안질도 시작되다. 7월 26일, 딸 루치아 안나가 태어나다(정신이상으로 고생하다 영국 노샘턴 정신병원에서 1982년 향년 75세로 별세). 9월 20일, 류머티즘열 회복과 더불어 『죽은 이들』의 집필을 끝내다. 9월, 『스티븐 히어로』의 개정에 착수하여 26장까지 계속하다가 제목을 『젊은 예술가의 초상』으로 바꾸고 내용을 대폭 압축, 개작하기 시작하다(『스티븐 히어로』는 시오도어 스펜서의 편집으로 사후인 1944년에 런던과 뉴욕에서 출판됨).

1908년   5장 예정으로 시작한 『젊은 예술가의 초상』을 3장까지 완성한 뒤에 집필을 일시 중단하다.

1909년   벌리츠의 제자이자 이탈리아의 저명한 작가인 에토레 슈미츠(필명 이탈로 스베보)의 독촉과 권유로 『젊은 예술가의 초상』의 집필에 박차를 가하다. 3월 20일, 이탈리아 신문에 오스카 와일드론을 발표하다. 이 해에 더블린을 두 번 방문하다. 8월에는 출판사와 『더블린 사람들』의 출판 계약을 체결하기 위해서였고, 10월에는 더블린 최초로 영화관을 개관할 준비를 하기 위해서였다. 준비가 순조로워 12월, '볼타' 라는 영화관을 개관하다.

1910년 관객의 기호를 무시한 레퍼토리의 선정으로 영화관이 곧 실패하자 1월 2일에 트리에스테로 되돌아가다. 6월, 『더블린 사람들』의 교정 작업이 한창일 때 몬슬 출판사에서 「선거 사무실에서 맞은 파넬의 기일」에 나오는 영국 왕 에드워드 7세에 대한 묘사가 불경하다는 이유로 삭제나 수정을 요구하는 바람에 출판이 또 지연되다.

1911년 8월에 영국 왕 조지 5세(1865~1936)에게 에드워드 7세 관련 묘사의 불경 여부를 묻는 편지를 원고와 함께 보내다. 열흘 뒤에 비서실로부터 "폐하께서는 이런 문제에는 의사표시를 하지 아니한다"는 답신을 받다. 9월 2일, 『더블린 사람들』이 겪는 출판상의 고충을 호소하는 공개서한을 아서 그리피스가 발행하는 일간지 〈신 페인*Sinn Fein*〉에 발표하다.

1912년 이탈리아 신문에 「파넬의 그림자*L'Ombra di Parnell*」를 비롯한 3편의 평론을 발표(5, 8, 9월)하다. 7월 12일, 가족과 함께 마지막으로 아일랜드를 방문하다. 이때 처가가 있는 골웨이에도 가다. 몬슬 출판사에서 고발을 염려하여 『더블린 사람들』에 나오는 속어의 제거와 실명(實名)의 변경을 계속 요구하다가 인쇄소로 하여금 이미 조판해둔 지형을 일방적으로 해판토록 하다. 9월 15일, 이에 화가 난 조이스는 출판사와 인쇄소를 싸잡아 풍자하는 시 「버너에서 내뿜는 가스Gas from a Burner」를 써서 트리에스테로 돌아와 발표하다. 트리에스테 대학에서 「햄릿」 강의를 시작하다.

1913년   「햄릿」 강의를 계속하다. 영국 출판인 리처즈가 『더블린 사람들』에 대한 관심을 다시 보이다. 연말경, 예이츠의 소개로 에즈라 파운드와 교신을 시작하다. 이때 파운드는 그의 『이미지스트 사화집Des Imagistes』(1914)에 『실내악』에 발표된 시를 수록하게 허락해달라는 편지를 보내다. 이렇게 교신이 시작된 이래 파운드는 향후 10여 년간 조이스의 헌신적인 지원자가 된다.

1914년   조이스의 '경이의 해.' 1월에 리처즈의 요청으로 『더블린 사람들』의 원고를 다시 보내다. 2월 2일, 개작 중인 『젊은 예술가의 초상』이 파운드의 추천으로 런던의 『에고이스트Egoist』지에 연재되기 시작하다. 마지막 5장을 제외한 25회분이 1915년 9월 1일까지 연재되다. 3월, 『율리시스』 집필에 착수하다. 6월 15일, 교섭을 시작한 지 10년 만에 런던의 리처즈가 마침내 『더블린 사람들』을 출판하다. 8월, 제1차 세계대전이 발발하다. 11월, 『율리시스』 집필을 접어두고 유일의 희곡 「추방인들Exiles」 '노트'를 작성하다. 연말경 어린 여제자 애멀리아 포퍼의 사랑을 스케치한 『자코모 조이스Giacomo Joyce』를 쓰다(이는 리처드 엘만의 편집으로 미국과 영국에서 사후인 1968년에 출판됨).

1915년   1월에 스태니슬로스가 친이탈리아 인사라는 이유로 오스트리아 당국에 체포되어 세계대전이 끝날 때까지 수용소에 억류되다. 『추방인들』의 집필을 마치다. 5월 15일, 이탈리아가 제1차 세계대전에 참전하자 6월 말, 당국에 정치적 중립을 서약하고 트리에스테를 떠나 중립국 스위스로 가다. 6월 30일 취리히 도착. 8월, 파운드, 예이츠, 고스의 주선으로 영국 왕실 문예 기금의 창작지원비를 받다. 『율리시스』
의 집필을 계속하다.

1916년   8월에 파운드의 도움으로 영국 왕실기금에서 100파운드의
생활 보조금을 받다. 12월, 『더블린 사람들』과 『젊은 예술가
의 초상』이 뉴욕의 B. W. 휩시에 의해 출판되다.

1917년   2월에 『젊은 예술가의 초상』이 런던의 에고이스트 사에서
출판되다. 『에고이스트』의 편집인 해리엇 쇼 위버 여사가
익명으로 재정적인 후원을 시작하다. 그녀의 지원은 조이
스가 세상을 떠날 때까지 지속되다. 5월, 시카고의 『포이트
리Poetry』지에 8편의 시를 발표하다. 안질이 심해져서 8월
에 첫 눈 수술을 받고 10월에는 가족과 함께 로카르노로 가
서 정양하다. 연말에 『율리시스』의 첫 세 장인 이른바 '텔
레마키아'를 완성하여 파운드에게 보내다.

1918년   1월에 취리히로 돌아가다. 파운드가 '텔레마키아'를 뉴욕의
『리틀 리뷰Little Review』지에 보내다. 3월, 『리틀 리뷰』지에
『율리시스』가 연재되기 시작하여, 1920년 12월까지 23회분
이 연재되다. 5월, 『추방인들』이 영국과 미국에서 동시에
출판되다. 미국인 부호 매코믹 여사가 매달 재정 지원을 시
작하다. 클로드 사이크스와 극단 '영국 배우들'을 조직하여
첫 작품으로 와일드의 『진지함의 중요성The Importance of
Being Earnest』을 공연하다. 대우 문제에 관한 주연 배우들
과의 언쟁이 화근이 되어 두 번의 법정 소송을 당하다. 영
국 화가 프랭크 버전을 만나다. 안질이 악화되다. 11월, 제1
차 세계대전이 끝나다. 연말에 『율리시스』의 9장인 「스킬라
와 카리브디스」의 집필을 마치다.

1919년   『율리시스』의 8장 첫 부분과 9장 전반부가 각각 실린 『리틀
리뷰』지의 1월호와 5월호가 내용이 음란하다는 이유로 미

국 우정국에 압수되어 소각되다. 8월 7일, 『추방인들』이 뮌헨에서 초연되었으나 실패로 끝나자 크게 서운해하다. 카를 융의 정신분석 검사를 거부한다는 이유로 매코믹 여사가 생활비 지원을 중단하자 10월 중순, 가족을 데리고 트리에스테로 귀환하다. 상업학교에서 영어를 가르치면서 『율리시스』 완성에 온 힘을 쏟다.

1920년   4월~6월, 카를로 리나티가 이탈리아어로 번역한 『추방인들』이 밀라노의 『일 콘베뇨*Il Convegno*』지에 3회 분재되다. 6월, 파운드를 이탈리아의 시르미오네에서 처음으로 만나다. 7월 초, 파운드의 권유로 『율리시스』 출판에 유리할 파리로 이주하다. 거기서 몬니에, 비치 여사, T. S 엘리엇, 루이스, 라르보 등 세계적인 명사를 두루 만나다. 이들은 곧 그의 우군이 되기를 자청하다. 『율리시스』의 12장 후반부와 13장 후반부가 실린 『리틀 리뷰』지의 1월호와 7, 8월호가 각각 미국 우정국에 압수되다. 9월 20일, 뉴욕의 사회악 추방 협회가 「나우시카」 장을 예를 들어 『율리시스』가 외설적이라는 이유로 『리틀 리뷰』지를 고발하다. 그리하여 「태양신의 소들」 장의 첫 회분이 실린 12월호를 마지막으로 23회에 걸친 연재가 중단되다.

1921년   2월에 실비아 비치 여사가 『율리시스』를 출판하겠다는 제안에 동의하다. 조이스는 『율리시스』의 완성에 박차를 가하는 한편 인쇄소에서 보내오는 교정쇄의 수정과 내용의 추가에 몰두하다. 10월 29일, 17장 「이타카」의 집필을 마치고 교정과 추가를 계속하다. 12월 7일, 라르보가 『율리시스』를 찬양하는 공개강의를 하다.

1922년   2월 2일 마흔 살 생일에 비치 여사의 '셰익스피어 출판사'에서 『율리시스』가 출간되다. 8월, 가족과 함께 영국을 여행하다. 이때 위버 여사를 처음으로 만나다. 9월, 파리로 되돌아와 10월 중순, 코트다쥐르 지방을 여행하다. 영국과 미국 세관에서 금서라는 이유로 프랑스에서 들어오는 『율리시스』를 압수, 파기하다.

1923년 3월 10일에 『진행 중인 작품 *Work in Progress*』의 집필을 시작하다. 이를 『피네건의 밤샘 *Finnegans Wake*』이란 제목으로 확정, 1939년 출판할 때까지 17년 동안 엄청난 정력과 시간을 쏟아붓다. 4월, 치아와 결막염 수술을 받다.

1924년 『젊은 예술가의 초상』의 프랑스어 판이 파리에서 출판되다. 4월, 『진행 중인 작품』의 일부가 파리의 『트랜스애틀랜틱 리뷰 *transatlantic review*』지에 발표되다. 치통과 안질의 악화로 또 수술을 받다. 그의 안질은 평생 동안 계속되다. 파운드의 파시즘 지지와 작품에 대한 견해 차이로 그와의 사이가 벌어지기 시작하다.

1925년 7월, 『진행 중인 작품』의 2회분이 런던의 『크라이티어리언 *Criterion*』지에 발표되다. 10월, 「안나 리비아 플뤼라벨 *Anna Livia Plurabelle*」 부분이 파리의 『나비르 다르장 *Navire d'Argent*』지에 발표되다.

1926년 4월, 『더블린 사람들』 프랑스어 판이 파리에서 출판되다. 7월, 뉴욕의 『월간 두 세계 *Two Worlds Monthly*』지에서 『율리시스』를 표절, 연재하기 시작하다.

1927년 2월 2일, 『월간 두 세계』의 표절 행위를 규탄하는 서명 운동이 국제적으로 전개되자 10월에 그 도재를 중단하다. 파운드는 그 항의 운동에 서명을 거부하다. 4월, 졸라 부부가 창간한 실험 잡지 『트랑지시옹 *transition*』에 『진행 중인 작품』을 연재하기 시작하다. 1938년 5월까지 17회분이 발표되다. 그로부터 10년에 걸쳐 출판권 보호를 위해 『진행 중인 작품』의 많은 부분을 단행본으로 출판하다. 펜클럽 만찬회에 주빈으로 초청되어 런던을 방문하다. 5월, H. G. 웰스, 파운드, 위버 여사, 그리고 동생 스태니슬로스와 같은 그의 예찬자들마저 『진행 중인 작품』에 대해서는 부정적인 반응을 보이자 상심한 나머지 쓰기를 포기하거나 다른 작가 제임스 스티븐스에게 맡길 생각까지 하다. 5월~6월, 헤이그와 암스테르담을 여행하다. 7월, 『한 푼짜리 시 *Pomes Penyeach*』가 셰익스피어 출판사에서 출판되다.

1928년   10월, 『안나 리비아 플뤼라벨』이 뉴욕에서 단행본으로 출판되다. 동향인 사뮈엘 베케트가 1930년까지 시력 문제로 고생하는 조이스의 충실한 개인 비서 노릇을 하다.

1929년   2월, 조이스의 도움으로 오귀스트 모렐 등이 번역한 『율리시스』의 프랑스어 판이 출판되다. 4월, 아들 조르조가 성악가로 데뷔하다. 5월, 『진행 중인 작품』의 호의적인 반응을 유도하기 위해 조이스의 주도로 베케트를 비롯한 12명의 지지자들이 공동 집필한 비평서(『*Our Exagmination round his Factification for Incamination of Work in Progress*』)가 셰익스피어 출판사에서 출판되다. 8월, 『셈과 숀에 관한 이야기 *Tales Told of Shem and Shaun*』가 파리와 런던에서 동시에 출판되다.

1930년   1월, 아일랜드 테너 존 설리번의 국제적인 활약을 돕기 위해 4년에 걸친 선전활동을 시작하다. 스튜어트 길버트가 조이스의 도움을 받아 쓴 『제임스 조이스의 '율리시스' 연구 *James Joyce's Ulysses: A Study*』가 런던에서 출판되다. 5월~6월, 취리히에서 여러 차례 눈 수술을 받다.

1931년   5월, 조이스의 요청으로 베케트, 졸라 등이 번역한 『안나 리비아 플뤼라벨』 일부가 파리의 『프랑스 신비평 *La Nou-*

velle Revue Française』지에 발표되다. 가족과 함께 런던을 여행하다. 7월 4일, 자녀들의 상속권 보장을 위해 런던의 호적 등기소에서 노라 조이스와 정식 결혼식을 올리다. 9월, 파리로 귀환하다. 12월 29일, 아버지가 향년 82세로 더블린에서 별세하다.

1932년 2월 15일, 손자 스티븐 제임스 조이스가 태어나다(그는 파리의 OECD에 근무하다 은퇴하여 현재 거기에 거주 중). 아버지의 별세와 손자의 출생에 만감이 교차하여 이날 「이 아이를 보라Ecce Puer」라는 시를 짓다. 3월, 딸 루치아가 정신분열증을 일으켜 스위스 요양원에 입원하다. 갖은 노력에도 완치가 되지 않아 조이스는 여생을 비통한 마음으로 보내다. 『율리시스』의 재판 문제로 비치 여사와의 관계가 소원해지자 폴 레옹이 조이스가 프랑스를 떠날 때까지 그 역을 대신하여 가사 도우미와 충실한 비서 노릇을 하다.

1933년 3월, 『한 푼짜리 시』의 작곡집 『조이스 가곡집*The Joyce Book*』이 런던에서 출판되다. 12월 6일, 뉴욕 지방법원의 존 울지 판사가 『율리시스』는 외설 작품이 아니라는 판결을 내리다. 이로써 이 책이 미국에서 출판되는 길이 트이다.

1934년 1월 25일, 뉴욕의 랜덤하우스에서 미국 최초로 『율리시스』를 출판하다. 조이스와의 대화를 바탕으로 프랭크 버전이 쓴 『제임스 조이스와 '율리시스'의 창작과정*James Joyce and the Making of 'Ulysses'*』이 런던에서 출판되다. 연말부터 이듬해 1월까지 루치아가 카를 융의 정신분석 치료를 받다.

1935년 1월 말 파리로 귀환하다.

1936년 8월, 손자 스티븐을 위해 동화『고양이와 악당*The Cat and the Devil*』을 쓰다. 조이스가 쓴 유일한 동화인 이 작품은 리처드 어다스의 삽화를 곁들여 사후인 1964년에 뉴욕에서 출판되다. 8월~9월, 덴마크와 독일을 여행하다. 10월, 런던의 보들리헤드 출판사에서 영국 최초로 『율리시스』가 출판되다. 12월, 『시선집 *Collected Poems*』이 뉴욕에서 출판되다.

1937년 6월에 파리에서 열린 국제 펜 대회에서 연설하다.

1938년 11월 13일, 『피네건의 밤샘』을 탈고하다.

1939년 5월 4일, 『피네건의 밤샘』이 뉴욕 바이킹 출판사와 런던 페이버 앤드 페이버 출판사에서 동시에 출판되다. 9월, 제2차 세계대전이 일어나자 파리를 떠나 딸의 요양원 근처인 생 제랑르퓌로 이주하다.

1940년 12월 14일에 프랑스가 나치스에 함락되자 딸을 요양원에 남겨두고 생제랑르퓌를 떠나 중립국 스위스로 다시 가다.

1941년 1월 13일에 취리히의 적십자병원에서 착공성 십이지장 궤양 수술을 받은 뒤에 59세를 일기로 서거하다. 1월 15일, 취리히의 플룬테른 묘지에 안장되다.

1951년 4월 10일에 부인 노라 바너클 조이스가 향년 67세로 취리히에서 영면하다. 플룬테른 묘지에 조이스와 나란히 묻히다.

문학동네 세계문학전집 발간에 부쳐

세계문학은 국민문학 혹은 지역문학을 떠나 존재하는 문학이 아니지만 그것들의 총합도 아니다. 세계문학이라는 용어에는 그 나름의 언어와 전통을 갖고 있는 국민문학이나 지역문학의 존재를 인정하면서 그것을 넘어서는 문학의 보편적 질서에 대한 관념이 새겨져 있다. 그 용어를 처음 고안한 19세기 유럽인들은 유럽문학을 중심으로 그 질서를 구축했지만 풍부한 국민문학의 전통을 가지고 있는 현대의 문학 강국들은 나름의 방식으로 세계문학을 이해하면서 정전(正典)의 목록을 작성하고 또 수정한다.

한국에서도 세계문학 관념은 우리 사회와 문화의 변화 속에서 거듭 수정돼왔다. 어느 시기에는 제국 일본의 교양주의를 반영한 세계문학 관념이, 어느 시기에는 제3세계 민족주의에 동조한 세계문학 관념이 출현했고, 그러한 관념을 실천한 전집물이 출판됐다. 21세기 한국에 새로운 세계문학전집이 필요하다는 것은 명백하다. 우리의 지성과 감성의 기준에 부합하는 세계문학을 다시 구상할 때가 되었다.

문학동네 세계문학전집은 범세계적으로 통용되는 고전에 대한 상식을 존중하면서도 지난 반세기 동안 해외 주요 언어권에서 창작과 연구의 진전에 따라 일어난 정전의 변동을 고려하여 편성되었다. 그래서 불멸의 명작은 물론 동시대 세계의 중요한 정치·문화적 실천에 영감을 준 새로운 작품들을 두루 포함시켰다.

창립 이후 지금까지 한국문학 및 번역문학 출판에서 가장 전문적이고 생산적인 그룹을 대표해온 문학동네가 그간 축적한 문학 출판 경험을 바탕으로 새로운 세계문학전집을 펴낸다. 인류가 무지와 몽매의 어둠 속을 방황하면서도 끝내 길을 잃지 않은 것은 세계문학사의 하늘에 떠 있는 빛나는 별들이 길잡이가 되어주었기 때문이다. 우리가 자부심과 사명감 속에서 그리게 될 이 새로운 별자리가 독자들의 관심과 애정에 힘입어 우리 모두의 뿌듯한 자산이 되기를 소망한다.

문학동네 세계문학전집 편집위원
민은경, 박유하, 변현태, 송병선, 이재룡, 홍길표, 남진우, 황종연

세계문학전집 043

더블린 사람들

1판 1쇄 2010년 8월 23일
1판 11쇄 2025년 8월 20일

지은이 제임스 조이스 | 옮긴이 진선주

책임편집 고우리 | 편집 이미영 | 독자모니터 전혜진
디자인 엄혜리 송윤형 한충현 김민하 | 저작권 박지영 형소진 주은수 오서영 조경은
마케팅 정민호 서지화 한민아 이민경 왕지경 정유진 정경주 김혜원 김예진 이서진
브랜딩 함유지 박민재 이송이 박다솔 조다현 김하연 이준희
제작 강신은 김동욱 이순호 | 제작처 영신사

펴낸곳 (주)문학동네 | 펴낸이 김소영
출판등록 1993년 10월 22일 제2003-000045호
주소 10881 경기도 파주시 회동길 210
전자우편 editor@munhak.com
대표전화 031) 955-8888 | 팩스 031) 955-8855
문학동네카페 http://cafe.naver.com/mhdn
인스타그램 @munhakdongne | 트위터 @munhakdongne
북클럽문학동네 http://bookclubmunhak.com

ISBN 978-89-546-1183-1 04840
      978-89-546-0901-2 (세트)

www.munhak.com

● 문학동네 세계문학전집은 계속 출간됩니다

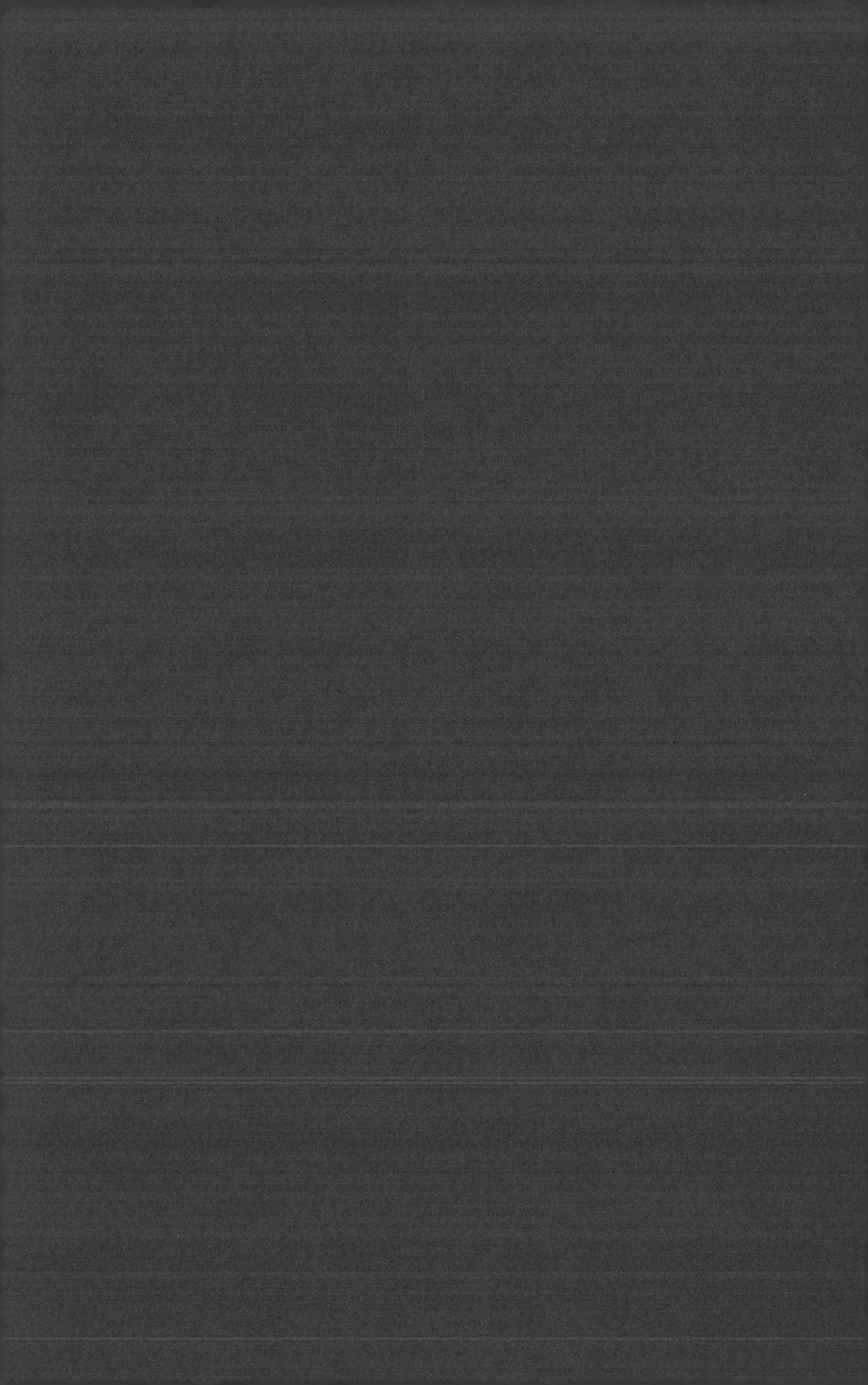